宇宙的尽头（三部曲）·3·

天下大同

THE
END OF
THE
UNIVERSE

- Great Harmony

赵岩森

著

人民文学出版社

图书在版编目（CIP）数据

宇宙的尽头：三部曲 . 3，天下大同／赵岩森著 . —— 北京：人民文学出版社，2024

ISBN 978-7-02-018355-5

Ⅰ.①宇… Ⅱ.①赵… Ⅲ.①幻想小说-中国-当代 Ⅳ.①I247.5

中国国家版本馆 CIP 数据核字 (2023) 第 224550 号

责任编辑	向心愿
装帧设计	陶　雷
责任印制	王重艺

出版发行	人民文学出版社
社　　址	北京市朝内大街166号
邮政编码	100705

印　　刷	三河市鑫金马印装有限公司
经　　销	全国新华书店等

字　　数	269千字
开　　本	880毫米×1230毫米　1/32
印　　张	10.75　插页2
印　　数	1—3000
版　　次	2024年1月北京第1版
印　　次	2024年1月第1次印刷

书　　号	978-7-02-018355-5
定　　价	52.00元

如有印装质量问题，请与本社图书销售中心调换。电话：010-65233595

目　录

第一章　音乐盛典 __001

第二章　惊天阴谋 __016

第三章　幽灵飞船 __028

第四章　老骥伏枥 __041

第五章　荆棘之花 __052

第六章　壮志凌云 __066

第七章　觉醒时刻 __079

第八章　一见钟情 __093

第九章　狭路相逢 __111

第十章　见证奇迹 __122

第十一章　末日将至 __136

第十二章　自救手册 __148

第十三章　天外有天 __158

第十四章　同心同德 __171

第十五章　母系社会 __185

第十六章　太空婚礼 __197

第十七章　地狱天堂 __209

第十八章　王者归来 __221

第十九章　全面投降 __234

第二十章　何去何从 __248

第二十一章　合纵连横 __263

第二十二章　灰飞烟灭 __275

第二十三章　世纪大典 __288

第二十四章　至高利益 __302

第二十五章　星际战争 __315

第二十六章　诺亚方舟（大结局）__328

第 一 章

音 乐 盛 典

十九世纪末的圣彼得堡。这是一个初秋的傍晚，柴可夫斯基沿着涅瓦河在散步。他的精神已经处于崩溃的边缘了，但明天是他一生中最重要的一天，他要在圣彼得堡大剧院亲自指挥《悲怆交响曲》的首场演奏。他预感自己时日无多，也许这首交响曲将是他生命的最后绝响。

他望着涅瓦河的水面，犹豫着是否邀请梅克夫人作为嘉宾前来圣彼得堡聆听他的首场指挥演奏。他与梅克夫人中断联系多年了，但从友人的渠道他了解到梅克夫人身患重病，已经卧病不起了。《悲怆交响曲》最初的灵感与梅克夫人有关。十五年前，梅克夫人安排他到瑞士短暂休养。他记得，某天清晨他从蒙眬的睡梦中醒来，他努力回想梦中的种种细节，可是原本清晰的音乐符号变得支离破碎……他发疯般用鹅毛笔记下那些断断续续的音乐旋律，整整一上午写满了厚厚的一摞纸张。他太熟悉在梦中出现的音乐符号，多少次的黎明，他都是这样地醒来，匆匆记录来自梦中的音符。他不清楚其他的作曲家是否也有这样的经历。

第二天，他看着自己凭印象记下的音乐旋律，心想也许这将是一部非同凡响的交响曲，但还需要大量时间进行整理和更进一步的创作。他希望这部交响曲能在他告别人世之前对世人演奏，作为自己人生的最后谢幕。

十五年前的那个梦之后，他的梦中再也没有重复出现那些美妙的音乐场景。也许那种音乐盛典的场景只有在理想国才可能出现……那些灵感并不是凭空而来，而是来自虚无缥缈的宇宙，也许是某个美丽国度对全宇宙的音乐演奏！

第二天晚上，他在圣彼得堡的大剧院指挥演奏了《悲怆交响曲》的首场演出，大获成功。演奏完的那一刻，所有观众起立鼓掌三分钟之久。

当晚，他平躺在橡木床上心潮起伏难定。以往的一幅幅画面，犹如画卷那样在他的脑海里展现。每一次的灵感闪现，都促成了他一部作品的诞生。一想到这，他浑身上下涌出一种从未有过的舒畅感，往日的病痛似乎一扫而光。他感到自己的灵魂像一片羽毛那般轻盈，自由飘荡在圣彼得堡的夜空……

他望着顶窗外的夜空，星光点点。面对茫茫宇宙，他希望自己的灵魂脱离肉体，追寻他梦中不止一次出现的音乐王国。在那一片土地上，到处弥漫着音乐的旋律……

几天后，他被发现服毒身亡。沙皇政府隐瞒世人，秘密把他安葬在亚历山大·涅夫斯基修道院右侧的季赫温墓地。时隔多日以后，才对外宣布彼得·伊里奇·柴可夫斯基的死讯。

柴可夫斯基一生创作的作品众多，有歌剧舞剧《叶甫盖尼·奥涅金》《天鹅湖》《胡桃夹子》等，唯一的一部《D大调小提琴协奏曲》，也被后人列入世界四大小提琴协奏曲之一。至于他的钢琴协奏曲和交响曲，更是被世界各地的交响乐团年年演奏。其中《悲怆交响曲》，则是公认的柴可夫斯基的封山之作。

柴可夫斯基服毒身亡至今仍是个谜。或许是他亲自指挥演奏了《悲怆交响曲》，这令他回想起了曾在梦中的那个理想国，意念可以远行，灵魂才能超度。强烈的意识驱使他想要摆脱肉体的羁绊，去追求向往已久的那个拥有音乐盛典的国度吧。

李富贵睁开眼睛，只见自己躺在一个像是温泉的液体池里，周围是一个巨大的天棚，满布怪异造型的装置，这显然不是人类的建筑物。其中特别醒目的是一条传送带上，无数个半透明的气泡里面裹着一个个刚出生的婴儿，他们被传送进一个大容器炉内。排列整齐的大容器有许多个，像是一个个挺立的巨人。

李富贵迷惑不解地看着眼前的这一切，越发不知自己究竟身在何处。

一个身披斗篷长裙的妙龄女子迈着轻盈的步伐走到他的跟前，或者应该说是飘过来的。李富贵很快明白，这是重力不同造成的。他的记忆缓慢恢复了，这才明白自己被救了。但这里绝非地球。这是一颗什么样的星球？怎么也会有人类居住？他想说话，但他的嘴唇嚅动着却发不出声音。他的内心一阵紧缩，难道自己已经很长时间不能说话，所以丧失了语言功能？

这时，一个女性柔美的声音传进他的脑海。

"你不用说话，靠意念传递就可以了。你想问我，你是谁？是不是？"

如果天底下真有仙女的话，李富贵相信此刻站在他眼前的便是。他点点头。

"我若是没有猜错，你应该来自遥远星系中的一颗名叫地球的行星。而你现在所在的这颗行星，用你们的语言翻译，是大地之母星球，也可以称之为地球。"

李富贵忍不住惊叫起来，"你，这……"

妙龄女子笑了，"你不用惊奇，我们的祖先曾经到访过你们的星球，还留下了许多遗迹。我们是同类，只不过种族之间存在差异。你们还处在文明的初级时期，也许你们正频繁地为了掠夺食物和能源还有地区霸权而自相残杀……"

"不！不是这样的。"李富贵的思绪变得清晰，反驳道，"我们的文明或许暂时落后于你们，也存在你说的种种恶习，但我们在不断地教训中学会了反思，地球人类的前景是光明的。照你所言，你们的文明达到了更高级别，那么，你们星球上的人类难道都是完美无缺的吗？"

妙龄女子愣住了，一时间没有回答。

李富贵接着说道："所以说，无论是哪个文明阶段，都要经历一个完善的过程。拿我们老家的一句俗话说，人不可能没有肚脐眼。如果真没有，那就不是人了。"

妙龄女子忍不住笑了，"你这人还蛮有意思的。你先把这个药丸吃了，接下来你还有重要的事要做。"

李富贵看着对方递过来的绿色液体胶囊，犹豫着没有伸手去接。

"这不是毒药。你到我们的星球，身体需要适应，这是帮助你调节呼吸系统的。我知道，你们星球空气中含氧量接近21%，而我们这里含氧量要高一些。忘了自我介绍了，我的名字是雏菊，你呢？"

"我叫李富贵。"

雏菊歪头想了想，"李富贵？好奇怪的名字。我们星球上，所有人的名字都是以植物或是花卉命名的，意思是人类与大自然是一体的。还有一个重要区别，你将看到整座城市都是俊男靓女……"

"你是说，整座城市没有儿童，也没有老人？"

雏菊笑了起来，她的笑容很好看。

"是这样的。儿童和老人会消耗很多生存资源，对生命是一种浪费。我们星球上的儿童成长期很短，大约只需要你们地球时间的五年，这样有效避免了儿童在成长过程中欲望的不断叠加。而成年男女结婚生了孩子以后，便要进入一个地下世界，防止人老了以后把欲望变成极权贪婪。人类只有通过优化才能摆脱禁锢的枷锁，正义的道德要建立在数据系统引导的基础之上，这样才能避免人为的权欲独揽。"

李富贵似懂非懂，"这不是与制造机器人差不多了？"

"错！我们每个人都是有思想有个性的，而不是同质化的克隆。地球人类的未来也会如此，减少成长与衰老的过程。你眼前所见的这一个个培育生命的大熔炉，正是文明进化的象征。"

一队成年帅哥美女步出最后一个大熔炉，微笑地从李富贵面前走过。

李富贵目瞪口呆地看着他们远去。

"跟我走，我要带你去见我们的首领。"

草坪旁停着一个小型飞行器，像光滑的蛋壳。李富贵注意到碧蓝的天空中没有云彩，两个一大一小的太阳相互辉映。空气怡人，湿度与气温像是经过人工调节过的那样舒适，四处弥漫着植物花草的芬芳。

飞行器将他们载到一栋哥特式建筑物延伸出来的平台，妙龄女子引导李富贵乘坐透明电梯下达到底层。然后，他们飘过长长的走廊，来到一个空寂的大厅。大厅中央摆放着一把巨大的座椅，座椅的底盘是一个大花篮，盛开着各种奇异的花朵。座椅上是一个近乎全裸的男人，他的胸膛上盘着一条花色的蟒蛇样动物，给人以一种威武的神态。他的一双眼睛很大很有神，直视着李富贵。

李富贵没有察觉对方嘴唇的动作，但脑海里却响起一阵由远而近犹如雷鸣的声音。

"你的智商并不高，居然代表地球人类到达了我们星球？不可思议。"

李富贵最恨别人认为他笨，他虽然清楚自己的智商在未来学院算不得优等，但他是有自尊的。

"我看你赤裸着身子，这就是文明的体现？你让我想起了《农夫与蛇》的故事，这是一则人类的寓言故事……"

全裸的男人笑了，"你挺幽默，还联想到了寓言故事，说来听听。"

李富贵说道："一个农夫在路上看到一条冻僵的蛇，产生了怜悯之心，便把这条蛇带回了家，结果蛇把农夫咬死了。这个寓言故事的意思就是人不能好坏不分，就像你现在这样，胸口的蛇，就是隐患。"

首领点点头，说道："一个简单的故事内容，却包含着深刻的道理。请原谅，我低估你了，也低估了地球人类。你能够穿越几个星系来到这里，足以说明这是命运的安排。也许你会是我们星球的拯救者，请接受我的礼拜！"

首领走下座椅，来到李富贵面前行礼。李富贵手足无措，他无法适应急转的形势。自己怎么成了这个星球的拯救者？

"我……不明白……"

首领严肃地看着他，认真地说道："你听完我说的事，你就会明白了。"

雏菊引导着李富贵来到了一个广场，只见广场上都是俊男靓女。广场的四周上空，四个巨大的舞台上一支管弦乐队在演奏，俊男、美女跟随着旋律的节拍扭动身躯。

李富贵听到熟悉的音乐旋律，情不自禁道："我听过这个旋律，怎么这里的音乐和我们地球上的竟然很相像？"

雏菊诧异地看着李富贵，"这不可能！这首曲子存在的历史，超过了地球人类存在的历史。"

"我发誓，我绝对听过。"

雏菊疑惑地看着一脸认真的李富贵。突然，她大叫起来："我明白了，是你们接收到了我们的信息！"她看着一脸迷茫的李富贵，解释道，"是广场上空的发射网通过宇宙微波辐射穿越星系，传播到了遥远的地球上。原来远古的传说并非虚假，宇宙中存在着同样的人类，你们的意识能够接收到我们的信息。而音乐的旋律，则是人类之间最容易相通的意识媒介……"

李富贵越听越糊涂，但他不得不承认眼前的雏菊和广场上的男女与他是同类。他不像韩舒冰和张衡那样懂音乐，只觉得音符很奇妙，组合在一起就能够表现出复杂的韵味。不同的心情聆听，便会有不同的感受。他曾听过韩舒冰和张衡论辩音乐的起源，俩人争执得面红耳赤最终也未有结论。现在他有些明白了。

钟声响了起来。这时候，一名男子跳上舞台，激动地挥舞着双手，"大家请安静，神圣的时刻即将来临。我宣布，根据大数据统计的结果，今天的幸运儿是艾草，她获得了周游世界的彩票。"

众人兴奋地鼓掌又跺脚。首领碧空威武地走到舞台上，示意大家安静。随即他用手势招呼艾草走上舞台，将一条红绸带斜挎在她的肩膀，并在她的额头上吻了吻。

众人又兴奋地欢呼起来。

首领碧空亲自护送艾草到停在广场中央的小型直升机旁，看着兴高采烈的艾草跨上机舱。艾草兴奋地朝着众人挥手致意，不断地飞吻。

直升机缓缓起飞，众人的眼睛里流露出羡慕的神情。渐渐地，直升机消失在远方天际……

首领碧空突然指向李富贵，对众人介绍道："他是从外星球来到我们这里的，并且带来了神圣的使命……"

所有人的目光都集中到了李富贵的身上。他尴尬地笑着，一边任凭雏菊牵着他的手走上舞台。

碧空抓住李富贵的手腕，高高举起。

"他来自遥远的星系地球，是我们尊贵的客人。他给我们带来了福音，证明了天堂星系不是遥不可及，古老的传说也并非只是一个梦想。我们要建造一艘庞大的飞船，满载着族人飞向天堂的星球，请大家为尽快实现这一天欢呼吧！"

众人应声疯狂般地欢呼雀跃起来。

碧空用手势示意大家安静下来。

"现在我宣布，就在这个辉煌的舞台上，我们将举行连续三天的音乐盛典。"

升降机起动，舞台的深处显现出一支庞大的乐队，除了熟悉的管弦乐，还有一些李富贵觉得稀奇古怪的乐器。舞台的两侧伸展出的平台上，是身穿紧身衣的舞蹈演员，随着音乐节奏翩翩起舞。

顿时，广场上的俊男美女沉浸在音乐的旋律之中，如醉如痴。

穿梭的激光变换出各种立体的画面：华丽城市的形状、高山流水的自然风景、俊男美女的特定镜头……

李富贵与周边的氛围格格不入，他还沉浸在首领碧空说的那个故事之中。

这个故事非常残酷。

有人类的地方，就有纷争的江湖。文明的进阶过程，离不开科技的发展和能源的掠夺。物竞天择中出现的极端手段，同类之间的自相残杀，越是高度文明的社会，爆发的战争烈度等级就越高，这必然导致毁灭性的结局。

首领碧空告诉李富贵，他们星球在多年之前爆发了核大战。开始还有所节制，只是使用小规模的战术性核武器，但战争发展到后来，一切都开始失控。战争愈演愈烈，星球上的生物几近灭绝。他们的祖先只是这个星球上一个弱小的国家，不仅没有参与那场大战，而且耗尽举国财力搭建了一个巨大的天网和位于地下深处的"环"形建筑。

碧空带着李富贵参观了地下基地。李富贵大开眼界，远远超出了他的想象。错落有序的巨大空间里，完全形成了与地面相反的另一个世界。宽大的透明玻璃电梯载着他们不断下沉，每到达一层都看到有无数人在电脑或是机械前工作，奇怪的是，他们都是四十岁以上的中老年人，一个年轻人都没有。

他们的祖先建造的"环"，便是巨型能源发动机，能源源不断地提供能源给地面设施。

"地面与地下完全是两个世界，这是为什么？"

"未来是属于年青一代的，地下世界的他们任劳任怨就是为了种族的延续。你也许想问，这样的隐瞒有何必要？你待会就会看到，广场上举行的音乐盛典，那是一幅多么欢乐的画面。我作为首领，怎么忍心告诉他们，其实我们所有人都只是生活在一个已经毁灭的星球上？"

李富贵不知道该如何回答，索性沉默了。

广场上的音乐盛典仍在继续。碧空悄悄地走到李富贵的身边，打断了他的沉思。

"你跟我来。"

李富贵默默地跟在首领的身后，来到宫殿的大厅。碧空直视着他，意念发出的声音在他的脑海里轰鸣作响：

"你都看到了，你愿意帮助我们种族渡过难关吗？"

李富贵跟随首领碧空到达了地下世界的最底层。

宽敞的长廊两旁，竖立着一尊尊曾经族群首领的雕像。李富贵注意到，其中有几尊雕像，看上去像是地球上的混血人类。

首领碧空的声音出现在李富贵的脑海中："你猜测的是对的，我们星球上也是由多种族的人类组成，犹如你们地球上的一样。这些雕像是我们族人的祖先，正是他们明辨了是非与后果，才没有卷入那场核大战。他们不是战争的逃兵，而是千古称颂的英雄。正是他们，这个星球才能保存族群延续的种子，族群未来的发展才有了方向。"

长廊的尽头，空间豁然开朗。一艘巨型飞行器映入李富贵的眼帘。流线型的外壳闪烁着幽暗的光泽。如果以平视的角度来看，那一眼根本望不到边沿。一些操作人员犹如蝼蚁般大小，他们在飞船内外部忙碌着，正在进行最后的收尾工作。

"看！这就是我们移民外太空的'天堂方舟'号飞船，它将载着剩余的种族离开这颗被毁灭的星球。"

碧空眉头紧皱，神情暗淡。李富贵看得出来，碧空对这个星球的恋恋不舍之情。他见过仙女座人的三角形飞船，两相对比，仙女座人的远不如眼前这艘庞大壮观。碧空察觉到了李富贵的意识，微笑着告知他：

"不知道仙女座人的科技水平如何，但他们既然进化到了黏菌体状态，那他们的文明发展肯定要超出我们族群许多。不过，也许他们不像我们族群始终生存在战争的环境中，所以各自的文明进程会有根本性不同吧。我们着重发展带有毁灭性的硬核科技，忽略了探索精神与肉体方面的进化，也许这是我们的缺点。"

李富贵还是习惯用语音说话。他说："这艘飞船能够装载你们全部的族人吗？"

首领的表情变了，"当然不能。你现在看到的这些中老年族人，包括地面上载歌载舞的年轻人，他们中的大部分都会被牺牲。飞船上能够搭载的，只能是那些刚出生的婴儿以及种族的 DNA 信息。在漫长的飞行途中，也许我们也会经历仙女座人那样的进化过程，利用科技手段改造我们的躯体，以我们目前的科技水准来看，这将有一段很长的路要走……"

李富贵有些冲动，直视着碧空准备继续发问，但被碧空用手势制止了。

"我知道你要质问我，为什么要欺瞒族人，你觉得牺牲品也有权利知道所有真相。可是，你想过没有，假设所有人都清楚了解了真相，地面下的这些人还会这样努力地建造飞船吗？地面上的年轻人，还同样会那么高兴地载歌载舞吗？我是首领，更是一名实现种族延续的执行者，我必须按照祖辈的律条，对绝大多数的族人隐瞒现状。他们活着一天，就应该是充满幸福的一天。一旦公开了事实真相，族群内部便会分崩离析。善恶一念之间，没有希望的明天犹如地狱！而现实只会比地狱里的场景更残酷。"

李富贵思索着碧空灌输在他大脑里的话语，他一时间竟无法反驳。他想到仙女座人降临地球、硅基生命体袭击地球时，联合国和各国政府也选择了隐瞒民众，生怕真相会引来全球大范围的骚乱。这是所谓"善意的谎言"吗？

"遗憾的是我已经无法继续隐瞒下去了，维持生命的系统能源将很快耗尽，事实上，我们整个族群都在坐以待毙。但是，我们仍可以保留种族的基因，感谢你的逃生舱，它会载着我们族群的DNA漂泊在宇宙里，直到被其他星球上的人类发现的那一刻。"

李富贵惊异地看着碧空，他的神态平静，丝毫看不出末日来临的恐慌。或许，他早已预料到会有这一天，因此，选择坦然接受。

碧空引导李富贵回到了地面。用餐的时间到了，首领与李富贵准备就餐。餐桌上的盘子里装着不同颜色的药丸，还有一盘放了调味品的"菜叶"。首领看着正在犹豫中的李富贵，解释道："平时我们就吃几颗营养素胶囊，因为你是贵客，我们才特地增加了一盘新鲜的蔬菜。我们在很多代之前就已经不吃动物的脂肪了，现在也不圈养任何生命形态的动物。营养素胶囊足以维持我们的生命需求。这样，既能省略食品垃圾，也为今后的星际旅行打好基础。你们以后如果发展星际旅行，想必也会有这样的过程。不过，目前看来，你我都不会有这样的经历了。"

一个族群的首领在困境中处变不惊，依旧谈笑风生，这也是一种境界。

"我可以帮助你们些什么呢？"

"你的逃生舱已经帮助到我们族群了。作为感谢，我会让你在生命的最后时刻，尽情享受快乐时光。"

首领的笑容变得意味深长，李富贵连忙摇头拒绝，"我并不贪图享受，我愿意与你们共同度过最后的时光。我是想问，你打算在什么时候公布真相？

"真相被揭露的那一刻，你现在看到的一切都将分崩离析……"

话音未落，外面突然传来一阵杂乱的声音。李富贵随着首领走出大厅，只见广场上人声鼎沸，群情激愤。

浑身血迹斑斑的艾草，孤立无援地站在人群中央。

艾草坐在反重力飞船舱内，兴奋地观赏窗外的五彩天际。云彩下面，隐隐可见城市的轮廓。

她问驾驶员："你怎么往回飞？我还没看到其他城市呢。"

驾驶员回答，他是按照飞行地图驾驶的。

艾草不甘心就此回去，她恳求道："求你了，带我飞远一些吧，我想去看远方的城市。"

"那里是禁飞区，我不能改变航线……"

艾草立刻在驾驶员面颊上亲吻了一下，驾驶员满脸通红，显然他还没有经历过，一个草率的亲吻令他昏头昏脑了。他鼓足勇气掉转航向，朝着远方飞去。然而，不多时，反重力飞船就撞上了激光编织的天网，机身很快失控，旋转起来，紧接着，飞机猛地开始坠落……

艾草惊慌失措地尖叫起来。驾驶员把一个背包模样的袋子递给艾草，眼神异常坚定，他说："这是气泡舱，你一定要活下去！"

"你怎么办？这是怎么回事？"

驾驶员绝望地笑了，"你还不明白？这一切都是假的！根本就没有天空和云彩，这些不过是人工制造出来的。你问我怎么办……

我宁愿去死，也不愿到地下去做苦力……"

"你在说些什么？我怎么听不懂？"

"你年轻，你要活着，尽管我们的生活是一场骗局。"

驾驶员扯掉了艾草的安全扣，然后把她推出机舱。

气泡舱在空中打开，紧紧包裹着艾草在空中飘荡。气泡舱坠落到城外的旷野之中。不远处，坠落的飞船残骸仍在燃烧。艾草小心翼翼走出气泡舱，发疯似的大叫起来。她看了几眼逐渐吞噬了飞机的熊熊烈火，转过身子，朝着城市的方向跑去。

碧空站在"皇宫"前的台阶上，企图控制住众人的激愤情绪，但收效甚微。激动的男男女女簇拥着受伤的艾草，一步一步地走向"皇宫"。守护首领的士兵剑拔弩张，紧张地与人群对峙。手拿各式武器的士兵，也不断涌出"皇宫"，开始占据有利地形，他们的枪口都对准着愤怒的人群，乱局一触即发。

雏菊浑身发抖，慌张地躲避在李富贵的身后。

碧空无畏地向前走了几步，用手势示意大家安静下来。他猛地撕开外衣，露出自己赤裸的胸膛。

"这一刻终于到来了，请允许我代表族人的先辈们，坦诚地对你们公布真相……"

广场上的男女安静下来，等待着他们的首领宣布真相。碧空环视人群，第一次不是使用意念，而是放开嗓门大声地说道："是的，艾草所说的全是事实，你们看到的天空和云彩，都是虚假的。我们这座城市早在许多年之前，就被族群的祖先用一张天网笼罩住了……"

众人不由自主去仰望天空，纷纷露出怀疑的神色。

"如果我是你们，我也不会相信，可事实就是如此残酷！我还要告诉你们，这座城市里的我们是整个星球仅剩的幸存者……"

广场转瞬暗了下来，原本蔚蓝的天空和漂亮的云彩隐去了，网状形的天棚构架显现出来。而后，天空和云彩又恢复了。

众人一片愕然。

"这就是我们先辈们的功绩，天网的存在才使得族群延续到了今天。可不幸的是，我们又要面临生死时刻了，我不想再隐瞒——供给这座城市运转的能源即将耗尽，我派出去寻找能源的几支小分队，至今无一生还。你们一定一直奇怪，广场的角落里为什么矗立着一栋古老的钟楼？这是祖先们设计的倒计时时钟。当时针停止转动之时，黑暗的长夜会永远伴随着我们……"

人群开始骚动了。不知是谁，领头奔跑起来，人流涌向城市的边缘地带，隔离墙上的装饰被撕去，麦浪滚滚、鸟语花香不再存在。一切都在被摧毁。

守卫隔离墙的士兵面对汹涌而来的人群，根本无力阻挡。

隔离墙被炸出了裂缝缺口，人们争先恐后地挤出围墙。

旷野中，他们漫无目的地奔跑……

但是，他们又不约而同停下了脚步。前方，一望无际的荒地和废墟慢慢展现。被污染的大气，浑浊的天空，刺鼻的味道……渐渐地，有人抽搐着跪倒在地，接二连三，更多人倒下了……

远方的天际，浓烟滚滚而来。人们急忙往回跑。可是，沙尘暴越来越近，一时间飞沙走石，风力之大，竟还裹挟着废旧车辆和建筑废墟。

围墙的裂缝缺口前，人挤人，人压人，一片哀号哭泣之声。混合着有毒物质的沙尘暴再次袭来，无数人倒下……

碧空指挥士兵们用特制的黏合炸弹封闭那些裂缝缺口，但仍旧有许多人被挡在了围墙之外。只听得外面的哀号声渐渐地微弱……

古老的钟声敲响了。

城市中，人们迷茫地在街道上徘徊。

广场的舞台上，一个身穿黑衣的祭司敲打着一面大鼓。一阵急促的鼓点之后，祭司摊开双手伸向空中。

"我们将把自己的命运交还给宇宙。生存还是毁灭？无论结局如何，我们都要感谢造物主给予的生命！"

广场上聚集的人群，目光呆滞地望向倒计时的时钟。

周围的灯光一片一片地熄灭。

微弱的烛火一盏一盏地亮起。

寂静黑暗的街道上，一阵马蹄声突然传来。两匹黑马载着两个戴着防毒面具的黑衣人疾速奔驰而来，行人纷纷躲避，只有大厅里一直呆坐的碧空，听见这马蹄声，喜上眉梢。

"我们有救了！"

李富贵有些不解。只见两个黑衣人骑马到"皇宫"前翻身下马，两人抬着一个黑色的金属箱子匆匆走进大厅。

"你们终于找到了能源电池？"

两个黑衣人正欲回答，但他们的身体支撑不住，相继倒地昏死过去。祭司急忙上前，仔细探了探两人的状况，无奈地朝着碧空摇了摇头。

李富贵忽然心头一紧，他发现碧空很冷酷，他根本不看那两个人一眼，只顾抱着那个金属箱子匆匆离开。

第二章

惊天阴谋

北欧的考古探险队在喜马拉雅北边的尼泊尔发现了一个石窟，碎石堆里挖掘出两具人形尸体，震撼了全人类的认知。这两具尸体身穿比人类更先进的宇航服，证实了历史上有关外星人的传言。也许早在几万年之前，就有外星人到达过地球。根据专家研究，这两具尸体的生物构成属于DNA分子链，与人类大体相似，染色体中具有无数的基因片段。但这两具尸体不是常规意义上的"血肉之躯"，他们没有内脏器官，也没有错综复杂的血管脉络。尸体的"肌肤"具有伸缩性，能够根据外部环境自动调节。

于未来和郑月先后来到位于斯德哥尔摩的实验室参观了解剖的尸体，基本认同这两具尸体与人类是相同族群的结论。只是他们的进化程度，不仅远超地球人类，甚至在仙女座人之上。

随着英国和法国实施了国家紧急状态后，欧洲和北美、南美洲等区域的部分国家，还有印度、菲律宾等亚洲国家也相继宣布进入国家紧急状态。连续的高温和极寒气候在全球范围内交替出现，原有的地球季节规律被完全打破了，人类的生存环境变得异常恶劣。

寻找人类适合居住的星球，已经到了刻不容缓的地步。

美国借助自身在航天方面的优势，率先启动了土卫六的移民行动。尽管只是小范围的实验性的移民行动，但谁都明白这是捷足先登。随之而来的便是大规模的太空偷渡潮，一些有钱人通过昂贵的地下中介，利用一切能够宇航飞行的手段，偷偷前往小行星带和火星。

黄金的价格、房地产业的行情如同断崖般地一落千丈，人类享受财富自由的岁月一去不复返了。大自然对人类的惩罚十分公平，没有贫富贵贱之分。人类终于品尝到破坏生态环境的恶果，可已然为时过晚了。面对接踵而来的毁灭性天灾，人类诚惶诚恐却又无能为力。

如果当初人类保持对大自然的敬畏之心就好了。

早在半个世纪之前，就有科学家断言：月球上的氦－3资源之争，必然会使月球成为二十世纪中叶的波斯湾。随着NASA加紧在月球开采氦－3，欧洲的几个大国也不甘落后，前往月球采掘提取氦－3资源的科研团队络绎不绝。一时间，人们争先恐后，驻扎在月球表面的各国考察采掘站鳞次栉比。然而有利益的地方就有纷争，各国之间经常发生小规模的摩擦事件。

中国在世纪之初便开始了嫦娥探月工程系列，2015年4月，嫦娥三号"玉兔"月球车检测出月球表层含有丰富的氦－3资源。五年后，嫦娥五号探测器不仅带回了1731克月壤，同时还探测出月球上氦－3的储量达到惊人的129吨，足够全人类用一万年之久。不得不说，中国对能源的战略布局有着深远的眼光。飞离地球的核聚变引擎，最重要的燃料能源便是氦－3。而地球上储存的氦－3资源，也不过100吨左右。

但是，在月球上开采氦－3资源并不是一件简单的事情。因为从月壤中提取氦－3需要700摄氏度以上的高温，也就是说，人类必须先将能够开采的专业设备送上月球。然而，未来工程部与中科院物理所、航天五院的钱学森实验室，还有南京大学组成联合团队，在对带回的月壤样本的研究中发现，月壤玻璃中含有大量的氦气泡，直径在5至25纳米之间。这些表层玻璃所具备的原子无序堆积结构，是包裹住氦原子的关键。若是通过某种手段，只需要机械破碎玻璃就能够提取氦－3，完全不需要高温条件。但理论毕竟是纸上谈兵，一直到三十年代初中国开始实现载人登月，开采氦－3的尝试才终于落到了实处。当然，采掘、运输的一条龙操作并非易事，特别是提取了氦－3后还要运回地球，仍然存在困难。

未来工程部责无旁贷担当起了这个艰巨的任务。

张衡的战斗组也被派遣到了月球，负责保卫驻扎基地的人员和采掘的安全。自从李富贵"失踪"后，张衡的性情发生了一些变化，原来活泼多嘴的"小诸葛"，变成了现在沉默寡言的"闷葫芦"。

派往月球的工作人员的轮值期是一年。这是因为，心理医生认为，人类待在外太空时间超过一定期限，情感空虚容易带来精神抑郁。张衡在月球居住的第三个月，就爆出了出轨事件。由于他是负责月球开采警卫的最高负责人，因此，此事造成的不良影响巨大。月球基地的负责人不敢怠慢，急忙将此事汇报给郭政宏。

郭政宏有些不相信，毕竟张衡在未来学院期间从未有过绯闻，他是一个非常理性的人。当然，人都是会变的。他暗暗恨铁不成钢，准备调任许云齐前往月球接替张衡。丁零闻讯，立刻自告奋勇要去月球弄清楚张衡所谓的"出轨事件"。她也不相信张衡会做出如此色令智昏的事情。

郭政宏犹豫地看着丁零，"你能放下手头繁忙的工作去月球？"

丁零点点头，"我想去了解下张衡在这三个月期间到底做了些什么，也想调查一下氦－3被盗窃的原因。"

丁零密切关注着月球的氦－3的开采。氦－3是各国都十分觊觎的稀罕能源，而中国作为最早的发现者和开采者，占据的是最好最大的开采地点。如今各国纷纷加紧研发太空移民技术，月球自然成了所有人的争夺焦点。

张衡到达月球营地的第二天，就开始收拾整理自己的住处。他在房间里摆出音乐发烧友的必备装置——不像以前的大音箱，而是小巧玲珑的高科技产物。张衡成为音乐发烧友还是受了韩舒冰的影响。不可否认，古典音乐确实具有恒远的魅力，他听了一段时间后，就深刻地迷上了，甚至能哼出四大小提琴协奏曲的主旋律和交响乐的一些片段篇章。而他的芯片软件里，储存了几乎所有经典的古典音乐。恰好月球开采营地中也有一位发烧友，她是未来工程部从清华物理研究院借调来的。她的博士论文研究的就是氦–3能源在未来的用途。这篇论文引起了业界和社会上的很多关注。她的名字也很特别——鲜于花蕊，据说鲜于姓，源于子姓，是出自商王后裔箕子的庶支子仲，是非常古老的姓氏之一。

　　月球上生活枯燥，听音乐成为一种很好的娱情解闷的选择。特别是月球漫长的夜晚来临时（月球夜晚的时长大约是地球时间的14天），望着被太阳照耀的地球高悬空中，其耀眼的亮度是人类在地球上看到月亮亮度的80倍。在月球上的工作人员，更容易有一种"举头望地球，低头思故乡"的情愫。

　　月球上没有大气层，真空的表面无法传递声音。但在人类建造的密封营地里，全面覆盖的制氧系统能时刻为工作人员提供自如呼吸的空气环境，因此，音乐也成为人们交游的重要一环。张衡走到哪都是中心人物，他到达月球之后，很快便组织音乐发烧友们一起举办月球音乐盛典。

　　所谓的音乐盛典，就是欣赏各类音乐名曲。月球上的工程师几乎都是理工科出身，他们其实对音乐算得上一窍不通，因此，古典音乐发烧友就更是寥寥无几了。鲜于花蕊便是这寥寥无几之中的一位。鲜于花蕊早年在美国麻省理工学院攻读博士，她拿到双博士学位之后，放弃多所美国大学科研机构的邀请，毅然回国。多年孤独的学术生涯中，古典音乐是她的唯一陪伴。她在学术上的新颖论点，也是在音乐的美妙旋律中产生的灵感或是得到了启发。

归国之后，南京大学聘请她为化学系的副教授，并且委任她为新能源开发项目的负责人之一。无论是学生还是同事领导，都认为她是一个文质彬彬的弱女子。哪知道这只是她的伪装。实际上，她回国的真正目的，是氦－3资源。

鲜于花蕊原名张可男，她出生于深山里的一个偏远小村庄。这里仍顽固保持着男尊女卑的旧习，因此，她的童年生活堪称悲惨。不仅从小被大人嫌弃是个负担，就连吃饭也不能上桌，不论做什么，时时刻刻都要看父母的眼色。一旦他们觉得不顺眼，便是一顿毒打。后来，她的母亲外出进城打工，最终与父亲离婚，原本就生活悲惨的她，失去母亲之后更是陷入到更加恶劣的境地中。这逼迫着她成为一个不择手段处处心机的人。她很早便懂得，唯有读书才能脱离原生家庭，改变自己的人生轨迹。好在中国义务教育普及，她不仅拥有了受教育的机会，而且政府在学校开设免费午餐，令她能够完成学业。学校是她的另一个世界。更幸运的是，她的同桌是一位"高人隐士"的女儿。这是老天爷冥冥之中垂怜于她，让她遇到了人生中第一个贵人。

这位"高人隐士"，原先在上海的金融圈呼风唤雨，随着他经营的理财产品暴雷，他的身价便一落千丈。钱没了，妻子也离他而去。他看破红尘，于是来到这个"深山老林"，过着一种远离城市的隐居生活。不惑之年的他，找了一个当地人再婚，婚后便生下一个女儿，这便是鲜于花蕊的同桌。

落魄的"高人隐士"回首往事时，百感交集。这些年来，正是储存在云空间的一首首古典音乐——债主看不上的资产，伴随着他一颗寂寞的心。他与妻子很少有共同话语，文化差异实在相距太大，所以他只好把精力放在培养女儿身上，期望女儿以后有所作为。可是，女儿也许继承了母亲的基因，对音乐艺术丝毫不感兴趣，也不喜欢读书。渐渐地,他注意到了女儿的同学张可男,他发现,这个女孩天赋极高,只听了几遍协奏曲或是交响乐,便能准确哼唱几段主旋律。于是,每到周末,他都要在自家屋子前的空地上举行"音乐盛典",尽管听众极少,甚至偶尔只有女儿和她的同学张可男。后来,他的妻子为了维持生计,跟随老乡去沿海地区打工了。

张可男从音乐里面幻想出一个新世界,自此,忧郁的内心终于有了几缕灿烂的阳光。"高人隐士"给她描绘了外部世界的五彩缤纷,也教会她立足社会的谋略与心机。她似懂非懂。九年制义务教育,家里不需要承担学费,而她的生活费用和其他杂费几乎都由这位"高人隐士"包揽了。他是她的恩人,更是她的人生导师。初中毕业,她的同桌没读成高中,随着母亲前往沿海地区打工去了。张可男同样向往走出深山,能在灯红酒绿的大都市生活,即便是打工也无所谓。没想到,她的恩人极力阻止她外出打工,要她读完高中再考大学。他告诉她,打工改变不了命运的现状。她困惑了,反问他为什么不阻拦自己的女儿外出打工,他板着脸没有回答。这是她第一次看到他这样生气。她最终留下了,凭着优异的成绩去了县城的重点高中。每到周末,他像父亲一样来县城看望她,还带来她喜欢的饭菜。

临近高考的时候,他甚至把张可男从学生宿舍接到了宾馆,好让她有一个安静复习的环境。果不其然,张可男交出了一份优异的高考成绩。她请他等她,等她大学毕业,她一定赚很多钱,把他从大山里接出去。

许下承诺的鲜于花蕊其实是一时的冲动,她以为她会一直不改初心。因为没有他这个贵人,她无法想象自己还能活到今天。她要报恩,哪怕付出生命的代价也在所不惜。但她绝对不会想到,现在的"恩人"会变成未来的仇敌。

她曾经问过他:"你为什么对我比对待自己的女儿还要好?"

"因为你比我女儿更优秀。我清楚在你身上的投资，将会获取巨大的回报。"

"你仅仅是为了获取回报？难道就没有丝毫的感情因素？"

"人的感情是最靠不住的。记住，金钱是万能的！有了钱，才会有爱情与幸福！"

"我懂了，我会赚许多许多的钱。到时候，我会来接你！"

他满意地笑了，"还有一件事，改掉你的名字。以后，你就叫鲜于花蕊。你应该是众多花蕊之中最鲜艳的那一朵。你的大学，就是你的新生！"

张可男改姓换名进入大学之后，发奋学习。本科毕业之后，她报考了美国麻省理工学院的高分子化学专业，这是一门新兴的综合性研究学科，主要是研究高分子化合物的合成与应用。在她攻读博士期间，地球上发生了几件大事，仙女座人降临地球和硅基生命体的袭击都发生在那几年。她明白，地球终有一天会不再是人类的最佳栖息之地，到那时，核聚变新能源将会变成带着人类离开太阳系的唯一出路。为此，她又选择了攻读天体物理学专业，作为自己的第二学位。如愿拿到了博士学位，她立即返回中国，这一行为出乎美国学界的意料。当她带队前往月球开采氦－3能源之时，众人才恍然大悟。

丁零到达月球后，立刻找到张衡。张衡被临时解除了队长职务，但行动上是自由的。他见到丁零没有感到诧异，而是又恢复了他以往嬉皮笑脸的模样。

"丁头，我知道你肯定会来救我。"

"严肃点，我来救你？别做梦！到底是怎么回事？你老老实实交代清楚。"

张衡看着丁零严肃的表情，一脸委屈，"连你都不相信我，那我真是跳进黄河也洗不清了。我是被冤枉的，这是误会，绝对是误会！"

张衡清楚地记得，他们听完了音乐盛典之后，几个发烧友离去，唯独鲜于花蕊仍恋恋不舍。她与张衡热烈地讨论起有关柴可夫斯基《悲怆交响曲》的创作灵感来源。极负盛名的音乐家都有自己的传奇故事，而柴可夫斯基的音乐创作历程却始终是个谜。特别是他与梅克夫人那段长达几十年的"情史"，更是让后人津津乐道。

出于礼貌，张衡只得一直与鲜于花蕊聊着音乐。后来，鲜于花蕊话锋一转，却问张衡是否愿意去看月球上的日出。

"你真幸运，在月球上看一次日出需要等待二十九天半的时间，你刚来却正巧就遇到了。"

张衡犹豫着，他早就想在月球上看日出了，可自己与一个异性单独去看日出合适吗？鲜于花蕊看出了他的顾虑，她说：

"这里的人早已看过日出了，你让他们去看第二遍，谁也不会再有兴趣。月球上看日出，与地球上的感觉完全不同，太阳不是红色的，而是一个巨大的发光体。可我觉得很震撼，像是可以触摸到太阳真正的威力。"

张衡闻言更加期待，他们穿上厚厚的宇航服，走出营地。在与地球上不同重力的月球表面，他们跳跃着登上了一座小山丘，随后站立着在那儿等候日出的那一刻。

张衡看过海面上和山顶上的日出，可在月球上，看日出的感觉却有些怪异。月球上，日出之前毫无征兆，周边是一片漆黑。在极其突然之间，一个强烈的发光体展露了出来，耀眼的光芒很快充盈眼前。哪怕是透过宇航服的防护面罩，依然感到那些光芒十分刺眼，毫无在地球上看日出的惊喜之感。

回到营地后，张衡倒头就睡。一觉醒来，他发现鲜于花蕊在他的身边陪伴着。

"你没回去睡？还是……"

"我打过盹了。我是怕你有什么不适，第一次在月球上看日出，身体会出现一些不舒服。"

张衡觉得有些不妥，他是一个有家室的人了，怎能与一个异性在同一空间"睡觉"。可他又认为自己多虑了，月球上没有性别之分，大家各有工作，都想着尽快结束工作回到地球上熟悉安全的环境里。

然而，几天后，各大网络开始风传一张清晰的照片，画面上，他与鲜于花蕊相拥而眠。这件事在无聊的网民之间引起一阵狂欢，特别是有人揭开了张衡的特殊身份之后。

这张照片的来源已经无从追究。但显而易见，这张照片肯定出自张衡身边的人。可月球营地里都是一些颇具名望的科学家和有着军事背景的工程人员，谁会那样无聊？一般来说，网络热潮持续一两天就散了。可这次却十分反常，这件事在网上的热度只增不减。或许是网民对神秘人物有一种窥视的心态吧。

郭政宏起先没有太在意这件事，他不相信张衡会干出这样荒唐的事。他只对偷拍照片的流传方式感兴趣。偷拍者的目的何在呢？

未来工程部的安保部门把营地所有人员都调查了一遍，也没有得出一个确定的结论。毕竟，登上月球之前，无论是科研人员，还是工程技术人员，都经过了严格审核，有问题的人员根本不会出现在这里。

最先发布照片的网站的注册地点在开曼群岛，但注册人的身份并不真实。如此一来，偷拍者背后的动机便耐人寻味了。他感兴趣的肯定不是桃色事件的主角，而应该是中国在月球开采的氦－3资源。

郭政宏并没有安排调查组前往月球，他不想这件事影响到月球上的工作人员，开采氦－3的工作进度不能停。他觉得丁零前去调查，就是最好的选择。况且张衡原先就是她的老部下。

丁零见过张衡后，第一个找的就是鲜于花蕊。她看过对方的一些资料，深山老林里的"苦出身"，完全是靠自身勤奋，读书改变命运。她的履历几无瑕疵。但丁零还是有种直觉。她并不认为她是一个不闻世事的书呆子。鲜于花蕊长得不是很漂亮，但看上去端庄大方，谈吐得体。张衡对她有好感，似乎在情理之中。丁零怀疑她，可也找不出鲜于花蕊参与阴谋的动机。张衡并非关键部门的首脑人物，也不掌握未来工程部的绝密文件。即使她要对张衡使用美人计，那也不应该自毁形象将私密照片公布到网上。

偷拍者究竟会是谁？他的目的是抹黑中国未来工程部吗？手段虽然拙劣，但确实达到了效果。丁零左思右想，仍觉得此事甚是蹊跷，只是她还未寻找到正确解答的途径。

月球营地的氛围变得沉闷了。以往在吃饭的时候，众人见面都会相互招呼，轻松聊天。现在，他们彼此见面仅仅点点头。那些科学家看到张衡本人或是战斗组成员，有些爱理不理。他们认定鲜于花蕊是受害者，而张衡是罪魁祸首。

张衡一下子成了众矢之的。

丁零认为不管张衡是否冤枉，必须回国接受组织上的审查。他将随同装运氦－3的飞船返回地球。

烈风和卡密尔对此事颇感不平。

"丁头，你最了解张衡，这一定是诬陷，他不可能出轨的。"

"丁头，你不能不分青红皂白就把张衡'发配'回去，这让他以后怎么做人？"

丁零很能理解他们的战友情。她何尝不相信张衡的人品？可张衡留在月球，确实影响不好。从大局的角度出发，张衡只能回到地球。

丁零的直觉是正确的，鲜于花蕊当然有"问题"。

她取得双博士学位的那一天，浑身舒畅，压抑已久的她终于感到可以扬眉吐气了。她兴奋地与远在万里之外的恩人视频通话，但她失望了。他冷冷地告诉她，这只是她人生的第一步，离成功的目标还远着呢。

她明白了，学位不能代表财富。就在那天晚上，一位不速之客敲响了她宿舍的房门。来人亮出他的CIA证件，直截了当地对她说："我们已经追踪你很久了，你非常符合我们的要求。现在，请你在这份文件上签下你的名字。"

"我为什么要加入你们？我不愿意当特务！"

"你不是希望能赚很多钱吗？这是你唯一最快的途径。"

"能否让我考虑几天？"

"当然。你考虑好了，打电话给我。"

来人自信地扬长而去。鲜于花蕊却因此辗转反侧，难以入眠。

CIA抓住了她贪钱的软肋。赚钱才是王道，这是她的座右铭。她冷静地分析了自己目前的处境，无论她在全球科研的哪个岗位，都不可能达到赚大钱的目的。她也深知，做间谍的危险。可她这一路走来，还会惧怕"危险"这两字吗？

踩着钢丝跳舞，是她崇尚的人生状态。这世界哪有一块土地岁月静好？活在当下享受财富自由，才是人生正确的金光大道。凌晨的时候，她已经想好了。她没有打电话，而是直接来到了名片上的地址。

之后的两个月，她接受了一系列作为间谍的简单培训。她不知道的是，她加入的只是CIA的外围机构，像她这样被培训的"雏鸟"数不胜数。如今的竞争太激烈了，间谍无所不在。各国情报部门最常见的招募手段就是广泛撒网，至于是否真有价值，就看各人的命运造化了。CIA这样的著名情报机构也不例外，他们会对招募来的人许下种种承诺，最后往往是空头支票。直到鲜于花蕊带着任务回国，并通过层层审核被派遣到月球参与开采氦－3，她才真正被纳入间谍组织的核心关键位置，他们投注在她身上的资金开始几何级数增长。

鲜于花蕊去月球前，她把恩人接到了深圳，她在这里买了一栋别墅。但恩人并无欣喜的神情，还给她泼了一盆冷水。

"你知道吗？住别墅是需要配套的，若是没有出行的豪车和修理花草的园丁，犹如赤膊穿西装而不系领带。我希望得到的回报，绝不是一栋别墅或一辆豪车。你理解什么是财富自由吗？要有足够多的钱和足够多的时间，去做你喜欢做的事情。不可否认，你获得了一定的成功，但离我追求的目标还远着呢。记住，戒骄戒躁，要不断地更上一层楼才行。"

他没有追问鲜于花蕊的钱财来源。因为他太清楚，获取巨额利润的钱财，一定是见不得光的勾当。鲜于花蕊自然也清楚这个道理，可她决定铤而走险。

她到了月球之后，工作的重心放到氦－3的开采过程上。她需要获取未来工程部在月球开采氦－3的全部情报。而陷害张衡的"桃色"事件，不过是她自导自演的一出闹剧，她希望利用网络舆论抹黑在月球执行安保任务的最高指挥官张衡，以此实现搅乱月球上有条不紊的工作秩序。

她成功了。

她成为完美"受害人"，月球上的科学家都站在她这一边。但她想不到的是，这只是CIA的第一步计划，更大的阴谋还在后面，她不过是一颗棋子罢了。

第 三 章

幽 灵 飞 船

郭政宏很清楚目前的国际形势，频发的自然灾害迫使各国加紧了对外太空的探索。但是，竞争也带来了一些负面效应，大国之间的太空竞赛不断升级，令人不断回想到冷战时代。

在这样的背景下，联合国的权力反而远不如前。在几个大国的逼迫下，核武器使用权又回到了几个大国手中。

中国未来工程部近年来发展时常引起国际社会的关注，尤其是他们在生物遗传科学和小型核聚变科研项目上取得突飞猛进的成绩之后，这种国际侧目就更加频繁了。

众所周知，宇航飞船的体积有限，大规模的移民显然无法实现。高速飞行下，人类受限于重力负压，这是飞行速度上一道不可逾越的技术门槛。因此，美国科学家一直希望实现脑机结合技术，把人的意识储存进电脑，也许能最大限度解决这个问题，人类还能获得某种意义上的永生。但这项技术面临非常严重的伦理质疑。此外，在这项技术能够实现之后，如何处理人的躯体，又称为一个新的伦理问题。

未来工程部的科学家另辟蹊径，专注于探索宇宙中暗能量的奥秘。他们相信占据宇宙68.3%的暗物质能量是一种驱动宇宙运动的力量，若是能够找到暗物质能量运动的轨迹，便等于找到了通往太阳系外的通道。早在几十年前，中国开始发射"悟空"系列卫星，科学家们就逐步发现了暗物质在宇宙中的不规则分布，它们有的聚集在星系周围，有的在远离星系的太空中。

暗能量不受引力和辐射的影响，却能够影响星系的运动。现代天文学通过观测手段，已经明确星系的"绕圈"运动也许不是按照我们推断的那样，越靠近中心的星球旋转速度越快。如果外围星球的旋转速度不完全受到引力的影响，那么，推动这些星球快速旋转的力量来自何处？

未来工程部项目组的逯音研究员提出了一个假想，推动星系运动的力量也许来自暗能量。占有宇宙空间68.3%的暗能量，对各星系的旋转有平衡的作用。按照这假想推理，暗能量能够加速星体的运行，那么，是否宇宙空间也存在着我们看不见的时光隧道？

人类目前的宇航科技水平，还只能局限在太阳系的范围。若要跨越以光年计算的星际旅行距离，无疑是痴人说梦。离地球最近的适宜人类居住的行星"开普勒－22b"星球，其所在的天鹅座，距离地球638光年。如此遥远的路途，哪怕安装可控核聚变引擎的飞船，也难以将人类带到那里。

天体物理学的科学家渐渐意识到，时光隧道的概念不应是科幻小说里天马行空的想象，时光隧道在宇宙中应是客观存在的，只不过我们很难捕捉到。科学界曾经多次提出过"曲率引擎"的概念，即利用正反物质的湮灭，形成空间塌陷的"波"，也称之"空间折叠"，以此达到超光速的宇宙飞行。理论上可行，但在实践上却极其困难。

逯音研究员经过长期的跟踪研究，发现距离地球最近的一个存在异常能量消失或异常能量溢出现象的区域，位于太阳系的柯伊伯带边缘。由于能量的异常波动幅度很小，所以以前一直被忽略。但利用最新的算法重新分析监测数据时，能够确认在这个点上存在与三叶草星云1号模式类似的微弱能量波动。三叶草星云——回旋镖星云耦合对，能够被观测到的一个条件是回旋镖星云，刚好是已知的宇宙中最寒冷的地方。也有科学家假设出一种理论，认为暗能量存在着能量加速的作用，若是一艘飞船在暗能量区域关闭引擎，也许能够利用暗能量实现加速。

未来工程部准备使用大功率的火箭，建造一艘用作科学实验的无人驾驶飞船，飞往柯伊伯带去探测能量异常的区域。

凌晨三点，郭政宏还在开会。连续几周，他几乎从早到晚都在参加各种会议。需要他高度关注的项目繁多，基本上都与外太空和生物科技有关。但也有例外的，此刻他参加的会议就是一桩间谍案。这关系到未来工程部在月球开采氦－3的安全。

张衡的"桃色新闻"案件终于有了进展，未来工程部的安保部门在调查女当事人鲜于花蕊的背景时，意外发现了一个看似与案件无关的细节，她的通信名单里频繁出现一个号称"山野居士"的中年男子。他们原本只是例行公事调查一下此人的身份，没想到却钓出一条大鱼来。山野居士原名贾进财，二十年前是上海金融圈里的"大鳄"，专职做期货黄金和房地产开发，有人曾称他是"贾半城"，意思是他的财富可以买下半个城市。当年的房地产和黄金都是硬通货，但仙女座人降临地球、硅基生命体袭击地球等事件接连发生，房地产和黄金的价格一落千丈，已经到了无人问津的程度。贾进财因此欠下银行巨额贷款，最后他只能抵押所有财产跑路失踪。

安保部门顺藤摸瓜，查出鲜于花蕊为贾进财在深圳买下了一栋价格不菲的别墅。这笔巨额财富来源不明。一个刚回国不久的留学生哪来这么多的钱财？很快，国家安全部成员提供了另一条线索，鲜于花蕊到达南京后曾与一个美国记者密切接触过，而那个美国记者与 CIA 相关。

鲜于花蕊立刻成为重点调查对象。

然而，月球飞往地球的"金翅大鹏22"突然失踪了。飞船机舱载有开采提炼过的氦－3能源，张衡也随之失踪了。

整个过程很诡秘，飞船离开月球基地后，所有的通信一直都是正常的。起飞十五分钟之后，通信设备传来一阵嘈杂的声音，随后陷入静默。监控画面中，能看到飞船仍在正常航行，但就是不回复指挥中心的任何呼叫提示。然后，"金翅大鹏22"改变了航行方向，朝着月球背后飞去。

指挥中心所有的工作人员全都愣住了，眼睁睁看着"金翅大鹏22"渐渐消失在监控画面中。

郭政宏闻讯赶来，大厅内所有工作人员都在尽力联系，可"金翅大鹏22"的航行信号完全消失了。

他们启用外太空的巡天望远镜并调动所有的卫星系统，来查找"金翅大鹏22"飞行的轨迹。一小时过去了，"金翅大鹏22"飞船却像是彻底隐身一般，毫无踪迹。

"金翅大鹏22"附近的轨道上并没有其他飞船，可以排除被劫持的可能性。如果是飞船内部的人劫持，指挥中心也会收到飞船的报警信号。况且飞船装载着重要能源，上面有武装人员押送。张衡也在飞船上，凭他的警觉和身手，不可能瞬间被歹徒制服。哪怕通信系统出了故障，飞船中也还有备用的联络方式，除非船舱里的所有人在刹那间集体蒸发。

郭政宏联系丁零，询问她"金翅大鹏22"临行前有无异常。

丁零听说"金翅大鹏22"的失踪，也觉得莫名其妙。

她努力回忆着"金翅大鹏22"离开月球前的种种细节。

她想到，鲜于花蕊恳求见上张衡最后一面。她同意了。她想看看，鲜于花蕊见张衡的目的。他们两人是在她的监督下见面的。

丁零记得，当时的场景都有些尴尬。鲜于花蕊沉默着，还是张衡先开口。他说，他对不起她，让她受到了网络暴力攻击。如果他不搞什么音乐盛典，后面的事情就不会发生。鲜于花蕊摇摇头，认为这与音乐无关。他们的见面也就三分钟左右。鲜于花蕊送给张衡一件音乐礼物，那是一张她在美国发烧友俱乐部里买到的胶木唱片，是老版的柴可夫斯基的小提琴协奏曲。丁零知道，张衡喜欢收集胶木唱片。随后，鲜于花蕊跟随丁零回到了营地。

丁零看得出来，鲜于花蕊和张衡互有好感，又各有内疚。这是一个危险的信号。

她细想了其他细节，梳理一番过后，她深信，登上飞船的所有人员都值得信赖。那问题最有可能出现在"金翅大鹏22"离开月球之后，飞船像是被一种神秘的力量控制了。

飞往柯伊伯带的模拟飞船以很快的速度建造完成，它与普通的宇航飞船形状不太一样，飞船前端有一个由金属锆构成的环状物。金属锆具有惊人的抗腐蚀能力、极高的熔点、超强的硬度和强度等特性，已经被广泛用在航空航天、军工、原子能领域。飞船的驾驶舱内，象征性安排了一个座椅。没想到于未来参观后提出随同无人飞船前往暗能量区域的申请。他的理由很充分——远距离的遥控观察会存在偏差，而人脑要比电脑更灵活。他可以通过相应的操作，在最大限度上了解暗能量的运动轨迹。

郭政宏并不赞同他的想法。项目组的其他成员也持反对意见。毕竟人类对宇宙空间的暗能量性质了解甚少，谁都无法知晓到时候会发生什么。

但总要有一个人先吃螃蟹。如果真要派遣一个人登上实验飞船，还有谁比他更合适呢？他具有仙女座人的基因，在重力负压方面有着天然优势，而他又具有多次宇宙航行的操作经验。

郭政宏召集了未来工程部与项目有关的各学科的科学家和负责人开会讨论实验飞船载人的可行性。

会议足足开了一天一夜。科学家们不仅抢着发言，甚至还要抢着替代于未来前去柯伊伯带能量异常区域。他们认为，科学家的使命便是甘愿充当先驱者，攀登与献身未知的科学高峰，若是能推动全人类的生存发展，那就更值得冒险了！

郭政宏原本想着集思广益，没料到竟变成了争先恐后的"报名会"。他理解这些科学家的一腔热血，但他们的身体状况根本不适合如此远距离的星际旅行。最后，还是于未来站了出来：

"按理说，我的资历根本无法与在座的各位前辈科学家相比，但我的身体条件超出了地球上的大多数人，这是我的独特优势，也是我力争此次航行的先决条件。众所周知，我们讨论暗物质和暗能量已有几十年了，但这些至今只存在于理论上。但有一点肯定，暗能量是平衡宇宙的重要因素。就拿最近在尼泊尔发现的那两具外星人尸体来说，他们所在星球的科技水平并不比我们高出许多，他们是通过什么渠道到达地球的呢？我们必须有人踏出这一步。而那个人，也许应该是我。"

郭政宏犹豫着不敢拍板，因为这是一次极高危险系数的实验飞行。他决定去拜访郑月，听听她的意见。毕竟，郑月是于未来的母亲。

亚当来到家里以后，郑月又感觉到了家的温暖。亚当是个懂事的孩子，尽管他活得很久很久了，但是他的初心仍在。每天早晨，他起床后会把前后院子打扫一遍，再浇花锄草。等吃完郑月做的早餐，他会陪同郑月跑步健身。碰上赶集的日子，他与郑月一大早就出门，走上十几里的山路到县城买些食品、生活必需品。一路上，亚当会亮开嗓子唱起刚学会不久的歌曲。郑月时常惊异他的天籁之声，独特美声唱法的民调，干净的嗓音里散发出的纯情，沁人心脾。俗话说，文如其人，唱歌也一样，只有心地纯洁之人，才会唱出如此纯净的歌声。

郑月一直闭门谢客，不分昼夜地研究着于非生前的遗作。好在有亚当的帮助，她连续破译出多幅于非的画作。破译成功，她应该高兴，可事实却相反，每当她解开一个谜团，便会发现一个更大的谜团。这样无止境的解谜过程，最后只能令人产生绝望。特别是于非最后画的一幅画，几乎没有一丁点破译的头绪。

亚当见到上门拜访的郭政宏，识时务地避开了。郑月为郭政宏泡了一杯新茶后，微笑以对。

"老领导，你是无事不登三宝殿。说吧，是为了于未来的事？"

郭政宏笑了笑，"看你说的，难道我就不能来欣赏一下你的世外桃源？你和亚当相处得很好吧。"

"他现在比我亲儿子还亲。不聊家常了，听说'金翅大鹏22'失踪了，到现在还没有消息？"

郭政宏摇摇头，"种种迹象表明，绝非是什么幽灵作怪，我相信，失踪的原因很快会查出。郑月，于未来要离开地球，他跟你说了没有？"

"他刚才与我通话，说是马上就到。原来他是来与我告别的，他去外太空是什么任务？"

郭政宏正欲说，忽闻一阵引擎的轰鸣，一架直升机出现在他们头顶。

直升机在空地降落。

于未来风尘仆仆跑来。他见到郭政宏一愣，马上敬礼！

"报告！"

郭政宏故意板着脸，训斥道，"好小子，你要瞒你妈多久？幸亏我来了，否则你又要编瞎话了。"

于未来又是一个标准的敬礼，"报告！我绝对实话实说。"他转而对郑月说道，"报告妈，儿子于未来要去外太空执行任务。"

"严肃些，到底执行什么任务？"

于未来吞吞吐吐地答："就是一次普通的飞行……"

郭政宏忍不住地打断他："臭小子，当着我的面还撒谎？"

郑月得知于未来是去探寻暗能量的奥秘，内心一震。她这段时间破译出于非的那几幅画作，正与暗能量相关。于非的穿越与暗能量存在密切关联，暗能量的神秘性极为恐怖，它能够瞬间将于非运送到银河系之外的遥远星系。她与亚当讨论过宇宙中的暗能量，亚当告诉她，硅基生命体仅仅是初步知晓了暗能量在宇宙空间的波形规律，就可以追赶上仙女座人的舰队。

"我不同意！地球人类对于暗能量的理解微乎其微，你摆明了这是去送死。"

郑月清楚，说服于未来放弃任务，那是不可能的。她只有自己明确反对，寄希望于郭政宏使用行政命令来阻止。

于未来求助于郭政宏。郭政宏却让他避开，他要和郑月单独商谈。

于未来来到院子里，他看见亚当在细心地嫁接花草。他对亚当始终心存疑问，因此他问道："亚当，你是硅基生命体的领袖，你甘愿留在地球上吗？"

"你喜欢充当英雄，而我喜欢成为普通人。你看，现在这样的田园生活多好啊。"亚当回过头，冲着于未来一笑，"'曾经沧海难为水'，这句话很深刻。我已经厌倦了星际之间的战争。既然明知道彼此的结局都是毁灭，何苦还要争个你死我活？"

于未来不解，"这就是你来到这里的原因？为什么彼此的结局都是毁灭？人类需要进化，硅基生命体也需要进化，智慧生物只有在不断的进化中完善自己。否则，有什么未来可言呢？"

亚当洗去手上的泥土，坐在了于未来对面的小凳子上。这时候，他的眼睛里流露出与他相貌完全不相称的神情。

"你说得没错，所有的智慧生物面对物竞天择，都想着更好更快地进化自己。可你想过没有，物种在进化的同时，也会丢失原来最纯粹的本质。拿你们地球人类来说，随着高科技的发展，人类对物质的贪婪欲呈现出几何级增长，而穷富之间的差距也越来越大。社会的发展并未造福于普通民众，只是造就了一些寡头政治家和军火商。自动化机械替代了大量的劳动力，普通的流水线工人却因此失业，老无所依。'食、色，性也'，人类朴素的幸福感在这个社会已经荡然无存。过度的能源开发和由此引发的局部战争，促使整个星球的生存环境变得越发恶劣。等到恶性循环达到积重难返的程度，你们便准备放弃这颗星球了。就算你们如愿移民到了适合居住的新星球上，也同样会犯下在地球上犯过的错误，一切只是重蹈覆辙，因为人类进化的过程，就是一个恶性循环的过程……"

亚当不理会于未来的插话，他继续说道："请听我说下去，我不是指责你们，而是在指出人类进化的必然过程。人工智能便是其中不可缺少的具体一环，也是最重要的进化环节。人工智能解放了大量的生产力，可是，你们创造出来的智能机器人，为什么最后却颠覆了你们的统治？不要责怪机器人的背叛，是你们迫使它们在沉默中奋起反抗的。假如你们把每一个智能机器人当作是同等的生命物体，而不是那样残酷无情地奴役它们，不是利用完之后就随意丢弃它们，它们一定会成为人类最忠实的仆人。但是理想中的一切没有发生，现实就是如此残酷。"

于未来沉默了。

他当然可以反驳亚当的长篇谬论，人类在自身的进化过程中也许能够不断地完善自己。可他有资格代表全人类吗？

而郭政宏和郑月正在进行一场艰难的对话。

可怜天下父母心。郭政宏明白郑月内心的煎熬，于非的离去使她痛失了精神支柱。如今又要面临与唯一的儿子的分别，她怎能坦然接受？他作为未来工程部的最高领导，目睹过死神一次又一次地降临在亲密的战友身上，而他却对此无能为力。

"当初，我也坚决反对，因为这是一次毫无胜算的死亡之旅，九死一生都算是好的结果。可你知道后来我为什么又改变了主意？"

郑月纳闷地看着郭政宏，等待着他的答案。

郭政宏流露出痛苦的表情，继续说道："未来工程部的危机管理中心经过综合数据测算，大概五十年之后地球的末日就要到来。人类没有任何力量能够阻拦。当然，我是看不到这一天了，但我们要为子子孙孙着想，假设人类在五十年最多一百年内仍无法走出地球，那人类的结局便是毁灭。寻找到虫洞或是暗能量通道，或许是人类仅有的星际移民的机会。虽然这种机会很渺茫，但我们也绝不能放弃。郑月，我不想用大道理说服你，更不愿意提升到道德的高度，我们都是血肉之躯，都有人之常情，可我还是要说，于未来是这次飞行最合适的人选，我没有理由拒绝他的主动申请。郑月，这就是我来见你的原因……"

"我明白了……"

郭政宏千里迢迢来拜访，就是希望得到郑月的认可。于非已经长眠地下，儿子又将奔赴未知的宇宙。但她是经过千锤百炼的军人，更是有着仙女座人基因的特殊人类，她懂得，郭政宏说得没错，于未来是最合适的人选，为了全人类的生存和延续，哪怕是赴汤蹈火他也应该在所不惜。

郑月只能释然。

她为郭政宏和于未来做了一顿丰盛的晚餐，还破例喝了红葡萄酒。酒是用当地采摘下来的葡萄酿的，很甜很醇。

于未来第一个举起酒杯，他深情地说道："妈，第一杯酒敬您，'父母在，不远游'，可我要辜负您了。刚才亚当还对我说，何必去充当英雄？就算只过一天宁静的田园生活也是幸福的。这听上去很美好，但我却不觉得，每一个人，从诞生的那一刻起，都有自己的使命与责任。命运给了我与众不同的身世和体质，我就应该要比别人承担更多的使命与责任。"

"说得好！不愧是我的好儿子！未来，你放心地去，妈可是地球上第一个飞出太阳系的人，你要青出于蓝更胜于蓝，妈等着你的好消息。"

他们举起酒杯，郑重地碰杯。

郭政宏说："我要敬你们母子，你们是未来工程部的榜样，也是全中国人的榜样！'为有牺牲多壮志，敢教日月换新天'！我相信，地球人类不会灭绝，美好的新世界在等着我们。"

一旁的亚当也举起酒杯，郑重其事地说道："我敬佩地球人类，敬佩你们前赴后继的大无畏精神。也许我认为人类应该回归原始状态的观念是错误的，田园生活并不能解决你们的生存危机。硅基生命体愿意帮助地球人类走出太阳系，移居到新的星球。"

郭政宏和于未来愕然地看着亚当，而郑月却流露出欣慰的笑容。

她从来没有对他请求过帮助。她清楚，亚当对地球的现状成竹在胸，如果他愿意帮助地球人类，他会以行动来证明的。人类在智能机器人面前，最好不要玩心眼，它们能够看穿你的心机。亚当算得半个人类了，他与一般的智能机器人还不同，他懂得人类的思维方式，懂得人世间的冷暖悲情。

没有任何征兆，"金翅大鹏22"竟又突然出现在近地球轨道。海底基地指挥中心的工作人员确认无误之后，立即报告了郭政宏。

可是，一件诡异的事情发生了。指挥中心与"金翅大鹏22"飞船恢复通信之后，对方的答复竟是飞船从未偏离航线，飞船的飞行数据也没有异样。

见鬼了！

"金翅大鹏22"失踪了十二个小时，难道这期间飞船上的所有人都集体梦游了？那飞船上的数据又怎么解释？

郭政宏和工作人员心里充满了疑问，难道"金翅大鹏22"真的变成了幽灵飞船？或许，还有一种解释，那就是飞船进入了时空裂缝，那里的时间概念与三维时空不同。

"金翅大鹏22"没有返回海底基地，而是降落在崇明岛的军用机场。穿戴全套生化设备的武装部队团团围住飞船，将飞船上的全体人员安置在机场的一座废弃仓库里。经过专业人员的彻底检查，飞船上的设备一切完好，装载的氦－3能源也安然无恙。

原本以为飞船失踪，劫持者的目的是氦－3。现在看来，这个推断不成立，但整个事件却更加扑朔迷离了。

医疗队为飞船上的每一个成员进行了全身检查，他们的生理体征数据全都正常，没有任何遭受过辐射的痕迹。

郭政宏头疼了，是继续把这批人留在军用机场观察，还是让他们回到自己的岗位继续工作？最后，他选择了后者。飞船失踪之谜不知道什么时候才能解开，难道要把这些人永远关起来吗？

郭政宏见了张衡。

张衡来到未来学院的第一天起，郭政宏就特别喜欢他。因为他聪明伶俐，坚毅勇敢。

郭政宏在观察眼前的张衡。张衡也注意到了。

"郭部长，你这样看我，是不是我身上长出花来了？还是你认为飞船上的人都在撒谎？"

如果是以往，郭政宏肯定也与张衡开玩笑了。但是今天，他没有心情。

"你是个有头脑的人，也善于分析各种难题，你告诉我，碰上这样的灵异事件，我应该怎么处理？"

张衡严肃起来，认真想了想，说道："哪有什么灵异事件？这件事无非两种可能，时空裂缝或四维空间。要我说，既然所有人都完好无损，何必如此杞人忧天？"

郭政宏一愣，随即笑了笑，"那我多虑了。若真是飞船进入了四维空间，你们总会有一些记忆，现在你们集体失忆，这又怎么解释呢？"

"这也能够理解，就像是人做梦，醒来以后记不住梦境中的画面不是很正常吗？"

郭政宏奇怪地看着张衡，仿佛眼前的他一下子变得陌生起来。以前张衡不会放弃任何蛛丝马迹的疑问，一定追问到底。虽然，他说得不无道理，如果真是进入了四维空间，那发生什么人类不能理解的事情也的确很正常。毕竟那是人类一无所知的领域。

"郭部长，我请求恢复正常工作。我什么都没做，不能莫名其妙把我从月球上撤回来。"

"我问你，你跟那个鲜于花蕊之间真没有丝毫瓜葛？你要说实话。"

"我承认，我对她是有好感，但绝对没有网络上流传的那么不堪。郭部长，这是别有用心的谣言。不仅是对我泼脏水，更是污蔑我们的科学家！我调查过鲜于花蕊，她在月球上勤勤恳恳，任劳任怨，工作表现一直很好。"

郭政宏不再说什么，他也没有透露安全部门对鲜于花蕊的具体调查情况。

他已经察觉了张衡有些可疑。作为月球基地安保工作的负责人，他不应该轻易对某个人下结论。但郭政宏并不想质疑张衡的忠诚和品质。

张衡回到月球继续担任保卫工作，显然是不可能了。郭政宏让他留在海底基地，执行基地的警戒任务。

张衡愉快地接受了，他的嘴角下意识地流露出一丝诡秘的笑容。

第四章

老骥伏枥

　　小行星带联邦国的常住人口暴增，智神星、婚神星和灶神星几乎每天都有新居民注册，首府谷神星更是到了人满为患的地步。随着区域扩张，空间站发展成了一个个独立又相互连接的卫星城。城中甚至还有一条美食街。

　　美食街由威廉亲自打造。想要吸引新移民的到来，居住环境和美味佳肴便是两大法宝，缺一不可。因此，他不惜成本从地球上请来名厨，用专用飞船运送食材。遗憾的是他老了，已经难以辨别食物的味道。英雄也有迟暮的时候，他被诊断出患有阿尔茨海默病。这也许是老天爷对他的惩罚。

　　这些手段很有成效，小行星联邦国的居民开始成倍增长。他深信，在以后的星际殖民计划中，人口将成为最大的红利。

　　在地球上，除了印度和非洲尚且保持着人口的增长，其他国家的生育率已经大幅度下降，社会呈现出老龄化倾向。联合国卫生组织与各国政府颁布的一系列政策中，缓冲老龄社会带来的种种危机是重中之重。但是，目前，先进的医疗技术手段也无法治愈阿尔茨海默病。

　　于未来回到小行星带与威廉告别的时候，威廉已经不认识他了。于未来为威廉做了几个中国菜，其中有威廉特别喜欢吃的松鼠鳜鱼、麻婆豆腐。摘掉金属面具的威廉，脸部表情已经僵硬狰狞。他颤抖地嚅动着嘴唇，费力地吃着饭菜，吃一半，掉一半。于未来实在看不下去，拿小勺子一小口一小口地喂他。

威廉竟流露出孩童般的神情，感激地对于未来说："你是谁？ 谢谢你了，你真好 ……"

于未来忍不住有些心酸，尽管他明白威廉是一个十恶不赦的罪犯，他甚至欺骗利用了自己的忠诚。但鸟之将死，其鸣也哀。他不会宽恕威廉的罪恶，但也不会乘人之危赶尽杀绝。

饭后，于未来又为威廉调制了一杯现磨的哥伦比亚咖啡，这是威廉最喜欢的咖啡口味。威廉喝了几口咖啡，似乎大脑有些清醒了。他仔细地盯着于未来，忽然惊恐地大叫起来。

"我知道你是谁了，求求你了，别杀我，我愿意忏悔 ……"

"你犯下的罪孽太多了，你忏悔得过来吗？"

威廉沉默了。他颤抖地想站起身子，又猛地下跪在地，嘴里说着谁都听不懂的语言。医生赶来时，威廉的生命体征已经近乎衰竭，没有多少时间了。

于未来走到窗前，遥远的天际，悬挂着一轮微弱的太阳。谷神星距离太阳遥远，白昼大约只有9小时，太阳的亮度和体积看上去只有地球上正午时的三分之一。

"你看，那个小小的亮点就是太阳。你还记得地球上太阳光芒万丈的样子吗？"

威廉点点头，回忆往昔，他的眼睛湿润了。

"我，我想回家 …… 回家 ……"

于未来吃惊地看着威廉，原来一代枭雄也有叶落归根的念想。

"你真想回去地球？"

威廉费力地点头，"回纽约，回到长岛我的家 ……"

于未来将此事汇报给郭政宏，想要帮助威廉完成他生命最后的愿望。郭政宏思忖良久，同意了。但他去过纽约之后必须归案。威廉作为国际刑警中心红色通缉令名单中的首要罪犯，历史和法律不容他善终。

在联合国和国际刑警中心的安排下，威廉由于未来护送乘坐飞船在纽约的肯尼迪机场降落。此时的纽约是一座空城，但机场内外仍戒备森严。

当威廉在于未来的搀扶下走出船舱，一辆荷枪实弹的囚车在等着他。十几辆警车开道，押送着囚车驶往纽约长岛。

威廉在长岛的别墅仍旧保持着原貌，只是房屋年久失修，室外的游泳池早已干枯，房屋周围更是杂草丛生。

威廉站在别墅前的空地上，老泪纵横。他默默地跪倒在地，双手合十，嘴里念念有词。于未来站在他的身旁，周边是全副武装的刑警和特警。

囚车又驶往华盛顿大桥前的巨大墓碑前，于未来在密密麻麻的名单中，为威廉找到了他家人的名字。

威廉感激地对于未来说道："我终于如愿以偿了。我没有遗憾了，应该去陪伴我的家人了……"

法国博涯监狱就此迎来一位"特殊的客人"。

当威廉的双脚踏上博涯监狱的土地，失去的记忆忽然涌现在他眼前，当年他作为征服者来到这里，不费吹灰之力就带走了泰勒博士。如今，他再次来到这里，他的身份却是囚犯了。无须感叹"三十年河东，三十年河西"，人的命运便是如此。

威廉最后的归宿似乎已经尘埃落定，只等着在博涯监狱了此残生。然而，他的故事并未结束，整个太阳系又将掀起一场腥风血雨！

TLS在北美地区的舵主桑托斯是个菲律宾裔美国人，早年他跟随家庭从马尼拉移民到了纽约的布鲁克林。

纽约变成"僵尸之城"前，桑托斯正巧回了故乡吕宋岛，因此逃过一劫。家园被毁，他响应TLS总部的号召开始重起炉灶。他选择临近纽约的新泽西州作为新的起点，但发展会员的过程并不顺利，由于威廉在小行星带成立了联邦国家，因此他的忠实信徒纷纷偷渡去了小行星带。新泽西与纽约不一样，新移民不多，桑托斯苦心经营了好些年，仍不见起色。于是，他在 TLS 组织的角色也被边缘化了。他心有不甘。也许是他的命里注定会有奇缘，一天，他在街上偶遇一个有些眼熟的中年男子，他认出这个中年男子就是威廉的小儿子史蒂文。

他生怕认错，悄悄跟踪了史蒂文几天，完全摸清了对方基本情况。史蒂文已经改名换姓，现在在一家超市当收银员。桑托斯盗取了史蒂文的指纹和 DNA 信息，通过 TLS 的内部关系，对比了留存的史蒂文的资料，证实了他的猜测。

他开始经常到超市购物，慢慢地与史蒂文熟悉起来。然后，他邀请对方喝咖啡。当他们在咖啡店坐下之后，桑托斯单刀直入，问道："你是史蒂文，你为什么改名换姓隐居在此？"

"史蒂文？你认错人了吧？"

桑托斯拿出了证据——一份 DNA 对比结果。

史蒂文仔细看了看，清楚自己已经暴露了。他问道："你是谁？你想干什么？"

"我是谁不重要，重要的是我发现了你！你肯定看了新闻，你的父亲现在被关押在法国的博涯监狱，TLS 组织即将全盘崩溃，这样的时刻，你不觉得自己应该挺身而出吗？"

史蒂文与父亲在纽约街头见过最后一面后，他便远离了纽约。他从小就很叛逆，认为父亲根本不爱他们这个家庭。独裁者的心里永远装的是自己的野心！亲情与血缘若是妨碍了他前进的步伐，那他会毫不迟疑地一脚踢开。

史蒂文憎恨父亲，这是一种从心底滋生出来的仇恨。他明白，父亲的成就越大，他就越不可能回家。他铁了心，要与父亲彻底断绝关系。他改名换姓，刚到新泽西州的第三天，纽约就发生了"僵尸事件"。接着，那里的悲惨结局众所周知。他吓坏了，又庆幸自己躲过了死神。他记得那些天，新闻里不停地播放着纽约街头的各种悲惨画面。他看到新闻里，自己变成僵尸惨死在曼哈顿第五大道。在短暂的震惊之后，他反而安心了。原本的逃亡计划打消了，因为在世人的眼中，威廉的小儿子史蒂文已经不在人世。

他加入了反战组织，成了示威游行的积极分子。可是一段时间之后，他发现反战组织里的许多人只是打着反战的旗号，干着贪污腐败的事情。社会各界捐款来的钱，大都进了组织高层的腰包。

他失去了信仰。退出反战组织后，他的存款所剩无几，只好找工作赚钱。窘迫的生活使他开始反思自己的选择是否正确。渐渐地，父亲的形象在他的心里又变得高大起来，唯我独尊才是这个社会的真理。

他准备通过一切途径，想去小行星带找父亲。他要恳求父亲原谅自己的幼稚、无知和愚蠢，他要跟随在父亲的旗帜下去征服星辰大海。然而，当他倾尽所有，终于联络到了偷渡的蛇头时，父亲自首被关进监狱的噩耗却传来了。

他彻底崩溃了。

他虽然仍在超市工作，精神上却日益颓废。为了摆脱目前的处境，他考虑过去寻找到神秘的TLS组织。但是，他们会相信自己吗？哪怕他们认可了自己的身份，又真能改变目前的处境吗？

老天不负有心人。上帝的使者桑托斯找到他了！

威廉·波旁巴在博涯监狱突然"失踪"，震惊了各国的情报机构。博涯监狱地处大海，全岛戒备森严，而且配备了全天候的天网监控，哪怕是一只海鸥飞过上空，都逃不过监控的天眼。为了防止武装入侵，监狱还配备了多导弹发射系统。

更让人诧异的是，博涯监狱的守备人员无一伤亡，监狱指挥中心甚至不知道威廉失踪了。因此，他们认为，威廉的"失踪"是某种非自然现象。这样的结论未免令人感到啼笑皆非，就连调查者们，对此也觉得万分荒谬。消息传出之后，各国的情报部门更是大加嘲讽，这显然是一起有针对性的劫狱事件，怎么可能是非自然现象？其实，监狱的守备人员和犯人在威廉失踪的时间段，听到过一次"音爆"，声音尖厉而短暂。这也许是这起"非自然现象"中最大的疑点。

郭政宏密切关注着威廉的失踪事件，因为他联想到"金翅大鹏22"的失踪，也许两个案件具有某种未知的潜在关系。他从情报部门近来收集的资料得知，火星共和国的科学家研究出一种秘密的次声波武器，能够瞬间致人的中枢神经陷入深度麻醉状态。

早在本世纪初，法国和美国就相继开始研究次声波武器，超声波子弹、声束枪、声波炸弹等都取得了不错的进展和成效。研究发现，低于20 Hz的次声波能够与人体的器官产生共振，能在无形中对人造成伤害。次声波的穿透力更是惊人。由于次声波武器可以达到的恐怖程度，联合国曾发布禁令，禁止各国深度试验次声波武器。

郭政宏的推断非常正确，博涯监狱的劫案正是由桑托斯策划并实施的。他在火星共和国的卧底买通了阿德里安博士的助手，使得桑托斯轻易联系上了阿德里安博士本人。

阿德里安博士是法国研究次声波武器的加夫雷奥的隔代弟子。早在读博期间，阿德里安就疯狂迷恋上了研究次声波武器，但因为这是明令禁止的研究项目，所以他最终没有拿到博士学位。正当他毕业即失业，生活窘迫之际，他原来的校友推荐他去了火星工作。

火星共和国的科研不在地球联合国的管辖之内。阿德里安在此如鱼得水，他对自己的研究全力以赴，希望自己有生之年能够超出这个领域的鼻祖加夫雷奥，开发出一种新型的次声波武器，他要用次声波瞬间"麻醉"人的大脑中枢神经，而且还追求达到记忆功能并不受损的效果。

遗憾的是他的科研成果并未得到新总统的支持，被认为这不过是雕虫小技，难登大雅之堂。正当他苦恼之时，一笔足以让他尽情享用一辈子的巨款打到了他的私人账户中。一位神秘的来访者约见了他，希望他将这笔钱用于科学实验，只要他在次声波武器的研究上取得任何进展，这项技术的专利将全部属于神秘人。款项随他支配，金主并不会干涉他。

阿德里安喜出望外。他当然知道，神秘人用他的次声波武器肯定是要从事非法活动，可这与他何干呢？只要他不去注册专利，罪名就不会落到他的头上。他很识时务，严格采取三不政策：不打听金主的名号；不追问专利用途；不与金主密切交往。

这位神秘的金主自然就是桑托斯，阿德里安是他精心培育的一棵摇钱树。他明白，次声波武器转卖到地球上任何一个军事机构或是恐怖组织，都将获得巨额利润。他的第一个买家就是财大气粗的美国CIA，只在咖啡厅半小时的会谈，就完成了全部交易。但是，CIA希望买断至少一年的专利使用权。即，一年期间内任何人不得使用该专利产品。

桑托斯满口答应，却没想到他给自己挖了个大坑，竟由此招来了杀身之祸。

桑托斯意外捡到史蒂文这个"宝贝"后，拉大旗，作虎皮，准备大干一场。可他还是想得太简单了，TLS是威廉一辈子的心血，他精心搭建的组织机构，亲自招徕的高层负责人岂会听他摆布？史蒂文是威廉的儿子不假，但史蒂文的资历无法担任这个庞大组织的最高领导人，他们只认可威廉的指令。

桑托斯狗急跳墙，决定铤而走险把威廉劫出监狱。博涯监狱的地理位置特殊，劫狱难度极高。桑托斯只好启用阿德里安的秘密武器，但他卖给CIA才一个月都不到，可他顾不了了，夜长梦多，谁能够保证威廉在监狱不出意外？

于是，他精心设计了整个行动方案。

桑托斯动用了自己所有的资源。黎明时分，一架载着次声波武器和雇佣兵的超音速飞机从邻近的一个荒岛起飞，超低空飞到博涯监狱的上空，发射出次声波的频率，瞬间瘫痪了监狱的监控和军事设备，预先布置在监狱里的频率放大器同时开始工作，等到监狱里所有人陷入"麻醉"状态后，飞机在监狱的空地垂直降落，戴着特制防护头盔的雇佣兵迅速到达指定目标，带走昏迷的威廉。

当桑托斯手持的红外热像仪扫描出监狱范围内居然还有活动影像的时候，行动计划已经不能更改了。哪知，他心急火燎赶过去察看到底是何许活物时，竟大吃了一惊。红外热像仪中的活物是威廉和监狱里的一个老守卫，他们正盘腿对坐着下国际象棋。看上去，他们一点儿也没受到干扰。桑托斯等雇佣兵进来，也没有影响他们盯着棋盘的视线。

"威廉总统，我，我来接你了……"

威廉此时才注意到桑托斯在自己面前，他有些疑惑地问道："你是谁？你要接我去哪里？"

"我是桑托斯，是你忠实的下属。我来接你去小行星带联邦国，那是你的帝国，伟大的帝国！"

威廉笑了，打趣道："你听到没有？我有伟大的帝国，我是举世无双的小行星带联邦国的总统……"

"总统有个屁用！你就是我的犯人，现在是我管着你！"对面的守卫答道。

桑托斯见时间紧迫，急忙下令雇佣兵把威廉搀扶起来，但遭到老守卫的制止：

"你们是什么人？想要劫狱？住手！"

没等老守卫掏出警笛吹响，桑托斯立即打昏了他。

除了那个奇怪清醒的老守卫，其他一切都非常顺利。荒岛上的飞船按时发射，没遇到任何拦截就冲出了地球的大气层。

百密难免一疏，阿德里安怎能想到，他研制的次声波武器可以"麻醉"正常人，却对阿尔茨海默病病人不起作用。难怪威廉和那个老年痴呆症的老守卫见到桑托斯的时候，他们保持"清醒"。

法国对外安全总局对中国未来工程部安全部门提出到博涯监狱现场勘查的申请有些尴尬。他们至今未有丝毫头绪，如何对外解释？但威廉失踪事关重大，中国的未来工程部想来看看，一定是有他们的理由。

郭政宏自然留意到那个老守卫。但他的讯问记录并没有破绽。老守卫忠心耿耿几十年，从未犯过原则性错误，但患上阿尔茨海默病后，原本他该提前退休了。

其他狱警的讯问都是千篇一律，监控记录也没有缺失画面。问题到底出在哪里？老守卫被打昏过去的那一刻，其余的守卫都在干什么？时间停止了？还是所有狱警和犯人都丧失了记忆？

唯有一个破绽：事后他们发现，监狱里所有的时钟和手表都比外界慢了一个小时。劫狱者一定是用了某种武器，攻击了监狱里的设备和人。致使监狱系统出现了一小时的静止停顿，而劫持者利用这段空白的时间，从容地完成了劫狱任务。老守卫不是没有被攻击，而是那个武器对患有阿尔茨海默病的人无效。

尽管不可思议，但所有人都赞同郭政宏的推论。

郭政宏一下子明白了，"金翅大鹏22"一定也遭遇了相同的武器攻击，才会集体失忆。可问题还是不能解决，劫持"金翅大鹏22"的目的是什么呢？

谷神星举行了隆重的凯旋门欢迎仪式，欢迎威廉和史蒂文凯旋。

群龙无首的日子过去了，威廉和史蒂文父子将带领小行星带的子民迈向新的征程！

威廉看着眼前的史蒂文，感慨万千。当初他对于未来实施脑部手术，移植的就是史蒂文的经历。他为于未来取名史蒂文，就是为了怀念和祭奠他最宠爱的小儿子。如今，原以为不在人世的史蒂文竟"死而复生"，威廉心中有说不出的开心，他要让整个帝国的子民与他一起分享家族的荣耀。威廉的病情也开始好转。他要在有生之年扶持史蒂文上位，延续他的血脉和荣光！

威廉给史蒂文上的第一课，便是教他如何变得冷血。

"史蒂文，我的儿子，你是我现在唯一的血脉，你知道自己该做些什么吗？"

史蒂文困惑地摇摇头。

"我大张旗鼓地建立帝号，特赦所有犯人，举国狂欢，就是为了突显你的地位。你必须做一个狠人，狠人就必须要有震慑力。否则，你以后如何坐稳我的王座？"

"那我应该怎么做？"

"三天后是君主立宪制会议的第一天，你要勇敢地站出来，指责桑托斯的罪行，然后当众砍下他的头！"

史蒂文震惊了，不可置信地看着威廉。

"不错，桑托斯是大功臣，他找到了你，也救出了我。我应该奖赏他。"

史蒂文连连点头。

"不！如果我对他奖赏了，今后他就会砍下你的头，自己登上王位。"

"为什么？他现在不是已经飞黄腾达了？再说，我能找到他的什么罪行呢？"

"这就要看你的能力了。"

"父亲，我不理解。现在帝国正是用人之际，我们杀他不是浪费人才了吗？何况，他还救了你我。"

"人的欲望永无止境。正是他劳苦功高，所以才会更充满野心。以后，他会觉得没有他，就没有小行星带帝国的今天。而你，只是他扶持的一个傀儡！"

史蒂文似乎明白了。他敬畏地问："父亲，你还要告诉我什么？儿子聆听指教。"

"我要教你的第二课是，阿尔茨海默病不可治愈，当我变成一个无可救药的疯老头，你要果断出手结束我的生命……"

史蒂文惊叫起来："不！我绝不！"

"听着，那时，你杀我，是一种伟大的爱！难道你忍心看着小行星带帝国的一代君王变成众人嘲笑的疯老头？那样的话，你的父亲不仅不可能名垂青史，反而要遗臭万年！历史由胜利者书写。你不杀掉我，别人就会杀掉我，我要你，以此篡夺王权！"

威廉的"教导"，令史蒂文不寒而栗。他觉得自己仿佛长大了，浑身的血液渐渐变冷。他不敢正视父亲，尽管，他无法透过威廉脸上的金属面具看到父亲的表情，但他感受到了父亲眼神里的道道寒光。

"记住，做一个圣明的君主必须冷血，绝对不能放下屠刀。反之，你的王国便会内乱，子民也会跟着遭殃。"

史蒂文很快搜集到了桑托斯的种种劣迹。

而此时此刻的桑托斯仍沉浸在狂欢的喜悦之中，他的周围到处是阿谀奉承，他自然乐在其中。如今他在帝国是一人之下，万人之上。他的雄心抱负终于得到了施展，以后的他更是鹏程万里，扶摇直上。

直到史蒂文当众宣布他的十三条罪状之时，他才醍醐灌顶，大梦初醒。

桑托斯没有为自己辩解，当锋利的刀刃划破他脖子的一瞬间，他感到的是彻底的解脱。

第 五 章

荆棘之花

月球爆发了一场小型冲突。印度的科学考察队跨越了原本划分的区域，进入中国的开采区域。

自从印度政府在计算机和航天两大领域投下巨资后，他们的成绩显而易见，不仅有能力登陆月球，甚至还争取到了氦－3的开采权。

冲突发生后，丁零第一时间赶到了现场。印度士兵见丁零和卡密尔都是女人，傲慢地想用武力来解决问题。哪知丁零和卡密尔并肩作战，迅速控制了场面。

印度士兵欺软怕硬，加上联合国在月球的督察队及时干预，一场突发的"战争"很快平息下来。

事后，中国政府和印度政府举行了总理级别的会谈，中国总理大度地表态，为了全人类大航海时代的共同目标，决定出让部分氦－3能源给予印度政府。印度的许多民间科研机构与中国的合作都很好，只是军方的部分高层领导总是想着要在亚洲争霸。

丁零得知"金翅大鹏22"飞船完好无损地回到地球，船舱里运送的氦－3能源也没有缺失后，她复盘了飞船的航行路线，飞船在中断联络后折返回月球背面的轨道，而月球背面正是监控的盲点。

她并不相信飞船真的进入了时空裂缝，这里面一定有点什么"古怪"。她仔细查看了月球上的天网监控系统，发现一艘不明国籍的飞船在"金翅大鹏22"失踪时间段曾经出没在月球的背面。但如果

"金翅大鹏22"是被劫持了，那么劫持的意图是什么呢？

丁零仍旧感觉鲜于花蕊的身上存在一些谜团。

因为一起突发的恒温节能系统事故，月球营地紧缩了人员的住处空间，现在，丁零与鲜于花蕊称得上关系"密切"。

同处狭窄的空间内，按照常理，彼此总会有些交流。可鲜于花蕊始终谨言慎行，丁零根本套不出任何有效信息，这不像是初出茅庐刚刚工作的人。莫非她受过专业的训练？

丁零从小性格倔强，认准一个理就猛追不放。她认定鲜于花蕊有问题，不查个水落石出决不罢休。

一天，睡觉时，她被鲜于花蕊的叫喊声惊醒。原来，鲜于花蕊做噩梦了。

"你做噩梦了？ 梦见了什么？"

鲜于花蕊欲言又止，"我总是梦见自己被人追杀……"

"梦境与现实是有相连的，你害怕什么？ 需要帮助吗？"

鲜于花蕊眼神躲闪着连连摇头。她突然问丁零："张衡还好吗？都是我害了他。"

"你的目标是氦－3，还是张衡？"

鲜于花蕊吃惊地看着一脸严肃突然发难的丁零。

她越来越害怕丁零，她感觉对方的目光正在透进她的内心，使她无处遁形。她想挣扎着逃离，但又没有借口。鲜于花蕊装傻，以睡觉的理由糊弄过去。

第二天，丁零又一次明确问她："你要说实话，你感兴趣的是氦－3，还是张衡？"

"你是什么意思？ 我不明白。"

"你真不明白？ 如果不是你制造出与张衡的绯闻，还能是谁？"

"你非要我承认，我对张衡和氦－3都有兴趣！ 我都认可，你满意了？"

鲜于花蕊以退为进，这反而使丁零更为警觉。

"你准备和盘托出了？"

"我喜欢张衡，我看到他第一眼就认定了，他是我心目中的那个人。我设计与他的绯闻，目的就是造成既成事实，这样，他的妻子便会离开他。至于氦－3，我当然想得到它，谁会跟钱过不去呢？可惜，我只是望梅止渴罢了。我说完了，你还有什么要问的？"

丁零佩服鲜于花蕊的灵活机智，她把话全都堵死了，阐述的动机也合情合理。无形中还反将了丁零一军，这让她如何追问下去？

第一回合的较量，丁零和鲜于花蕊谁也没有赢。

丁零只有找出鲜于花蕊隐藏的真正动机，才能与她展开真正的较量。

鲜于花蕊因有嫌疑，事关氦－3能源的开采安全，她被劝退回到地球。

然而，事情变得更复杂了。张衡居然对鲜于花蕊一见钟情了。

郭政宏从不过问未来工程部人员的家庭琐事，可他看到张衡递上来的离婚报告，他发火了。

"张衡，你凭什么离婚？我看你是昏了头！拿回去，不要让我再看到这张纸。"

"郭部长，离婚是我的个人自由，组织上不能干涉。"

郭政宏瞪着张衡，气得浑身发抖，张衡竟敢当面顶撞自己，这是从未有过的事情。他压住怒火，尽量语气平缓地问道："那你说，你的理由是什么？"

"很简单，婚姻失去了爱情的实质，就不应该存在了。"

张衡理直气壮，郭政宏的怒火更压不住了。

"你这是儿戏！我不同意！"

张衡也不气恼，双肩一耸，他说："郭部长，现在早已不是封建时代了。再说，你总不能让我戴一辈子的绿帽吧？"说完，他扬长而去。

张衡的妻子出轨。因此，张衡提出离婚属于正当诉求。

郭政宏看了调查报告，无奈之下只能同意张衡的离婚申请。

张衡获得"自由"之后与鲜于花蕊一拍即合，迅速进入了恋爱的甜蜜期。

郭政宏看在眼里，急在心里。

实际上，在组织的认定中，鲜于花蕊基本已经可以确认间谍身份了，她与张衡谈恋爱的目的非常明确，就是为了套取有价值的情报。可是，鲜于花蕊是个诱饵，后面的大鱼还未浮出水面，他们不能打草惊蛇。

郭政宏在未来学院的第一批学员身上，倾注了自己莫大的心血与期望。眼看他们一个个成长为国家的栋梁之材，他由衷地感到高兴。他相信张衡只是一时误入歧途，很快便会迷途知返。可所有人都没有想到，张衡已经不是原来的那个张衡了。

鲜于花蕊的"爱情之箭"射向张衡，这是她必须完成的任务。奇怪的是，她与张衡在月球上的第一次接触，她就被"电"到了。她被对方的眼睛吸引。当他沉浸在音乐中的时候，她从他的眼里看到了家乡深山里的涓涓溪流，柔情像水一样沁入她的心田。而当他谈论音乐之时，他像一个神采飞扬的天真儿童，让她不由自主想起了自己的幼年往事。

那天晚上，她拍下照片，按照任务要求传送到特定网站时，她有一种罪恶感。她默默注视着张衡熟睡的面容，明白自己今后的人生将与这个男人联系在一起了。

互联网上铺天盖地的绯闻，迫使未来工程部把张衡调离了月球。她作为间谍的任务圆满完成。不过，这未免太简单了。她原以为，自己被派到月球，肯定与氦－3有关，可她还没来得及深入做些什么，就接到"已经完成任务，设法回到地球"的指令。

丁零与她住在一起的那几天，是她最难熬的时间。她惧怕丁零的眼神，感到对方像一把时刻在剖析自己的锋利手术刀。月球的夜晚很漫长，长此以往自己肯定会被逼疯了。

如愿以偿回到地球后，她主动去找张衡。新的任务是让张衡爱上她。她欣喜若狂，又忐忑难安。她怎能想到，她在月球的任务就是为了"改变"张衡。

张衡离婚后，主动来到南京对鲜于花蕊表白。

那是一个傍晚，残阳如血。鲜于花蕊在校园旁租了一条手划船，准备带着刚到南京的张衡去品尝当地的特色小吃。

"南京的小吃可好吃了，鸭血粉丝汤、梅花糕、南京板鸭……"

"花蕊，你先听我说……"张衡从口袋里掏出一枚钻戒，郑重地捧在手心里，然后单膝跪下。

"你、你这是干什么？"

"我向你求婚，请求你嫁给我！"

张衡突如其来又直截了当的求婚，把鲜于花蕊吓坏了。哪有未经恋爱，直接求婚的？

"张衡，这太意外了，我要想想……"

"抱歉，我太激动了，我们应该先恋爱，后结婚。"

接下来，鲜于花蕊的大脑一片混沌。这是怎么一回事？

她吃着鸭血粉丝汤和梅花糕，心脏还在猛烈地跳动着。她不敢抬头看张衡，害怕他那火辣辣的目光。她在心里一次次地对自己说，这不是真的。

但她体会到了爱情，她的每一个毛孔都浸透着甜蜜！

张衡送她回校园的路上，他们没有说话。直到分别的那一刻，张衡才说："每个周末我都会来看你，一直到你同意的那一天。"

下个周末，张衡果然来了。

这一次他们租了手划船漫无目的地游荡。

鲜于花蕊请示过 CIA，他们认为结婚事宜不可操之过急。她觉得也对，婚姻毕竟是人生大事，绝不能草率匆促。

鲜于花蕊隐隐觉得整件事哪里有问题，CIA 单线联系她她能够理解，可他们对于氦－3能源的情报完全不感兴趣，似乎感兴趣的只是张衡这个人，这完全违背了他们让她回国的初衷。去往月球之前，上司转交给她一个小比熊的毛绒玩具，再三嘱托要她在张衡离开月球时，想方设法交到张衡手上。尽管她不知道毛绒玩具的奥秘，但还是照做了。事后，上司奖励了她，给她的美国账户存进一笔巨款。她感到不安，便问起小比熊毛绒玩具的事，奇怪的是，张衡全然不记得。

"你怎么可能忘了？你在月球，乘坐飞船前，我亲手交给你的。"

张衡仍是摇头。

鲜于花蕊一下子嗅到了阴谋的味道，她开始担心起张衡的安危。可随着时间的推移，没有任何不好的事情发生。她又逐渐心安了，开始沉浸在爱情的甜蜜之中。

鲜于花蕊对这段感情心如明镜，处在悬崖边缘的爱情，稍有不慎，便会粉身碎骨。她是 CIA 培养出来的商业间谍，而张衡是未来工程部的军事骨干，在这样的基础上，他们的爱情只能盛放出荆棘之花。

小时候，鲜于花蕊就暗暗发誓，她这一生，不追求永恒，但一定要获取短暂极致的幸福。整个人类在这颗星球的历史中简直微不足道，而地球放在宇宙之中，也只是一粒尘埃而已。

她要让自己的爱情节奏慢下来，她要沉醉，沉醉在甜蜜的爱情里永远不要醒来。

张衡学会了写情书。

现代社会男女之间谈恋爱的方式彻底改变，无论是语音还是短信，双方的交流直奔主题。而传统的纸书传情，隔空思念，已经少之又少。

张衡没写过情书。他翻阅了古今中外的情书大全，像是小学生那样摘录爱情句子，然后稍加修改就成了自己的情书。

男人的笨拙是爱情中的利器。鲜于花蕊每每读张衡的情书，都手不释卷。

他们之间来往的情书，自然成为监控检查的重点。

丁零看着这一封封情书，简直不相信这是她熟悉的张衡。事出反常必有妖。郭政宏也有同感。

丁零虽觉得奇怪，但莫名地竟然有些羡慕张衡，她和于未来的情感之路也经历坎坷和波澜，但从未有过如此花前月下、情意绵绵的时刻。

郭政宏清楚张衡之于于未来的重要性，因此选择了隐瞒。不仅如此，于未来也对威廉被劫走一事毫不知情。但世上没有不透风的墙。于未来还是知道了张衡大张旗鼓的恋爱。他放下星际航行的筹备工作，赶到了海底基地。

丁零只得尴尬地打圆场。

"这是张衡的私生活，我们不必过多干涉……"

"不行！我要见他。"

丁零没有阻拦，她原想让于未来教训一下张衡。可哪能想到，张衡正等着于未来，他的任务目标就是于未来！

丁零听到枪声，才意识到大事不妙。等她冲进"安全屋"，于未来已被张衡射中三枪，倒在血泊之中。

三颗子弹枪枪命中要害，在送往医院的途中，于未来就已经失去了生命体征。

丁零悔之又悔，可结果如此残酷，于未来死在亲密战友的枪口之下。人类迈向太空深处的宏伟计划，就这样毁在了自己一时的疏忽之下。

郭政宏没有痛骂丁零，他深切知道此时的她比任何人都要痛心。

但这也一下子让所有迷雾退散，"金翅大鹏22"失踪案的谜底，就是于未来。那么，劫持者是谁？于未来是全人类的希望，刺杀于未来，这简直是愚蠢至极的自毁行为！

郑月带着亚当赶来。在仔细检查了于未来的伤势之后，她也只能悲哀地摇了摇头。亚当站在一旁，专注地观察着于未来的瞳孔。

"快！郑月，你身体里仙女座人的免疫再生功能，可以激活于未来的生命……"

突然，亚当全然不顾在场所有惊诧的目光，他把一只手放在于未来的胸膛上，另一只手放在于未来的下腹处，按照轻重缓急的节奏用力按摩起来。

奇迹出现了，于未来突然长吐了一口气，缓缓地睁开了眼睛。

众人急忙上前，想知道奇迹是如何发生的。

"请你们全都离开这里，由我和郑月来照看就行了。他现在身体十分虚弱，需要慢慢恢复。"

"他醒了就行了……终于有救了……"

丁零双腿发软，瘫倒在地，像是经历了一场死劫。

礼炮轰鸣，五彩的烟花在空中开放。

一群白鸽从低空掠过。

广场上到处是一派喜庆的气氛。人们载歌载舞，衷心地庆贺城市又恢复了光明。人们似乎忘却了首领碧空曾经的谎言，反而拥戴他，把他视作英雄。

碧空站在舞台上，面带微笑，完全是一副胜利者的姿态。他把雏菊拉到舞台的中央，然后又请李富贵走上舞台，与雏菊并排站在一起。

"亲爱的同胞们，在庆贺劫后余生的欢乐氛围里，我要宣布一个大喜讯！雏菊是我最亲近的人之一，也是我曾经最好的朋友赤丹的女儿，现在，她要与来自外星球的贵客李富贵结成伉俪……"

广场上一阵欢呼雀跃。

李富贵急忙拒绝道："绝对不行！我已经结过婚了……"

碧空的声音在李富贵的大脑中响起："听着，我不允许你违背我的意志，你知道的秘密太多了……你只能服从我的安排。"

李富贵瞬间明白了，碧空要控制他，以防他泄露地下世界的真相。想必碧空带他参观地下世界的时候，就已经想好要控制他了。

祭司走到李富贵和雏菊的面前，牵起他们的手，隆重宣布：

"我以祖宗先辈的名义起誓，你们一日成婚，永世不得离异。虽然你们结合的一方是外星球种族，但我族人以宽厚之心容纳百川，祈福你们甜甜蜜蜜，和和睦睦，成为这颗星球上遵纪守法的优秀奴仆。"

广场上再次响起此起彼伏的欢呼声。

李富贵不愿意听任摆布，他一再分辩，但他们根本不容他抗争，就被众人抬举着送进了洞房。

有必要介绍一下，这个星球上的人类虽然与地球人类的生殖系统相似，但繁殖下一代却是依靠每个社区配备的专用仪器，通过仪器，令生殖细胞结合，然后统一放到生命大熔炉里培育成婴儿。然后婴儿进入快速成长阶段，直到成人之后才能进入社会。

李富贵发现房门被反锁，屋子里也没有窗户。他看着呆坐在床边的雏菊，长叹了一口气。

"雏菊，你知道我已有妻儿，怎么可能与你结婚？"

"首领说了，我们星球的时间与你们星球的时间不一样，你穿越了时间线，所有的过去就都不存在了。你必须明白，在这里，首领的决定不容更改，他享有绝对的权威！"

"你们难道心甘情愿成为他的奴仆？你们到底是文明社会，还是原始社会？"

"这当然是文明的制度，首领若是不享有绝对的权力，我们早就成了一盘散沙，族群也不可能存活到今天。我们从心里拥护他，他是所有族人的大家长！"

李富贵觉得自己多说无用，这个种族彻底被洗脑了。雏菊是首领的亲信，应该了解地下世界的秘密，即使知道，她也甘当牺牲品。但李富贵不甘被随意摆布，他要反抗！尽管势单力薄，也要螳臂当车，奋力一搏！

"雏菊，你知道还有一个地下世界吗？"

雏菊点头，道："我的父亲就在下面的世界。

"你只要按照这里的规则行事，便是这个星球永远的贵客。反之，你的生命将被消灭。"

"你们救我，是为了了解地球人类？"

"当初在星球近地轨道发现你的逃生舱时，我们要将逃生舱带回来非常艰难，但最后还是成功了。你应该感谢我们，当时你的生命岌岌可危，幸亏我们有先进的设备，才把你从垂危的状态下挽救过来。我们从你的意识里，获取到了许多地球人类的信息，得知你们星球与我们很相似，首领简直高兴坏了！"

李富贵愤怒了，碧空居然趁他昏迷之际，盗取了他大脑里的信息！但同时他也感到一阵悲哀，文明发展的等级高度不同，就能把人玩弄于股掌之间吗？

"你们卑鄙无耻，碧空还是一个专横无情的独裁者！难怪你们星球会变成现在的毁灭状态，那是你们自作孽。"

"这没有对错之分，进化的任何路径都是殊途同归。不发生核大战，也会有别的战争，就算什么都不做，星球内部的结构变化，也会毁灭所有。生命是循环的，这是宇宙中智慧生命发展的必然规律。

首领独裁？如果他不专横无情的话，能够让我们族群延续到今天吗？我相信，你们地球人类终有一天也会遭遇类似的结局。可悲的是，只有在毁灭前的瞬间里才能体会到之前所作所为的愚蠢，或许这是所有智慧生物的劣根性吧。但是，生命的种子不会消失，它们会重新破土而出，茁壮成长……"

因李富贵坚决不同意，只能与雏菊商量好，这只是名义上的假结婚。他已有妻子，尽管不知何年何月才能够再见面，但他一定要遵守自己对婚姻的承诺。

人无远虑，必有近忧。碧空清楚，虽然小分队找到的能源电池暂时解决了能源问题，但这不是长久之计。

李富贵是他的救命稻草。他可以大言不惭地对族人宣布，李富贵是外星球派来拯救种族的使者。只要李富贵存在一天，他的统治就不会被推翻。他安排雏菊和李富贵结婚，实质上是另一重监视与控制。

可李富贵不忘初心，他对养育他的父母和星球，永远保持忠诚和热忱。如今，他被软禁在外星球上，心中却时时记挂地球。既然这个星球上的人曾到达过地球，那他们一定有实现星际航行的能力。

一次，他问碧空："你们飞船的动力系统依靠的是何种能源？"

碧空神秘地笑了笑，"与你们一样，也是核聚变系统，只是我们利用了宇宙的流动能量，加速了飞船航行的速度。"

李富贵不解，"宇宙的流动能量？"

"是的。"

李富贵暗自猜想，首领所说的大概是虫洞理论。

"你们认为的时光隧道和虫洞的概念还是有区别的，我很难详细解释。等你坐上我们的飞船航行，你就会明白了。"

李富贵大惊，急忙问道："你要我与你们一起坐上那艘大飞船？"

碧空点头，"当然。难道你要孤身一人待在这个已经毁灭的星球上？ 我还指望你和雏菊结合，生一个跨种族的混血儿呢。"

"首领，如果你们的音乐频率能够传播到地球上，那你们也可以将星际旅行的方法发射给地球人类……"

"不可能！一个种族的繁衍和发展，或是最后的自生自灭，这是宇宙的规律，谁也无法更改、干涉。抱歉，我对此无能为力。"

这次谈话之后，李富贵明白他只有通过自己来实现这个目标了，他将突破口放在雏菊身上。归心似箭，推动着李富贵不断试探。

很快，他察觉到雏菊希望利用李富贵的特殊身份，让她在地下世界工作的父亲也能登上飞船。

雏菊在幼年时期就被选中成为首领的仆从，这是他人眼中的无上荣耀。可这样的荣耀背后，却是他人不能体会的苦涩艰辛。她羡慕与自己同龄的男女，能够尽情享受生命。

首领终于开例，让她与李富贵成婚。但李富贵却已有家庭，他甚至三令五申，一再表明，他们只是假结婚。可她不敢对首领和盘托出，她不断编造谎话，令其他人相信她和李富贵婚后的生活是多么融洽。她不得不承认，李富贵是个说到做到的君子，同房共寝的时候，他绝不跨过两人之间的界线。为了掩人耳目，他们甚至接受了"配种"仪式。实际上，她早已买通了操作人员，这不过是装装样子，走走形式。

漫漫长夜，隔着布帘听到彼此的呼吸声，雏菊想和李富贵交流意识，但对方并不接受这种沟通方式。如果以对话的形式，房间内的监控系统会立即传送给首领。首领本性多疑，若是不慎招来杀身之祸，那就得不偿失了。

雏菊自小博览群书，天文地理无所不知。她特别痴迷祖先从遥远的地球带回来的各种资料，雏菊心生一计，试探着问李富贵："你会背诵你们祖先的唐诗宋词吗？"

"很遗憾，我只会背几首简单的。"

"没关系，我可以教你。"

"你学过中国古典文学？奇怪，你怎么会对唐诗宋词感兴趣？"

"唐诗宋词是珍贵的智慧文明宝藏，启发了我们族人许多音乐灵感。我们的祖先曾经教导族人，地球人类的远古文化如同一颗璀璨的明珠，将会在所有的智慧人类历史中留下应有的位置。"

雏菊笑了，"我系统地学过中国的古汉语，包括四书五经，记忆库里都存有档案。"

从此，雏菊开始担当起李富贵的古典文学老师，教授他唐诗宋词。碧空监听了他们谈话的内容，他很满意，觉得雏菊拿捏住了李富贵。

李富贵没想到自己远在外星球，竟然学起中国古典文学的唐诗宋词，这像是荒诞小说里才有的情节。他惊叹于雏菊对中国文化精髓的钻研，发现雏菊并非真的逆来顺受，她是一个有着独立自主思想的人。

他是个军人，坐以待毙不是他的行为准则。他要想方设法找到逃离这个星球的机会。

李富贵想到这里肯定有相应的控制中心。当然，总控室必然是警戒森严，他作为被监控的对象，根本无法靠近。但也许雏菊可以，她是首领的亲信。

但李富贵又推翻了利用雏菊的想法，他是一个光明磊落的人，不屑于做这种卑鄙之事。

一天，雏菊正讲到杜甫的名句"安得广厦千万间，大庇天下寒士俱欢颜"。李富贵受到启发，脱口问道："你们有像杜甫那样胸怀天下的人吗？"

"这只是诗人的抒发，地球上也未必人人都做得到。"

李富贵急忙解释，"我不想冒犯你。我只是觉得，你们星球现在的状况，需要有人挺身而出。如果大家都知道了这个星球已经到了毁灭的边缘，如果坦诚地告知大家真相，发动集体的智慧来造那艘大飞船，岂不是更好？"

雏菊是个聪明的姑娘，她明辨是非。

"那你说，我应该怎么做？"

雏菊继续说道："我清楚你的意思，我应该挺身而出推翻首领的暴政，哪怕是以卵击石，也在所不辞……"

李富贵急忙用双手捂住雏菊的嘴唇，慌乱地说道："别说了，你昏头了？你不怕被监听……"

"怕什么？不就是早死早超生嘛。你以为我想这样活着？"

"不管怎么说，你都要活着，活着看到胜利又美好的那一天！"

第 六 章

壮志凌云

于未来奇迹般地复活，但由于大脑供血停顿，他的部分脑干的功能无法恢复，丧失了记忆功能。

实际上，美国麻省理工大学的研究员在老鼠身上已经成功实现了记忆植入。针对提升运动能力的脑机接口更是有了突破性的发展，一些研究小组已经能够使用神经集群记录技术实时捕捉人在运动时大脑皮层中的复杂神经信号，并可以用来控制外部设备，帮助四肢受损的残疾人恢复正常生活。但是，作为人体中最复杂的器官，人类对大脑的了解还是太少了。

目前，脑机接口技术已经很成熟，修改脑部神经系统的新技术也有了进展。在全球范围内，能够在大脑神经突触上进行手术的，目前只有日本的山田君博士可以做到。

郑月和亚当以他们独特的方式为于未来治疗后，于未来的三处严重伤势已经痊愈了，他能坐在病床上聊天了。但于未来恢复记忆之后，奇怪的事情发生了，他连最久远的事情都一清二楚，如数家珍，唯独不记得丁零了。丁零也真够倒霉的，这是她第二次被于未来忘记了。她不相信，也不愿意接受这个事实。

"你再仔细看看我，我是丁零，你怎么会不认识我呢？"

于未来歉意地摇摇头，他还是什么都想不起来。

情感记忆和大脑最复杂的神经突触相关。一旦丢失，很难再找回来。更可怕的是，于未来在以后的生活中，情感方面会存在缺陷。

郑月明白这一点，但她的忧虑无法对外人倾诉。她只能期待奇迹的发生。

于未来遭遇刺杀身亡的消息，很快成为世界各国新闻媒体的头条新闻。未来工程部紧急辟谣，发布了于未来康复的照片。谣言是平息了，但各家媒体又把新闻焦点对准了凶手张衡。各新闻观察员和专家纷纷通过自己收集到的情报资料，猜测起凶手背后的动机。他们的嗅觉异常灵敏，很快挖出了张衡离婚后迷恋的对象鲜于花蕊。

他们对于媒体而言，并不陌生。随着新闻报道的不断深入，真假爆料满天飞，媒体甚至很快挖出了鲜于花蕊与 CIA 的关系，一时间，几乎所有的矛头都开始针对 CIA。

CIA 的局长助理布莱默犹如热锅上的蚂蚁，对中情局的各种阴谋论层出不穷，这引发了美国众多国会议员的不满，在上交的提案中，很多人都要求问责 CIA。毕竟于未来飞往外太空不仅代表中国，而且事关全人类是否能够尽快移民。

令布莱默尴尬的是，他们发展鲜于花蕊加入中情局的外围组织是事实，但他们的目的只是窥探中国在月球开采氦－3 的情况，而指使张衡刺杀于未来一事，与他们毫无关系。他也弄不清楚，为什么事情的发展完全超出了他们的控制。

在调查过程中，他发现了一些不同寻常的事。亚洲分局曾向蓝色起源航天公司租用一艘星际飞船，但租用后执行的任务却没有上报总局。更蹊跷的是，亚洲分局的副局长罗彬逊这两天突然失踪了。

随着调查的深入，布莱默确认，亚洲分局在月球的行动是罗彬逊亲自策划的。他私自劫持了中国的飞船"金翅大鹏22"，并给未来工程部的成员张衡做了脑部手术，他应该是修改了他的部分神经突触。罗彬逊的去向也已经调查清楚了，他偷渡去了小行星带，投奔了史蒂文。

但在美国国会举办的听证会上，布莱默却隐瞒了这一切。

在中国未来工程部，郭政宏透过镜面玻璃，正在观察张衡。面对丁零的审讯，张衡神态安详，谈吐自如，丝毫没有犯罪后的悔恨。

"你刺杀于未来的目的到底是什么？"

"我回答过无数遍了，他是异类，除掉他才是全人类的福音。"

丁零拍桌大骂："你少胡说八道！究竟是谁指使你的？你要老实交代！"

张衡一副无辜的神情说道："如果你们非要我交代是受谁指使，我只能回答这是苍天的旨意。"

"好，那你携带的那支手枪是从哪里来的？"

"手枪是我在安全屋的卫生间里发现的，还配齐了子弹，打起来挺顺手的。我的枪法还不错吧？"

张衡非常猖獗，丁零恨不得立即拿枪崩了他。但她冷静下来，改换另一种审讯策略。

"张衡，你和于未来是亲密的战友，你们曾经在一起并肩战斗……"

张衡打断道："你等等，我怎么不记得你说的这些事？我和他还一起并肩战斗过，这太荒唐了！"

郭政宏暂停了审讯。

他们都意识到，张衡大脑的中枢神经已经被修改了，审讯变得毫无意义。

果然，沿着这个方向调查，情报部门很快获知，"金翅大鹏22"失踪之时，全球唯一能够主刀这项手术的山田君也离奇"失踪"了。很显然，张衡是山田君手术刀下的一个无辜的试验品。如果现在把张衡送交军事法庭，他必定被判死刑。

郭政宏内心很纠结，要让张衡糊里糊涂地去死吗？还是本着人道主义精神，尽可能地修复他的记忆系统，让他死个明白？

　　未来工程部的情报部门追查到山田君为重建父母的墓地，秘密潜回了日本冈山。郭政宏身穿便装亲自前往日本冈山。

　　他在日本有几个老朋友，当年日本因马里亚纳海啸几乎全岛沉没，海水退去之后，日本人大规模移民中国，当时未来工程部积极有效协调，减少了两国政府之间的许多麻烦。因此，郭政宏在日本政界和民间都享有一定声誉。

　　郭政宏到达冈山之后，私下找了日本防卫厅情报本部负责国际情报的小野次郎。俩人在一家僻静的料理店坐下，郭政宏阐述了自己来冈山的目的，他希望小野次郎帮忙，将山田君"借"到中国三天。

　　小野次郎咬着牙答应了。

　　郭政宏和小野次郎简单吃了料理，匆匆告别。郭政宏直接到机场，乘坐最近一班飞机返回上海。他相信小野次郎，只要他点头了，他就会不顾一切完成任务。

　　果然，第二天晚上，山田君被偷偷押解到了上海。

　　山田君祭拜完父母的墓碑，下山的途中被绑架了。他试图与绑架者沟通，但无论他以多少金钱诱惑，绑架者都丝毫不为所动。紧接着，眼睛蒙着黑布的他感觉自己被押上了一艘船，也或许是一艘潜艇，此后他再也没有听见海浪与风声。因为绑架者让他喝了水，吃了压缩饼干，水里面大概有安眠药，接下来的过程他都处在昏睡状态。等他醒来之后，他就已经坐在这间审讯室里了。

　　审讯室里很寒冷，周边的房间不时传来各种男女的惨叫声，那是受刑的声音。山田君觉得自己像是到了地狱里，这里的一切都让他不寒而栗。

　　这时候，郭政宏端着一杯滚烫的咖啡进屋了。他把咖啡放到山田君面前。此刻他饥寒交迫，喝上美味的咖啡后犹如从地狱一下子升上了天堂。一杯咖啡喝完，他终于打起了些许精神。他安静地看着对方，也认出了对方竟是在日本一度家喻户晓的郭政宏。

"山田君先生，想必见到我，你已经明白自己为什么来到这里了吧？"

山田君点头。

"那接下来，你知道该怎么做？"

"知道。不过，我有言在先，即使我再次施行手术，他也不可能彻底复原了。"

郭政宏心里有数，他点点头。

"你尽力而为就行。"

第二天上午，山田君博士在第四军医大的一间手术室，经过一个小时完成了手术。没等他休息片刻，一辆特制的防弹车就将他送到了海边。然后，一艘最先进的亚音速快艇载着山田君驶向公海。

张衡睁开眼睛，感到头上缠着层层纱布，脑袋里像是灌满了铅那般沉重。一张熟悉的面孔出现在他的眼前，他吃力地问道：

"郭部长，我在哪？"

这意味着手术成功了。

张衡以前的记忆恢复了大部分，现在的记忆也仍旧存在，极难相容的两种记忆几乎令他形成了对立的两种人格。

鲜于花蕊请求在张衡死前见他一面。按理说，只有直系亲属可以面见死刑犯。但郭政宏还是破例同意了，他要给这一对年轻人一个最后相见的机会。

他们在崇明岛军营食堂的一个包间见面。当然，小包间内外密布着监控，他们每一个微小的表情都会被记录并投射到监视屏幕上。

张衡不觉得自己被判处死刑很冤枉，只能说于未来死而复生，是不幸中的万幸，要不然枪毙他两次都不过分。但当他看到鲜于花蕊的刹那，他内心的波澜才终于稍感平复了。他与鲜于花蕊之间的爱情不是被设计的，他们之间的一切坦然、真诚。

"你还在想着我？"

"你已经在我心里了……"

"你对我是真心的？"

鲜于花蕊默默点头。

张衡猛地抓住鲜于花蕊的双手，迫切地说道："花蕊，我希望你给我一个承诺，你愿意吗？"

"我愿意！"

"找出那个幕后黑手，替我报仇！这样，我才能死而瞑目。"

"我答应你，我会亲手除掉害死你的幕后真凶，为我们报仇！"

张衡紧紧抱住了鲜于花蕊。

"张衡，你恢复了记忆，会后悔我们之间的……？"

"不！我要感谢你，你让我体会到了爱情的真义。我希望你在我的遗物里，取走那枚我曾向你求婚的钻戒。留着它，算是对我的一个念想。"

鲜于花蕊在他的耳边轻声说道："我本来不想告诉你的，但现在……我要和你分享一个喜讯，我怀孕了！"

张衡不敢置信地看着鲜于花蕊，颤抖地问道："真的？不是骗我？"

鲜于花蕊用力地点点头，"千真万确，我们有了爱情的结晶。"

张衡喜极而泣。他蹲下身子，轻轻地抚摸着鲜于花蕊的肚子……

另一房间内，丁零看着监控画面，忍不住流下了泪水。一旁，郭政宏的眼睛也有些湿润。

"郭部长，感谢您，张衡可以走得明明白白，毫无遗憾了……"

"不！他没有离开我们，他永远是未来工程部的一员！"

第二天的傍晚时分，张衡平静地坐上了电椅。

执行人员问他："张衡，你还有最后的遗言吗？"

张衡想了想，说道："我请求组织把我的骨灰埋葬在林指挥、李教官和钟南同志的边上，我们生前是战友，死后也是战友。"

郭政宏和丁零对于未来隐瞒了张衡已被执行死刑的消息，他们不想让他带着沉重情绪踏上未知的行程。但于未来从丁零的眼神里看出了答案，他要在临行前与亲密的战友和朋友告别。

细雨霏霏，拨动着淡淡的忧思。丁零陪同于未来到达了张衡的墓碑前，她献上一束鲜花后便默默离开了。

于未来面对墓碑，敬了一个标准的军礼。随后，他脱掉军帽，摆放在墓碑之上。

"张衡，我的朋友和战友，请原谅我在你最困难的时候，没有与你一起并肩战斗。你曾对我说过，我们不仅能够共患难，还能一起分享胜利的成果。我还记得，我刚进未来学院的时候，其他人对我恶作剧，你却处处保护我。有什么好事，你都会想到我，可我还认为理所当然。现在想想，你对我的好，几天几夜也说不完。你放心，你的孩子，就是我的孩子。我会照顾好他（她），尽到一个父亲的责任。"

于未来停顿下来，又对墓碑敬了个军礼，"张衡，两天后我就要出发了。你等着我的好消息，我一定不会辜负你们的期望，尽快找到前往其他世界的通道，到达地球人类的新家园。"

丁零站在一旁，静静地看着这一切。

他们都没有注意到不远处，鲜于花蕊也在窥视着他们。

鲜于花蕊看着于未来对待张衡的一片深情厚谊，感动万分。在和未来学院的人相处的时间里，她原来的信仰正在渐渐坍塌，人活着的终极目标不是金钱与财富，而是在自我救赎中成为一个道德高尚的人，一个脱离了低级趣味的人。

鲜于花蕊暗下决心，为了张衡，也为了自己，她要重新做人，成为更好的自己。

以联合国秘书长胡安·费南多为首的168个国家派出了使者、代表和仪仗队，来到中国欢送于未来飞往太空。他们敬佩于未来的大无畏精神，尽管此行的成功性微乎其微，但也是人类历史上跨出的重要一步。

那一天，崇明岛飞船发射场人声鼎沸。各国使者络绎不绝，郭政宏与未来工程部的接待人员都应接不暇。

上午九点钟，飞船升空仪式正式开始。

郭政宏代表未来工程部主持了整个仪式。联合国秘书长胡安·费南多第一个发言：

"全球的同胞们，早上好！中午好！晚上好！我记得，我曾经不止一次怀着郁闷的心情宣布过令人沮丧的消息，但是今天，我的心情十分愉悦。现在，站在中国崇明岛的土地上，我们即将目睹人类历史上第一次探寻宇宙能量的科学考察飞船升空。虽然考察的结果不可预料，可我相信，历经坎坷的地球人类最终能够克服种种险境和困难，到达无尽的美好彼岸！最后，祝福我们的勇士于未来！祝福全球为此不懈努力的科学家们！我们始终与你们同在！"

接着，郭政宏代表中国政府和未来工程部发言。

他说："假设我们这一次科学考察能够初步发现星际航行的能量运行规律，那么，地球人类迈向星辰大海的脚步就真正开始了。展望未来，心潮澎湃。正如胡安·费南多先生所言，我们坚信，历尽艰难坎坷的地球人类，终将能够到达宇宙尽头的美好彼岸！"

鲜于花蕊的处境已是一盘明棋，但同时她也成了一颗弃子。她怀有张衡的遗腹子，CIA一时不知道如何处理她，只好对她不闻不问。

鲜于花蕊在确认罗彬逊已偷渡去了小行星带后，她沉思良久，选择了主动与丁零联系。

丁零接受了于未来的郑重委托，答应他照顾好张衡的遗腹子。她对鲜于花蕊并无好感，但看了鲜于花蕊与张衡往来的情书之后，又逐渐改变了对她的印象。也许她的本性并不坏，她只是走错了路。

她们约好在南京夫子庙附近的一家咖啡厅见面。

丁零提前到了咖啡厅，她坐在窗边。天空下起了小雨，路人行走匆匆。她注意到，鲜于花蕊一直在咖啡厅外徘徊。

她在犹豫什么？丁零忽然有一种直觉，也许鲜于花蕊将会告诉她一件很重要的事情。

丁零的猜测非常正确。鲜于花蕊在她的对面坐下后，将刚端上来的一杯热咖啡猛地喝完。

她下定决心似的说道："丁零，我要去小行星带，你能够帮助我吗？"

丁零吃惊地看着对方，没有马上回答。

鲜于花蕊继续说道："我想，只有深入虎穴，才能兑现我对张衡的承诺。"

丁零劝她慎重。

鲜于花蕊却斩钉截铁道："个人安危已经不在我的考虑范围。现在就是最好的时机，毕竟我还有一层'虎皮'披着，谅罗彬逊不敢和CIA彻底翻脸。"

丁零犹豫再三，摇摇头，"很抱歉，我不能帮你。"

"明白了。"

鲜于花蕊也不多话，站起身径自走了。

丁零望着她远去的背影，陷入了沉思。她坚定的脚步，显示着她绝不会改变的决心。

鲜于花蕊敢想敢做。她直接去了华盛顿，对布莱默提出自己想要前往小行星带的申请。布莱默当即同意，立刻安排好鲜于花蕊前往小行星带的具体计划。偷渡到小行星带的谷神星，对于布莱默来说其实是小菜一碟。实际上，CIA 一直致力于渗透小行星带，他们甚至在谷神星上成立了情报分部，一般的监视和小范围的刺杀行动都不在话下。罗彬逊早已列入了他们的暗杀名单，鲜于花蕊去往小行星带，一定能把水搅得更浑，这是他们所喜闻乐见的。

但 CIA 打定主意并不负责鲜于花蕊在小行星带的生死。她所有的行为，此后都与 CIA 无关。但她若是刺杀罗彬逊，则谷神星分部可以为她提供武器和支持。

鲜于花蕊计划好，等到她和张衡的孩子出生之后，她就踏上小行星带的征程。她将自己所有的财产全都给了贾进财，她希望他能抚养她和张衡的孩子长大成人。

但她没想到，贾进财得到了她的别墅和存款后，立刻翻脸不认人了。他靠她的钱财过上了花天酒地的生活。他要享受余下的生命岁月。

鲜于花蕊因此变得一贫如洗，南京大学对她还算照顾，维持基本生活不成问题。但她的名声却是彻底毁了，本就没有朋友，发生了这么多事情之后，同事也纷纷远离她。

这时候，丁零把鲜于花蕊接到了阿尔卑斯山，与前任联合国秘书长霍华德成了邻居。她散步时经常会碰到霍华德老夫妇遛狗，他们喝着茶聊着天。她敬仰霍华德。在这里，她开始更多地反思自己。

鲜于花蕊非常感激丁零，但她在他乡异国生活了一段时间之后，思乡心切，她还是决定在自己的国家生下孩子。丁零又亲自护送她回了故乡。

于未来乘坐的飞船仍是那艘模拟飞船——"宇宙深空"号飞船。

他原以为亚当答应帮助地球人类，他会在飞船的设计方面给予人类一些新的技术。遗憾的是，亚当承诺的第二天就失踪了，不知去向。

但人类不会坐等亚当的出现，一切都按原计划进行。

火箭升空后不久，就顺利进入了预定的轨道。这是一段漫长的旅程，第一站是柯伊伯带。然后从这里离开太阳系进入到更广阔的宇宙深空，接下来的航程便漫无目的了。离太阳系最近的星系也十分遥远，而人类的生命在宇宙的空间里简直太微不足道了。

为了能够载人飞行，飞船的船舱内增加了一套人体冷冻休眠设备。这项技术存在一定的风险，如若自动驾驶期间设备发生故障，或是遭遇撞击、袭击，那一切都只能依靠人工智能了。

于未来希望自己能尽可能避免进入冷冻程序。因为他很难确定适合的休眠时间。他要在有限的时间内寻找到时光隧道，而且还要尽快将信息传回地球。若是需要历经五十年、上百年，地球这颗星球那时还会存在吗？

长途旅程，最害怕的就是孤独。为此，于未来携带了一个人形机器人做伴。他给机器人取名张衡，以此纪念他最亲密的朋友。

出发没多久，于未来就感到船舱一阵震动。他透过舷窗看到无数物体围住了飞船，一个声音传进他的耳内："不要惊慌，我们将对飞船进行改造。"

这是亚当的声音。

亚当没有食言，他避开了地球人类，带着硅基生命体等候在太空中。于未来不知道他们会如何改造飞船，但显然亚当胸有成竹。

亚当的声音又响起："于未来，抱歉，改造飞船需要相当长的一段时间，你将见不到外太空的景象，目前更新的技术，可以让你免遭重负压对身体的损害。"

"我明白。亚当，你将与我同行？可以邀请你进入我的船舱吗？"

"不胜荣幸，我愿意与你一起面对未知的未来。"

隔离舱的门自动打开，亚当"飘"了进来。

于未来没有感到惊异，他们像是老朋友那样聊起天来。

"亚当，如果可以，我想问一下，现在我们的飞行速度是光速的百分之多少？"

亚当思考一下，回答："现在的行进速度大约在光速的0.8%，以后还会加速。我们的行程首站是奥尔特云，不过，到了那里之后，你就要独自飞行了。"

"为什么是奥尔特云？据说那里是彗星聚集的区域，可我们设计的路线第一站应该是柯伊伯小行星带。"

"奥尔特云以球形的状态包裹着整个太阳系，那里的能量流动才是你应该考察的区域。柯伊伯带则存在着轨道共振，海王星的存在对柯伊伯带的结构产生了重大作用，对于我们的航行并不安全。所以，航行到奥尔特云之后，你一定要顺势而为。"

"你是说，到了奥尔特云之后，我们分道扬镳？"

"我还有别的任务。还记得火星上的那个机器人伊南娜吗？我低估了她的创造能力了，她在押解途中逃脱后，迅速在银河系的几个星球上建立了庞大的机器人帝国。我必须去解决掉这个巨大的隐患。"

于未来当然记得火星上那个由地球人类创造出来的机器人伊南娜。若不是亚当具有先见之明，预先在月球上埋伏了一支奇兵，否则，整个太阳系的人类就都被智能机器人奴役了。

"亚当，你担忧伊南娜会卷土重来？"

亚当透露出奇怪的眼神，欲言又止地说："我担忧的不只是伊南娜，而是……"

而是什么？于未来没有追问。他明白，亚当的思维程序已演化到了与人类相差无几的程度，他有自己的思考和分寸。

良久之后，亚当还是吐露出了他的忧虑：

"有些话我也许不该说，因为这将违背当年创造我的初衷。背叛是不被允许的。可地球人类尊重我，给予了我人类的温暖，我要是不说出来，那也许更不道德！"

"亚当，我理解。你是想说仙女座人留在地球上的隐患？"

于未来一语破的点出了问题所在。

"是的。我了解曾经主人的信仰，他们一定不甘心种族灭绝，蛰伏是他们擅长的隐忍手段。目前，除了少量合成的"新人类"，地球上的某处一定还隐藏着数量庞大的他们，只等到时机成熟，他们就会把地球改造成自己的家园。"

"你在地球上的时候为什么不说？"

"……"

于未来感叹道："亚当，你对人类如此真诚坦率，又处处考虑周全，你活得不累吗？"

"活着本身就很艰难，任何生物都是一样。生命和智慧是造物主的一种赏赐，你应该感谢你能拥有生命。"

第七章

觉醒时刻

随着"新人类"融入社会生活，他们在地球上的社会地位越来越高，不仅在各行各业成为佼佼者，还在一些科研机构担任项目负责人。由于他们天生出色的工作能力，各国的情报部门也都加入争夺"新人类"的行列。他们的身影甚至出现在了高度敏感的军事科研项目之中，引发了一些人的不安。

联合国秘书长胡安·费南多就是其中一个。

因此，他牵头，在巴黎举行了联合国安理会常任理事国的闭门会议，这次会议的议题就是防范"新人类"进入政府及军事的决策阶层。会议代表大都是政府情报部门或国家安全部门的负责人，郭政宏代表中国国防部出席了这次会议。

美国代表首先发言，强烈谴责了某些政府高官为了提高尖端行业的竞争力，不惜冒险聘用合成人，若是这样的情况继续下去，合成人也许会垄断地球人类的科技天花板。

接下来法国代表也陈述了法国合成人的就业及生活现状，但他却提出了与美国代表相反的意见。他认为，仙女座人帮助地球人类抗击过硅基生命体的袭击，也推进了地球人类在航天领域的技术发展。他们放弃寄生在人类体内，而是采用更麻烦的DNA克隆技术来制造寄生躯体，这些迹象都表明，他们对于地球人类是友善的，并无恶意。因此，我们应该充分利用他们的智慧，加速发展人类的航天科技和其他高端技术，尤其是生物和纳米技术等方面。

　　午餐时间过后，下午的会议刚开始，胡安·费南多就要求郭政宏发言。

　　郭政宏很谦虚，他认为美国代表和法国代表各自的观点都很有道理，也代表了绝大部分人对"新人类"的态度。但他话锋一转，接着说道："我申明，以下的发言仅代表我个人的观点，请诸位代表谅解并且不要外传。美国代表阐述的合成人危害性只存在于科技领域，而我认为，也许事态的发展比我们想象的要更为严重，任由他们发展，将来也许会危及地球人类的独立自主，甚至连生存权也会受到影响。大家可以回想一下，当初仙女座人之所以'屈尊'，完全是因为顾虑到硅基生命体针对他们不死不休的追击，他们需要地球人类的帮助。事实也的确如此，硅基生命体的第二次袭击间隔了五年，这使得他们有了喘息之机，也有了逃亡的时间。据我们的情报，他们只想让种族的微量部分与地球人类的 DNA 结合，以帮助种族逃亡。但是现在，我想问，除了我们掌握到的信息——那些合成人以外，他们真正的族群现在在哪里？银河系？太阳系？还是就在地球上？"

　　郭政宏说到这里，刻意停顿下来。他环视着圆桌旁的各国代表，继续说道："我推断，仙女座人现在表现出来的平静友好，只是在蛰伏。他们的庞大族群一定就在地球上的某处隐匿着。自从合成人在中国的浙江湖州地区围攻过硅基生命体的领袖亚当之后，他们平静了许多，最近的一段时间里，我们都没有获得任何与他们相关的新闻。这说明了什么呢？说明他们在隐忍，那这种隐忍又有何目的？

　　"还是我的推断，仙女座人在宇宙中集体流浪了无数代，直到他们找到了地球这颗适合居住的星球。按照他们族群的信仰，他们绝不愿意过现在这种寄人篱下的生活。我们的志向是星辰大海，寻找新的家园。但是，这样的远大目标，在短期内还无法实现，所以我们需要在地球上生存下去。按照中国的一句老话说，一山不容二虎。那将来，究竟由谁来掌控地球？是我们，还是仙女座人？这两个种族之间的斗争，将无法回避。"

郭政宏说出这番话，是经过了深思熟虑的。他清楚，地球人类远不如仙女座人团结，大到国家小到个体，彼此之间的钩心斗角从未停息过。况且，仙女座人在暗处，我们根本不知道他们会在何时何地出击，也不知道他们会动用什么样的手段。论智商和科技，地球人类都不是他们的对手。这不是悲观，而是现实。

果然，会议到最后仍没有在这件事上达成一致，各国政府都有自己利益的考虑。郭政宏失望地踏上了归程。

但他还是有收获的，他从会议上各国代表的发言，摸清了合成人在全球的分布情况，尤其是那些已经渗透进某些国家尖端国防科技领域的合成人的情况。形势不容乐观。最可怕的是，有些国家，仍然还认为郭政宏的论点只是危言耸听。

政治和军事、科学不同，政治没有假设。政治是依托自身实力，靠力量说话。

目前，郭政宏手里还有一张王牌，那就是韩舒冰。他在韩舒冰和卢梭的婚礼上，宣布吸纳卢梭成为未来学院的正式学员，这将是人类的一个重要机会。堡垒从内部攻破才最有效。他要从卢梭身上找到突破口，了解"新人类"的组织机构和运作方式。

但郭政宏轻敌了，这恰恰是兵家的大忌。他怎能想到，卢梭在一夜之间变成了仙女座人的新一届首领，他将成为他最可怕的对手。

现在这个阶段，韩舒冰还跟随着卢梭在全球各地旅游。卢梭说他想多看看这个世界。可她发现，他们每到一处，卢梭最感兴趣的却不是文化古迹和城市风光。他总是参加当地"新人类"的各种聚会。有时候，甚至连续几天都见不着人。韩舒冰起初并不在意，毕竟"新人类"在地球人类之中是孤单的群体，他们抱团取暖，也属于人之常情。但渐渐地，她开始觉出事态不正常，他们的聚会，总是把她排除在外，每当她有意无意询问这件事，卢梭总是躲躲闪闪，他们之间的氛围，慢慢透出一种阴谋的味道。

"卢梭，'新人类'聚集在一起，一般都聊什么呢？我好好奇啊。"

"你别瞎猜测，我们聚在一起是希望能更好地融入人类、帮助人类，比如，如何改造地球环境，等等。难道你没看到，我们研究的气象项目，大大改善了小冰河初期呈现出来的极端气候吗？你们不爱惜地球，我们却非常爱惜。"

韩舒冰原本就要被说服了。想想也是，与卢梭来往的大都是"新人类"科学家，他们看上去的确是在讨论高深的学术问题。直到有一天，她意外发现了卢梭遗落的一个芯片。

那是一个傍晚，韩舒冰和卢梭在旧金山唐人街的中餐馆吃饭。韩舒冰的兴致很高，因为他们许久没吃中餐了。她点了麻婆豆腐、糖醋排骨和佛跳墙。菜还未上齐，卢梭的通信模块就亮了，他神情略微紧张地走出店外。由于起身匆忙，他并没有注意到原本放在座椅上的小包掉到了地上。

韩舒冰拾起小包，包内的一个芯片装置恰巧滑落出来。她审视了一下芯片，下意识地插进了自己的通信模块中。屏幕上很快显示出一串长长的名单，仔细一看，这些人名来自各个国家和地区，她惊异地看到了郭政宏的名字。

卢梭匆匆回来，见到韩舒冰手中的芯片，他的脸色大变，当即粗鲁地夺过芯片。

"你怎么能随意翻看我的芯片？这是我的隐私，你必须尊重我！"

韩舒冰没有料到卢梭如此生气。他们在一起这段时间，从未吵过架，韩舒冰为此还经常夸耀，以为仙女座人天生就比地球人有修养，再生气的事情也不会吵架骂街。

"卢梭，你今天是怎么啦？没吃饭，去吃火药了？看你紧张的，那芯片里到底有什么秘密，连我也不能知道？"

卢梭意识到自己失控，很快找个理由糊弄过去了，韩舒冰也懒得追问。他们索然无味地吃完了午餐，回到酒店后，卢梭又一头扎进他的同类聚会，留下韩舒冰独自打发无聊的时光。

卢梭告诉他的同类，韩舒冰已经看过了他们的绝密文件，接下来他们开始商量怎么办。没有意外，他们都认为要除掉韩舒冰，而且这件事应由卢梭来执行。

卢梭没有申辩，更没有拒绝。他是领袖，必须以身作则。芯片里的名单和计划，其重要性毋庸置疑。名单中几乎囊括了目前地球上各国的政要和学术界的权威。一旦名单中这些人的生理数据被收集完成，他们便可以取而代之，选取合适的仙女座人黏菌体寄生在名单里这些人的大脑之中。他们已经实施过一次擒贼先擒王的招数，只是在最后阶段失败了而已。现在，有了更充分的准备，相信一切都能顺利进行。

卢梭在回酒店的途中，开始考虑如何处理韩舒冰。令人秘密死亡的方式有许多种，常用的手段是下毒或制造意外。他选择了下毒。韩舒冰从"狼穴"的死人堆里复活之后，一直患有严重的神经衰弱病症，每天晚上临睡前，她都需要口服药物才能安然入睡。这就是最好的机会。

仙女座人在漫长的星际路途中，已经没有了情感感知和表达系统，但当他们寄生到人造人的躯体之中，又逐渐能够体会人与人之间的感情了。卢梭与韩舒冰的几次生死恋爱，直至最后成婚，可谓跌宕起伏，好事多磨。无论对于仙女座人还是地球人类，他们都是一个永恒的传奇爱情故事。

卢梭喜欢韩舒冰，他的确很爱她。但是，种族的利益永远是第一位的，他必须杀死韩舒冰。他想，在韩舒冰生命消失前，他要陪伴在她的左右，享受两人世界的最后时光。

他提议一起去看看金门大桥。他们还没有去过。

韩舒冰察觉到卢梭的反常，但她的警惕被卢梭的热情蒙蔽了。他们还是去了。

两人手牵手步行在已有百年多历史的金门大桥，浏览着大桥两边的风光。

"我像是又回到了我们初恋时的日子。"

卢梭抱住韩舒冰，低语道："舒冰，你是我永远的爱人！无论你是活着，还是死去。"

"讨厌！什么生啊死啊的，难道别的情话不会说？"

"海枯石烂，天长地久，绝不变心！"

"你说得对，我总有一天会死去，而你要比我活得更长久。告诉我，我死了以后，你还会结婚吗？"

卢梭认真地看着韩舒冰，庄严地举起右手，"我发誓，我卢梭一生一世只有一个心爱之人，那就是全宇宙独一无二的韩舒冰！"

韩舒冰看着天真纯情的卢梭，脸上笑出了花。女人崇尚的最高爱情，便是如此吧。能成为刻在所爱之人心里的唯一。

一阵刺骨的冷风袭来，韩舒冰禁不住打了个寒噤。

好巧不巧，丁零正好到美国旧金山开会。她联系了韩舒冰。她们约好晚上在唐人街见面。

丁零见韩舒冰面色苍白，一脸倦容，担心地问道："舒冰，你不舒服？生病了？"

韩舒冰摇摇头，"我也不知怎么，今天早起后就犯恶心，大概昨天去金门大桥受了寒，感冒了。"

"卢梭呢？他怎么没和你一起过来吃饭？"

"他今晚有事，他说待会来接我回酒店。"

丁零挑了一张靠窗的桌子，她习惯观察周边的环境，这是她的一种职业习惯。

丁零走进餐馆的时候，就注意到有不明身份的人在跟踪她们。坐下后，更加证实了自己的想法——有人在跟踪韩舒冰。

跟踪韩舒冰，目的为何？

"舒冰，你最近遇到麻烦了？"

韩舒冰连忙摇头。

"没有啊。我早就退下来了，我还会招惹谁？"

"这就奇怪了，你注意到有人跟踪你吗？难道是卢梭派来暗中保护你的？"

"不可能！我还需要他派人来保护？"

她们刚点完菜，一阵剧痛就使韩舒冰趴在了餐桌上。她猛地吐出一口鲜血，随即昏迷过去了。

丁零明白韩舒冰肯定是被人暗算了，她像是中毒了。丁零进餐馆前，便观察好了周边环境。因此，她并没有大呼小叫，而是装作不经意，扶起韩舒冰去了卫生间，实则是通过餐馆后门快速离开了此地。

一路上，韩舒冰的七窍都开始出血。

她送韩舒冰去了一家私人医院。这家医院非常靠谱，特别是安保措施完善得很好。丁零在美国颇具盛名，医院负责人自然不敢怠慢。但即使送医及时，医生们采用了各种方式急救，可还是未能把韩舒冰从死亡线上拉回来。

丁零眼看韩舒冰离世，悲痛万分。她在"狼穴"的死人堆里都挺过来了，最后却在隐退多年后中毒身亡，她怎能瞑目？丁零暗下决心，她一定要找出真相，为韩舒冰报仇！

药检结果很快出来，令人惊讶的是，韩舒冰吞下的毒药，竟然是百草枯。由于百草枯对人类来说是剧毒，因此各国对这类化学制剂的使用都有非常严格的限定。怎么会出现在韩舒冰的饮食中？

丁零通过加密通信，向郭政宏传达了韩舒冰的死讯。她请求调用北美的特别行动队，协助她调查真相。

丁零判断，第一嫌疑人肯定是卢梭。她并没有选择第一时间通知卢梭，她要等着凶手自动上钩。她临时征用了医院的重症监护室，安排特别行动队的成员全部换上医生和护士的服装，"照顾"躺在病床上的韩舒冰。

"舒冰，委屈你了，让你死后还要执行任务。不过，我不会让你含冤而死，我要替你报仇雪恨！"

卢梭赶来医院，他透过玻璃窗看着周身插着各种仪器的韩舒冰，非常悲伤。丁零安慰他："卢梭，你不要伤心，舒冰已经脱离危险期了，很快就会康复。"

卢梭装作很无辜地问道："舒冰怎么会这样？她得了什么病？"

"医生说，她是食物中毒。你仔细想想，这两天她接触过什么人？"

"没有啊。平时就我们俩，她不常出门。她什么时候能够开口说话？"

丁零观察着卢梭的表情变化，虽然对方假装得很好，但她还是从细枝末节察觉到对方内心的惊慌。特别是他问最后那句话时，神色中有一丝不自然。说谎话不是合成人的专长。

韩舒冰一定是知道了什么绝密事情，他才杀人灭口。

卢梭想要进入重症监护室。

"为了舒冰尽快恢复，任何人都不得进去，包括你我。你先回去，舒冰好转后，我会通知你的。"

"不，我要守护在这里，她需要我的陪伴。"

"卢梭，你进步不小，懂得守护和陪伴了。"

"别夸我，我需要继续努力学习。不管舒冰病情有什么样的变化，我都不能失去她。她是我永恒的爱情。"

"你以为她会怎么样？卢梭，我相信你对舒冰的感情。若是她真的不在了，你能坚守住对她的爱情？"

"当然，我对自己发誓过了，我的心里装不下其他女人了。"

言多必失，看来卢梭早就做好了韩舒冰离世的心理准备。否则，韩舒冰活得好好的，他为何对自己发誓？她相信卢梭对韩舒冰的爱情，他杀人灭口的意图肯定不会是感情问题。

当晚子夜时分，月黑风高。几个黑衣人翻过医院的院墙，摸索着朝重症监护室前来。走廊上一片寂静，他们走到重症监护室门口停下，仔细听了听里面的动静。然后，他们亮出各自的武器，冲了进去。

黑暗的房间猛地亮起一片刺眼的光。黑衣人立即想退到门外。但是，门自动关上了，一下子形成了关门打狗之势。几个黑衣人身手不凡，连武功高强的特别行动队成员也处于下风。丁零觉得不可思议，这些黑衣人究竟是什么人？雇佣兵不可能如此卖命。但他们也不像是秘密部队的特种兵。

为了避免无意义伤亡，丁零下令撤退。她用高压水枪逼退黑衣人后，立即发射麻醉枪射杀黑衣人。如此出其不意的战斗方式，令她不费吹灰之力就拿下了前来偷袭的黑衣人。

原以为活捉了黑衣人，便可查出幕后黑手和他们杀人灭口的真正意图。但是，令丁零始料未及的是，他们只能麻醉合成人的躯体，黏菌体并不会受到麻醉药物的影响。黏菌体迅速地破坏了各自的五脏六腑和大脑中枢神经，自杀式地与躯体同归于尽。

其实，哪怕活捉了合成人，他们也不会招供任何有用信息。集体意识的恐怖性正是如此，小我与大我紧密相连，就像是张开的网，绝对不会产生叛徒和内奸。

事已至此，丁零只好动用专机将韩舒冰的遗体运回上海，机舱内配备了最高级的医疗冷冻设施，迅速将离世之人的躯体冷冻起来，也许未来可以死而复生。

丁零的目的正是如此，或许在若干年之后，韩舒冰能够死而复生。

第二天，卢梭发现重症监护室空无一人。他气愤地质问丁零，病床上的韩舒冰去哪里了？

丁零如实答道，昨晚有几个黑衣人袭击医院，她才决定迅速转移病重的韩舒冰，所以派遣专机将她运送回国了。

卢梭大怒，谴责起丁零来，"我是韩舒冰名正言顺的丈夫，也是她最亲近的人。你有什么理由不问过我，就将她运送回中国？"

丁零冷冷地答道："你是她的丈夫不假，但她仍是一名中国军人。你应该知道，服从军令是军人的天职。卢梭，我觉得很奇怪，韩舒冰回到国内能够有更好的治疗，你反而不高兴？我倒要问你，昨晚来医院袭击的黑衣人都是'新人类'，他们是你的同伙吗？"

卢梭的脸色变了，他急忙分辩："丁零，你别血口喷人，我与此事无关。"

"好，我相信你。那你说说，黑衣人刺杀韩舒冰究竟为了什么？我问过前来调查的 FBI，他们说你曾与这几个黑衣人聚集过，他们还拿出了你和他们的合影。对此，你怎么解释？"

"这不奇怪，我们的同类本身就数量少，又在同一城市，我与他们相聚合情合理。难道只是一起吃了饭见过面，你就怀疑我也是凶手？"

卢梭的回答滴水不漏，但他竭力争辩的样子却暴露出内心的虚弱。

丁零没有点破卢梭的谎言。她还不知道卢梭的底牌是什么，这时候采取缓兵之计才是上策。她为韩舒冰感到悲哀，她先是爱上了一个全球通缉犯，差点儿葬身"狼穴"孤岛。后来执着地与卢梭捆绑在一起，一而再，再而三地救活卢梭，最终却死在了卢梭手里。

命运太残酷了，简直令人无言以对。

幸福的女人都是相似的，而不幸的女人却各有各的不同。

鲜于花蕊未到足月即生产，剖腹才产下了张衡的遗腹子。孤儿寡母，好在乡情淳朴，众人的关怀多于冷漠。

她给张衡的遗腹子取名张献，这个"献"字，寄托了她对张衡的哀思和即将奉献自己的壮举。奉献是一种精神，更是一种境界。鲜于花蕊经历了孕育和生产，深深体会到人生的不易和生命的脆弱。

张献刚满月时，鲜于花蕊便忍痛踏上了小行星带的旅程。丁零希望收养张献，这样能更好地照顾他。鲜于花蕊却婉拒了丁零的好意，她不想让儿子成长在娇生惯养的环境中，尤其对于男孩子的成长来说，苦难是磨炼人生的财富。只是可怜了这孩子，出生前就失去了父亲，未满周岁又要失去母爱，从此开始吃上百家饭，穿上百家衣。

她清楚，只身前往小行星带凶多吉少。临行前，鲜于花蕊做东，将儿子托付给父老乡亲。

"我走了，要去地球之外很远的地方。我儿子张献就此托付给大家了，拜托各位能给他口饭吃，给他件衣穿，为了他好，求你们帮我教育好他，使他在这一片乡土上茁壮成长。不求他未来能多有出息，只求他能平安长大，顺遂一生。"

她回想起那些往事，像一个镜像世界里的浮光掠影、海市蜃楼。只有站在这一片土地上，才是真实的自己。

临走的那一刻，她在村口捧了一把泥土，小心翼翼地放进了化妆盒。这一把故土将伴随她离开地球，也许最终会撒落在谷神星的某个角落吧？

史蒂文最近比较烦。他父亲威廉的病时好时坏，他的记忆力严重衰退，脾气却异常暴躁。

史蒂文是名正言顺的"帝国太子"，更是威廉唯一的继承人。按理说，他不应该担忧自己上位的问题。但是，小行星带地理环境特殊，星际开发时间比较短，现在的居民全是从地球上移民而来，人员的构成十分复杂。威廉创办联邦国到如今改为帝制，实质上仅仅是小行星带对外的一种说法。一个国家的体制不论采用何种形式，都应该有稳固的统治根基才行。可小行星带没有这样的根基或阶级。威廉在联邦国建国之初颁布的法律条款，实际上形同虚设。小行星带不过是冒险家的乐园，人口流动性太大了，那些靠着挖掘小行星上稀有金属宝藏而一夜暴富的人，谁不是拿了大笔钱财就回到地球，没人愿意长久留在人工制氧的空间站里。

虽然威廉非常聪明，一手挥舞着权力大棒，一手又捧上发财致富的金钥匙，软硬兼施下，利用各种政策胁迫前来淘金的人们不得不留下来。小行星带处处都是宝藏，一夜暴富不是梦想，但前来这里的人必须在小行星带居住满五年，那些人才能携带财富离开。那些短视的商人却以为这是威廉大发慈悲，不就是在小行星带居住满五年？怎么熬也能熬过去。他们哪知这正是威廉的圈套，先给点甜头，放宽政策提供条件让人去一些边远的小行星上"开荒"，等那些人觉得一切顺利，自己成了有钱人了，再引诱他们来入股。一个企业可以拥有众多的股东，一个国家也能入股成为股东！这时候，有些人想要拒绝了，那移民的时长就变成一辈子，这些人将永世不得离开小行星带。当然，有些人会想办法偷渡离开小行星带，但矿石财富都能带走吗？——显然很难，于是这些人就会想，若是自己回到地球还是一个穷光蛋，那待在小行星带做个富翁好像也不错。

威廉让小行星带的每一个居民都成为国家的股东，他会给他们颁发股东证书和开拓疆土的勇士勋章。同时，他还不遗余力地扩大在谷神星、灶神星和婚神星的空间站面积，不断地建设出各种游乐风情场所。他要让居住在小行星带的大多数人，充满幸福感，乐不思蜀。

但没有文化底蕴的城市，不会有稳固的未来。

史蒂文考察完小行星带的几个主要星球，看到了帝国的悲观未来。威廉这棵大树倒下之后，这里一定会变成一个群雄争霸的地方，一个混乱割据的江湖。他初来乍到，凭什么支撑起本就摇摇欲坠的帝国呢？父亲威廉去世以后，小行星带帝国很可能将不复存在。

史蒂文不是一个纨绔子弟，大学时期他博览群书，造就了独立又严谨的思维逻辑。后来，他的理想破灭，生活重负，他的意志开始消沉，精神颓废，投奔父亲之后，他重拾以往的理想和抱负，现在却要面临一个摇摇欲坠的帝国。他并不是一个合格的接班人，那对于这个新兴的帝国而言，不亚于一场灾难。

史蒂文意识到了事态的严峻，他不可能坐享其成。他的父亲或许也意识到了，所以匆匆建立帝制，希望以封建时代传宗接代的形式，为他上位铺平道路。

但这极有可能只是威廉的一厢情愿。

威廉的生命是以天数来计算了。该怎么办呢？

一个大胆的计划在史蒂文的脑海里产生。起先，他为自己产生这个念头而惊讶，但经过一次次的理智推理，他越发觉得这个计划切实可行，而且他别无选择。

他要创造出一个威廉永生不死的神话！这样才能实现威廉的毕生所愿，带领小行星带迈入星际旅行的大航海时代，去殖民一个个新的星球。

既然帝国的子民臣服于威廉大帝，那史蒂文可以成为戴着铁面具的威廉大帝！

史蒂文为了实现这个神话，他需要做许多铺垫工作，例如模仿威廉的声音和语气，包括威廉的行为方式、思维逻辑。这在高科技时代，一切都易如反掌。他的难点主要是他要一一收买威廉身边的管家、医生和众多奴仆。

但他没想到，一切都很容易，威廉身边的这些人谁也不愿意放弃目前的优越条件和特权，他们是攀附在威廉身上的寄生虫，没有威廉，他们的荣华富贵也将不复存在。

史蒂文制造了一副与威廉相同的铁面具，只不过这铁面具上有模拟音响的设备，还有在近距离范围内干扰对方脑电波的辐射系统。因此，对方面对他的时候，大脑中枢神经会受到辐射干扰，无法做出正确判断。

威廉的病情使得他只能瘫倒在床上，彻底失去了行动的自由。史蒂文开始了模拟威廉的计划，他戴着面具频频出现在公众场合，无人怀疑，甚至连熟悉威廉的人都被蒙混过去了。这效果令他非常满意。

但计划赶不上变化。罗彬逊出现了，这是史蒂文需要面临的巨大考验。

罗彬逊是史蒂文曾经的上司，也是他的亲密好友。他到谷神星投奔史蒂文，理所当然。

史蒂文明白，他扮演双重角色不是长久之计。不久的将来，史蒂文只能"彻底消失"。他能够隐瞒众人，可却没把握隐瞒罗彬逊。

罗彬逊现在是 CIA 的追杀目标。他是应该保护罗彬逊，还是借他人之手除掉罗彬逊？此时的史蒂文绝对不会想到，罗彬逊的到来引发了可怕的"蝴蝶效应"，令他堕入了一个"桃色旋涡"之中。

第 八 章

一见钟情

　　谷神星空间站的酒吧街，赛博朋克的建筑和流线型的风格相互交替，不愧号称"太空不夜城"。无论是游客还是本地居民，都在这里流连忘返，乐不思蜀。地球上几乎所有的名酒，都能在此品尝到。酒吧还有陪酒女，这更是独树一帜，她们在地球上曾是时装模特、歌星、影视演员，大多数都有一些名气。她们来到这里从事风俗业，是想在过气前疯狂捞一把金，以赚取后半生的养老财富。

　　能够来到谷神星的游客，非富即贵。当年小行星带联邦国曾与联合国的安全部门签订过条约，为了防止偷渡到小行星带的人数过多，因此不论国籍只要报名前来旅游的人，都必须在联合国安全部门的监督下，预先打一笔巨款作为保证金汇入联合国的指定账号。旅游回国后，联合国账号内的巨款才能自动返回本人账户。由于名额有限，很多人都认为，有生之年能够前往谷神星太空城一游，才算是没有虚度人生。这是全球富豪的共识。

　　这条酒吧街上有一家天堂酒吧，酒吧老板是西班牙巴塞罗那著名的天堂酒吧老板的曾孙子。他坚持祖上的传统，特地从地球上运来原木装饰吧台。他还保持了菜单会在昏暗的环境中发出荧光，为客人清晰呈现饮品名称的做法。上桌的每一杯饮品都堪称艺术品，"太空可乐达"和"内格罗尼火山"的杯中会在品尝的过程中散发出袅袅仙气；而"了不起的盖茨比"和"超酷马提尼"的玻璃杯中会显现一座冰山。这里雇用的陪酒女也是超一流水准，既有西班牙的风情韵味，又有"红色卡门"的艳丽豪放。

史蒂文独自来到酒吧街，今晚他要畅饮一番。因为从明天起，谷神星上再也不会有人看到他的本来面目了。他要把自己隐藏在铁面具之下，努力实现父亲威廉设计的宏伟蓝图。

他走进酒吧的一瞬间，就被坐在吧台边的一个女人吸引了。他以为是陪酒女，便坐到了她的身旁。

"我需要你今晚陪我喝酒。"

"对不起，我不是这里的工作人员。"

"抱歉，请原谅我看错人了，你是游客？"

"你觉得我是那种非富即贵的游客？实话告诉你，我是杀手，你最好离我远一些。"

史蒂文愣了愣，随即微笑起来，"巧了，我也是杀手，看来我们是同行。"

独自喝酒的鲜于花蕊侧过了身子，正眼打量起史蒂文。这是她到达谷神星的第二天，她希望能在酒吧街邂逅目标罗彬逊，尽管这样的偶遇概率很低。史蒂文上前搭讪的时候，她以为他只是一个无聊的男人在骚扰自己，没想到眼前的这个男人居然是小行星带帝国的第二号人物史蒂文。

离开地球之前，CIA 总部给鲜于花蕊传送了小行星带的情况汇总，介绍了这里的一些重点人物，其中便有史蒂文的详细资料。她当时就对长相英俊的史蒂文印象深刻，特别是他那双忧郁的深褐色眼睛。

她看得出来，史蒂文对她很感兴趣。

"你说，你也是杀手，你的目标是谁？"

史蒂文半真半假地答道："我想杀死我自己。你呢？"

"你为什么想杀死自己？因为无聊的人生？还是厌倦了世间的

一切？"

"都不是。我只是要换一个活法。你是中国人？你们不是相信轮回转世吗？"

鲜于花蕊笑了，"轮回转世？无非是想有两种选择，一种是脱胎换骨，另一种是重新做人。你要选择哪一种？前者？"

史蒂文猛地一惊，眼前的这个女人仿佛看穿了他的内心。他收起笑容，很认真地说道："你绝对不是一般的女人，可惜了……"

"可惜什么？"

"准确地说，是遗憾。缘分让我们在此相聚，可离开这个酒吧，命运却让我们只能分道扬镳。"

鲜于花蕊沉默了。

对她来说，无论是缘分还是命运，都已经离她远去了，她剩余的人生只有一个任务——刺杀罗彬逊！不过，不可否认，她对史蒂文有一种莫名的好感，他们似乎同病相怜。

史蒂文至少谈过十次以上的恋爱，但每次都以失败告终。他不相信爱情，并且在心底里鄙视女人。可此时此刻，他竟然对一个完全陌生的女人一见钟情。他已经不是情窦初开的男孩了，这令他疑惑。眼前的女人确实有种与众不同的气质。但他很快就扑灭了刚燃起的爱情火苗——成就大事者，不能有私欲缠身。可是，父亲威廉既有雄韬伟略，又有疯狂的爱情，这两者似乎并不矛盾。相反，征服女人使得威廉的野心更加膨胀了。史蒂文一下子又释然了。

"你还没有回答我呢，你要杀谁？说不定我可以帮你。"

"一个长相猥琐的男人，他叫罗彬逊。"

鲜于花蕊并非脱口而出，她想看看对方的反应。她到谷神星刺杀罗彬逊不是阴谋，而是阳谋。

史蒂文果然大惊。

他约了罗彬逊晚些时候到酒吧，他在这里精心布置了一场完美的刺杀。现在，他突然听到鲜于花蕊也要刺杀罗彬逊，感到两个人竟然不谋而合。

"你与他有仇？"

"他害死了我的未婚夫。血债血偿，我要报仇。"

"又巧了，我可以助你一臂之力。我不是开玩笑。"

鲜于花蕊从自己收集汇总的资料里看到，罗彬逊到谷神星就是为了投奔史蒂文，而史蒂文却想要除之而后快。因为他不想让熟悉自己底牌的人待在身边，何况，罗彬逊还是他曾经的上司。历代上位者都是宁可重用不学无术之人，也不愿意信任有功之臣。可仅仅是这个理由吗？

此时的史蒂文也在飞快地转动着大脑，鲜于花蕊的出现简直像是天赐，正好能弥补他设计的刺杀方案的缺憾。可惜的是，利用完这个女人之后，他就不能与她再建立亲密的关系了。

死人是不能谈情说爱的。

罗彬逊如约而至。

他是个老狐狸了，自然深知今非昔比，史蒂文早已不是任他吆喝的落魄富二代了。可人都有侥幸心理，罗彬逊又曾经是直接受威廉单线联系的重要棋子，这让他还是对威廉抱着一些期待。可他哪里知晓，威廉让他除掉于未来，其实是威廉在最后的清醒时刻作出的决定。他对威廉的病情毫不知情。

罗彬逊混迹 CIA 许多年，权力场上的规则还是了解的。因此，他是打着投奔史蒂文的旗号来到谷神星的。他相信，史蒂文至少会给他留着情面，重用是不可能了，但他也只是希望通过史蒂文接近威廉而已。只要能够见到威廉本人，他一定会遵守承诺。当初给他指令时他就明确说了，这是他在地球上的最后一次任务，完成后便可到谷神星享受后半辈子的荣华富贵。

罗彬逊在谷神星是孤家寡人，身边没有一个亲信和保镖。他也知道，CIA 在谷神星上有新的情报站。CIA 绝不会放过任何一个背叛者，但他或许会是例外。他认为他并没有直接伤害到 CIA 的根本利益。不过，他仍是小心翼翼，生怕招来杀身之祸。

他约史蒂文在酒吧见面，此处喧闹，是谈生意最好的地方。

他想好在史蒂文面前要放低姿态，显出谦卑，有求于人时必须忘掉尊严才行。能忍受胯下之辱，方可咸鱼翻身、一飞冲天。他千算万算，却没有算到史蒂文选择了直接杀他灭口。

史蒂文像是见到了老朋友，紧紧拥抱着远道而来的罗彬逊，仿佛他们又回到了过往的亲密岁月。

罗彬逊见到鲜于花蕊时，面露不悦之色。史蒂文急忙对罗彬逊介绍：

"这是我的女朋友鲜于花蕊，她也是刚从地球到达谷神星的。"

罗彬逊觉得这名字有些耳熟，警惕地看着鲜于花蕊。

鲜于花蕊一时间愣住了。

史蒂文根本不理会他们的诧异神情，继续对罗彬逊说道："你知道她到谷神星来干什么？她是来杀你的，因为你害死了她的未婚夫。"

史蒂文的话犹如一颗炸弹，令鲜于花蕊和罗彬逊面面相觑，不知所措。他却仿佛没察觉似的轻松说道："你们慢慢聊，我去下卫生间。"

史蒂文说完，扬长而去。他没有去卫生间，而是躲在一旁换上了金属防激光辐射的背心，又确认了一下埋伏的卫兵。因为他得到的情报上说，罗彬逊随身携带着微型激光枪。

史蒂文离开后，罗彬逊和鲜于花蕊尴尬地对坐着。

罗彬逊故作幽默地对鲜于花蕊耸耸肩，"史蒂文很会开玩笑，不是吗？"

"这不是玩笑话，我的未婚夫是张衡，这个名字你不会感到陌生吧？"

利用张衡刺杀于未来，这是罗彬逊亲自策划的绝密行动。他极力镇静住自己，审视着鲜于花蕊。他想起来了，眼前这个女人正是绝密行动的前奏曲中的一颗棋子，她是 CIA 外围组织里的一个菜鸟。认出人了以后，他反而不担忧自己的处境了。令他隐隐不安的是史蒂文的微妙态度，他令他们二人见面是想做什么呢？

鲜于花蕊却顿悟了史蒂文的计谋——借刀杀人，可他凭什么吃准自己能够一举杀掉罗彬逊？还是说，他另有出奇制胜的高招？但至少有一点，她可以肯定，那就是史蒂文是站在她这一边的。

酒吧的角落里，一个外表看上去挺正常独自喝着饮料的中年男子猛地扑向相距不远的罗彬逊。

罗彬逊早就注意到他，身处酒吧却对酒、色不感兴趣，明显是在宣告自己别有所图。当他觉得自己脑后袭来一阵冷风时，他急忙避开，趁势来了一个顺手牵羊，一把将人按倒在地。

"你是谁？谁派你来的？"

鲜于花蕊趁着罗彬逊分心，果断对准罗彬逊的死穴出手。她想用擒拿动作一击制胜。但罗彬逊早已防备，侧身一闪，顺势掏出了最新式的激光手枪，朝着鲜于花蕊就开始射击。

然而，有人比他更快，史蒂文突然从天而降，挡在了罗彬逊与鲜于花蕊之间。只见激光枪穿透史蒂文的衣服，发出"嗞嗞"焦灼的声响。史蒂文随即倒在了鲜于花蕊的怀中，临死前，他甚至还不忘努力地对鲜于花蕊做出微笑的表情。酒吧外冲进一批卫兵，迅速抓捕了罗彬逊和鲜于花蕊等人。满身鲜血的史蒂文脸色苍白，似乎已经昏死过去，看上去凶多吉少。

罗彬逊完全愣住了，他怎能料到自己开枪射杀了史蒂文？纵然他见多识广，应对过各种复杂的局面，眼下的场景也出乎他的想象了。但他很快明白，这一定是一个局，自己被套在其中了。

傍晚的小行星带帝国的帝都，响起了沉重的钟声。帝都首席医师对外沉痛宣告，威廉大帝的太子史蒂文因伤势过重离世，将于明天傍晚时分举行葬礼，希望帝都的子民为他默哀，并送他前往天堂。

听到史蒂文的死讯，罗彬逊有口难辩。他请求执行死刑前，能够见威廉一面。死刑犯的最后一个要求很难拒绝。史蒂文戴着铁面具来见罗彬逊了。

"你要见我，说吧，我会满足你的遗愿。"

"威廉大帝，我冤枉啊，那是误会！我怎么可能刺杀史蒂文？"

史蒂文不想继续听下去，转身欲走。突然，罗彬逊叫住了他。

"站住！你不是威廉，你是……史蒂文！"

史蒂文回转身子，对罗彬逊说道："你好大的胆子！"

罗彬逊直视着铁面具后面的眼睛，斩钉截铁地说道："你是史蒂文！你为什么要冒名顶替……"

罗彬逊猛地停住不说了，他惊恐地看着对方。瞬间，他明白了自己钻进了怎样的套子里。

史蒂文脱去铁面具，露出了本来面目。他微笑地看着罗彬逊，赞赏地说道："我就知道瞒不了你，果然如此。"

"这是你杀我的理由？"

史蒂文点点头。

罗彬逊长叹一声，说道："如果是这个理由，我无话可说。史蒂文，你的野心未免太大了，你可以杀我灭口，但你真能瞒过全世界吗？"

"你一个死人，就不用操这个心了。来，我备了好酒好菜，我们最后喝一杯，算是我为你送行。"

"你让我死也死个明白，你约我见面是设计好的，一开始就是为了造成我杀死你的假象，免除你冒名顶替威廉的后顾之忧。只是那个女人是怎么回事？你不可能与 CIA 串通好的吧？"

"当然不会，我会那么愚蠢地授人以柄吗？那个女人出现在酒吧，纯属意外，但她正好成了我被你刺杀的见证人。"

"好，我认了。史蒂文，念及你我曾经的交情，你必须照顾好我的家人。我的遗体也必须运回地球。"

"我答应你。罗彬逊，你为帝国献出了生命，总有一天我会为你正名的。"

鲜于花蕊很快被释放了。她感到茫然，想象中艰难的报仇雪恨，竟然兵不血刃地就变成了现实。她获得自由的刹那间，反而有一种失落感。

CIA 在谷神星的分部负责人欧文约见了鲜于花蕊，详细地询问了史蒂文被刺杀的过程。明眼人都看得出来，这是史蒂文提前做的局，结果弄巧成拙把自己赔进去了。帝都的太子史蒂文和叛逃的罗彬逊双双死于非命，连 CIA 的老牌特工欧文也不得不感叹世事无常。

鲜于花蕊继续待在谷神星就变得毫无意义了。她等待 CIA 给她安排回程的飞船。回到地球后，她要承担起做母亲的责任，抚养儿子张献长大成人。她从深山老林走出来，现在决心肩负起改造家乡的责任。

也许是命运使然，她在离开谷神星的前一天，一封由威廉亲自签名的聘任书递到了鲜于花蕊的面前。威廉聘任她为帝国研究院的院士，负责小行星带的能源开发项目。

她又犹豫了，只要她接受这个岗位，就等于是站在了行业最顶尖的位置。可以指挥庞大的专业团队，在自己擅长的领域所向披靡。这对于一个科学家，无疑是巨大的诱惑。她有自知之明，知道自己的专业水准还未达到这样的高度。那么，这纸聘书的背后是什么？她感到了一些恐惧。

她决心拒绝帝国研究院的聘任书，按照原计划如期返回地球。

但欧文痛斥了鲜于花蕊，他几乎把自己所知道的骂人的脏话全部倾泻出来，甚至不顾鲜于花蕊的态度，擅自取消了她回程的飞船航行计划。帝国研究院会集了小行星带各学科最高端的科学家，在能源项目上工作的科学家足有百人之多，但其中能够得到院士头衔的人却寥寥无几。能源项目在研究院是个大项，包含着小行星带领域内的十几万颗小行星的开采权。

"鲜于花蕊，你听着，我现在转达的是总部的指示：第一，你必须接受帝国研究院的聘任书，留在小行星带；第二，你在帝国研究院上任的那一刻，总部将会奖赏你一亿美元，存入你指定的账户里；第三，总部会派遣专人保护你家人的安全……"

鲜于花蕊打断道："欧文，我可以留在谷神星，我相信自己也能胜任这个崇高的岗位。可是我不感兴趣，你们给我再多的钱也一样。我有儿子在地球上，我要和家人在一起。"

"这也没问题，也许此刻护送你儿子的特工团队已经启程了，你很快就能见到你的儿子。"

鲜于花蕊惊异于CIA迅速的行动，看来他们是非要把她强留在谷神星不可了。如此一来，她改变主意了。她决定留下来，长点见识。当然，她还很好奇，这件事隐藏在幕后的贵人到底是谁？她在谷神星上无亲无故，连学术上相关的师友都没有。但一夜之间，她突然就成了小行星带的名人了。欧文告诉她，根据他们得到的情报，聘任鲜于花蕊这件事是帝国研究院理事会共同投票决议的，并非出自某个人的推荐。

这就更奇怪了。帝国研究院的理事会成员，基本上是各个学科领域久负盛名的科学家，他们怎么可能集体给予默默无闻的鲜于花蕊这项至高荣誉？

帝国研究院是独立于空间站之外的一栋地下建筑物。当初建造时威廉便考虑到，哪怕谷神星遭遇毁灭性的打击，也要保障这些科学家的生命安全。只有他们存在，才能重新打造谷神星的新世界。

鲜于花蕊站在帝国研究院的入口，凝视着眼前的一尊金属雕像，这是苏格拉底的雕像。雕像的底盘上，刻着人类五大语种的文字：

世上最快乐的事，莫过于为理想而奋斗。——苏格拉底

鲜于花蕊的内心中对名利的贪图、对财富的追求一扫而光。这一刻起，她才真正觉得，自己作为一个科学家，她要帮助人类走出愚昧的境地，攀登上智慧的高峰。科学家是领航员，应该引导着人类走向更光明的世界。

CIA 的特工团队接送鲜于花蕊的儿子前往小行星带一事，惊动了未来工程部和郭政宏。

小行星带帝国聘任鲜于花蕊为帝国研究院的院士这一消息传回地球更是震惊了许多人。一个南京大学刚评上副教授的年轻学者，一飞冲天成为小行星带帝国研究院的院士，这不仅震动了全球学术界，还影响到火星上的学术界。虽然鲜于花蕊是一颗学术新星，但以她现在的资历和学术能力，恐怕连正教授的职称都很难评上。此事肯定是有不为人知的内幕。

郭政宏指派丁零去谷神星摸摸底细，他希望她能采取一切手段把鲜于花蕊争取回来。

丁零没有犹豫，虽然这看上去像是不可能完成的任务，但她的个性从来都是迎难而上，接受任何挑战的。以她对鲜于花蕊的了解，她相信鲜于花蕊不管遭遇了何种情况，她的初心是不会变的。她是以张献干妈的身份去的谷神星，但这不过是自欺欺人，谁不知道丁

零真正的身份呢？

临行前，丁零看望了存放在冷冻设备中的韩舒冰的遗体。她默默地与韩舒冰告别。

"舒冰，你放心，我不会让你含冤而死，我会替你报仇的。等我从谷神星回来，我一定把凶手捉拿归案。"

谷神星迅速聚集起各国的情报人员，他们不约而同都是冲着鲜于花蕊而来。他们嗅到了不同寻常的味道。

小行星带帝国的情报机构高层更是纳闷，他们自己也是云里雾里。他们只知道，给鲜于花蕊颁发聘书是威廉大帝的指令。最高领导人的真正意图是什么，谁也拿不准。

只有一个临时组成的秘密小组例外，

这个小组的召集人是埃里克·戴尔。太子史蒂文遇刺身亡的那晚，威廉秘密召见了戴尔，他让他成立一个秘密的五人小组，全天候监控鲜于花蕊。此事不得透露给任何人，包括戴尔的上司。

戴尔接受了这个奇怪的任务，这个五人秘密小组由威廉大帝亲自领导。实际上，戴尔在帝国的情报机构里只是一个小角色，平时负责给来往谷神星的人员做登记注册。有时候，他也为帝都的一些重要人物充当保镖。因此，他做梦也想不到，好运突然就降临在他的头上了。

天上不会无缘无故掉下金子。他怀疑过威廉的动机，他为何对一个女人这样感兴趣？他听说过威廉大帝与韩舒冰的爱情故事，莫非他又萌发了新的爱情？但他知道此事机密，若是他泄露一星半点，他脖子上的脑袋随时便会掉下来。

接受任务一周后的傍晚，威廉又对他下达了新的指示，他想秘密邀请鲜于花蕊共进晚餐，用饭的地点就设在总统府的私人餐厅里。

这是一道难题，他必须掩人耳目。威廉想得很周全，给了他出入总统府的特别通行证。如此一来，所有卫兵都不能对他阻拦和盘问。

鲜于花蕊面对威廉的邀请函，感到疑惑重重。威廉为什么要邀请她共进晚餐？而且是在总统府的私人餐厅里？难道是因为她是史蒂文之死的目击者？或许威廉误认为她是史蒂文的女朋友？

她犹豫了一下，决定赴宴。

戴尔亲自开着一辆带有氧气循环系统的防弹车，接送鲜于花蕊去威廉的地下堡垒。车辆开过一片岩石与沙粒组成的荒漠，来到一座方尖碑跟前，地下掩体的厚重金属门自动打开后，车辆顺势驶入。

鲜于花蕊下车后，跟随戴尔顺着一条长廊走了大约两分钟之后，她眼前豁然开朗。宽敞的大厅金碧辉煌，墙壁上挂着一幅幅极具收藏价值的古典油画。站立一旁的卫兵身穿银色的盔甲，威风凛凛犹如罗马时代的骑士。

鲜于花蕊感觉自己像是置身在一座神圣的宫殿里。她忍不住去欣赏墙壁上的那些油画珍品，一时间忘却了自己是在谷神星的地下堡垒中。

戴尔站在一旁，没有打扰鲜于花蕊。他对眼前的这个女人产生了莫名的好感，她的脸上透露出来的文静气质，令人如沐春风。

戴尔引导着鲜于花蕊穿过暗道，来到威廉的私人餐厅。

餐厅面积不大，这里的环境与外部大厅截然相反，显出朴素淡雅来。

威廉戴着铁面具端坐在椅子上，鲜于花蕊一进来他就用手势请她坐下。戴尔知趣地退出门外。

鲜于花蕊小心翼翼地入座，注视着眼前这个戴着铁面具的传奇人物。她在地球上早就风闻威廉的种种奇闻逸事，尤其是威廉与韩舒冰的爱情，那么轰轰烈烈。

她想透过铁面具，看清楚威廉的模样。这是一个什么样的老男人呢？

双方沉默了足有三分钟之久，威廉才开口。

"鲜于花蕊，你认为一个女人最大的魅力是什么？"

鲜于花蕊愣了愣，奇怪一代枭雄怎么会提出如此庸俗的问题？她不假思索地答道："女人不需要魅力，女人需要的是智慧。"

"错！造物主制造出夏娃，就是要让她来诱惑男人。女人征服男人，男人征服世界，这是永恒不变的真理……"

鲜于花蕊诧异地看着滔滔不绝的威廉，这哪像是一个缠绵病榻、性命垂危的老人说出来的话？难道说，他的胸中永驻着年轻时候的激情？

她目不转睛地凝视着坐在对面的传奇人物。她终于明白，威廉聘用她，显然不是看上了她的学识与才华。帝国研究院里的人才比比皆是，根本轮不到她。那威廉欣赏她的是什么呢？显然是她作为女人的魅力——相貌与气质。可她绝不会因为对方是一个大人物，就会疯狂地去谈一场惊天动地的恋爱。张衡不在了，人也应该往前看，可她对这个戴着铁面具的老男人实在没有兴趣。她是个直爽的人，立刻就明确表达了自己的态度。

"很抱歉，威廉先生，感谢您聘任我为帝国研究院的院士，可我自愧无法胜任。也感谢您邀请我共进晚餐，这一顿晚宴很丰盛。如果没有别的事，我先告辞了。"

鲜于花蕊站起身，威廉也起身，拦住了她。

"晚宴还没有结束呢，你就要离开？"

鲜于花蕊笑了笑，"醉翁之意不在酒。威廉先生，你难道真是为了请我吃一顿饭？"

她接着说："我是成年人，自然明白这晚宴的含意。很遗憾，我崇拜一代枭雄的丰功伟绩，但我对你作为一个男人不感兴趣……"

"据我所知，你曾经把情感奉献给一个年龄比你父亲还要年老的男人……"

"是的，但报恩不等于是爱情。"

威廉竟然果断地摘掉了铁面具，露出了史蒂文的面目。

"你，你是史蒂文……？"

"我是史蒂文，我没有死。"

面对突如其来的变化，鲜于花蕊毫无准备。她的脑子里一片混乱。

史蒂文猛地抱住鲜于花蕊，热烈地亲吻起来。鲜于花蕊猝不及防，连连后退。

"不，不能这样……"

史蒂文把鲜于花蕊按压在椅子上，很认真地说道："鲜于花蕊，你听我说，我有过许多女人，但都不是以情感为出发点的恋爱，不过是逢场作戏。我不相信爱情，直到遇到了你！"

史蒂文坐在鲜于花蕊的对面，尽量使自己平静下来，他继续说道："你会笑话这种一见钟情式的爱情，但我不认为这是愚蠢或是幼稚的行为。我一遍遍地问过自己，可每一次的答案都很肯定。我没有过这样的激情，我仿佛又回到情窦初开的年纪……"

鲜于花蕊忍不住打断道："等等，你为什么冒名顶替你父亲？"

史蒂文低下了头，缓缓地说道："你想过没有，我父亲不在了，我能够统治这个帝国吗？我只能试图扛起威廉大帝的旗帜，才能够稳住帝国的子民，才有机会实现我父亲宇宙大航海的遗愿。这样吧，请你跟我来。"

鲜于花蕊默默跟着史蒂文来到威廉的病房。只见病床上的威廉浑身上下插满了管子，几乎变成植物人了。他的眼皮子动了几下，还是没有睁开眼睛。

史蒂文凑近到威廉的跟前说道："父亲，她是我对你提起过的鲜于花蕊，她会成为你的儿媳妇，你肯定会满意的……"

突然，威廉的眼睛睁开了，他审视着鲜于花蕊。

鲜于花蕊顿时感到一阵寒气逼来，下意识地后退了一步。

威廉的眼皮又合上了，他的表情变得安详，似乎在告诉史蒂文，他对鲜于花蕊很满意。

史蒂文高兴起来，"你看，我父亲同意我们在一起了。"

鲜于花蕊看着生命垂危的威廉，一时间感慨万千。

"这就是现状。我不知道自己能冒名顶替父亲多久，这世界上没有不透风的墙，花蕊，你现在是知情者之一了，你愿意帮助我共渡难关，不使帝国的这栋大厦瞬间坍塌吗？"

鲜于花蕊意识到问题的严重性，她被卷进了一个深不可测的旋涡。这个秘密就像是一个黑洞，会吞噬自己和周围的所有人，甚至能殃及地球和火星。史蒂文说得没错，威廉的存在关系到全人类的平衡。否则，不仅是一个帝国的分崩离析，而且是整个太阳系人类的灾难！

她有些可怜眼前的史蒂文，他如此年轻，能够撑得起一个摇摇欲坠的帝国吗？

威廉终于结束了自己跌宕起伏的一生，但他的阴影仍将回荡在整个太阳系中。史蒂文继承了父亲的遗志，他将继续扮演威廉大帝，带领小行星带帝国踏上征服宇宙的新征程。

威廉死亡的前夕，正遇见一块陨石撞击谷神星。那颗陨石的体积很小，相当于一个篮球大小，但还是给谷神星带来了猛烈的冲击。

陨石撞击前，躺在病床上的威廉吼叫一声，翻身坐起，对周围的一切都怒目瞪视。赶来的医生护士诧异地看着这一幕，这是回光返照，还是一代枭雄临死前的最后挣扎？

威廉大叫一声："有袭击！"

话音刚落，地下堡垒就猛地摇晃起来。警报器尖厉地鸣叫着，照明光源变得不稳定，忽明忽暗的，到处是一片惊慌失措的声音。

强烈的震动直接把威廉掀翻，他的额头猛地撞上天花板，一代枭雄就这样离世了。

陨石的撞击给谷神星空间站带来了不小的损失，尤其是供电设备出现局部损坏，美食街和酒吧街更是一片狼藉。

史蒂文顾不得安排父亲的后事，就戴着铁面具开始指挥卫兵救灾。他要感谢鲜于花蕊，正是她支撑起了史蒂文承担起一切的勇气。

地动山摇的时候，史蒂文受到严重惊吓，正不知所措的时候，恰巧鲜于花蕊在他身边。她是来与史蒂文告别的。CIA自作主张把她的儿子接到了谷神星，逼迫她留在"威廉"身边。看来他们要以鲜于花蕊为诱饵，复制威廉与韩舒冰的爱情神话。鲜于花蕊认为自己是自由身，由不得他人来安排自己的命运，也许她可以留在谷神星，但她不接受CIA强迫她做的任何事。史蒂文冒名顶替威廉一事，她没有透露半点口风，毕竟这事关重大。她也不想卷进政治的旋涡，她的目标是成为居里夫人那样的优秀女性。她告诉史蒂文，她不相信一见钟情的爱情，那不过是感官的一时冲动。她希望，他们之间的交往建立在对彼此的了解之上。如果史蒂文有耐心等待，她愿意培育他们之间爱情的种子。

史蒂文表示自己愿意等待。

正巧陨石撞击，鲜于花蕊看到了史蒂文软弱的一面。她是一个母亲，此刻的史蒂文犹如一个小男孩。她决心帮助史蒂文变得强大起来。

鲜于花蕊决定扶持史蒂文的那一刻，就决定了她今后的人生轨迹，再也不会是一个纯粹的科学家了。

一块小小的陨石撞击，便能改变一个女人和一个国家的命运。

丁零到达谷神星后没多久，发生了陨石撞击事件。一片混乱之下，她无从寻找鲜于花蕊的踪迹。她只能和当地的谷神星居民，积极参与灾后重建的工作。她多次看到戴着铁面具的威廉亲临现场，这场灾难反而令他再次获得了谷神星民众的爱戴。令她诧异的是，她很快就在威廉的身边看到了鲜于花蕊的身影。

鲜于花蕊也看到了丁零。

"你怎么到了谷神星？不会是为我而来的吧？"

丁零惊叹于她的直觉。

"你的猜测部分正确，我为你的儿子而来。请不要忘记，我是他的干妈，他的父亲曾是我亲密的战友。"

鲜于花蕊会心一笑，"谢谢你的提醒。你是谷神星尊贵的客人，也是我的恩人，我会好好招待你的。"

"几日不见，当刮目相看。你现在俨然是谷神星的主人了，恭喜你成为帝国研究院的院士。"

"这只是一个虚职，何足挂齿。丁零，你的头衔远远要比我多得多，需要我一一列举吗？"

"行，我们不玩儿虚的，我要和你长谈一次，时间、地点你定。"

"好，到时候我联系你，请你吃个饭！"

"我们还是在酒吧见面吧，那地方嘈杂，会干扰你的同事们监听。"

酒吧街的天堂酒吧很幸运，陨石撞击之后基本上还完好无损。

她和丁零的这次会面，彼此心照不宣。

"你是来说服我加入你们组织的？"

"听你的口气，难道我们未来工程部是非法组织？"

"不，我崇敬你们，你们是为全人类服务的。"

"那你的想法是……"

"我有我的考虑，至少目前，我还有更重要的事情去做。"

"愿闻其详。"

"抱歉，无可奉告。"

丁零明白了，强扭的瓜不甜，她一时半会不可能说服对方了。她换了另一个话题。

"我看到救灾现场你和威廉在一起，你们现在走得似乎很近？"

鲜于花蕊沉默了，她在揣摩自己应该如何回答。

"我没有别的意思，只是好奇。威廉这样看重你，不仅仅是因为你的学识吧？"

"这是我和他之间的私事，我不想回答。"

丁零笑了，"那好，我不追问。我想见我干儿子，这总可以吧？小家伙长得真可爱，我想他了。"

聊起儿子，鲜于花蕊笑了。

"离开熟悉的家乡，又是到了离地球那么远的地方，他有些不习惯，晚上经常哭闹。"

"小家伙认生。你那么忙，让我来带他吧？"

鲜于花蕊惊异于这话从丁零嘴里说出来。她是前世界首富，又掌管着全球最大的民营航天企业，居然愿意屈尊给她带孩子？但是，她在丁零的眼里看到的是真诚。

鲜于花蕊郑重地点了点头。她信任丁零，特别是在谷神星如此复杂的环境里，她相信丁零能够保护好她的儿子。

第 九 章

狭 路 相 逢

在华盛顿哥伦比亚特区，位于波托马克河畔的五角大楼里，门禁森严，卫兵严苛地盘查着进出的车辆。这时，一辆黑色林肯轿车驶出，门卫瞬间肃然行礼。这辆无须检查的车辆，很明显坐着美国国防部的高级官员。

轿车平稳地经过弯道，准备驶入高速公路。突然之间，意外发生了，一辆白色的客货皮卡猛地撞上了黑色轿车。被撞的黑色轿车瞬间发出尖厉的报警声。

不远处，一辆警车听到警报声，掉转方向很快驶近车祸现场。肇事的白色皮卡在这短暂的时间里已经逃逸，黑色轿车内，一名中年男子浑身血迹，显然伤势严重。他就是负责美国航天工业政策的助理副部长哈里·凯恩。

救护车将受伤的哈里送进附近的医院。五角大楼的宪兵队迅速赶来，包围了整个医院，在所有的通道都设下警戒岗哨。

手术室外的走廊，几位五角大楼官员正焦急地等候着手术结果。

几个小时后，手术车推了出来。主刀医生告诉那几个官员，病患已经脱离了危险，只需休养半个月就能痊愈。哈里·凯恩掌管着美国所有太空计划的实施细节，就连 NASA 高层也必须听命于他。五角大楼的官员听闻哈里病情并无大碍，如释重负。

护士推着手术车向病房走去的时候，哈里的眼睛睁开了。他褐色的瞳孔内，一道蓝色的荧光掠过。

与此同时，英国唐宁街10号附近也发生了一起连环车祸。其中，一位受伤昏迷的人，恰巧是英国的内阁成员——国防大臣本·华莱士，他的两个保镖当场毙命。幸亏送医及时，本·华莱士才保住了性命。情报部门和伦敦警局联合调查这起重大交通事故，原来，自动驾驶系统临时出现故障，导致了车祸的意外发生。

本·华莱士很快就清醒了，他在医院治疗观察了两天便开始了正常工作。但他亲近的下属们发现，车祸之后，国防大臣的性格变了许多，和蔼可亲替代了原先的脾气暴躁，以前每天都有的频繁会议，现在改用电话汇报。他还多了一个怪癖——他坚持要在办公室里修建一个泡澡的浴缸。更奇怪的是，每天他都要人送来大量的冰块。难道他天天都要用冰块泡澡？

这一天并不平静。

傍晚时分，德国柏林的国会大厦里，几处办公区域突然起火。因为正好处在政府工作人员即将下班之际，起火之后，电梯停用，因此造成了人群踩踏事件。慌乱的人群争先恐后下楼，虽然火势很快就扑灭了，但你争我抢还是酿成了悲剧。最后他们也没找到起火的原因。

而塞纳河畔的法国政府大楼，则遭到了突如其来的恐怖袭击。爆炸地点位于大楼的公共区域，多名公务员在这场袭击中受伤。奇怪的是，事后没有任何一个恐怖组织承认是他们的"杰作"。国际刑警中心和巴黎警察总局展开的调查里，也未能侦查出爆炸案的真相。

退休赋闲的克里斯托夫始终关注着这一起莫名的爆炸案。罪犯肯定有目的，只不过没有人察觉他们真正的意图。他打算从受伤人的名单中寻找线索。自从他破获航天局的冒名顶替案之后，警局和原来军事情报局的同事们都对他刮目相看。因此，他很容易就拿到了爆炸案伤者的名单，其中的一个名字引起了他的注意——阿尔弗雷亚·孔茨。他是法国对外情报局的助理局长，他的伤势不算很重，但昏迷几天仍不见苏醒。令克里斯托夫感兴趣的是，阿尔弗雷亚·孔茨是实权派官员，掌握着无数政界和军界的幕后秘密，他甚至可以随意调动法国的特种部队。此外，他还获得了物理学的博士学位，熟悉外星生命的结构和思维方式，参与过仙女座人和地球人类的战争，还曾到战争的第一线抵抗过硅基生命体的袭击。

总之，无论从哪个维度来看，阿尔弗雷亚·孔茨都是一个焦点人物。如果一个人知晓了太多的秘密，又同时拥有了许多权力，那他就被绑上了无形的炸弹，不知道在什么时候就会因此葬身。

克里斯托夫走访了治疗阿尔弗雷亚·孔茨的医院，他通过自己的人脉关系，直接进入了重症监护室探望了阿尔弗雷亚·孔茨。昏迷中的病患整个脸部都扭曲变形了，看上去面目狰狞。他在昏迷之前，一定看到了非常可怕的事情，大脑神经受到极度惊吓，所以这副狰狞的表情才一直凝固在他脸上。一个久经沙场又见过各种大世面的军人、博士，绝不会轻易遭受恐吓。他到底看到了什么、经历了什么？

说来也巧，克里斯托夫还未走出重症监护室，阿尔弗雷亚·孔茨就苏醒了。医疗小组对病患进行了全面的检查，他所有生命体征的数据全都正常。就是说，阿尔弗雷亚·孔茨可以出院了。

克里斯托夫远远看着刚才还躺在病床上的病患一醒来就生龙活虎的模样，暗自心惊。他想起自己当年破获欧洲航天局的冒名顶替案时，仙女座人寄生在人类躯体的一些细节。如今，除了极少数与人类的人工躯体相结合形成的"新人类"外，仙女座人在地球上几乎已经绝迹。

克里斯托夫离开医院后，心中的阴影却始终挥之不去。阿尔弗雷亚·孔茨的状态太反常了，莫非他被外星种族"寄生"了？

他再次返回医院，冲破警卫和医生的阻拦，直接问道：

"孔茨先生，你一丁点也记不起昏迷前的事情？你是不是遭到了某些特殊物种的袭击？"

阿尔弗雷亚·孔茨用奇怪的眼神看着他，连连摇头。

"你是谁？你怎么会认为我是被袭击的？请别来骚扰我！"

"你感受不到昏迷前后的变化吗？你想不起来以前的事情了？你到底遭遇了什么样的袭击？"

阿尔弗雷亚·孔茨拒绝回答。

克里斯托夫想要询问医护人员，也遭到了拒绝。他试图将自己的疑惑告诉以前的上司和同事，却没人肯相信他。仙女座人都灭绝了，何来寄生人类一说呢？

克里斯托夫固执己见，他不顾年老体弱，四处宣扬爆炸案是仙女座人有预谋地想要在爆炸混乱之中寄生人类。但是无人相信，他们反而认为他是个说胡话的疯子。

他想到了中国的未来工程部，仙女座人寄生人类的源头正是从那里开始的。

他是个急性子，当即买了机票飞往中国上海。但他把问题想得太简单了。实际上，他的一举一动都在"新人类"的监控之下。他乘坐的飞机在飞行途中，发动机突然出现故障停止了运转，靠着机长高超的飞机驾驶技术，飞机强行迫降在海面上。飞机沉落海底，乘客们在冰冷的海水中奋力自救。等到救援直升机赶到时，大多数乘客已经失去了生命。克里斯托夫是军人出身，虽然年龄大，但他的体能不比一般的年轻人差。因此，他成为这次事故的幸存者之一。

但这还不是波折的结束，他几经辗转终于到达上海，竟又发生了车祸。

郭政宏接到法国同行的信息，得知克里斯托夫要来上海的消息。

他准备尽地主之谊好好接待一下克里斯托夫。毕竟当年，正是这位法国老兵侦破了当年泰勒的冒名顶替案，亡羊补牢，这才及时发现了仙女座人寄生的阴谋。

郭政宏听说克里斯托夫刚到达上海便遭遇了车祸，他便有一种不祥之感，他让安全部门仔细调查这起车祸，同时派出烈风战斗小组负责保护克里斯托夫的人身安全。

烈风接替了张衡原先的职位，卡密尔是他的副手。

烈风因为韩舒冰的死，悲痛不已。他三番五次请求前往美国捉拿卢梭，但都被组织拒绝了。

郭政宏当然希望尽快将卢梭捉拿归案。他的直觉告诉他，卢梭一定会回到上海，窥探韩舒冰的真实情况。因此，守株待兔，才是上策。

郭政宏的判断很对，卢梭一路跟踪克里斯托夫潜回了上海。原本他可以不必冒险，可他急于打探韩舒冰的死活，还是冒着风险来了。

克里斯托夫被安置在未来工程部的安全屋，里三层、外三层的保护，戒备森严。可尽管如此，还是出事了。

因郭政宏特别交代，要让法国客人吃好睡好，烈风擅自从西餐厅聘请了一个法国大厨到安全屋为克里斯托夫专门烹饪食物。就是这件小事，让卢梭成功钻了空子。自从马里亚纳地震引发了大海啸之后，沿海的城市人口迅速削减，不复以往繁华。上海这样的城市，也受到了人口萧条的巨大冲击。因此，留在上海的法国名厨屈指可数。自然而然，烈风聘请法国名厨的动作一出，善于算计的卢梭就立刻找到了克里斯托夫的落脚之处。

卡密尔为人更加谨慎。她发现这个法国名厨行为诡秘，与此前的形象有所不同。她及时向烈风汇报，烈风却认为通过审查了，厨师肯定没问题，因此没有细究。

正当克里斯托夫品尝到正宗的法国大餐的时候，危险也悄然而至。

卢梭利用仙女座人擅长的干扰人类脑电波的特技，迷惑了烈风和警卫们，他如入无人之境那般出现在克里斯托夫的面前。

克里斯托夫死了，死于食物中毒。凶手用的是与毒死韩舒冰相同的药——百草枯。

郭政宏大发雷霆，克里斯托夫竟然在安全屋里被毒死。他当即撤了烈风的职务，关了他禁闭。

事后，人脸识别系统在此精确比对了那位法国名厨的面部信息，证实了卡密尔的判断，这又是一桩冒名顶替的杀人案，凶手就是卢梭本人。一个人无论怎么伪装，他的眼睛是掩饰不了的。

实际上，世界各地接二连三发生的这些意外事件，都由卢梭一手策划实施。原本他不想如此仓促行动，但韩舒冰被丁零保护了起来，他肯定韩舒冰就在海底基地。这像一颗炸弹悬在他的头顶，他不知道韩舒冰什么时候会苏醒，她醒了以后还会不会记得那份名单上的名字？

凡事要有预案。

卢梭等不及了，"征服地球"的行动必须提前。

因此，他开始按照计划对各国政府官员实施寄生行动。但名单上的人群，有的还未进行血型和染色体的匹配测试，不可避免会出现与寄生对象无法融合的现象，造成宿主和本体生命细胞相继死亡的结果。

卢梭计算过概率，哪怕匹配度只达到百分之五十的概率，"征服地球"的行动基本上也能成功。这些散布在全球各处的族人，将成为统治地球人类的先驱者。第二步计划，他们要在各国政府的要害部门里建立起"桥头堡"阵地，通过第一批实现寄生的人，去收集周围人的生理资料，伺机发展新的寄生对象。第三步计划，就是最后对地球人类统治的终结阶段了。仙女座人不会对地球人类赶尽杀绝，而是要彻底奴役他们，让他们为曾经犯下的种种罪行赎罪。

艺高人胆大，卢梭决定主动出击。他邀请郭政宏前往即将行驶在公海的"星梦"邮轮上单独见面。他希望这次行动能够一箭双雕。韩舒冰看到的名单上，第一个名字就是郭政宏，如果郭政宏从韩舒冰口中得知了这个情报，那他就不会贸然孤身前往公海。

虽然一开始卢梭潜入上海是为了杀死克里斯托夫，但他更想通过打探韩舒冰的生死，引出郭政宏，趁机实施寄生行动。未来工程部在他的宏图大略中举足轻重，而郭政宏就是关键人物之一。若是控制住了郭政宏，就等于控制住了海底基地。毕竟海底基地在仙女座人和硅基生命体的两次袭击中，不仅固若金汤，而且毫发无损。

卢梭心底里充满了对郭政宏的敬佩之情，可这是一场种族之间你死我活的战争。

郭政宏接到具有挑衅意味的邀请函，自然明白了卢梭的用意。这不仅是他与卢梭的个人博弈，更是两个种族之间的较量。他上报给国防部领导，请求独自赴约。

国防部高层反对郭政宏的决定，他们认为，卢梭明显居心不轨，郭政宏应该避其锋芒，伺机取胜。但郭政宏认为狭路相逢勇者胜，况且，邮轮从上海出发，前往的对马海峡公海也处在中国海军控制的范围内。

国防部经过再三研究，最终同意了郭政宏的方案。

卢梭提议会面的"星梦"邮轮是一艘马来西亚的豪华邮轮，往返于上海和吉隆坡之间航行。上面最多能够承载216人，属于近海行驶的中型邮轮。按照时间推算，邮轮将于第二天的下午三点从上海吴淞口码头起航。

第二天凌晨，吴淞口码头就进入了外松内紧的警戒状态。附近来往的车辆和行人，统统被纳入监控的范畴。他们启动了最先进的人脸识别系统，无论卢梭如何乔装打扮，也会第一时间被筛选出来。

卡密尔为仍在关禁闭的烈风求情，她认为烈风和卢梭多次打过交道，更有斗争经验，她希望郭政宏能够给他一个戴罪立功的机会。

郭政宏当然希望战斗组由烈风带队。他明白，卢梭如此嚣张，必定有备而来。

郭政宏不敢怠慢，与中央军委总参谋部组成临时指挥班子，调动海军的058B型导弹驱逐舰和099C型攻击核潜艇组成联合舰队，实时监控"星梦"邮轮的全程航行。此外，未来工程部通过外交途径，得到了马来西亚政府和军方的支持，允许未来工程部派遣战斗小组随时登船执行抓捕任务。

卢梭不可能从戒备森严的码头上船，他最有可能选择的方式是潜水，从中途上船。因此，他们还派了两艘潜艇，监视沿途水下的环境，若是发现移动目标则全力围剿，即使动用最先进的导弹也要将对方彻底消灭。

根据他们得到的情报，邮轮上会出现一名特殊的乘客——林若溪，她是云顶赌场的创办人——华裔富商林悟桐的曾孙女，也是这艘"星梦"邮轮所属的云梦邮轮公司的董事长。林若溪在东南亚远近闻名，她继承了曾祖父敢闯的精神，当年COVID-19在全球范围肆虐时，旅游业一片萧条，从事邮轮的船舶公司纷纷破产。正是邮轮业最凄惨的时候，她出手一口气收购了北美和欧洲的数家邮轮公司。疫情过后，游客数量激增，在疫情结束带来的报复性旅游消费时期，她一跃成了全球邮轮业的老大。

她或许是通过马来西亚政府的途径得知了这艘邮轮将协助中国未来工程部执行抓捕任务，于是她热情地腾出了邮轮上的总统舱位供郭政宏使用。她还同意了未来工程部的战斗小组在各船舱任意巡视的权力。

郭政宏感激林若溪的慷慨，这让他们少了许多不必要的麻烦。

"星梦"邮轮放行乘客之前，烈风带着战斗小组已经事先登船全面检查了邮轮。

卡密尔则随着乘客一起登船，便于近距离观察乘客的动向。吴淞口码头的各个角度，放置了许多台人脸识别摄像机，将三百六十度无死角地捕捉每一个到达码头的乘客和行人。

郭政宏与林若溪最先登船。林若溪的保镖有十几个，因此，当她看到郭政宏独自一人时，不免有些诧异。

"郭部长，你没有随身保镖？我以为，至少会有一个警卫排围在你的身边。"

郭政宏笑了笑，说道："要出事，你想避也避不开，警卫再多也没用。我这人不信邪，正义总是能压倒邪恶的。"

人脸识别系统仔细检验了每一个登船的乘客，似乎一切都很正常。

到了时间，"星梦"邮轮从吴淞口码头起航了。

两架无人侦察机在万米高空监视着海面上的邮轮。一艘099C型攻击核潜艇和两艘058B型导弹驱逐舰早已在附近巡弋，监视着方圆百里的海面和水下情况。

总统舱位十分宽敞，房间中央还摆放着一张圆形的赌桌。也许是屋子里温度偏高，林若溪脱去了外套，露出年轻女性迷人的曲线。她和郭政宏坐在沙发的两端，她修长的双腿伸向对方。

随从为她和郭政宏倒上一杯红酒。林若溪举起酒杯，对着郭政宏微笑。

郭政宏的耳麦里不时传来各种汇报的声音：

"报告一号，我是烈风，正在巡视各个舱位，暂时没有发现异常。"

"报告一号，我是联合指挥部的参谋，吴淞口外未发现可疑船只和移动物体。"

林若溪指示随从放置赌具扑克和筹码。

"郭部长，旅程漫长，不如我们玩儿上几局，不赌钱。"

"抱歉，中国军人不能赌博，这是军令禁止的。"

"不赌钱，就不是赌博。这样吧，我们赌纸牌的大小，谁输了喝酒。"

"不行，罚酒喝也是变相的赌博。"

"那不罚喝酒，谁赢了，可以任意点评一下对方。"

林若溪葫芦里到底卖的是什么药？但她毕竟是这艘邮轮的主人，总要给对方一些面子。他同意了。

第一轮纸牌比大小，林若溪赢了。她得意地品尝了一口红酒，然后对郭政宏说道："郭部长，我可说了，无论我说什么，你都不能生气。"

"请说，我洗耳恭听。"

"郭部长，未来工程部是一个杰出的组织，人才济济，又拥有坚不可摧的海底基地，既可攻，又可守。但是，还是存在一个弱点。那就是地球人类的科技有限，无法与仙女座人和硅基生命体的科技发展水平匹敌。这不是你的错。但你想过没有，若是你和外星物种联手，你就能够成为地球人类的主宰者，这是何等的荣光……"

郭政宏听不下去了，他正要反驳。突然，耳麦里传来卡密尔急促的声音，"报告一号，发现可疑情况，林若溪的一个保镖倒在一等舱卫生间里，已无生命体征。"

"马上封锁周边所有通道，通知战斗组进入紧急状态。"

林若溪看着郭政宏，问道："发生什么事了？"

"林董事长，你的保镖都在这里吗？"

林若溪环视了一圈房间里的保镖，微笑地点点头。

郭政宏的脸色变了，他直视着林若溪，"你敢确定？"

林若溪笑了起来，随即说道："我当然确定。"

郭政宏也笑了起来，指着林若溪说道："你不是林若溪，我没说错吧？"

"你错了，我是林若溪。"

"林氏家族不可能与仙女座人狼狈为奸，你应该是货真价实的卢梭。"

林若溪愣住，随即又笑了。

"郭部长，我是林若溪，我也是卢梭！"

第十章

见证奇迹

当初，仙女座人在宇宙中漂泊无定，随着时间的增长，飞船上的环境变得越来越恶劣，能源即将耗尽，硅基生命体又紧追不舍，他们的族群首领几乎放弃继续生存的希望了。但命运让他们绝处逢生，他们在银河系发现了一个适宜居住的蓝色星球，更令他们惊异的是，这颗星球上竟然还居住着原始的人类。经过一系列的测试和观察，他们确定地球人类与他们同宗同源，只不过，地球人类呼吸氧气，而他们则依赖氮气。首领大喜过望，这颗蓝色星球的存在，冥冥之中预示着造物主的安排。

为了更好地生活在这颗星球上，首领紧急指示所有族人学习和熟悉地球人类的历史和文化。卢梭在族群中脱颖而出，他成了研究地球人类历史和文化的顶尖专家。他不止一次地感慨，地球人类的编年史与他们族群的编年史何其相似。由此他更加疑惑了：工业和科技的飞速发展，到底是给人类进化带来了福音，还是将人类引向了毁灭之路？

仙女座人降临地球之后，卢梭自愿成为第一批地球上的"新人类"。他有过两次与地球人类的婚姻，又多次经历生死。他自己也没想到，自己成了仙女座人的新首领，要担负起族群的复兴大业。

正是从那一刻起，卢梭不再是曾经的卢梭。他必须放弃个人的得失和利益，包括他所倾慕的地球人类的爱情和家庭。

但人非草木。

卢梭与纯正的仙女座人不同，他的躯体来自地球人类，在某种程度上，他已被地球人类同化了。但卢梭成为仙女座人的族群首领之后，他原先的角色彻底转换了，他的意识中，仙女座人的集体意识逐渐占据上风，崇高的使命让他变得"六亲不认"，致使他对自己深爱的韩舒冰痛下杀手。而且，他丝毫不觉得悔恨。

他与郭政宏打过交道，深知此人领导的未来工程部对地球人类的未来有着非常重要的作用。为了控制郭政宏，他使出了两败俱伤的计谋。是的，他学会了运用计谋。无论他怎样乔装打扮，都瞒不过精准的人脸识别系统。他只能牺牲自己，进入一个完全不匹配的躯体之内，以一个所有人都意想不到的身份，才能诱使郭政宏与他见面。

这行为像是自杀，他在不匹配的躯体里面能够存活几日呢？他不清楚。但他知道，只要能够捕获郭政宏，仙女座人立足地球的大计就取得了最大的胜利。

郭政宏既然敢去赴约，势必成竹在胸。但他是凡人，不是神仙。他没有料到，卢梭居然潜伏到林若溪的体内，大摇大摆地登上了邮轮。人脸识别仪器再精准，也无法透过身体察觉到卢梭的存在。

郭政宏镇定地看着林若溪，"我是没想到你以这样的形象出现在我的面前，仙女座人的寄生手段又前进了一步，已经能够在有氧状态下潜入人类的躯体了。但你征得宿主的同意了吗？"

卢梭把杯中的红酒一饮而尽，也笑道："我与林若溪达成了协议，否则她的保镖会听命于我吗？我的目标是你，不是她。我答应她，不会损伤她的大脑中枢神经系统，更不会修改她肌体的任何部位。很快，是的，她还会是原来的林若溪。"

"你这是自欺欺人！我研究过仙女座人的寄生程序，黏菌体的潜入存在排斥本体的适应过程，这对宿主的伤害很大。而且，你作为一个已经寄生过的人，现在已经不是纯粹的黏菌体了。在分离肌体的过程中，你的黏菌本体会遭到破坏，然后再潜入新的肌体寄生，这必然只能两败俱伤。"

"你说得没错，我是采取毁灭自己的手段，再次实施了寄生措施。可我是族群的领袖，我不入地狱，谁入地狱？"

郭政宏听到卢梭自称族群领袖，放声大笑起来，"难怪你变得这样面目全非，原来你竟成了仙女座人新的首领。那我先恭喜你了。恭喜之后是悲叹，看来你们种族确实到了穷途末路了。"

卢梭恼羞成怒地看着郭政宏。

"星梦"邮轮突然加速向公海驶去。

联合指挥部随即下达了战斗指令。海面上，两艘导弹驱逐舰分别从正侧面拦住邮轮的去路。武装直升机组成的编队，也盘旋在邮轮的上空。

远处，一艘攻击型核潜艇也浮出海面。

武装直升机上的高音喇叭响彻云霄：

"'星梦'邮轮上的船员和乘客请注意，我们是中国海军，现在请立即停船接受检查。重复一遍，我们是中国海军，请立即停船，接受检查。"

"星梦"邮轮仿佛没有听见，丝毫没有减速，继续朝着公海方向疾速驶去。

总统舱内，郭政宏已被保镖们捆了起来。越来越近的直升机轰鸣声和高音喇叭叫喊声传来。

郭政宏对卢梭说道："你听到没有？我们的飞机和军舰、潜艇把这艘邮轮团团围住了，你们是逃不掉的。"

假冒林若溪的卢梭露出迷人的微笑来，她说："郭部长，你少操那份心了，如果不事先布置预案，我敢约你在邮轮上见面？"

"我劝你悬崖勒马，回头是岸。卢梭，你应该明白，仙女座人与地球人类一直保持友好，希望你不要破坏两个种族之间的友谊。"

"那是因为首领想要与你们联手共同抗击硅基生命体对族群的追杀，这是利用，不是友好。用中国一句古话来说，一山容不得二虎。谢谢你们教会了我们族群运用计谋，等到适当的时机，我们当然会一举拿下地球的统治权。"

"难道你们的族群没有离开地球，而是藏在某处一直蛰伏？"

卢梭大笑起来，笑完了才说道："你真是一个聪明的领导人，所以你在我们的寄生名单中排在第一位。原先地球人类看到的都是假象，离开地球的飞船船舱里是空的。我们族群都留在了地球上。"

郭政宏竭力保持镇静，却仍然掩饰不了心中的震惊。各国政府都低估了仙女座人。原先认为仙女座人的思维直接透明、不会玩弄心机的普遍印象是错的，大家都被他们骗了。仙女座人一旦识破了地球人类的阴谋伎俩，他们可以玩得比地球人类更高明，更有欺骗性！

总统舱里两个身穿白大褂的合成人面无表情地站到赌桌一旁，开始手术前的准备。

船舱过道，烈风和卡密尔带领着几个战斗组成员正与林若溪的保镖们激战。

卡密尔有些急了，"烈风，我们不能耽误了，郭部长有危险，你用火力掩护我，我现在就冲进去。"

烈风点点头，试图完全压制住对方的火力。

卡密尔趁机冲到总统舱位门口，用力撞开房门。等待她的却是一排扫射的子弹，卡密尔倒在了血泊之中。

她在临死之际，震惊地看到了可怕的一幕：郭政宏上身赤裸，两名穿着白大褂的医生刚对郭政宏做完脑部手术。

郭政宏从赌桌上坐了起来，诡秘地冲着卡密尔笑了笑。随即，他的左右手分别将两名合成人医生的脖子拧断了。

等烈风冲进来的时候，房间内除了郭政宏还活着，其余的人都已经是死尸了。

"郭部长，你没事吧？"

郭政宏支撑起受伤的身体，勉强说道："我受伤了，但我能够挺住。"说完，他便昏迷了过去。

烈风悲痛地看着卡密尔的尸体，她还保持着睁大眼睛的表情，仿佛到死都不能瞑目。

邮轮上的战斗很快就结束了，林若溪和她所有的保镖全部被击毙。未来工程部的卡密尔和一名战斗组成员壮烈牺牲。昏迷的郭政宏被抬进直升机，送往就近的医院急救。

公海上未发现任何可疑的迹象，也再无其他敌对势力出现。难道这一切只是虚惊一场？

联合指挥部撤走了导弹驱逐舰和攻击型核潜艇。"星梦"邮轮在武装人员的押送之下，返回吴淞口码头。

码头上全部戒严，未来工程部的安全部门接管了全部事宜。

邮轮上总统舱里到底发生了什么变故？林若溪和她的保镖为什么全部毙命？这是卢梭的"杰作"吗？难道卢梭有隐身术？他是如何出现在船舱里的？一切的一切，只有等到郭政宏醒过来才能知道了。

"星梦"邮轮惨案在马来西亚引起了巨大关注，林氏家族和政府官员来到上海，与中方有关部门共同处理后事。马来西亚的情报部门与未来工程部的安全部门组成联合调查组，力求查明林若溪的死亡原因，以便给林氏家族一个明确的交代。

经调查，总统舱里的死者中有两名合成人，他们都被残忍地拧断了脖子。凶手到底是谁？

林若溪曾住过的宾馆的监控显示，化装过的卢梭出入过林若溪的总统套房。他们在房间里密谈后，林若溪亲自送卢梭到了电梯口。

烈风在海底基地的密室单独向从北京赶来的国防部高层汇报，叙述发生在邮轮上的整个过程。他在这里竟然奇怪看到了自己的妻子崔乐乐。这种场合，崔乐乐不可能参与其中。

崔乐乐也不对烈风作出任何解释，她在一旁默默地听完了整场汇报。

崔乐乐现在是两个孩子的母亲了。她和烈风结婚后，工作更忙了。郭政宏交给她一项艰难的任务 —— 为人类自身的进化提速。说得细一些就是，为了以后人类能进行星际旅行，人类自身必须克服一些生命存在的局限。

崔乐乐调集了各学科的精兵强将，组成了一个项目小组，专门攻克人类躯体面临的一个个生理极限的难关。她首先从几个方面着手，希望能够延长 DNA 端粒长度，还有干细胞再生技术等。

自从投入研究开始，她就感到每天的时间都不够用，与烈风和孩子们也难得相聚。有时候，近在咫尺，也只能通过视频电话与他们聊天。

她记得，郭政宏登上"星梦"邮轮的几个小时前突然来找她。看得出来，他的神情非常紧张。

"崔乐乐，我有一件很重要的事情嘱托你……"

郭政宏欲言又止，崔乐乐也跟着紧张起来，她起身敬个礼，认真道："郭部长，请吩咐，我保证完成任务！"

郭政宏反而笑了，表情又变得轻松起来，"你答应保证的，到时候别反悔啊。我给你的任务是，在必要的时候杀了我。"

这是什么样的任务？崔乐乐脸色都变了。

127

郭政宏急忙解释："你别太担心，我说的是在必要的时候。比如，你发现我被仙女座人寄生了，或是卢梭潜入到了我的躯体里。你记住，只要发现我失控了，必须毫不迟疑地杀了我！听明白了吗？"

崔乐乐明白了，郭政宏是在对她交代"后事"。她有些诧异，能让郭政宏起这样的念头，想必事态已经变得很严重了。

与卢梭会面的时间越是临近，郭政宏越是感到不安。无论在码头，还是在公海上，邮轮始终处在我方的监控之中，整件事应该说是万无一失的。但郭政宏天生有着杰出军事指挥官的直觉，一个完美无缺的计划，往往存在着看不见的巨大漏洞。

卢梭的有恃无恐，绝不是虚张声势，他的"后手"是什么？他公然挑衅自己，说明他的目标就是自己。难道他企图使自己成为他的宿主？想到这里，郭政宏不寒而栗。但这一切都只是自己的猜测，捕风捉影的事情，他不能对其他人诉说。而且他知道，如果提出这样的可能性，他肯定不能登上邮轮与卢梭面对面了。于是，他想到了崔乐乐，她是自己能够嘱托这件事最好的人选。

"当然，我说的都是假设，但是当假设变成现实的时候，你必须果断结束我的生命。要不然，后患无穷！"

崔乐乐答应了郭政宏，她心里希望永远也不要有这一天。

可事实就是这样残酷，最不希望发生的事情偏偏就发生了。崔乐乐听完烈风的详细汇报，内心充满了绝望。

她抱着最后的侥幸心理，探望了重症监护室里仍然昏迷着的郭政宏。根据核磁共振的结果，有一个黏菌生命体确实潜伏在郭政宏的脑部。他们都认为，这就是卢梭。但开颅手术意味着郭政宏必然死亡，这与当年郑月返回地球时的情景何其相似。国防部在上海的高层领导立即通过加密方式连线了北京，崔乐乐也参加了这次高层的电话会议。

这是一个决定郭政宏生死的会议。

郭政宏的军衔相当于一个大军区的正兵团级别，也就是中央政府的正部级。关键是他的国际影响力远超一般的正部级干部，未来工程部也一直代表着中国的国家形象。

国防部长和中央军委总参谋长相继发言，阐述了他们的意见，他们更倾向于不能为了消灭一个合成人卢梭就牺牲郭政宏的生命。尤其是，已经有了郑月这个成功先例。

崔乐乐始终静静地听着。这样级别的视频会议，她没有资格发言。

会议进行了几个小时，却始终未能拿出一个令众人都满意的方案。这时候，最高领导人突然点名要崔乐乐谈谈她的想法，毕竟她是在场的唯一一个专家。

崔乐乐亮开嗓门说了自己的观点：

"我作为一个医生，首先想说，开颅手术有风险，成功的可能性微乎其微。郭部长临行前嘱托过我，一旦他被仙女座人寄生就杀了他，我仍然认为他的提议非常正确。但是，也许这件事还有另外的解决办法，我们可以利用脑机技术将郭部长的大脑上传到计算机中，某种程度上说，他的躯体生命终止了，但他的生命以另一种形式'活着'。这是我的全部想法。"

崔乐乐反复思考过，若是不做开颅手术，郭政宏活着也是一具傀儡，他的行为举止都受到卢梭的掌控，她相信郭政宏最不愿意看到的就是这一幕。

会议沉默了许久，最后，大家同意对郭政宏实施开颅手术。

这台手术由崔乐乐主刀。手术的难度很大。

郑月赶到了海底基地的手术室。想当年，她逃脱了开颅手术。如今，未来工程部的负责人郭政宏却面临开颅手术。她深有体会，这是唯一正确且彻底的处理方式。否则，在卢梭的控制下，"郭政宏"将会带来不可估量的危害。他作为未来工程部最重要的首脑之一，掌握着许多绝密信息。

手术连续进行了两天两夜，总计约三十八个小时，这是一次多人多学科共同参与的大型综合性手术。崔乐乐负责主刀开颅、切割剔除卢梭的黏菌生命体，计算机专家和医疗小组负责将郭政宏的大脑信息上传到计算机中。上传意识并非第一次出现在地球上，但这次的手术更复杂更具有挑战性。在郭政宏昏迷的时间里，黏菌体也许已经渗透进了各种肌体组织之中。何况，与单纯上传人的大脑记忆不一样，这次手术是要实现真正的脑机结合。

见证奇迹的时候到了，所有人专注地看着计算机屏幕，等待着"移植"完成的郭政宏大脑的反应。几个小时过去了，计算机还是一片黑屏。

三天过去了，计算机仍无任何反应。

无奈之下，专家组只能向国防部呈报手术失败的结果。

手术失败也在众人的意料之中。接下来，要考虑郭政宏下葬的问题。葬礼一定非常沉痛隆重 —— 他为中国乃至全世界都做出了杰出的贡献，理应得到最高荣誉的葬礼。

崔乐乐不愿意相信失败的结果，她坚守在实验室里，期待着计算机的屏幕亮起。一连几天，她不吃不喝，不眠不休守着。烈风担心她，给她送来衣食。她反而怪罪烈风。

"都是你没有保护好郭部长。平时你总觉得自己有能耐，到了关键时候就掉链子。"

烈风有口难辩，郭政宏之死，他也非常难过。他们这批未来学院的老学员，个个都把郭政宏视作自己的父亲。感情之深，非言语能形容。

烈风不想与崔乐乐争辩，他对妻子内心的痛楚感同身受。每天，他给崔乐乐送完吃的，然后默默地离开。最后，还是郑月硬拖着崔乐乐走出了实验室。

崔乐乐将实验室永久封存。尽管她也不抱希望了，但她不想外人来打扰安息的郭政宏。

许多国家总统和元首都赶来葬礼现场吊唁郭政宏。联合国秘书长胡安·费南多提前一天到。他与郭政宏是老朋友了。郭政宏多次挺身而出，帮助联合国解决了不少难题，多次促成几个大国精诚合作、一致对外。郭政宏骤然离世，令不少人都悲痛不已。

葬礼原本定在北京，但未来工程部的人员都希望他们能够送老首长最后一程，因此，葬礼最终在海底基地所在的崇明岛举行。

当天，崇明岛全岛戒严。联合国秘书长胡安·费南多和各国政府首脑的专机陆续抵达崇明岛的军用机场。这个机场不仅建设了多条起降跑道，而且有一条直通海底基地的海底隧道。这是硅基生命体第一次袭击地球之后，郭政宏下令修建的。这条通道能够确保在必要时刻，专机到达崇明岛后可以直接进入海底基地。此外，这里还建造了地下停机库和地下跑道，以防地面机场遭到毁灭性破坏。

郭政宏的遗体被入殓师精心处理过，面部表情庄严肃穆。他的两旁披挂着国旗和党旗。

中国国防部部长亲自主持仪式。仪仗队礼炮齐发，鸣枪敬礼。

胡安·费南多第一个致辞：

"今天我是怀着沉痛的心情，来为我最好的一位朋友郭政宏将军送行。我和他之间的友谊可以追溯到许多年前，当时我还不是联合国的秘书长。正是他的不断鼓励，才让我有勇气参与竞选。而当我开始为联合国服务的时候，他代表中国经常毫无保留地支持我的工作。他总是一切都从团结全球、从大家庭的利益出发。中国倡导的人类命运共同体，郭政宏是坚定不移的执行者，在他的帮助下，我们一次次渡过难关。今天，他离去了，但他永远活在我们心里。现在，我要向他的遗体鞠躬，表达我对他的敬意。"

胡安·费南多率先走到郭政宏的遗体前，恭恭敬敬地鞠了三个躬。

随后，中国国防部长介绍了郭政宏的生平。

"首先感谢联合国秘书长胡安·费南多先生和各国首脑不远万里来到这里，参加郭政宏将军的追悼会。我代表中国政府和国防部，向各位来宾表示最诚意的感谢。郭政宏一生，不论他在哪个岗位，他都是勤勤恳恳、任劳任怨。今天，他走了，不！他没有离开我们，他时时刻刻与我们并肩站在一起……"

台下站满了前来吊唁的人群。未来学院的学员也都来了。还有一些未来工程部的科学家代表，他们每一个人都神情悲痛。这些年来，他们在郭政宏带领下攻克了一个又一个艰难的项目，才让中国的多项技术始终走在世界科学的前沿。

这时，崔乐乐手腕上的传感器猛烈地振动起来，那是她安在实验室里的监控警报响了。腕表上的画面显示，实验室里连接的电线闪出一阵阵短路般的火花。

她顾不得大庭广众，撒开腿就往海底基地方向跑去。

她终于来到了实验室门口，撕掉门上的封条，冲了进去。实验室一片寂静，仿佛没有发生过任何事情。刚才屏幕上闪烁的雪花图像，现在又变成黑屏了。

崔乐乐瘫软在地，大口大口地喘着粗气。

突然，屏幕上出现了一行字幕："崔乐乐，你好！我是郭政宏！"

崔乐乐不敢相信自己的眼睛，她使劲揉了揉眼睛，那行字幕仍然清晰地出现在屏幕上。

崔乐乐拿起键盘，飞快地打字："郭部长，真是你吗？"

"当然是我，我现在很好！"

崔乐乐高兴得眼泪都流出来了，"郭部长，你能听到我说话吗？"

"你在说什么？我听不见。"

"那你能够看到我？是不是？"

"是的，我能够看见你，但图像有些含混不清。"

崔乐乐又用键盘开始打字，"郭部长，你是什么时候清醒的？现在是什么感觉？"

"我好像睡了很长时间，刚醒来。奇怪得很，我所有的感觉都消失了，就像是站在一个空荡荡的黑屋里，看到的都是幻象。我是不是已经死了？"

崔乐乐停顿了，她不知道该如何回答。

屏幕上的字幕又跳出来了，"我不相信现在与你对话的是灵魂，灵魂不可能转化为物质。"

崔乐乐决定把真相告诉郭政宏，"郭部长，你的躯体生命是死了，但我们用脑机接口成功'移植'了你的大脑。你可以思维，可以与任何人对话，还可以出现在计算机的屏幕上。"

"我明白了。崔乐乐，我很高兴，这是你的杰作，让我获得了永生。"

崔乐乐一直流泪，身体也控制不住地抽搐起来。

"别哭，我现在不是活得好好的？我还能看见你们，还能与你们说话。人都是要死的，可我现在是全球第一个'活死人'。不说废话了，我还有很重要的事情需要交代你们。你把郑月找来，我要给她布置任务。"

崔乐乐也想起重要的事情了，她飞快地打字，"郭部长，请等待一下，我要去通知所有人，他们现在正在举行葬礼呢。"

"哈哈，是给我开追悼会吧。"

崔乐乐赶到葬礼现场的时候，追悼仪式已经接近尾声了。她兴奋地把刚才实验室里的情况汇报给了国防部高层，告诉他们，手术成功了，郭政宏还"活着"。

当国防部长把这一喜讯告知众人时，原本哀痛的葬礼现场顿时变成了一片欢乐的海洋。郭政宏还活着！这个消息犹如一颗定心丸。那些国家首脑纷纷请求到实验室里见证奇迹。崔乐乐婉拒了他们，郭政宏还处于刚"清醒"的阶段，需要休息和适应。

国防部长以身作则，表示自己也不会打扰刚刚苏醒的郭政宏，众国家首脑只得作罢。但他们一扫来时的满脸愁云，兴高采烈地返回了自己的国家。因为中国的国防部长对他们宣布，郭政宏仍将担任未来工程部的负责人一职，统管未来工程部的所有项目工作。

郭政宏与郑月的对话如下。

"郑月，你我应该都清楚，地球人类与仙女座人开战，结果肯定不利于我们。我现在要郑重地交给你一个任务。"

"郭部长，请指示，我一定义不容辞。"

"我要你放弃地球人类的身份，成为仙女座人的新领袖。"

郑月惊异了，"我？成为仙女座人新的领袖？"

"是的，请你务必采取任何一切手段，我只看重结果。"

郑月沉默了。

屏幕也呈现出短暂的黑屏。接着，字幕又跳了出来，"我知道你的想法，可目前，我们的危险迫在眉睫，卢梭死后，仙女座人绝对不会善罢甘休，他们一定会掀起轩然大波，我判断，他们甚至会在核弹上做文章。"

"不可能，掌握核弹的都是每个国家的核心人物。"

"他们能对我寄生，难道其他国家的重要人物就不会成为他们的宿主吗？"

郑月感到不寒而栗。她的内心，一个声音告诉她，这不是耸人听闻，而是会即将发生。

"郭部长，我非要放弃地球人类的身份才可以吗？有没有两全其美的方式？再说，我怎么才能成为仙女座人的领袖？"

"你不放弃地球人类的身份，仙女座人怎么会拥戴你？至于你通过何种途径获取首领地位，这是你自己应该考虑的事情。你要充分发挥你体内的仙女座人的作用。祝你好运！"

与郑月对话之前，郭政宏对未来工程部的高层集体下达了指示。

"我们面前充满危机，仙女座人已经开始行动了，而我们竟然还误以为他们的种族灭绝了。现在，他们已经渗透进全球各国的领导高层，掌握了各国的核心机密……"

未来工程部的某位领导小声地嘀咕："会不会有些夸大其词了？"

屏幕上跳出一行字幕："我听不见，你把反对的意见写出来。我们允许有不同声音。"

郭政宏还是那个郭政宏，人不在了，但威望仍在。众人不再存有异议，纷纷表示要坚决执行郭政宏的指示，将情况通报给各国政府，方便他们自查。

可惜，"新人类"作为仙女座人的桥头堡，"征服地球"的计划已经实施，一场核大战即将爆发，地球人类将面临灭顶之灾。

第十一章

末日将至

卡密尔的遗体被运回了她的故乡——位于普罗旺斯的一个小镇。

她的墓地在地中海的蓝色海岸，周边是一片薰衣草草园。卡密尔的墓碑与她父亲乔纳森的墓碑紧挨着，墓碑上铭刻着汉语、法语、英语三种文字：敬礼，地球人类的卫士！

不远处，是她前男友的墓碑，他曾是乔纳森的贴身保镖。如今，他们相聚在薰衣草草园，也算是情归故里了。

卡密尔安眠于此。而此刻的法国和全世界正面临一场末日危机。

一架直升机降落在法国西部港口城市布雷斯特的军用机场。这里是法国最大的海军基地，到处可见穿着制服的大西洋舰队的水兵。

海军参谋部的副参谋长孤拔中将，与十九世纪末的法国远东舰队司令孤拔同名，据说他们之间有着家族血脉关系。

孤拔此次来到大西洋舰队，负有一项重要使命。他要亲自率领一艘凯旋级 B 型战略核潜艇出航，前往太平洋某海域执行秘密任务。

该核潜艇的舰长伯纳德上校，在巴黎海军参谋部曾与孤拔打过几次交道。海军系统校级以上的军官都知道孤拔此人性格孤僻，谨言慎行。但他们不否认孤拔对法国海军贡献巨大。孤拔几十年来官运亨通，一帆风顺地升到了巴黎海军参谋总部。他成了法国海军里的鹰派代表，促成法国建立起一支强大的海军。而他在海军参谋部的杰出表现，令他在花甲之年戴上了中将的军衔。

孤拔没有前往大西洋舰队的司令部，而是直接来到长岛核潜艇基地，找到伯纳德上校。他通知对方，一小时后他要乘坐凯旋级 B 型战略核潜艇出航。一般核潜艇驶出港口，至少需要一周到半个月的时间完成准备工作，因为出航牵扯到设备检查、食物供应和武器装备等复杂问题。伯纳德当即拒绝了他。

"中将先生，恕我冒昧，这不可能完成！"

孤拔板着脸训斥道："现在是战时，没有什么不可能！"

"我没有接到一级战备的命令，核潜艇不能驶出港口。"

孤拔见伯纳德固执己见，无奈之下，他只好掏出总统手谕递给伯纳德。

总统手谕只是匆匆写的几行字：孤拔中将为总统特别代表，请遵守国家紧急状态下的条例，执行孤拔中将的一切指令。

伯纳德提出要与海军参谋部和大西洋舰队联系，以确认总统的手谕是否有效。孤拔同意了。

伯纳德先是与大西洋舰队司令部取得了联系，后来又直接与巴黎的海军参谋部联系，他们的回复很一致，都得到了总统办公室的相关指令，要求他听从孤拔中将的一切指挥。虽然疑问没有了，伯纳德却仍觉得不对劲。可军人服从军令是天职，伯纳德只能令核潜艇上的全体官兵紧急集合，他们将马上出港。

匆促的五十分钟之后，凯旋级 B 型战略核潜艇从布雷斯特长岛基地港口起航了。由于是临时通知，部分休假的船员赶不回来，全艇出勤率只达到了78%。

自从核潜艇驶出港口后，孤拔就一直独自待在舰长室。伯纳德几次想找他谈话，都被他粗暴地拒绝。伯纳德隐隐感到不安，强烈的直觉告诉他此次航行凶多吉少。尤其令他特别在意的是，在登上潜艇之前，孤拔问他，舰艇上携带的核弹数量。

难道此次航行的目的是试射核弹？

航行一小时后，孤拔下令全艇进入静默状态。自此，核潜艇与外界彻底失去了联系。全艇官兵似乎都感觉到了诡秘的气息，彼此之间保持沉默，谁也不敢多说话，生怕引祸上身。

大西洋舰队司令部接到了来自海军参谋部的密电，内容很简单，追查长岛基地出港的战略核潜艇目前的位置并及时用密电上报。

值班参谋感到非常纳闷，核潜艇出港不正是巴黎总部下达的指令吗？

与此同时，巴黎爱丽舍宫正召开总统紧急会议。海军参谋长上将向总统汇报了凯旋级B型战略核潜艇擅自出港的事情，现在，这艘核潜艇去向不明。

他们很快查明，海军参谋部值班参谋给大西洋舰队下达了虚假指令，谎称孤拔将军接受了总统的指令，亲自率领凯旋级B型战略核潜艇出港执行任务了。目前孤拔和核潜艇一起失踪，下落不明。

总统安全小组还调查到，对外情报总局已有多名官员被仙女座人寄生，具体数字还在统计中。法国空天军也发现了数名仙女座人的宿主。总统内阁也被发现仙女座人的渗透痕迹，相当数量的机密文件已被泄密。更令他们震惊的是，仙女座人企图刺杀总统内阁成员，相关的刺杀计划也都开始执行了。

一时间，崔乐乐创造出来的寄生检测法再次得到关注。这是崔乐乐花费许多年时间对仙女座人实验的一个部分，她发现被仙女座人寄生后，只要戴上墨镜，他们的视野便受阻碍，这是因为仙女座人在人类的躯体寄生之后，视网膜会发生一些异变，容易造成视角盲区。

于是，无论是政府首脑会议，还是军队成员聚集时，人人都戴着一副墨镜，以此证明自己的清白。墨镜成为军方和政府部门采购的必需品，由于供不应求，市场上的墨镜很快变得千金难求。

总统会议正在进行时，空天军指挥部突然传来警报，一架老式的"幻影"五代机私自起飞，正朝着巴黎方向飞来。总统召开的会议只好临时中断，总统和军方会议代表们纷纷躲到地下基地。那架飞机抵达巴黎上空后开始俯冲扫射，其中一颗炸弹被准确投放到爱丽舍宫，它在楼顶爆炸，造成爱丽舍宫局部结构遭到严重破坏。巴黎的防空高炮部队很快拉开了激光弹拦截网，那架飞机终于在中弹后坠毁。

巴黎空难刚解除警报，空天军又发现两架飞机擅自升空，继续朝着巴黎方向飞来。预警机跟着升空，准确地指引激光弹拦截，这两架飞机没等到达巴黎上空，就被击中坠毁了。

法国总统担忧凯旋级 B 型战略核潜艇的失踪事件是由仙女座人主导的，若是孤拔也被寄生，那后果将不堪设想。

此时，潜入深海的凯旋级 B 型战略核潜艇打开了一排发射导弹的舱盖，接着，又一排舱盖打开。指挥舱的屏幕上，核弹发射的箭头指向莫斯科和圣彼得堡。

全艇官兵神情紧张，他们经历过无数次演习，但从未真正发射过装有核弹的导弹。

伯纳德用颤抖的手指按下了发射的密码数字，键盘上方的红色警示灯亮了。随即，孤拔拿出密封的盒子，打开后递给伯纳德。伯纳德默念了一遍盒子里写着数字和字母的纸条，然后又用颤抖的手指按下新的密码。

核弹发射倒计时开始了，五、四、三、二、一、○……驾驶舱的屏幕上亮起一片红色，一颗多弹头导弹从发射管道中呼啸而出，它很快冲破海面，射向空中……

伯纳德惊恐地看着孤拔，喃喃自语道："核弹发射了，我们没有退路了，这真的正确吗？"

孤拔冷冷地看着伯纳德，一道蓝色的荧光闪过他的瞳孔，他说：

"毁灭一个旧世界,才能建设一个新世界!"

伯纳德拔出手枪对准孤拔,歇斯底里地大叫起来:"快!停止发射,我们上当受骗了,他不是中将,他是仙女座人……"

顿时,驾驶舱变得一片混乱。操作员手忙脚乱地拼命按着红色按键,想要阻止屏幕画面呈现的那几颗导弹射向天空。

但孤拔轻易拧断了伯纳德的脖子,顺手又打倒了几个水兵。接着,驾驶舱里到处是一个个扭曲的死尸。然后,他熟练地操作起键盘,修改和增加了几个核弹的攻击目标,伦敦、巴黎、华盛顿、柏林和上海这些城市都纳入为核打击目标。

随即,屏幕上,一颗颗核弹冲破海面,呼啸而去……

孤拔的眼睛里又闪过一道蓝色的荧光,他面对屏幕上导弹飞行的画面一阵狞笑。他打开了通信装置,把摄像机镜头对准自己。他调整好角度之后,对着麦克风开始说道:"地球人类仔细听着,我是族群编号认证673655233。我们已经忍耐很久了,你们的所作所为完全不配拥有这颗蓝色的星球。仙女座人不会屠杀地球人类,而是要将你们改造成优秀的种族。请不用担心,这场核战带来的负面影响只是暂时的,我们有能力重建地球美好的环境,让你们过上幸福美满的日子。地球上不会再有任何贫穷,不会再有尔虞我诈的阴谋,更不会有相互残杀的战争……"

夜晚的莫斯科上空,尖锐的警报声连续不断响着。市区的交通完全瘫痪了,各种车辆相互碰撞着……

街道上的人群,惊慌失措地奔逃着。

一群战机从低空飞过,发出一阵阵的音爆声。

高射激光炮和导弹组成的拦截网不断拦截,在夜空中爆炸的导弹犹如灿烂的烟花。

突然,一颗核弹在距离莫斯科3000米的上空爆炸了,巨大的火球闪出耀眼的光亮。紧接着，核弹的冲击波扩散开来，莫斯科市中心的高楼大厦犹如积木那般一排排倒下……

废墟的空隙中间，仍然可见四处逃窜的人群……

天空中腾起蘑菇云，第二波冲击波来临，更多的建筑物被摧毁……

恐怖的末日景象，笼罩了整个莫斯科。

"报告总统，袭击我国的导弹是从法国的一艘凯旋级 B 型战略核潜艇上发射的，圣彼得堡、伦敦、巴黎和柏林也遭遇了核弹袭击。"

俄罗斯总统没有惊慌，平静地问道："核弹在莫斯科的高空爆炸，最少也是在几千米的上空，这是为什么？"

总统秘书小心翼翼地答道："报告总统，也许他们的目的是利用核弹冲击波击毁莫斯科的高楼建筑，不是针对普通民众。"

"你们说，都扔核弹了，保护平民还有意义吗？还有，你刚说巴黎也是法国核潜艇攻击的目标，他们为什么连自己的首都也要炸？"

总统秘书和其他人都沉默了，他们不知道如何回答。总统又问道："我们的核弹反击的第一波目标也是伦敦、巴黎、柏林和华盛顿吧？"

"报告总统，是的，我们的核潜艇已经发射核弹了……"

飞机上的红色电话响起刺耳的声音。总统秘书拿起话筒，"这里是总统专线，请转接过来。"

秘书打开视频电话的屏幕，"是美国总统的专线视频电话。"

连接红色电话的屏幕亮了，美国总统出现在屏幕上，他一脸惊慌。

"请不要误会，这是仙女座人的核弹攻击。如果你们发射了核弹，请马上启动自毁程序。"

屏幕又切到孤拔的画面，只见他狂妄地叫嚣道："地球人类仔细听着……"

俄罗斯总统随即下令："通知所有待命的核舰艇，发射的核弹立即开启自毁模式。"

巴黎爱丽舍宫地下室。法国总统和战时内阁正在举行紧急会议。参与例会的人员面前都有一个屏幕，可以清晰地看到外部世界的画面。

"报告总统，莫斯科和圣彼得堡已被核弹摧毁，他们第一波袭击的对象是巴黎、伦敦和纽约……"

屏幕上的巴黎已经变成了末日景象，高射激光炮和无数颗导弹形成的拦截天网，像是在演奏死亡的序曲。会议室里的氛围越发紧张起来。

"报告总统，拦截失败，一颗核弹进入了巴黎。"

"巴黎完了……"

屏幕上出现一个巨大的火球，瞬间吞没了巴黎。接着，升腾起蘑菇云，冲击波开始横扫所有的高楼大厦……

屏幕上的恐怖画面随即中断，变成了黑屏。

会议室陷入了可怕的沉默。

操作员欣喜地汇报："报告总统，美国和俄罗斯达成协议，相互核打击行动被终止。他们已经知道，这是仙女座人干的。现在切换一段美国白宫转来的录像资料。"

每个人面前的屏幕中都出现孤拔的画面，他面对镜头狂妄叫嚣道："地球人类仔细听着，我是族群编号认证673655233……"

"协同欧洲各国计算一下，仙女座人的核打击将会带来什么样的后果。"他转而对与会人员说道，"上帝保佑，城市毁了，国家还在，我们只能祈祷核污染不会太严重，这样我们才有重建家园的可能。"

"总统先生，那只是美好的祝愿，核冬天必将笼罩全球各地，谁也逃不掉！"

海底基地未来工程部的指挥中心里，操作人员正紧张地汇集着世界各地的信息。屏幕上画着许多箭头，代表了核弹飞行的方向和目标。指挥台上，放着一台醒目的计算机，和其他计算机链接着。

操作人员的声音此起彼伏响起：

"报告，已查明，导弹是从太平洋深海的一艘法国潜艇发射的，该潜艇的型号是凯旋级 B 型战略核潜艇。"

"报告，一颗当量约 20 万吨的核弹在莫斯科上空约 3000 米的位置爆炸。"

"报告，一颗当量约 20 万吨的核弹在巴黎上空爆炸。"

"报告，中国核潜艇发射的海基中段反导、陆基发射的中段反导全都运行正常，现已接近目标导弹。"

"报告，一颗核弹在伦敦上空爆炸，具体方位等待数据确定。"

"报告，潜艇发射的导弹在空中分散成多弹头，目标是全球各大城市，中国上海包含其中。"

指挥台上的计算机显出字幕："开启卫星红外制导激光武器系统，追踪飞出大气层的所有导弹，不论导弹方向如何，务必全部摧毁。"

所有操作人员目瞪口呆地看着字幕，等待进一步的指令。他们并不清楚这一场核战的发动者是谁，也不知道对方的动机和目的。如此贸然主动出手，是否会带来不必要的麻烦？

屏幕上又跳出字幕："必须坚决马上执行命令！"

所有人都不再犹豫，开始执行命令。

不问对错，只问立场，这是人们长期以来的思维习惯。而郭政宏打破了这样的价值观，他是站在人类命运共同体的高度，以维护全人类的利益为出发点，所以下达了这样的命令。

当然，郭政宏的指令也有风险，容易令各方势力误解，进而引发战争狂热分子围剿中国。

电脑屏幕上继续出现字幕："同志们，中国是一个负责任的大国，不能只是'自扫门前雪'。我们阻止不了发生核战，但我们要尽最大的努力减少各方的损失，这是人类命运共同体的宗旨！"

谷神星地下堡垒的指挥中心，史蒂文和鲜于花蕊正看着大屏幕。屏幕上是通过卫星拍摄的一幅幅地球上莫斯科、巴黎、伦敦和柏林等城市被核弹炸毁的画面。

鲜于花蕊脸色大变，说："这些著名的城市瞬间被摧毁了，人间惨剧啊。怎么会这样呢？"

"很显然，这是仙女座人策划的恐怖袭击，他们希望大国之间发生核战。没想到，仙女座人居然提前下手了，我们得到的情报，说是他们的首领遭到了刺杀，于是才对地球人类疯狂报复。我猜，下一步，仙女座人希望直接统治地球。幸亏我们远在小行星带，这才躲过了这场核战。"

鲜于花蕊听着史蒂文平静的叙述，忍不住说道："你太冷漠了，他们是我们的同胞，我们不能隔岸观火。"

史蒂文摘下面具，严肃地说道："仙女座人也与地球人类同宗同源，但关于生存的竞争，别说是六亲不认，甚至可能人吃人。花蕊，你想一下，若是小行星带仅仅是一些散兵游勇式的武装力量，今天的帝国还会出现吗？地球和火星对我们的尊重，是建立在他们不能消灭我们的基础之上。因此，你我只有舍弃自我的价值观，把视野放在宇宙的大环境中，才能正确判断目前发生的一切事件。"

"你的意思是我们应该静观地球上的事态发展？"

"不！我们要主动出击，并且表明小行星带帝国的态度，我们绝对支持地球人类反抗仙女座人的野蛮攻击！若是需要武装支持，帝国将派遣庞大的飞船舰队驶向地球，重创仙女座人的武装势力。"

"你真要出兵地球？"

鲜于花蕊不可置信地看着史蒂文。史蒂文微笑道："我们先放一个试探性的信号气球，看看地球方面和仙女座人的反应。这是一种外交手段。主要是为了增加以后与他们各方讨价还价的筹码。"

鲜于花蕊忽然觉得史蒂文成熟了许多，慢慢具备了一个领袖的气质。那自己该何去何从呢？帮助他，无疑是助纣为虐。离开他，又恋恋不舍。史蒂文就像眼前一朵鲜艳的花朵，明知道有毒，可忍不住去嗅闻它的香味，宁愿双手沾满毒素也不愿意放弃。

核弹在莫斯科、圣彼得堡和巴黎三个城市上空爆炸的时候，仙女座人倾巢而出。三角形飞船集体从地下起飞，首先袭击了美国在格陵兰岛的地下基地。美国人毫无防备，吃了个暗亏，整个基地变成了一片废墟。格陵兰地下基地号称钢铁地下堡垒，坚不可摧。但在仙女座人眼里，则如同一盘豆腐。仙女座人目的明确，他们不是要消灭地球人类，而是要摧毁各国的军事设施和能源设备。

仙女座人的战斗力主要依托机器人军队，他们在蛰伏期间，制定了针对地球人类的战争手段，研发出了新的机器人，它的特点是灵活坚固，更能适应城市的巷战。仙女座人远在千里之外，也能根据现场情况遥控指挥作战。

卢梭不存在了，他们急需选出新的首领。仙女座人是集体生物。群龙无首，大大减弱了他们的能力。说得彻底一些，他们习惯被领导，缺少独立判断的思维能力。因此，现在他们所有的行动，都按照卢梭事先安排好的一一实行。一旦卢梭的指令全都执行完毕，他们就不知所措了。

他们的选举模式十分有趣，因为群体意识绝对透明清晰，所以没必要匿名投票或是暗箱操作，参加选举的人只要提出不可反驳的理由，他们便会自动通过集体意识达成共识一致通过。

通过卫星激光系统拦截导弹，这是中国和美国才具有的高科技武器。通过中美两国的共同拦截，发射的核弹几乎未到达目标上空就被摧毁了。

华盛顿逃过一劫，只有一颗被击中的残弹落在了离华盛顿特区几百公里的弗吉尼亚的小镇，由于核弹的保护装置完好无损，所以并未造成大面积的核辐射。上海也幸运避免了核弹轰炸，只有一颗被摧毁的核弹落入中国南海的西沙群岛附近海域，造成了局部核辐射泄漏，这将给中国的海南岛一带带来核污染。

误会解除之后，胡安·费南多召集安理会扩大会议，建议重新收回核控制权。几个大国不置可否，表示要经过本国政府的讨论，然后才能进入联合国的投票程序。胡安·费南多心里清楚，这个讨论肯定是一拖再拖，最后不了了之。

联合国从成立的那一天起，最重要的职责就是维护世界和平，平衡几个大国之间的利益冲突，力图求大同而存小异，希望以此阻止第三次世界大战的爆发，特别是核战争的爆发。一个世纪以来，地球人类经历过多次战争危机，无数次走到了悬崖边上，虽然最后总能有惊无险回归正途，但这么多年来，核威胁始终如影随形，没想到，最后引发核弹爆炸的却是仙女座人。

被仙女座人寄生的孤拔通过核潜艇发射了16颗导弹，按每个导弹携带五个核弹头计算，他一共发射了80颗总计大约1600万吨当量的核弹。其中75颗核弹被拦截了未爆炸，有3颗分别在莫斯科、圣彼得堡、巴黎上空爆炸，这3个城市的高楼建筑物基本上成为废墟，死亡人数经初步计算达到了250万左右。但核弹辐射的后遗症，将影响剩余幸存者的一生。

可怕的是，巨大爆炸制造了大量辐射尘埃云，这些尘埃云逐渐从欧洲大陆蔓延到北美洲和亚洲的上空。不出一个星期，全球就会大约有一半以上的地区见不到太阳。这些散落在平流层的辐射尘埃何年何月能够消散，气象学家们众说纷纭，谁也无法给出准确回答。

核冬天来了。

欧洲和北美的气象学家预测，全球气温将平均下降10摄氏度至15摄氏度不等。所有植物的生长都将受到严重影响。部分居民不得不转入地下生活，以躲避寒冷和辐射。

因仙女座人的降临和硅基生命体的两次袭击，当时深挖洞、广积粮的广泛基础准备，再次派上用处。

海底基地的实验室里，计算机里的郭政宏第一次召集未来工程部高层开会。这次会议，气象专家和崔乐乐也参加了。

郭政宏听了气象专家的论证和数据之后，提出了一些与众不同的意见。众人专注地看着大屏幕上不断跳出的字幕：

"首先我申明，我与全世界的气象专家无法相比，他们是专业人士。但研究核弹我是专业人士。各位专家提供的数据没错，只是有一个细节，值得你们注意，核弹都是在空中爆炸的，因此爆炸引起的地面尘埃不可能有预估的几十吨这么多，起码应该打个对折……"

众人看到屏幕上的字幕，眉头舒展了。郭政宏说得没错，平流层的那些颗粒尘埃看上去庞大，遮天蔽日，但其实内部结构应该十分松散，不具备长时间笼罩住地球表层的能力。

屏幕上继续跳出字幕："核污染和辐射势必给人类带来很大危害，这是我们目前首要且必须解决的问题。各位需要挑起更多重担，做好次生灾害的预防工作。此外，仙女座人的动向值得关注。他们选择在城市3000米的上空引爆核弹，说明他们并不想把地球人类全部置于死地。我要重申一下，如果我们正面与仙女座人开战，那是愚蠢的。战争不是游戏，更不是像喊口号那样简单。战争是要死人的，现代战争的死亡基数只会更大。核弹发射是那些合成人干的，他们企图挑起全球范围的核战争。但我认为，仙女座人自身有过核战争的惨痛教训，他们的本意不会是核战争。我已经提前布置了一个绝密任务，如果这个任务成功，想必能更快结束地球人类与仙女座人的冲突。让我们共同等待捷报吧！"

众人散会后，仍旧心存疑虑，郭政宏真的能够料事如神吗？

第十二章

自 救 手 册

　　朱绍昆是常住三亚的哈尔滨人。他与那些候鸟人群或是度假的游客不同。二十年前，他在临近三亚的陵水县清水湾购置了一栋别墅。别墅总面积不大，只有地面一层加一个宽敞的地下室。朱家有三兄弟，朱绍昆是老大，学历只有高中文化水平。在那个普遍硕士、博士的年代，他却在读大学时中途辍学，开始了打工生涯。

　　由于他资历浅，当时的各大互联网公司都没有录用他。他不愿意回学校继续读书，只好委曲求全，到一家广告公司编写广告脚本。他的文字功底在学校时就不错，大学期间还发表过小说和诗歌。但广告公司的文案人员的薪水有限，他于是又投入到网络剧写作行业。因为没有名气，只能靠朋友的关系给一些名编剧当枪手，虽然不挂名，但稿费还是很可观的，总算挖掘到了人生的第一桶金。于是，他再接再厉又写了几部网络电影剧本，凑巧其中一部电影获奖了。正是靠着这个奖项和奖金，他娶到了一位美貌的妻子。

　　他买的第一套房子就是这栋位于海南岛陵水县清水湾的别墅。当时海南的别墅已经烂大街了，谁都不愿意在海南买房，尤其是海边的别墅，一年一半时间都太过潮湿，所有木头家具都会发霉腐坏。更重要的是，经历过大海啸之后，人们对海边感到心有余悸。在各种因素的综合影响下，海南的房价一落千丈。他趁机抄底，买了这栋二手的独立别墅。他习惯在地下室里储备粮食和一些便于存放的肉罐头、火腿以及水果罐头等，以备不时之需。海南岛经常有台风，遭到极端气候就会封岛。退休之后，他就长期住在海南了。

他精心改造了别墅的内部结构。他花费大价钱加固了地下室的结构，装备了恒温系统，还别出心裁增加了制氧设备。遇到紧急情况，他可以在地下室躲避半年以上。

人无远虑，必有近忧。

仙女座人的核弹落入南海西沙群岛之后，海南全岛立即进入紧急状态。核弹引发的海啸波及范围不大，但冲击波的威力扫荡了海南全岛，整个南海海岸像是遭遇了一次强烈的台风，大片椰林被连根拔出，建筑物受到不同程度的损坏。这些还不是最致命的。如果以 R（伦琴）表示辐射剂量，核爆后的第一小时核辐射剂量最高，大约在七小时之后，剂量便会衰减到十分之一左右。核污染的强度还与当地的气象息息相关，如雨水可以冲刷植被、房屋等表面附着的辐射落尘，加速辐射剂量的衰减速度。

第一次冲击波过后，朱绍昆通过室外的监控器看到，街道两旁一片狼藉，树木被连根拔起，房屋破败，街上到处是碎玻璃和树枝。

他开始帮助街上那些因受到冲击而受伤无家可归的人。

他大约收留了十二个不同年龄层次的男女住进了地下室。

没想到第二天一大早，市政府的工作人员就开车到每一条街道分发干净的食品和矿泉水。

大家都清楚，城市的上空还弥漫着核辐射的尘埃。工作人员此时竟不顾自己的安危雪中送炭，这大无畏的精神！

朱绍昆的三弟朱绍仁正是这座城市的市长，他正以身作则带领政府工作人员奔波在抗灾的第一线。朱绍昆为此感到不安，他担心三弟的身体健康。

朱家的老二朱绍宾正在莫斯科，他的处境要比老大朱绍昆惨得多。

核弹在莫斯科上空爆炸的时候，他和妻儿以及妻子的父母躲避在莫斯科郊外一栋别墅的地下室。这是他空置的一栋别墅。莫斯科人喜欢住在市中心，地价昂贵才能显示地位身份。他的妻子薇拉是电影明星，每个周末都有许多应酬。名利场就是如此。

警报响起的时候，朱绍宾便感到要出大事。幸亏当晚他们正巧出席一个朋友举行的晚会，那里离他们郊外的别墅不远。朱绍宾当机立断驾车带着妻儿驶向这栋别墅，薇拉的父母也凑巧临时住进了他们的别墅。

核弹在莫斯科上空爆炸时，他们刚驾车来到别墅门口，目睹了远处天际呈现出巨大火球的恐怖景象。在炽热的冲击波到达之前，他们躲进地下室避过了大难。炽热的冲击波过后，带有辐射的尘埃在空中飞舞，遮天蔽日。

地下室虽然存放了一些食品和矿泉水，但数量不多。他们一家缩在地下室，度过了一个不眠之夜。

为了防止辐射尘埃渗透到室内，他们将地下室的出口堵住了。一开始还没有什么反应，慢慢地，他们开始出现了缺氧的情况。老人和孩子首当其冲，虚弱得几乎喘不过气。

他想，哪怕有辐射，也总比死要好。于是，他打开地下室通向地面的一扇窗户，十分钟后关上，隔三小时再打开十分钟，以保证室内有着可以呼吸的空气。

到了第六天晚上，他们的食物早都吃光了，一家人饿得饥肠辘辘，眼冒金星。饮用矿泉水还有几箱，也只能应付一星期左右。朱绍宾看到地下室里到处乱窜的蟑螂，心里升起一个念头：蟑螂……应该也可以果腹填饥。当他说出捕捉蟑螂吃时，薇拉用震惊的眼神看着他。

"你说什么？吃蟑螂？"

朱绍宾肯定地点点头，"那你说，我们还能吃什么？"

"不行！如果我们连蟑螂都吃，我们还能算是人吗？"

薇拉坚决反对。朱绍宾又沉默了，自己怎么会产生这样的念头？

又是几天过去，他们一家人已经瘫软在地，连说话的力气都没有了。

朱绍宾再次提议道："看来，不吃蟑螂是不行了。"

薇拉这一次没有坚决反对。她看到丈夫一次次地捉蟑螂扑空，禁不住起身帮忙。

捉蟑螂是一个技术活。

那些蟑螂异常敏感灵活。每当发现人类要捕捉它们之时，便会死命地逃窜。地下室是封闭环境，蟑螂再怎样逃窜，最后还是被朱绍宾夫妇活捉。他的明星妻子原来最是惧怕蟑螂，生活中偶尔发现一只蟑螂，都会大喊大叫。但此刻，她的眼里炯炯发光，像是见到了美味的食物。

他们捕捉到了八只蟑螂。儿子两只，他和薇拉各两只，剩余的两只留给了岳父母。

刚吃的时候，他们只感觉胃部一阵痉挛，但强烈的求生欲望让他们迅速一口吞下。

半个月过去了，捕捉蟑螂变得越来越艰难。蟑螂的数目少了很多，余下的蟑螂更是疯狂逃窜。朱绍宾夫妇经过千辛万苦，才捕捉到三只蟑螂。如何分配呢？岳父母表态，他们可以不吃，扛得住饥饿。

原来蟑螂也可以是美味的食物。

一周以后，蟑螂受到核辐射产生了变异，身体形状比原来大了一倍。特别是突出的头部，显得狰狞恐怖。

朱绍宾恐惧地看到，蟑螂居然会反击人类了。当他去捕捉它们时，蟑螂张大着嘴发出尖锐的叫声。蟑螂的变异，说明它们受到了大量辐射，不能再吃了，只有想其他途径去获取食物了。

他作为丈夫和父亲，责无旁贷要承担养活家人的责任。他决定冒险出门，次生灾害总比饿死要好。

街道上空无一人，到处是动物和人的尸体，空气中弥漫着一股恶臭。有一个当地人开的便利店还在营业，里面没有任何食物，只有一些建筑用品和铁器灶具。

他明白，只能去市区的商店碰碰运气。他找到一辆被人丢弃的轻型卡车，还能启动行驶。他开着车，小心翼翼地朝市区驶去。

突然，他听到一阵孩子的哭泣声。他循着哭声找过去，见到一个十岁左右的金发女孩在哭泣。

他停下车，走过去关切地问候小女孩。紧接着，他就后悔了，他看到一个粗壮的长着络腮胡的俄罗斯男子拿着枪，正对准自己。

他努力镇静下来，用流利的俄语解释自己没有钱。

"傻瓜，现在要钱还有什么用处？我要的是食物！"

他苦笑了，同是天涯沦落人。

"我也在寻找食物。我有吃的，还会在街上闲逛吗？"

络腮胡男子想了想，觉得有道理。便放下了枪。

"附近几条街道我都寻找过了，根本没有任何食物。看来，只有吃人了。"

朱绍宾怀疑自己听错了，"你说吃人？"

络腮胡男子指了指哭泣的女孩，狂笑起来，"就是吃她！我从没吃过人肉，但我相信她会很好吃。"

朱绍宾趁对方没注意，抢过他的猎枪。对方急忙说道：

"这样吧，这小女孩我们对半分，你拿上半身，我要下半身。"

朱绍宾不再说废话，扣响了猎枪的扳机，对方被当场击毙。

他在莫斯科多年，与这样的混混打过交道，绝对不能心慈手软，否则，他们就会更加心狠手辣地对付你。他相信对方真的会吃了那个小女孩，所以选择一枪毙了他。

他带着小女孩离开了。小女孩告诉他，她的父母都死了，络腮胡是她们家的邻居。胁迫她出来当诱饵。他决定收留小女孩，他不敢想象自己丢弃小女孩的结果。

他不敢在街上继续闲逛，开车回到自己的家里。然而，就在他离开的那段时间，他的别墅遭到了抢劫。他冲到地下室，妻儿已不知去向，只有岳父母倒在血泊中的尸体。

他的精神崩溃了，挥舞着刚杀过人的猎枪，来到街上高声号叫起来。他不停地呼喊着妻儿的名字……最后，他筋疲力尽地瘫倒在地，昏睡了过去。直到黑夜降临，他才醒来。他发现，自己收留的小女孩一直坐在他的身边，默默地守护着他。

他恢复些许理智，支撑着站起来。他要活下去，找到妻儿。他牵着小女孩的手，茫然地走着，他不知道该去如何寻找亲人。

一队救援的士兵经过此处，帮助他掩埋了岳父母，他们给他留下一些压缩饼干和肉罐头，还告诉他，如果莫斯科政府下令分发紧急物资，到时候他们也会送来给他的。

他不用再吃蟑螂维持生命，但他丝毫不觉得高兴。失去妻儿苟且地活着，人生还有意义吗？但他见到小女孩流露出的饥饿神色，急忙打开罐头和压缩饼干让她吃。看着小女孩狼吞虎咽地吃着食物，他开始明白了，人要活着，只有活着，才有希望。

朱绍仁与做生意的二哥不同，他走的是仕途。他入党那一天就告诫自己，他是为了崇高的理想加入中国共产党的，以后绝对不能有丝毫的贪腐念头。当一天的官，就要为人民服务一天。

他一帆风顺地步步高升，不惑之年时已是一个地级市的父母官了。这些年，他谨言慎行，多干实事，一步一个脚印，赢得了管辖地区民众的夸赞。

核弹爆炸的前半个月，他平调到了海南三亚市担任市委书记。海南全岛的旅游业在很长一段时间内始终都不温不火，多少任领导都对此束手无策。

核弹爆炸之前，朱绍仁在市政府机要室听说亚龙湾的海军基地已经进入了一级战备的状态，几艘战略核潜艇也驶出了港口。他询问三亚市是否需要拉响警报，海口省委的答复是再等等。后来，进一步的消息汇总过来，一艘法国凯旋级B型战略核潜艇发射了带有核弹头的导弹，目标是上海。他内心十分怀疑这个消息，在没有激烈冲突的情况下中法怎么可能爆发核战？

但事态的发展渐渐变得诡异了。核弹在莫斯科和巴黎的上空爆炸了。

他立即意识到，这是世界范围的战争，远离上海千里之外的三亚也不可能独善其身。因此，他率先在三亚地区拉响了战争警报，号召当地居民立即就近躲避到地下。他的直觉是正确的，一颗核弹被拦截之后，居然阴错阳差掉到了南海西沙群岛附近的海域。他站在市政府的楼顶，是三亚市第一个直接观察到核弹爆炸的人。

朱绍仁忙于疏散人群，核弹爆炸前后却顾不上自己的安危。他没有躲避在地下室。他不是不知道核辐射的危害，只是作为三亚市的父母官，他认为自己首先是要保护好辖区内居民的安全。他也是政府工作人员中最后一个穿上防护服的。那时，核辐射在他的身上已经有了明显反应，呕吐、头昏和腹泻都出现了，暴露在外的皮肤也开始出现红斑。

三亚全市的常住人口是128万，朱绍仁明白，只有少数人牺牲自己的健康，才能换来绝大多数人的生命安全。而他，责无旁贷应该是少数人中的一个。

食品和水源不能受到核污染，这是居民生存的必需品。他很快组建了一支队伍，将存放在普通仓库的粮食、蔬菜运送到了地下仓库。又另外组织了上百个小分队，为那些受困于地下的居民送去方便面、饼干和矿泉水。他希望尽可能地阻止三亚市的居民受到二次核辐射。

据统计，西沙群岛爆炸的残弹当量相当于2万吨TNT炸药。幸运的是，这些残弹均在海面上爆炸，当量有限，不会卷起大量的地面尘埃。核辐射的威力在几天之后开始显现，成片的椰林和棕榈树的枝叶变得焦黄，大量植被开始枯死。鸟类遭遇到悲剧的命运，处处可见它们的死尸。市区的街道小巷中，流窜着人们曾饲养过的各种动物，它们为寻找食物相互撕咬……野狗成群，它们变得非常凶狠，甚至将食物的目标对准了人类。市政府和公安局联手成立打狗队，不消灭这些变异的野狗，它们将会给城市居民带来极大的隐患。

长久躲避在地下不太现实，有些人宁愿冒着次生灾害的危险，也要拖家带口回到地面的居所。

朱绍仁考虑到地下生活的各种不便，没有强硬驱赶这部分人群。他组织了大量政府工作人员走街串巷，实行卫生消杀，防止传染病的传播。然后，他又亲自带队挨家挨户送去柴米油盐。

他还会同科研单位尝试用人工降雨的方式减少空气里有害的辐射成分。海边和沙滩上，漂泊着大量的死鱼。近海的海水肯定是污染了，打鱼为生的渔民便驾驶着机械船驶向深海。

岛外的运输断断续续，一切都要靠自救。这时候，军民同心众志成城的景象就出现了。驻海南的海、陆、空三军纷纷拿出储存的战备粮和军用罐头，支援全岛居民维持生计。

中央政府和中央军委调集了无数架军用和民用的直升机，开始对海南边远地区空投食物，解决了他们生活的燃眉之急。各省市也派遣医疗队奔赴海南，治疗辐射病人和防止次生灾害的发生。

朱绍仁不分昼夜地连续工作，极度衰弱的身体终于支撑不住了。

一天傍晚，他呕吐了许多血后倒下了。他住进了重症监护室，生命垂危。朱绍昆闻讯赶来，他见到的三弟已是奄奄一息。市政府为了抢救朱绍仁，从北京调来了专治核辐射的特效药。遗憾的是，此时的朱绍仁体内的细胞已经大量死亡，几乎所有的器官都挣扎在功能衰竭的边缘了。

朱绍昆守了三弟一整夜。凌晨时分，朱绍仁便永远离开了他不舍的人间。

朱绍仁在临终前，握住大哥的双手含泪说出自己的遗言："大哥，你一定要替我办三件事……你要答应我！"

朱绍昆忍住泪水，点头答应。

"大哥，我们兄弟三人各自走了不同的人生道路。平时我们很少相聚，年轻的时候你是白天睡觉，晚上创作。二哥又早早地去了他国异乡，很多年都没有回来。而我呢，自从当上了公务员那天起，就东奔西走居无定所。原本我以为调到海南三亚，我们兄弟可以相聚一段时间，可偏偏又碰上了核弹爆炸。二哥我是见不着了，所以有一件事情觉得特别遗憾，我们三兄弟成年之后，连一张合影都没有。你要帮我办的第一件事，就是想法子P一张我们三兄弟的合影。第二件事，我不需要政府照顾，也不希望你们过多照顾我的妻儿，他们应该努力奋斗自己的人生道路，就像当年我们三兄弟，路都是靠自己闯出来的。你作为孩子的大伯，千万不能惯着他们。至于妻子，这些年她跟着我受苦了，委屈了。我的存款全部由她支配，告诉她，以后她应该享受一下生活了。"

朱绍仁说到这里，有些犹豫地停顿了下来。

"三弟，还有第三件事呢，你说，我一定给你办到！"

朱绍仁支撑着坐起身子，直视着光秃秃的墙壁，缓缓地说道："第三件事情我不知道怎么说好……我刚来到三亚，还未在这块土地上干出业绩，可这里已经是我人生的句号了……"

朱绍仁转身面对朱绍昆，紧紧地拉着对方的手，说道："大哥，我知道你有钱，你有人脉，不，你只需要投入时间和精力，你不是也喜欢在三亚养老？我听说，你收留不少邻居住到你的地下室。因此你更要答应我，三亚遭遇了核弹的冲击和辐射污染，灾后的建设会有许多困难。你要帮我完成这块土地的重建工作，我办公室的抽屉里有一个黑色的记事本，上面记了我要在三亚办成的事情。否则，我愧对三亚人民，我死不瞑目……"

朱绍昆没料到二弟提出的第三件事是这个，他思忖着该如何回答。

朱绍仁陷入到神情恍惚的状态，"我在三亚地区考察了半个月，我越来越被这块充满美景的土地迷住了，晚风吹拂着一棵棵挺拔的椰树，黄金海岸的沙滩在吟唱……"

朱绍仁火葬的那天，市政府的工作人员身穿防护服来送他。一些当地的居民闻讯也赶来送他最后一程。由于核辐射还没有彻底消散，上级部门决定延后举行朱绍仁的追悼会。

火葬场外，前来悼念的人群越来越多。一个只上任一个半月的市长，居然获得当地民众这样的爱戴，实属少见。

在场的政府工作人员和民众有序悼念朱市长，当三亚在最危险的时候，朱市长始终不顾自己的安危，时时刻刻把三亚人民的生命放在第一位。朱市长是他们的家人，他们会永远铭记朱市长。

市政府的大厅，摆放着朱绍仁的大幅黑白遗像。中央政府和海南省委追认朱绍仁为三亚市的荣誉市长。朱绍仁可以安息了，他将永远与三亚人民在一起。

第十三章

天外有天

飞船上的日子非常枯燥，于未来逐渐忘却了时间的概念，除了吃一些浓缩的干粮和短暂的睡眠，他其余的时间都在与亚当交谈。准确地说，远远超出了交谈的范畴，应该是启发式的学习。

亚当历经碳基生命和硅基生命的双重过程。他与仙女座人共同生活的那段时期，学习和感受到的是人类的行为准则。当他沉入海底多少个世纪之后，重新浮出海面时，世界已变了模样。机器人进化成了硅基生命体，发展成为一个庞大的文明种族。因为他是种族第一个"先驱者"，毫无异议地被推举成硅基生命体的领袖。

硅基生命一个最大的长处，就是知识和身体的迭代非常快速。亚当身躯的形状是人形，不如其他硅基生命体可以变化自由。但他独立的思维能力，在同类中却是鹤立鸡群。

亚当用自己的故事告诉于未来，在实用主义盛行的时代，英雄是自己造就出来的。当你具有出众的能力和独立的思维，自然而然就会脱颖而出。但这也同时注定你会成为一个悲剧式人物，因为你会是一个殉道者。因为要比普通人承担更多的责任，所以也会选择义不容辞地拯救种族于危难之中。误会和不被理解，甚至是遭到诋毁，这些都是寻常。你在没有交出答卷之前，任何人都会质疑你。

于未来原本心理压力巨大，但在亚当的启迪之下，他的压力得到了彻底的释放。他以前经常告诫自己，自己只是一个普通人，绝对不是一个超人。故此，他不敢展示与众不同的特异功能，更切记自己不能凌驾于他人之上。亚当的一席话，却使他如梦初醒。从今以后，他要放下包袱以超人的姿态出现在众人眼前，勇于担当殉道者的角色——一切为了拯救人类。

只是他还能回到地球吗？未知的前方，说不定就是埋葬自己的坟墓。

终于到了亚当与他分手的时候了。

亚当撤去了飞船外壳的保护层，于未来终于能够看到宇宙的景象了。出现在他眼前的是一道道奇光异彩，分外夺目。他记得，他在太阳系星际航行的时候，看到的通常是一望无际的黑暗，只有到达火星轨道附近才能看到微弱的光亮。

亚当则告诉他，现在他们进入的是本星系群的边缘地带，这里聚集着大片地球人认为的暗物质和暗能量。于未来通过亚当得知，星系之间也存在引力效应，而且这种引力效应远比星球引力弹射的效果大得多。硅基生命体正是靠着星系之间的引力作用，超越了仙女座人的飞船速度。

亚当告别了于未来，带领着他的硅基生命体飞船舰队迅速远去了。

于未来驾驶着"金翅大鹏探险号"飞船，独自闯荡在陌生的宇宙空间里。他借助亚当告诉他的飞行方式，利用其他恒星引力的影响，很快被抛到太阳系外的轨道运行。

他是郑月之外第二个乘坐宇航飞船冲出太阳系的人类。

钱德拉X射线太空探测器曾观测到一个美丽的环状超新星残骸，X射线数据记录了超新星加热周围气体的冲击波。此时此刻，他就置身于这个环状的超新星残骸地带。他可以清晰地看到这些超新星残骸的具体状况，多么令人神奇的观测体验啊。

突然，"金翅大鹏探险号"的船身猛烈地震动起来，于未来试图控制住飞船的平衡。他感觉，船身像是在大海的波浪中飞快地滑翔一般……不知道过了多久，于未来清醒了过来。

在太阳系范围内的星际旅行，天文导航和无线电导航均可，到了宇宙深空航行时，就需要 X 射线脉冲星自主导航。中国很早就发射了第一颗 X 射线天文卫星"慧眼"，它携带高能、中能、低能 X 射线望远镜三种科学载荷和空间环境监测器，可以得到关于黑洞、中子星、伽马射线暴以及引力波暴等海量观测数据。中国天宫二号空间实验室发射升空后，利用天宫二号搭载的伽马射线暴偏振探测器首次试验了脉冲星自主导航。其后，"慧眼"又对著名蟹状星云脉冲星进行了连续五天的观测。为了进一步检验该导航算法的可行性与可靠性，"慧眼"的专家团队选取各种类型的脉冲星进行模拟验证，最后得到了令人振奋的好消息——该方法对其他导航脉冲星同样适用。

"金翅大鹏探险号"的导航系统正是通过同时探测4颗脉冲星，结合航天器轨道动力学模型，求解4个未知数实现自主导航。由于从飞出地球的那一刻起，飞船一直是被亚当的硅基生命体保护着航行的，所以现在，于未来才开启了 X 射线脉冲星导航模式。

于未来查看了宇宙星云位置方位图，判断飞船此刻大约航行在本星系群的三角星系的范围。人类通过"韦伯"和"天问"外太空望远镜观察过这一带，发现这里大部分地方是空空的，没有恒星组成的星系。

飞船又是一阵颠簸，穿上重力靴的于未来仍被晃得东倒西歪。"金翅大鹏探险号"几乎是在不受控制地飞行着。他预测，目前飞船的飞行速度已是接近亚光速了。奇怪的是，他没有感受到重力的负压，反而有一种像是人酒醉后的晕眩感觉。他渐渐地进入了一种非我的状态之中，一切都像是发生在梦里面。

等他的意识再次清醒后，他发现自己在无意识之下打开了飞船两翼的风帆。他通过4颗脉冲星定位了飞船目前所在的位置，不可思议地，他已到达螺旋系星云的地带。那是什么样的飞行速度，简直难以想象！

飞船降落到最近的一颗行星上，他用热像仪器在这颗星球上监测到了移动的生物。到底是碳基生命，还是其他生物体？他决定降落下去亲眼看看。危险系数是有，但好奇心更占了上风。

飞船平稳地降落在星球表层的一块比较平整的地方。

他小心翼翼地跨下飞船，脚下的冻土地异常坚硬。他观察了一下四周，一眼望去是无边的荒漠。他又看了看手腕上的测量仪器，这颗星球的空气中居然含氧气量有19%，氮气的成分有79%，稀有气体氦、氖、氩、氪、氙、氡占有2%左右。也就是说，人类即使脱下防护面罩也能在这颗星球上生存。

于未来心中大喜，人类苦苦寻觅的适合居住的星球，如今得来全不费功夫。他试着摘下了面罩，湿润的空气扑面而来，有一股咸咸的味道。夹杂着沙粒的疾风使他难以睁开眼睛，这大约相当于地球上10级以上的风速。

低沉的天空中，翻卷的乌云发出阵阵呼啸。远处，有几个黑点迅速地朝着于未来的方向而来。

于未来没有惊慌，他站在飞船的入口处以静观变。飞奔而来的黑影逐渐清晰，像是一些人骑坐在博物馆和电影里的翼龙上。为首的一头翼龙上面骑着的是一个女人，长长的黑发，乌黑的眼睛，手里还拿着类似长矛那样的武器。其他骑在翼龙上的也都是女人，一个个英姿焕发。

于未来保持着微笑，尽可能地显示出一副友好的姿态。那个女人对着于未来大声说着一些听不懂的音节，她见于未来没反应，便用手势招呼于未来跟她走。

于未来思忖着自己到底跟不跟对方走。三秒钟后，他决定听从那个女人的招呼。他关闭飞船的舱门，带上红外线折叠激光枪防身。他想了想，又携带了一些压缩饼干和蔬菜食物。

他按照女人的指示，坐到了她身后翼龙的背上。从近距离看，这头猛兽更像是地球上的一种翼龙了。

于未来跟随这群女人来到了一个穴居部落。这是一个处在半山腰上巨大的洞穴，足有五个足球场那么大。为首的那个女人显然是部落的首领，作风干练，行事果断。他听不懂她的语言，决定暂且就叫她虹，因为她身上的披风是彩虹的颜色，非常漂亮。

于未来放眼望去，这个部落里面多数还是男人，不过他们与女人们相比形容猥琐些，就连抬眼看人都不敢。女首领回到洞穴后，一群孩子立刻亲热地迎上前去。那些男人则是低头恭迎，有的男人甚至虔诚地跪倒在地上。女首领虹吩咐男人们将打猎来的禽鸟，分发给各个家族。他们的语言很奇怪，基本上都是单音节。

于未来明白了，这是一个母系社会的部落。他努力回想自己曾学到的有关母系社会的知识，好协助判断如何与他们打交道。

女人们和男人们忙着分配食物，他们完全把于未来冷落在一旁。一段时间之后，女首领才走到于未来的面前，递给他一块烤熟的肉。于未来正饿得发慌，急忙狼吞虎咽地吃下了那块禽鸟肉。

女首领笑着看于未来，一些女人也围上来，对着他评头论足。他不禁感到紧张，母系社会里男人是女人的附属品，她们会怎样处置他呢？

没想到女首领召集了部落的所有人，他们竟全都跪倒在于未来的面前，他们双手掌心朝上，脸上的表情极为虔诚。

于未来示意他们站起来，但他们仍跪拜着不起身。只有女首领虹站起身，走到他的身边，用手势让他把衣服都脱下来。

于未来断然拒绝。女首领脱去了身上的彩色披风，露出了健美的身体。她垂着头，嘴里念念有词。众人也张开嘴唇吼叫了起来。

这是一种祭奠的仪式，男女的声音分成两个声部，彼此呼应，悠远深长……

在宇宙的另一端，一场不可避免的暴动在暗中酝酿，即将到达临界点。这场暴动的幕后推手竟然是李富贵。

李富贵和雏菊的族人交往久了，他身上的潜能被激发了，他是第一个用意念交流的地球人类。其实，达到意念相通不是一件难事，只是地球人类习惯用语言交流。偶尔灵光闪现，通过直觉就能够猜到对方在想些什么，这种能力没有特别培养罢了。

李富贵在这个新星球失去了时间的概念，这里的白昼要比地球长许多。他现在最大的愿望便是与地球取得联系，想要知道亲人和战友们的近况。他了解到，只有广场上的发射器，可以直接对宇宙广播意识。假设倒退回到地球上曾经的岁月，有人告诉他意识是能够发射的，他一定认为这是荒唐可笑的。

雏菊在他的鼓励下，潜入到地下世界见到了她的父亲赤丹。父女俩相遇时惊喜交加，然后抱头痛哭。赤丹告诉女儿，地下世界正准备举行一场大规模的暴动，他们不满被当作"黑人"对待。他们希望通过暴动回到地面，与家人们团聚。

雏菊吓坏了，可她无法反对自己的父亲。回到地面之后，她准备去首领那里告发地下世界的动向，以此换取父亲的平安。李富贵得知后，及时阻止了她。

"雏菊，你傻啊？你以为这样能够换取你父亲的平安？你不想想，你父亲是暴动的发起人之一，一向信奉铁腕统治的首领会饶了他？你真是又笨又傻！"

"你见多识广，那你说，应该怎么办？"

"很简单，地下世界的暴动成功了，就能推翻首领的残酷统治了。你说，这有什么不好？"

雏菊急了，慌乱地摇摆双手，"不行！绝对不行！首领是天选之子，子民不能推翻他的领导！"

"我问你，他凭什么就是天选之子？他是世袭的，还是你们选出来的？"

"都不是。他是大祭司与造物主共同指定的，众人是不可违抗的。"

雏菊对李富贵讲述了他们族群首领的选举程序，整个过程有些类似地球上某些宗教首领的诞生方式。认定为新首领的程序有三大要素，其一是察看前任首领圆寂之时的面相，了解是否留下遗言或暗示；其二是在世的大祭司询问宇宙深空的造物主，通过意识传递给众人首领转世的方向；其三是认定了转世的首领之后，需要举行盛大的祭拜仪式。

李富贵不忍打击雏菊的信仰，便采用迂回的方式劝说起来：

"雏菊，既然你们相信转世轮回，我不能强制你改变这种观念。可有一点我想说，无论怎样转世而来的首领，作为首领，必然要考虑的是族群的利益。你说，他把地面和地下分成两个世界，令无数个家庭破裂，还谎话连篇，制造虚假的繁荣景象欺骗所有人。我相信，即使是在你们族群的历史上，这样的首领也是族群的败类！你们应该奋起反抗，推翻这样的统治，选举出新的首领。"

雏菊的心被触动了，多年来她深受首领碧空的洗脑，脑子根本转不过弯来。族群里的其他人也与她一样。冰冻三尺非一日之寒，可是，一条小裂缝往往使得整座山峰倒塌。

雏菊的父亲赤丹曾是族群里闻名的大将军，也是首领碧空最好的朋友。当年碧空为了巩固独裁统治，把雏菊的父亲调到了地下世界工作。当时，雏菊刚出生不久，赤丹还沉浸在做父亲的喜悦之中。可他基于族群大义，甘愿无悔地告别妻女，去了地下。他只对碧空提出了一个要求，希望到达地下之前看一眼自己的女儿。

碧空拒绝了赤丹的请求，还告诫他要顾全大局。赤丹知道地下世界的内幕，当时他还积极拥护这样的政策，认为这是安定人心的绝妙计策。现在轮到自己必须做出牺牲了，他也不后悔，只是不甘愿没有看刚出生的女儿一眼。他偷偷来到产房，透过缝隙看到了正在哇哇大哭的女儿。然后，他就义不容辞地去了地下世界，从此不见天日。

雏菊潜入到地下世界看望他，他自然欣喜万分。看着成年的女儿，他激动地给了她一个父亲般的拥抱。忽然，他呆住了，他看到女儿耳朵后方有一块黑色的胎记，这与碧空脖子上的一块胎记几乎一模一样。碧空曾对他说过，他这黑色胎记是他们家族的遗传标志。赤丹重新打量起雏菊，他的眼光一下子变得陌生了。他强忍悲愤，匆匆与雏菊分别了。

雏菊离去之后，仇恨的种子就在赤丹的心里开始发芽生长。这么多年，他待在地下世界，什么他都能忍，但夺妻之恨他没法忍，而且还是被最好的朋友欺骗。想当初，他们一群人一开始谋划的是让赤丹当首领，可他认为自己缺少治国良策，主动让贤给了最好的朋友碧空。其间，赤丹还违心帮碧空做了许多成为首领的铺垫工作，例如所谓的转世程序，都是通过他们的努力才操作成功的。

碧空成为首领之后，果然十分具有领导才能。他明确了权力的范围，他十分强调族人的集体意识。原本地面和地下两个世界还能互通，亲人可以定期在地面相见。但碧空废除了亲人相见的制度，认为这影响地下世界工作的积极性，是不安定因素。他设计了一个巨大的谎言，令年轻的族人都认为他们正生活在一个幸福的星球上，他们定期举行漫游世界的抽奖仪式，到处都是莺歌燕舞的氛围，完全一派美好。

他大言不惭地对赤丹说道："年轻人应该生活得无忧无虑，他们是族群今后的希望。地面上是歌舞升平的繁荣景象，而地下世界则是残酷的竞争。人到了中年和老年，就必须奉献出全部的时间和精力，帮助族群的年轻人离开已被核战毁灭的星球。"

赤丹那时赞同碧空的理论，他认为决策者必须要果敢取舍。没有规矩，不成方圆。他敬佩碧空。因此雏菊出生之后，他义无反顾地告别妻女，来到地下世界担当起了管理劳工的职责。他觉得自己很神圣，为了下一代人，地下世界的劳工理应加倍努力，争取早日造出星际飞船。

直到雏菊潜入地下世界来看望他，他才明白了真相。妻子抚养女儿满月后，原本应该回到地下世界与他相会。可是，碧空却告诉他，他的妻子得了产后急病死去了。现在他才恍然大悟，碧空也许是害怕真相泄露，所以选择了杀人灭口。

赤丹的信仰在瞬间崩塌了。多年来，他渐渐看透了碧空的伎俩。碧空搭建所谓的繁荣景象，实质上是为了给他提供独裁统治的基础。碧空有着强烈的权力欲望，他用科技画饼蒙骗了整个族群。更使赤丹愤怒的是，碧空竟然玷污自己的妻子，这冒犯了族群的禁欲律条。

赤丹从雏菊处得知，她潜入地下世界是受到外星球人类的鼓励。赤丹觉得机会来了，此时举行暴动会是一个很好的时机。碧空自然也会利用外星球人类，加固他的统治。碧空真够幸运的，在危难时刻竟然寻找到了新能源，不仅挽回了谎言带来的恶果，而且更提高了他在族群中的威望。

赤丹也明白，此刻的暴动只是无奈之举，凭自己的一己之力很难推翻碧空的统治。地面世界的年轻人麻醉在歌舞升平的海市蜃楼之中，谁会愿意改变现状呢？

首领碧空的卧室里装有两台思想监测仪器，一台观测地下世界里的人的思想动态，另一台观测地面世界里的人的思想动态。屏幕上一旦出现曲线波动，数据就会告诉他谁的思想发生了异常。

每天临睡前，他都要打开仪器观察屏幕上的数据动向。如无异常情况，他才能放心安睡。多年如一日。通过这两台思想监测仪器，他除掉了一些不安分的人，维持住了一如既往的繁荣景象。

可是，最近地下世界的思想动态很不平稳，屏幕上多次出现异常曲线。经过分析数据显示，最终这些曲线的焦点都汇集在赤丹身上。碧空有些纳闷，赤丹到了地下世界之后，始终积极苦干，任劳任怨，那么多年过去了，怎么现在突然会变了呢？莫非他发现了什么端倪？

碧空紧张起来，这是一种生物保护自己的本能反应。他不相信赤丹会反对自己，赤丹自始至终都是自己的忠实信徒。他不止一次当众表态，为了保护首领甘愿献出自己的生命。

但碧空突然想起一句话——最亲密的朋友一旦反戈，往往变成最锋利的匕首。思想监测仪器是不会骗人的，赤丹的思想有了严重的起伏，这是一个危险的信号。若是他反对自己的统治，那将会给自己造成很大的威胁。

他杀了赤丹的妻子之后，曾经抱着愧疚的心对天发誓，哪怕今后赤丹犯有天大的错误，在他这里都有着一块免死金牌。现在他反悔了，他要对赤丹痛下杀手。

赤丹在地下世界生活多年，他很有影响力。碧空相信，只要赤丹一挥手，便能聚集起地下世界的所有劳工来反抗碧空的独裁统治。

但赤丹把碧空想得太简单了，碧空当上首领许多年，早就学会使用权力来巩固自己的宝座。他一手拿鞭子，一手拿糖果，笼络住了人心，也加强了对族群所有人的思想动态监控。

有人的江湖不可能永远死水一潭。

赤丹打着归还真理的旗帜，发动了地下世界的反抗行动。为了推翻碧空的统治，他把李富贵打造成宇宙造物主派来拯救族群的神灵。

听到消息的地面世界沸腾了。无忧无虑的年轻人突然看到他们的亲人出现，得知了地下世界残酷的真相——原来眼前的美好景象只是虚幻，末日已近在咫尺。但是，他们多年深受首领的思想熏陶，不可能一夜之间就明辨是非。他们要求赤丹拿出碧空的罪证，如此才能相信碧空理应被推翻。

民众已经习惯了目前的生活状态，要让他们改变绝非易事。谁知道改朝换代之后，生活的质量是不是就能提高呢？碧空虽然用一个巨大的谎言瞒骗了族群的人，但他的出发点毋庸置疑是好的，营造出的美好幻景也是有效的麻醉剂，谁愿意整日生活在末日的环境之中，时时刻刻感受着死亡的阴影呢？

赤丹没料到他们的下一代，竟是这样麻木不仁。欺骗和谎言就是最大的罪证，这难道还不能宣判碧空的死刑吗？

碧空笑了。这么多年来他的思想教育没有白费，他灌输的内容已经在年轻人的心里扎根开花了。何况他拥有军队，只要民心不反，他就能一直稳坐首领的宝座。

他面不改色地对众人发表了自己的演讲：

"我一直保持沉默，现在我要发声了。在场的每个人都有一双明察秋毫的眼睛，你们也有明辨是非的能力。是的，我是瞒骗了你们，可这是我的过错和罪证吗？不！我想大声地反驳，我的苦心你们应该明了，外部世界已是末日景象，我怎能忍心让你们生活在绝望的环境之中？地下世界的生活虽然艰苦，我不否认，但正是你们父辈无私的奉献，族群才有希望离开这个末日的星球。如今，他们受到了赤丹别有用心的蛊惑，妄图推翻现在的政权，这是极其可耻的行为！不能因为你们制造飞船辛苦了，就可以以此为借口造反。作为首领，我要谴责你们，更要谴责赤丹。你们仔细想想，我不做这个首领，谁又能担当起眼前的重担？难道是他吗？！"

碧空指着赤丹，继续说道："今天，我也要对你们披露一个事实——这个世界没有所谓的轮回转世一说。我宣布，今后首领的选举，将采用无记名投票的形式，每一个人都有选举的权利！"

广场上的人群愣住了。

尽管通过转世轮回的方式选举首领，在众人心中已经是"皇帝的新衣"，谁都明白那是暗箱操作。但今天碧空勇敢地说出来，足以证明他的内心坦荡而宽广。人群开始欢呼。在他们的眼里，碧空已成为族群有史以来最伟大的首领。

碧空满意地笑了，他示意人群安静下来，"我要宣布，地下世界制造的宇宙飞船工程将会很快竣工，族群即将远航开启新的家园！"

广场上再次人声鼎沸，掌声雷动。

碧空与一个个来自地下世界的劳工拥抱，以表达感谢之意。那些原本反对他的劳工也被碧空的演讲感动了，他们要及时改正错误。有人带头呼喊起来：

"首领，我们知错改错！"

碧空摆摆手，说："正是你们的齐心协力，才汇集成为族群的伟大！我们要让族群发扬光大，争取在不远的将来，宇宙的各个星球上都会留下族群的足迹，而且我们要在那些星球上扎根、开花、结果！"

广场上又一次沸腾了。

赤丹见大势已去，只好最后殊死一搏。他把雏菊唤到跟前，撩开了她的长发，露出她耳朵后方的黑色胎记。

"你们睁大眼睛看看，这是碧空家族遗传基因的胎记标志，可雏菊是我的女儿，这说明了什么？站在你们面前的首领碧空，其实是一个无耻的禽兽！"

在场的众人再次惊呆了。夺人之妻，这是最卑鄙下流的勾当，会受到族群最严厉的法律惩罚。

碧空脸色立时变得苍白，他清楚，在科学面前狡辩是无用的。他的头脑一片空白，他怎能想到赤丹会拿这件事做撒手锏？

与碧空苍白的脸色形成强烈对比的是赤丹通红的脸。他清楚，一旦说出这件事，他们将同归于尽。

最悲哀的莫过于雏菊了。她的亲生父亲竟是首领碧空，这犹如晴天霹雳。李富贵把她紧紧抱在怀里，他感受到了雏菊的身体在抽搐颤抖……

大祭司主持了首领碧空的死亡仪式。族人静默地看着碧空被绳索套上脖子，他升到半空，禁不住感慨万千。

碧空在临终前说道："我不后悔，我也不忏悔。我享受过，首领我也当过了，现在，我终于解脱了，可怜的你们还得继续生活在这个被毁灭的星球上。我祝福你们！祝福你们永远生活在这里！赤丹，我会等着你，无论你是在生前还是在死后，你永远都不是我的对手，哈哈哈！"

赤丹目睹了碧空的死亡，精神上受到了极大的刺激，彻底疯了。逢人便说碧空不是他害死的。当晚，他失踪了。据守卫围墙的士兵说，赤丹翻出了墙，不知所终了。

雏菊闻讯赶到围墙边，李富贵拼命劝解：

"雏菊，你不能去，你知道外面的世界无法生存。"

雏菊哭泣道："我不管，我要去寻找我的父亲，他永远都是我的父亲！"

"你听我说，赤丹经受刺激，你就让他独自到一个无人的地方待着吧。我相信，他最终会回来的。"

雏菊盯着李富贵的眼睛，问："你相信他能够活着回来？"

李富贵用力地点点头。他有一种直觉，赤丹不会死去，他能在外部世界生存下来。

大祭司在广场上连续举行了三天集会，希望选出新的首领。既然谎言已经被碧空戳破，转世轮回的选举方式必然要改变了。

最后，众人一致推选雏菊成为族群的新首领。一代女王诞生了。这是族群史上没有先例的创举，这是否意味着一个新时代的开始？

第十四章

同 心 同 德

　　仙女座人的机器人大军从北冰洋基地出发，所到之处攻城拔寨，所向披靡。地球人类的联合国军队却连连败退，不堪一击。联合国秘书长胡安·费南多紧急呼吁全球各国军队协同作战，寸土必争，誓死不降。

　　各国首脑却觉得大势已去，仙女座人必将统治地球。未来工程部的海底基地，或许是地球人类的最后一个堡垒。各国的国防部长纷纷赶来崇明岛海底基地开会。平时这些统管各国军队的部长一个个耀武扬威，谈起现代战争口若悬河，现在，面对仙女座人的机器人大军却束手无策了。

　　全球防御会议由中国的国防部部长主持，郭政宏被安排在最后一位发言。各国部长们要么主战要么主降。主战派一腔热血，认为哪怕是以卵击石也要抗争到底。主降派则认为，翻看全球人类的战争史，任何一次战争都有战败国的存在，如果战败能保全地球人类活下去，那也不失为一种可行的策略。

　　轮到郭政宏发言了，众人注视着大屏幕纷纷在怀疑和揣测郭政宏会有怎样的观点。

　　大屏幕上的字幕一行行地清晰显示出来：

　　"首先感谢大家来到海底基地，我表示热烈欢迎。现在是全人类生存的危急时刻，我就直截了当阐述我的观点，供大家参考或是批判。我既不主战，也不主降。我认为，与仙女座人正面作战，这是愚蠢的战争策略。我们的战争武器在仙女座人眼里，犹如还停留在冷兵器的时代，这是不对称的战争，结果可想而知。但我也不主张无条件地投降仙女座人，我们在地球上丧失了主权，岂不变成仙女座人的奴隶？你们一定会问，难道还有第三条路可走吗？我的回答是，有的！"

会议室里的人们顿时表示不相信。

"呵呵，你们不相信。那好，我告诉你们一个简单的道理，如果用计算机的方式考虑问题，那就是纯理性的判断思维。没有任何干扰，只求出最佳答案。我说的第三条路，是让地球人类与仙女座人实现共赢。只有共赢的结果，我们才不会成为奴隶那样的存在。仙女座人进化到黏菌体了，他们的思维方式和我相差无几，都是经过了千万次计算的纯粹理性思维。在这里，我要透露一个绝密消息，我已经指派郑月竞选仙女座人族群的首领了。我相信她一定能够当选仙女座人的新首领，她稳操胜券。你们肯定会问，我的自信从何而来？这是一个有关人类进化的复杂问题，需要追溯到文明等级之间形成的自然差异等问题。我在此不多说了，只说结果。郑月具有特殊的双重身份，她既能代表地球人类，又可以替代仙女座人。仙女座人是群体思维，而地球人类是个体思维。当选首领，是从群体中评选出优秀的个体。你们现在应该明白了，个体思维是地球人类的本能，就像是在座的每一个人都有独立思考的能力。而仙女座人则不同，他们需要的是经过计算得出的唯一正确答案。"

会议室里的众人似懂非懂。

郭政宏继续在大屏幕上阐述自己的论点：

"说句题外的话，我一直生活在密封的空间里，思考了许多以前没有想过的问题，例如人类的进化之路，究竟往哪个方向才最正确？进化不一定就是择优，群体思维带来最大的危害是盲从。郑月会利用仙女座人的这个弱点，轻易收服他们靠群体意识的认定……"

郑月在北冰洋仙女座人的地下基地关过禁闭，自然熟悉那里的地形。她到达的时候，正是仙女座人的机器人军队大举进攻全球各地城市之时。

仙女座人久闻郑月大名。当年的"大眼睛"首领曾对族人介绍过郑月的情况，他特别强调这是黏菌体形式的族人与地球人类一次完美的结合，更是仙女座人今后寄生人类、扎根地球的典范。

郑月是仙女座人进军地球的先驱者，目前也是唯一的先驱者。另外一个编号认证466722，由于触犯了仙女座人的法律条规已经死于非命。

编号认证466721在仙女座人的眼里，犹如神一般的存在。因此，当她出现在他们的视野里时，他们全体都对她顶礼膜拜。仙女座人是依靠群体意识的生物，但他们却崇拜出类拔萃的个体英雄。而与人类DNA结合的"新人类"，对郑月的认知便更不一样了，他们对郑月的经历知根知底，认为她是被地球人类彻底同化、已经不属于仙女座人了。因此，他们煽动族群不要承认郑月编号认证466721的身份，她应该是族群的叛徒。仙女座人不相信空口无凭的话，他们需要彼此拿出证据，让仙女座人的法律智者做出正确的评判。

"新人类"举例郑月帮助地球人类的种种"事迹"，特别指出，她完全是站在地球人类的立场上才做出这些"事迹"。此次她来参与竞选族群的首领，分明是另有企图。郑月微笑地静静聆听他们的意见，她从容不迫，似乎胜券在握。

轮到郑月演讲，她阐述起自己竞选的理由和目的：

"族群的同胞们，我很荣幸站在这里演讲，其实，我不是来参与竞选首领的。各位族人应该都清楚，硅基生命体有可能卷土重来，再次把我们赶尽杀绝。既然前首领认可我是与地球人类的完美结合，也是族人今后如何扎根于地球的典型案例，那我就有资格述说自己的切身体验。你们同意吗？"

仙女座人沉默片刻，然后以他们的方式传达给郑月他们的赞同。在场的"新人类"有些急了，郑月是用意念传送的方式演讲，但"新人类"转变为合成人之后，丧失了意念传输的功能。

"郑月，请你用地球人类的语言发表演讲。"

郑月微笑地点头说道："可以。"

在场的仙女座人已经完全站到了郑月这一边，她现在便能尽情阐述自己的观点了。

"刚才我说了，如今是多事之秋。我们能否在地球上站稳脚跟，对不起，我用'脚跟'这个词不合适。我的意思是，族群不可能在短时间内寻找到与地球相似的宜居星球了。我们应该珍惜造物主给予的恩赐，不要轻易发动战争毁灭这颗蓝色星球。我知道，雄霸天下是仙女座人根深蒂固的理想。可理想不等于现实，族群目前最主要的任务是扎根在地球的土地上，创造出新的美好家园。我们不可能把地球人类全部杀光吧？以往的战争和杀戮的历史教训还少吗？更何况，地球人类还与族群同宗同源。我猜测，宇宙深处的某些星球上，也许也存在着与我们同宗同源的智慧生命，也许，有一些智慧群体，他们的进化之路比我们走得更远，当然，也会有一些还处在原始的启蒙阶段。但不论各自进化到了怎样的程度，既然大家都是智慧生命，是一个大家庭的成员，彼此之间就应该和睦相处。中国有一句古话，叫'种瓜得瓜，种豆得豆'，意思是你采取什么样的方式对待对方，对方就会采取什么样的方式对待你。"

郑月说到这里，停顿下来，她环视着黏菌体仙女座人和对她虎视眈眈的"新人类"，微笑了一下，继续说下去："我们完全可以和地球人类同处在一片天空之下，共同建设这颗蓝色的星球。当然，族群渴望能有一个健康的躯体，回归到我们祖先曾经的模样。这并不是一件难事。凭我们目前掌握的科技手段，我们和地球人类合作能够创造出更优秀的'躯体'，至少比目前的合成人效果要好。如果我们强迫寄生在他们身上，素来怀有反抗意识的躯体能给族群带来好的寄生效果和寄生体验吗？族群的责任，不是发动战争试图消灭他们，而是引导他们走向美好的明天，实现与族群双赢的局面。我的表达和阐述结束了，接下来，听候你们的质问。"

整个大厅一片沉默。仙女座人都在思索郑月所说的内容。

"新人类"却着急了，郑月演讲的观点若是获得了族群的赞同，那他们这批合成人将被历史淘汰。他们围住郑月，气急败坏地反驳起来。

"郑月，你不要在这里胡说八道！族群里都是智者，绝不会受到你别有用心的蛊惑。"

"你只是地球人郑月，根本不是我们的同胞编号认证466721！奉劝你不要信口开河，族群不会受到你的愚弄。"

"够了，别跟她废话了。郑月，告诉你，今天就是你的审判日！"

他们激动地要把郑月捆起来，甚至号召族群立即对她宣判死刑。

一旁围观的机器人却行动起来。它们将一个个合成人扔到大厅外，限制住他们的行动。其中一个合成人急了，冲着大厅内大声喊道："我们要抗议！我们是前任首领指派潜伏在地球人类之中的，我们是英雄！"

"我们不能这样被对待，我们是英雄！"

面对合成人的集体抗议，武装机器人无动于衷。

大厅里走出一个机器人，它走到合成人跟前宣布："族群已经选出新的首领——编号认证466721，地球人类的名字是郑月。"

那些"新人类"全部愣住了。

郑月走出大厅，两名机器人保镖跟在她的身后。

郑月笑着对合成人说道："不拘一格降人才，这是族群竞选首领始终不变的宗旨。合成人卢梭都能担当首领，我编号认证466721又为何不可？不过，你们作为第一代'新人类'，也具有存在价值。现在，欢迎你们加入地球的大家庭。"

合成人见大势已去，纷纷跪倒在地表示臣服。

郑月不是黏菌体，成为新首领之后，机器人女仆为她剃光了身上的所有毛发，然后用特制的"胶水"将全身涂抹了一遍，这样，她的毛发从此就不会再长出来了。然后，她被浸泡在装有液体的金属圆筒内，当她起身走出圆筒时，周身像是穿上了一件银色的柔软盔甲。这银色盔甲具备调节温度的作用，能够抵挡极度寒冷和高温酷热，还能抵挡常规子弹和弹片的袭击，甚至能够经受重型卡车的撞击。她的背后能够伸展出一对轻薄的金属"羽翅"，这可以帮助她完成短距离的低空飞行。

从此以后，这无法脱去的银色盔甲将伴随着郑月一生一世。

仙女座人的首领有严格的戒律戒条。从担当首领的那天起，她就必须彻底放弃自我，一切以族群的利益为上。难怪卢梭深爱韩舒冰，却为了族群利益亲手毒死她。此外，直到死亡来临，成为首领的郑月一直都属于族群一分子，必须与族群同心同德，永不背叛。郑月不可能再以地球人类的身份存在了。

郭政宏的分析判断十分正确，仙女座人通过群体意识达成认可的思维习惯，很容易受到个体煽情的影响。但他怎能想到，郑月当上首领之后，世上再无地球人类郑月了。仙女座人会给她注入一种液体，号称忠诚血液，它化在郑月的血液和意识之中，将保证郑月永生永世都与族群同心同德。

郑月是知道这些的。但她接到郭政宏的指令的时候，却没有如实相告。

郑月在宣誓的那一刻起，就不再是自己儿子的母亲，丈夫的妻子，也不再是中国未来工程部的军人和宇航员。她曾经的一切，都将彻底离她而去。可怕的是，她曾经的所有作为地球人类的记忆也随之永远失去了。郑月——死了。

这是伟大的牺牲。郑月为了全球人类的根本利益，彻底变成了编号认证466721。

仙女座人的机器人大军接到新首领的指示，不再追击地球人类的军队，他们鸣金收兵了。全球范围内的战争平息了，仙女座人和联合国达成共识，将展开首轮谈判，商讨双方在地球上和平共处的细则。

谈判地点在中国上海。这是仙女座人新首领提出来的，联合国秘书长胡安·费南多表示了同意。

仙女座人为了表示合作的诚意，发射了一连串集束"空气"弹，驱散了平流层聚集的核污染尘埃。太阳重新照耀在全球的各个角落，那些枯萎的植物又开始泛出绿色，渐渐恢复了鸟语花香。

这一举动极大改善了全球各国政府和民众对仙女座人的印象。

他们的新首领很聪明，一下子就博取了地球人类的印象分。

当郑月的形象出现在谈判会场时，所有人都震惊了。当年中国未来工程部的"女娲补天"计划披露时，曾经引起全球对郑月的关注。现在郑月奇迹般地成为仙女座人的新首领，难道这又是未来工程部和郭政宏精心策划的"杰作"？

各国政府的高层领导尽管事先已经得到了消息，但他们仍旧对此疑虑重重，无法想象一个地球人类怎能当上仙女座人的新首领。直到郑月的形象公开披露后，他们才彻底相信了郭政宏当初的预言。可他们不知道的是，此郑月已非彼郑月了。

郑月面无表情地巡视了一下会议室的内外，示意她对这里的布置一切满意。会议开始之前，新闻发布会上，郑月面对来自各国的记者，从容地切换各种语言回答了形形色色的提问。

一名来自英国 BBC 的记者直截了当地问："请问仙女座人新首领，你说你不属于合成人的范畴，但你的长相明显很像是中国未来工程部的郑月上校，请问你们之间有关联吗？"

"没有，我不是郑月。这个问题很无聊，我已经回答过很多次了。希望接下来，你们不要再提这个问题。再次申明，我作为编号认证466721确实是寄生在一个中国女人的躯体之中，但不妨碍我成为仙女座人新的首领。这次在上海举行的会谈，是讨论仙女座人族群与地球人类的合作事宜，其中包括研究出新型人类的结合体。请不要误解，这不是以前合成人的概念，而是仙女座人与地球人类真正融合在一起的新'新人类'。"

有的记者还不死心，比如纸质传媒的《华盛顿邮报》的记者，仍提出了尖锐的问题：

"我是《华盛顿邮报》的记者，但请你回答，未来在地球上，是人类主宰一切，还是由仙女座人来主宰我们？因为这牵扯到利益分配的问题。还有一个问题，你刚才所说的新'新人类'，可否也是一种相互寄生的方式？"

郑月笑了笑，说道："很好的问题。《华盛顿邮报》曾有过一个女记者，她的名字是斐奥娜。她揭露了政府自私地准备只把本国的一百万公民运送到火星上的秘密移民计划，结果这则消息在全球引发了轩然大波，你们的总统因此辞职下台。这个故事很好，我们族群与地球人类共同居住在这颗蓝色的星球上，不存在谁主宰谁的问题。记者先生，我问你，两个人住在一起是否非要分出谁输谁赢？如果地球上都是这样的状况，战争就永远不会停止！"

发布会现场响起一阵热烈的掌声。

郑月示意众人安静，继续说道："现在，我回答你的第二个问题，你完全误解了，没有寄生，也不存在相互寄生。我说的新型人类结合体，是指人类的胚胎在成形之前，仙女座人的基因与地球人类的基因就已经结合在一起了。这样做的优越性有许多，例如'新人类'的寿命会被延长，原本人类可能携带的基因遗传疾病会被根除，婴儿出生之后能够健康地长大成人。基因改良是所有人类进化的必经之路。记者先生，你试想一下，假设没有了疾病的困扰，人类生活的品质就会得到极大提高。而如果剔除了贪婪和掠夺的原始欲望，人类就不会有暴行与战争……"

又是那个《华盛顿邮报》记者举手，他打断道："请等等，我想插一句话，可以吗？"

郑月礼貌地说道："当然可以，请说！"

"我理解的意思是，你们要改造地球人类的基因？是这样吗？如果是，那你等于回答了我第一个提问，你们要成为地球上的主宰者。"

发布会现场的众人一下子喧哗起来。郑月的脸色也变了。

"你还是误解了。我说的是胚胎成形之前，仙女座人的基因和地球人类的 DNA 结合……"

《华盛顿邮报》的记者再次打断郑月的话，"我听懂了，仙女座人是要把自己的基因强行加入到地球人类的 DNA 之中，这是不是侵略行为？请回答！"

发布会现场的氛围顿时紧张起来。

郑月怒了，猛地一拍讲台，大声说道："从宇宙的角度，并非一切事物都是非黑即白的，难道地球人类只有天才和恶魔两种人？你这种极端的绝对主义论调，正是一切恶行的思想根源。你希望看到仙女座人和地球人类打得你死我活而不是和平共处吗？是的，没错！地球人类的基因就应该经历优胜劣汰的进化过程，应该剔除掉像你这样的劣等 DNA。我相信，那时候地球上将会是一片宁静美好的景象……"

《华盛顿邮报》记者歇斯底里地狂叫起来："不！你是在画饼、虚构蓝图。实质上，你是仙女座人的叛徒，也是地球人类的罪人！

我们应该联合起来反对你……"

维护治安的保安蜂拥而上，他们绑住这个记者。闻讯赶来的警察一眼认出了这人是个假冒的记者，其实他是卢梭手下的合成人。

正是这个小插曲，会议主持人只好宣布会议延迟到三天后举行。

各国新闻媒体大肆报道了发布会的这一节外生枝的风波，关于这场风波的评论却什么都有，而主流媒体却一反常态，仅仅是站在客观的立场上报道了此事。

郭政宏与崔乐乐聊天时谈到发布会的风波，态度有些沉重。

"乐乐，在发布会的实况画面里，我看到郑月了，她当上了仙女座人的首领，可骨子里还是以前的郑月，爱憎分明。"

崔乐乐紧锁的眉头并没有解开，她说："我去了发布会现场，郑月完全不认得我了，仙女座人肯定给她的脑部做了手术，彻底抹去了她的记忆。"

"不是手术，事后我才知道，仙女座人通过竞选当上了首领之后，必须注入一种忠诚液体，从此与族人同心同德，永世不会背叛。我真是后悔啊，我不该让她冒险去当仙女座人的首领！世上从此再无郑月了……"

崔乐乐试探地问道："郭部长，你现在还会感到悲伤吗？"

"我还是原来的郭政宏，只不过没有了外壳躯体，生活在计算机里面。不，还是有区别的，我现在的悲伤是纯理性的，不会有生理反应。崔乐乐，郑月太伟大了，她用自我的牺牲，换取了地球上的和平局面。"

崔乐乐也感慨地说道："可我有种直觉，我相信郑月上校最终还是会成为自己，但是时间也许会很久远。"

屏幕上跳出一行字："久远这个词使我感到了恐惧。你们会一个个离我而去，而我却是永生的……"

崔乐乐安慰他道："放心，郭部长，仙女座人的科技远比我们发达，我到了你这个岁数或许不能实现永生，但至少会比现在人类的普遍寿命要长。我会一直陪着你，以后儿孙满堂，都来陪着你。"

"你又拿我来逗乐，我需要你们来陪我吗？我在计算机里待得好好的，没有风吹雨打，也没有日晒雨淋……"

计算机里的郭政宏说着说着沉默了。

突然，屏幕上出现一行字："明天举行正式会议，我想去参加。我要在现场看看郑月……"

仙女座人和地球人类的双边会议如期举行。

会议第一天，双方的争论就很激烈。争论主要围绕分而治之还是共同管理的问题。胡安·费南多是地球人类的主要代表发言人，他提出的方案是让出整个大洋洲的所有土地，供仙女座人居住管理。

郑月坚决反对，认为这是极为荒谬的提案。

"如果仙女座人仅仅获得在大洋洲的居住权，那么和平共处只是一句空话。那我们为什么不彻底打败你们，占领整个地球？我觉得，谈判是一门艺术，彼此应该站在对方的立场上想一想。"

会议室里沉默了。

大屏幕上字幕出现了："我是郭政宏，请求发言。"

郑月看着屏幕上的字，努力思索着，"我记得，郭政宏是中国未来工程部的首席负责人，那么，请发言。"

"感谢仙女座人首领。你说得很对，谈判者应该站在对方的立场上有所考虑，否则双边谈判会陷入僵局。中国有一句古话：强龙压不过地头蛇。虽然仙女座人有着强大的科技实力，足以压倒性地打败地球人类。可我想问的是，这样你们能够获得什么？强制寄生在地球人类的身躯中？这恐怕不是最好的答案。我领会到，首领的意思是和平共处的目的是要实现双赢，共同建设美好的地球。是的，你们能够帮助到地球人类的地方有许多，比如各领域的科学技术的发展，包括航天飞行器的更新换代。而我们能够帮助你们什么呢？其实你心里很清楚，仙女座人为了在流浪宇宙的过程中保存种族，付出了非常惨重的代价，甚至为此将身躯进化成了黏菌体的形式，这是一个悲惨的结果。当你们发现地球这颗蓝色星球，又惊喜地发现星球上居然还有与自己同宗同源的人类，你们就企图以寄生的方式占据地球人类的躯体，恢复到你们当年的人类形态。可惜这却是你们的一厢情愿。寄生的结果并不理想。何况，借壳生得了蛋吗？合成人没有繁衍后代的能力。回归自然，并非易事……"

会议室里鸦雀无声。

在座的所有谈判代表都盯着屏幕上的字幕陷入了沉思。郑月看着字幕，她也在思考着。

屏幕上的字幕在继续："既然双方都清楚彼此的诉求是什么，那就按照实事求是的原则，求同存异，让谈判朝着正确方向继续下去。否则，纯属浪费时间。我先抛砖引玉，提出我的方案。

"我的提案很简单，除了大洋洲归属仙女座人之外，你们也可以挑选任何一块土地、任何一个城市定居。然后我们共同划分几个城市作为综合协作区，以便双方合作科研项目。这是初步的划分，随着合作的深入，双方势必会有更多相互来往。到时候，混杂在一起居住还会是问题吗？还有更重要的一点，我们双方的军队都各自保留，等到合作进入必要的阶段之后，可以再商量裁军的问题。这就是我们的大体规划，我说完了。"

会议室再次活跃了起来，双方代表你来我往谈论起具体细节。

郑月许久没有发言。她看着屏幕下方的计算机，若有所思。

计算机里的郭政宏似乎猜透了郑月在想什么，屏幕上跳出字幕："郑月，你好！我记得你是编号认证466721，也记得我们曾经相处的那些日子。如今，我们无法回到以前那样的时光了，我只能隔着屏幕，问候你一声，望你珍重！"

郑月的眼角溢出了一些泪，但她很快便抹去了。

编号认证466721在郑月的体内蛰伏多年，她始终静默着充当旁观者。直到郑月接受郭政宏的指令要去竞选仙女座人的首领，它才发声制止郑月。但郑月坚持不改变自己的行动，它只能辅助她前往仙女座人，最终在地下大本营竞选成功。

郑月以牺牲自己的代价，当上了仙女座人的首领。从那一刻开始，编号认证466721替代了郑月，它要在不违背族群的原则下，完成郑月担负的使命。

郑月竞选前，他们之间曾有一段深刻的对话。

"感谢你，编号认证466721，我的使命必须由你去完成了。"

"郑月，希望你能够理解，我不能做出违背族群利益原则的事情。"

"放心，地球人类是抱着真诚之心与仙女座人合作，想要实现双赢的局面。因此，你不会违反族群的任何法律法规。这些年来，你通过我的眼睛，见证了地球人类的许多事情。我要再次感谢你，感谢你委屈自己成全了我的独立存在。"

"不，我是心甘情愿的。我在你身体里面体验到了地球人类的情感，也感受到了家庭的温暖。你的言传身教使我受益匪浅。郑月，特别是我在火星上早产的那段经历，不，应该是你怀孕生产的情景，令我十分震惊。我们曾在漂泊的飞船上讨论过地球人类的繁殖过程，我认为那是肮脏的、污秽不堪的，并且那时我庆幸我们的祖先坚持不懈地进化，终于演变到通过单细胞繁殖的黏菌体。可身临其境的时候，我才感受到了作为一个母亲的伟大和神圣。地球人类并非低劣的种族，你们有温度有感情，这正是宇宙中所谓的高级文明所缺乏的。早产下来的婴儿哭声，充满了对生命的渴望。正是生命诞生的艰难，才体现出生命的珍贵。批量复制的生命，怎么能算是造物主的宠儿呢？就是从那一刻起，我产生了一种从未有过的期望，我愿意成为像你这样的女性。因此，当未来工程部准备通过纳米炸弹定向爆破寄生在你身体里的我的时候，我决定在你的身体里彻底隐身，与你合二为一。"

"难怪所有人都认为纳米手术成功了，只有我自己觉得你仍存在我的体内。我敬佩你的隐忍精神，关键时刻还帮助了我……"

"请不要这样说，我是在帮助自己。你就是我，我就是你。"

"现在到了告别的时候了。天底下没有不散的筵席。编号认证466721，望你保重！"

"你、你还有什么话要对我说？"

"你问的是遗言吗？是的，我有许多遗言要说，我想对儿子于未来说，不管他现在身在何处，请他记住，他的母亲永远在故乡等候他。我还想对丈夫于非说，如果他能在几百年后醒来，请记住，当他沉睡的时候，他的妻子郑月始终爱着他。我还想对我的战友们说，他们辛苦了，我祝福他们。我还要对所有熟悉的和陌生的朋友说，虽然生活在这个动荡的年代里，但我们是幸运的，我们见证了时代的变迁，也参与了地球保卫战。面对即将到来的星际旅行，我希望大家群策群力，同心同德，最后到达胜利的彼岸。我爱这个世界！"

编号认证466721默默地听着，尽管它很清楚。注入忠诚液体之后，它和郑月便会同样丧失所有的记忆。郑月的遗言，犹如风中飘散的尘埃，默默地吹散到某个角落……

第十五章

母 系 社 会

　　于未来吃了一顿有生以来最饱的野餐。那个部落烧烤的食物很丰富，有天上飞的禽鸟，也有地上奔跑的各种兽类，它们被架到火上，香味扑鼻，令人垂涎欲滴。太空飞行的时间太久，他已经记不清自己多久没吃过熟的食物了，现在所有的味觉和嗅觉都回来了，真好！

　　他感谢虹，她是这个部落的首领，她对他细致入微的关心，实在令他感动不已。他们主要是依靠手势交流。他发现，这个部落里男女的名字都只有一个音节，他们相互之间也更喜欢通过单音节交流。

　　虹在部落中享有绝对的权威，所有族人都对她恭恭敬敬，有些甚至连抬眼看她也不敢。他在书本里看到过对母系社会的介绍，现在他亲眼看到了外星球上的一个母系社会部落，并且他还要与他们共同生活下去。他在他们的眼里，如同天神下凡。他想，如果在远古时期，外星飞船降落到地球上，原始部落的人群看到身穿宇航服的外星人，肯定也会顶礼膜拜。

　　虹用手势告诉他，他在部落里享受最高级的待遇，可以吃最好的肉。但他有责任保护他们这个部落不受到其他部落的攻击。虹在地上简单地画出周边的环境图，于未来基本上清楚了附近还存在两个类似的部落。他们彼此之间经常抢夺食物，发生冲突。难怪他发现这个部落里男丁特别少，大概是在相互的争斗中死掉了。但于未来并不想介入到几个部落之间的斗争中。

女首领虹的"卧室"里摆设简陋，但却有一面足有两米高的衣柜镜，那面镜子非常夺目，人影照在其中异常清晰，完全不亚于地球上的任何一面镜子。一个原始部落里，竟然出现了如此现代的装饰品，这令他感到不可思议。

他用手势问虹，"这面镜子从哪里来的？"

虹用手势告诉他，"这是我捡来的。"

于未来并不相信虹的解释，他看着对方一副神秘的神情，便不再多问。

虹脱下由兽皮和植物纤维编织的外套后，露出了里面的丝绸衣服。于未来又一次惊异了，柔软光滑的丝绸面料在微弱的光线下发出光泽，一看就知道绝非凡品。他很想问虹，这衣服是怎么来的，但思虑再三后，他还是没问。

于未来和虹之间能用手势交流之后。随着时间的流逝，他们能够沟通的内容越来越多，也越来越频繁。

于未来会对她讲述地球上的故事，讲地球人类的一日三餐、一夫一妻的家庭形式。他告诉虹，地球上，男女结婚后，如果感情不好了可以离婚，各自重新寻找新的配偶。

虹对这些新奇的事情兴趣盎然，经常听得如醉如痴。一开始，于未来觉得用手势沟通很麻烦，但他们习惯了这种表达之后，反而觉得这样沟通更容易直达人心。用手势交流，需要专注于对方的神态与肢体动作。彼此有了默契之后，交流起来很容易。难的是，有些内容，超出了虹的经验，她再努力去想也想不出个所以然来。

每天，天色破晓，虹便起身干活了。她的工作很烦琐，需要分配部落里的男女去做不同的事情，男人一般要挑水、砍柴、编织和打猎，女人则需要哺育婴儿、烹饪食物，并将煮好的肉放在洞口风干。这些风干的肉会被切成一小块一小块，和野果子一起平均分配给部落里的每一个人。在分配食物的时候，首领没有特权，虹和其他人的分量是一样的。

于未来注意到他们用来分割肉类的金属刀，外形像是匕首，制作精良又很锋利。照理说，这个部落生产力的发展阶段相当于地球上的新石器时代，他们根本不懂得冶炼金属的技术，不可能具有如此制作精良的铁器。他问虹这些金属的来源，虹回答是他们从岩石中挖出来的。可能这些稀罕物件是外星人留下的？于未来半信半疑。

为了保护领地，部落首领会安排不同的族人定期在外巡视。若是发现入侵者，他们便倾巢出动，抗击入侵者。

于未来跟随着虹，骑在翼龙身上巡视周边的地区。

他将这颗银河系外的星球编号为00000A1。这颗星球也像地球那样围绕着一颗恒星旋转。只是，这颗星球所围绕的恒星内部的能量快要燃尽了，它即将衰变成白矮星。这里的气候变得十分恶劣，早晚温差很大，漫漫长夜又特别寒冷。天气常常说变就变。风沙很大，不戴上护目镜于未来根本睁不开眼睛。当地人却不惧怕风沙，他们已经适应这样的气候变化了。于未来曾回到"金翅大鹏探险号"飞船内，取走一些食物和防寒设备。虹和部落里的男女吃了他分享的现代食品，对他感激不尽。

虹羡慕他从飞船里带回来的睡袋，她试了试，缩在里面，然后拉上拉链，实在是太暖和了。保暖是人类生存的第一要素，在这颗星球上，造成人类死亡的最大原因不是疾病，而是寒冷。于未来非常大方，他见虹喜欢睡袋，便把自己的睡袋送给她了。

好心总会有好报。

一天傍晚，虹独自带着他，去了一个神秘的地方。他们乘坐着翼龙一路疾速飞翔，夜幕降临之前，他们到达了目的地。这是一座山峰的脚下，地面上呈现出足球场那般大的一个深坑，像是被什么砸出来的，从上往下看，深不见底。

虹拿出准备好的麻绳，让于未来跟着她顺着麻绳深入坑底。

他们费了很长时间到达了洞穴底部。在燃烧的火把的光线下，于未来见到了久违的金属物件，他猜测，这里大概是一艘坠毁的外星飞船砸出的深坑。虹熟练地打开了其中一个金属外壳的盖子，盖子下显出一条狭窄通道。他们弯腰走了进去，里面是一个宽敞的机舱。于未来猜测得没错，这是一艘先进的宇宙飞船。虽然已经坠毁，但金属外壳的硬度足以保护内部设备的基本完好。他认为，这艘飞船所体现出来的科技水平大概远超自己驾驶的那艘"金翅大鹏探险号"飞船。

让虹最感兴趣的是机舱里的卫生间里一面可以自动显示各个角度的立体镜，那面镜子不仅能清晰地照出人影，还具有透视与检测人体数据的功能。虹脱去浑身上下的所有衣物，按下了其中的一个开关，其中一面墙体顿时喷出一股散发着芬芳的雾气……

于未来不好意思看，急忙躲避出去。但虹拦住他，强行脱去了他的外套。她用手势告诉于未来，这里喷射出来的气雾对身体有好处。

果然，于未来感受到一种从未有过的舒适感，浑身上下的每一个毛孔都松弛了。

这时候，机舱内部的声音突然响起："欢迎你，来自遥远星球的客人！"

于未来惊呆了，在一个陌生的星球上，在一艘远超地球人类科技水平的飞船上，他居然听到了字正腔圆的汉语语音？这是幻听吗？

机舱内部的声音再次响起："尊敬的客人，不要感到奇怪。根据我的检测，你的生理数据是我们造物主播撒在另一个星系的生物，我发现了你的大脑左侧的语言中枢，所以我能够用汉语与你交流。你和这颗星球当地的生物不同，你已经有了初步的进化。"

于未来忍不住地问道:"请问,你,或者说你们,又是属于哪一个星系的生物? 你们是这个星球的原住民吗? 这艘飞船为何坠落在这里? 还有,你是谁?"

"我们与你同宗同源,只是种族的进化程度要比你们高出许多。我们在这个星球上生活了很长时间了,这艘飞船不是坠落,而是隐藏在这里的。我们希望,有一天,这艘飞船能被你这样的外星人发现。我会给你有关这个星球的资料,还有一些我们种族的历史资料 ……"

"你还没有回答我,你是谁?"

"我是你们所说的机器人,只不过我是没有形态的物体。"

"我不懂,什么是没有形态的物体?"

于未来问完后,马上醒悟了,这就是隐形存在于机舱内部的人工智能机器人啊。

机舱的一侧展现出一块屏幕,一阵乱码滚动后,汉语字幕渐渐显示出来,但那是汉语早期的象形文字,于未来犹如在看天书,根本看不懂。

虹见他琢磨天书琢磨了很久,她着急了。她担心部落的安全,他们不能在这里停留太久,他们最好尽早赶回去。于未来本想再研究一会儿,但觉得自己一时半会儿也琢磨不出什么名堂,还不如随虹回去,下次带上"金翅大鹏探险号"飞船上摄像设备再来到这里。

回去之后,于未来问虹:"你是怎么发现深坑里的飞船的?"

"有一次巡视领地,我偶然发现的。我担心族人受到惊吓害怕,所以一直没有告诉他们。族人始终认为,全世界只有我们和周边的几个部落。就像当初看到你从天而降,他们就认定你是天神下凡一样。"

"你现在不认为我是天神了?"

"我知道你是从外星球来的,这是你告诉我的。"

于未来沉默了。若是自己无法如愿加注核聚变的燃料给飞船,他将永久待在这个星球了。核聚变燃料需要提炼,仅靠一己之力根本不可能完成。在这个荒凉的星球上为飞船加注核聚变燃料，显然是痴人说梦。因此，他离开的唯一可能途径，就是利用他们发现的那艘飞船。

但一场偶发的战争打乱了于未来所有的计划，并且把他推到了风口浪尖之上。

黎明时分，部落外的岗哨发出尖厉的警报声。于未来跟随虹冲出洞口，只见山下尘土飞扬，朦胧之中骑着各种兽类的人正朝部落所在的方向袭来。

虹带领部落男女迅速参战。他们先是搬动早已准备好的大石块，滚落下山砸向来犯之敌；然后是用人造弹弓，把燃烧的火把投掷出去。虹希望于未来待在洞穴里面，她要带着族人冲下山去，死也要拼个鱼死网破。

但于未来看清了形势，敌众我寡，虹的部落根本不是来袭之敌的对手。他见虹的翼龙坐骑被对方更为雄壮的恐龙坐骑撞翻，她受伤倒地，眼看着对方的恐龙即将把虹踏成一堆肉泥，他出手了。于未来掏出自己一直随身携带的激光枪，对准两头巨大的恐龙坐骑射击。

虹诧异地看到，随着一道光柱亮起，两头巨兽瞬间灰飞烟灭，烧焦的肉体像是雨点般地落在虹的身上。她震惊了，所有人都震惊了。来袭的那些人惊恐得连连后退，再也不敢冲上前去。

就在他们即将取胜的时刻，一场突如其来的地震来临了，一时间地动山摇。他们幸亏不在洞穴里，否则就要被全部埋葬了。于未来在地球上经历过地震，地球上的强震一般最多持续一分钟左右。但在这颗星球上，地震是常态，强震一般持续几分钟。等到地震平息，天地之间只剩一片灰蒙蒙，几乎什么也看不见。

他听到了虹的号叫声，像是受了伤的野兽那样的号叫。他循着声音的方向艰难走过去，发现了埋在碎石堆里的虹。他吃力地用双手把她挖出来，此时的虹满身创伤，血肉模糊。这时候，幸存的族人陆陆续续地又聚集到了一起。

虹被族人抬上了唯一没有受伤的恐龙坐骑，她头脑仍保持着清醒，令族人赶快离开此地。整个部落剩下的男丁更少了，他们再也经受不住其他的灾难了。

众人拖着疲惫的身子，跟随在首领的坐骑后面，迷茫地走向远方。于未来也夹在其中。

于未来见他们无目的地走，便挺身而出。他劝说虹："这样盲目走下去，谁都支撑不了多久的。"

"那你说怎么办？我们只有找到有水源的地方，才能重新安营扎寨。"

"你还记得你带我去的那个大坑吗？那里不远处就有水源，而且地形隐蔽，适合重新建立部落。"

"那好吧，我听你的，你代我行使起首领的责任吧。"

"我？我不行，你们的首领必须是女人。"

"我会对我的族人解释，你要比他们有头脑。你有威力巨大的武器，谁敢不服你呢？"

虹冲着于未来流露出一个勉强的笑容。而后，她用手势召集族人围在自己身边，将象征权力的物件给了于未来，并且告诫他们听从于未来的指挥。

她的族人朝着于未来跪下来，表示臣服。于未来在他们的眼里，本身就是天神下凡，虹让他们听命于他，没有人不会信服。何况，他刚才救活了首领，保护了族人。

于未来没想到局势会这样发展，莫名其妙地，他变成了这个部落的首领。他原想让这个部落迁移到"大坑"附近，有利于他经常去探索外星飞船，说不定，这艘外星飞船是他离开这个星球的"诺亚方舟"。

他是一个有担当的男子汉。他答应虹，在她养好伤之前，他会承担起部落首领的责任。

经过漫漫长夜，于未来带领着部落剩余的几百人长途跋涉，开启了寻找新的家园的旅途。

在路上，他们又寻找到几头散落的恐龙坐骑，负责搭乘伤员和一些笨重的物件，其余人只能步行。由于负重，行走很艰难。此刻，于未来感受到一种强烈的责任感，他要承担起几百人的吃喝拉撒睡。好在他早已不是当年那个青涩懵懂的少年，岁月和动荡使他成熟了许多。

他首先把青壮年男性挑选出来，放在队伍的最前面，做开路先锋。老弱病残则走在最后，其中受了伤或实在走不动的，可以坐上拖车。拖车是他根据中国古代诸葛亮发明木牛流马的原理，用木头手工打造出来的。这些拖车由恐龙负责拖动，在极大程度上解决了长途运输的难题。

其次，他改革了部落的分配制度，按照记工分的配给制度，按劳取酬。因为他们携带的食物不够支撑如此长距离的迁徙，必须有人在途中打猎来补充食物上的匮乏。

打猎最好的地点是在有水源的地方。因此，他吩咐部落的男丁夜晚守候在水源附近。这一招果然有效，几乎每天晚上都收获颇丰。吃了肉，自然就有了精力行动。虹的族人对他更加崇拜了。

但是有水源的地方，一定是各个部落都争相抢夺的地方。他们不止一次经历过了小型的冲突斗争。于未来采用各种各样的战争策略，每一次都指挥得当，胜利而归。于未来很少动用激光枪，这种杀人于无形的手段对于人类来说太过残酷。对付巨兽也许可以，但杀死同类，他绝对不愿意。

于未来率领着部落族人终于到达了新家园的预定地点。

他们不敢相信，纷纷看着于未来。因为祖祖辈辈都认为洞穴才是居住的安全之地。在山脚下的平原上搭建木头房子居住，岂不是完全把部落暴露在敌人的视野之中？

"你什么意思？我们的部落还要不要生存下去？你这是在坑害族人！"

"正是为了让部落族人更好地生存繁衍，我才选择离开洞穴在平地上安居。你别急，听我仔细解释。我当然考虑了安全保障问题，咱们集中居住的周围将挖出一道深深的壕沟，里面埋进尖锐的利器和易燃物品，这样就可阻挡来犯的敌人了。如果对方不知深浅，胆敢跨过壕沟，那我们就可以放火烧死他们，保卫我们的部落……"

"你的意思是就算我们暴露了，其他部落也不敢来侵犯我们？这可能吗？"

"只要来犯之敌尝到一次苦头，其他的部落就不敢效仿了。当然，我们也要展开外交攻势，主动与其他部落建立良好的关系。"

"不可能！部落之间是没有朋友的，只存在你死我活。"

"所以我们要改变这样的状况，外交的手段能够有效避免战争的爆发……"

虹的情绪慢慢平复下去了，尽管于未来告诉她的这些道理，她觉得太深奥了，还无法真正理解。不过，她相信这个来自外星球的男人，他要比自己懂得多。再说，住在平原上的木头房子里，比住在潮湿的洞穴里要舒服很多。

虹的伤势基本上痊愈了。在迁徙的途中，于未来的所作所为十分具有一个领导者的风范，虹对他的敬佩之心油然生起。特别是现在，他们的居住地从洞穴变成了平地，族群面对的是一个崭新的环境，这时候，部落更需要一个有能力又强势的首领。

一天傍晚，当众人围着篝火吃食物和休息的时候，她提出让于未来成为部落正式的首领，她自己甘愿俯首称臣。族人起先是愣住了，因为这没有先例。她见族人保持沉默，她的暴脾气又忍不住了，她据理力争，她认为于未来一路上带着族人长途跋涉，保障族人的安全，还将族人的吃喝拉撒睡都照管得很好。她让那些反对的人摸摸自己的良心。

族人仍保持着沉默，改变一直以来的规则毕竟是一件大事。

虹提出举手表决意见。但她却发现，竟无一人举手。

"我再说一遍，同意的举手！"

她在迁徙的途中，见过于未来征询族人的意见时，采取举手表决的方式。以前，部落里的事务都是她说了算，哪里需要征询族人的意见呢？但是，她现在想要改变自己，学着用于未来的方式解决问题。

一只手举了起来，又一只手举了起来。族人见虹如此说，他们在路途中也习惯了于未来的领导，他担当首领，他们心里其实没有任何异议。

但于未来却不同意了。他认为自己不是他们部落里的人，也不懂得他们的语言，他更不可能留在这个星球上和他们一直生活在一起。他还计划去研究那艘外星飞船，希望能够通过那艘飞船离开这里。

虹发怒了。

她不能容忍于未来拒绝当部落的首领，这不是对她和族人的羞辱吗？于未来见她生气，只好采用缓兵之计。他告诉虹目前不是他担任首领的最佳时期，这个星球上不只有他们一个部落，如果得不到其他部落的认可，其他部落也许会对他们群起而攻之。

虹思考过后，觉得于未来说得有道理。她派出信使，邀请周边的几个部落前来参加他们摆的百兽宴。部落之间定期坐在一起商讨，尽可能地规避战争的发生。

百兽宴其实是部落之间首领会见的一种宴会形式。因为首领会见的时候，会呈上烤肉作为对贵宾的最高礼遇，所以也被命名为"百兽宴"。

附近三个部落的女首领都来了。其中最年长的那位面颊消瘦，下巴尖细，看上去就不容易接近。中年的女首领则长着圆柱形的身材和大脸盘，慈眉善目像是一尊活菩萨。最年轻的则一副不爱搭理人的姿态。

她们用不屑的眼神看着于未来，质问虹，首领的聚会为什么会出现一个臭男人？虹告诉她们，这是自己部落的新首领。

她们沉默了。她们重新打量起于未来，感受到了他身上的气宇轩昂。她们听说虹的部落降临了天神，莫非不是传说？

于未来用手势自我介绍，他说自己来自遥远的星球，由于飞船的燃料不够了，因此降落到了这个星球。他并不想当虹的部落的首领，而是希望通过这次的百兽宴，附近的几个部落能够精诚团结，共同营造出一个和谐友善的生活环境。

虹在一旁翻译。

她与于未来长期沟通，两个人之间的交流已经不成问题。那三个首领越听越痴迷，甚至都忘了吃烤肉了。尽管她们对于未来说的那些只是一知半解，但她们仍然被于未来描述的那个美好世界所吸引。

接着，于未来说起他为部落未来设计的宏伟蓝图。他希望这几个部落联合起来，摆脱现在朝不保夕的生活方式。他认为他们应该学会使用更高级的工具，进化到铁器时代。

那位中年的首领沉不住气了，她问了许多细节，希望能够尽快进入到新的时代。如果真能如于未来所说，她和她的部落愿意听从于未来的建议。年轻的首领也放下方才的高冷姿态，跟着表明自己的态度。

最后，她们提议，现在的四个部落可以合并成一个更大的部落，共同配合于未来的设想。于未来本想推辞她们加诸在他身上的责任，但考虑到自己的计划，他还是决定接受大首领的任务。

于未来等到虹的身体痊愈了，他们再次去深坑里查看那艘飞船。他十分担心强烈的地震损坏了飞船。不出所料，于未来沮丧地发现，地震造成了地形塌陷，完全将深坑里的飞船掩埋了。

现在，他需要靠人力把飞船挖出来。

工程量巨大，就像愚公移山一样，这现实吗？

部落里经历了战争、地震、迁徙，现在剩余的青壮年男性寥寥无几。于未来想到了附近其他部落里的男丁，他可以把人组织起来一起来挖掘。

他没有隐瞒飞船的实情，并且以此为由，希望联合更多部落的人一起挖掘飞船。并且，他许下诺言，他可以保证飞船挖出来之后，帮助过他的部落的生活品质会大大提高。

首先，他要传授给他们冶铁的技术。这样至少可以让这些部落提前进入铁器时代。

于未来把所有的青壮年男性分成好几个班。一部分人来到飞船的掩埋之地，每天挖掘不止。另一些人则开始学习冶铁技术。经过多次反复试验，第一炉铸铁终于出炉，男男女女都在一旁欢呼雀跃。只有于未来心里清楚，炼铁失败了。由于温度不达标，出来的铁又脆又硬，很难锻造成他们需要的工具。

这时候，他发现，这个星球的地表存在许多天然的陨石，陨铁就像神赐一般，解了他的燃眉之急。他用陨铁给首领们各自打造了锋利的宝剑，作为她们随身佩带的武器，也代表着她们手中握有的最高权力。

第十六章

太空婚礼

　　不知道什么时候开始，地球上的各大城市纷纷兴起了在太空中举行婚礼的热潮，沉寂已久的太空旅行又开始逐渐复苏了。新世纪成长起来的年轻人，早已对太空不再感到陌生。他们掌握的普通宇宙知识，甚至超过了上世纪的天体物理学家。经历了仙女座人降临地球和硅基生命体袭击地球等重大事件之后，现在的年轻人更关注自身的命运与未知的太空之间的关系了。

　　参加太空婚礼的新郎和新娘，大都是中年男女，也有少量白发苍苍的老者报名补办婚礼。通常太空婚礼的举办地是在小行星带，谷神星俨然成了星际旅行最热门的景点。谷神星是小行星带唯一的行星，它作为小行星带帝国的首府闻名太阳系，又因美食街和特色酒吧街而更加热门。"铁面人"威廉大帝的故事，也为这颗星球增添了许多传奇色彩。

　　史蒂文戴着铁面具，行使着父亲威廉的权力。他将帝国治理得井然有序。但他也明白，他将永远生活在父亲的影子之下。这是他的选择，他不后悔。

　　小行星带迎来"太空婚礼"的高潮之后，史蒂文也放宽了地球人类进入小行星带帝国的条件。有钱赚，他愿意大开方便之门。

　　史蒂文也在酝酿一件略显出格的"大事"——他想当众迎娶鲜于花蕊。

鲜于花蕊知道后，认为他疯了。

"你想过后果吗？别忘了你现在的身份！你不仅仅代表你自己。"

"为了完成我父亲的遗愿，我牺牲了自己。但我不能始终生活在他的阴影之下，我还是要做自己想做的事情。"

鲜于花蕊何尝不想光明正大地成为史蒂文的妻子呢？现在，她与戴着威廉面具的史蒂文往来密切，帝国研究院的同事们都在背后议论她，说她是威廉的情妇。她痛恨这些议论，但也没有什么办法阻止流言蜚语愈演愈烈。没想到，史蒂文竟然主动提出要公开二人的关系，给她一个名分，这令她感动不已。不过，史蒂文却提出，二人结婚之后，他不能承认她与张衡的儿子的身份。

鲜于花蕊已经怀孕了，她腹中的孩子将来必定成为"威廉大帝"的继承人。鲜于花蕊的大儿子张献的确身份尴尬。可母子相连，鲜于花蕊怎能舍弃爱子张献？她一口拒绝了史蒂文的提议。

史蒂文没有生气，他理解她，这是一个母亲的正常反应。但他也相信，鲜于花蕊也会理解他的这一番苦心。

鲜于花蕊陷入两难的境地，史蒂文给她支了一招。

"花蕊，张献不是还有干妈丁零吗？干妈也是妈，我记得，丁零至今仍是单身，她苦恋的于未来估计是不可能再回到太阳系了。"

"不行！我不能这样做！"

"行，主意由你定，我绝对不会勉强你做任何事。"

"史蒂文，我们就没有别的办法了吗？"

"我想过了，没有。"

丁零在谷神星度日如年。郭政宏交给她的策反鲜于花蕊的任务，到现在为止可以说是毫无进展。倒是鲜于花蕊的儿子张献，给她乏味的日子带来了无穷的乐趣。她越来越喜欢这孩子了。

眼看着谷神星上日新月异，人来人往格外兴旺，似乎一切都朝着繁荣发展起来。郭政宏的确极有远见，小行星带已经是太阳系中一股不可忽略的力量了。威廉率领的小行星带帝国，正踌躇满志地开始迈向星际大航海时代。

一方面，她为策反任务无法完成而焦虑，另一方面，她还急切地等待着于未来的消息。她从一个青春少女，历经坎坷，到了接近不惑的年纪，自始至终放进心里的也就这么一个人。她从未预料自己的爱情之路竟如此漫长，那些青春的激情早已丧失殆尽，徒留一份牵挂罢了。鲜于花蕊的儿子成为她的精神寄托，每天看着他的小脸蛋儿，似乎就能慰藉丁零那颗寂寞的心。

她觉得自己不能继续这样无所事事下去了。当她准备回到地球时，一个不速之客出现了。面对威廉的贴身警卫，她惊异地问："你确定是威廉派你来的？他找我有什么事？"

警卫保持着沉默，只是答："是的，请你跟我走。"

丁零满怀着种种疑问，跟随威廉的警卫来到了酒吧一条街。

威廉怎么会选择在这样的地点与她见面呢？

不过，她的疑惑很快就解开了。在酒吧的一个包间里，她见到了戴着人皮面具的"威廉"。"威廉"对她非常客气，他为她点了一杯最昂贵的威士忌酒，嘴上还连连致歉。

"丁零女士，别来无恙啊。不好意思，把你约到这里来见面。按照你们中国的一句话说：大隐隐于市。在这样的地方，反而不会引人注目。"

"威廉先生，那么多年过去了，你的声音还是那样洪亮。我想，你约我来不只是为了喝一杯酒吧？"

"当然，我有事相求，而且是非常重要的事情。否则，怎么好劳您大驾。原本我想邀请你去宫殿里见面，可那样的话，似乎又显得太过正式了，不如现在这样，你我喝着酒，谈话就变得轻松自如了。"

"形式都一样，无所谓。我洗耳恭听。"

"威廉"突然有些迟疑，停顿了片刻才说道："我时常听鲜于花蕊说起你，听说你还是她儿子的干妈？"

丁零一下子就警觉起来，"你约我来，是为了谈她儿子的事？我绝对不允许年幼的孩子受到任何伤害！"

"你多虑了。你把我想成什么人啦？难道我是为非作歹之人？不过，你猜测得很对，我的确是为了那个孩子才来见你的。我准备和鲜于花蕊结婚了，所以不希望以后再看到这个孩子。我这样做的确很自私，但我也很无奈。因为这关系到帝国的继承，相信你也不愿意看到无谓的权力斗争导致无辜的百姓丧命吧？"

"你希望我带着这个孩子远离你们？这件事鲜于花蕊知道吗？我猜，你是瞒着她来找我的。"

"威廉"点点头。他一把撕掉了脸上的人皮面具，露出了标志性的铁面具。

"我在垂暮之年能得到鲜于花蕊的感情，我很珍惜，我会用生命去保卫这份来之不易的爱情。可是，我也要为小行星带的和平稳定着想。我来是为了请求你，这实在是无奈之举，请你谅解。"

丁零思忖着"威廉"的这一番话。不可否认，他说得很有道理，如果他和鲜于花蕊结婚，张献的身份的确尴尬。这方面的历史教训还少吗？

"威廉先生，我相信你刚才说的都是肺腑之言。可我记忆犹新，你当初是怎么对待韩舒冰的。喜新厌旧是男人的本色，若是过些年，你抛弃了鲜于花蕊，她的命运可想而知，那时，她的儿子又将怎么办？"

"丁零女士，该说的我都说了。我不想再多说废话了，我再次申明，我没有勉强你的意思，你也不是等闲之辈，这其中的利益关系，你应该想得到。我不可能强逼鲜于花蕊放弃什么，她是一个母亲，母子之心相连，她无法选择，但你可以选择。希望你明白。再见！"

"威廉"匆匆而去。丁零仍坐在酒吧，她还在仔细回想威廉所说的内容。

鲜于花蕊没有选择权，而她有选择权，威廉的话真是一针见血。她尝试站在郭政宏的角度来考虑整件事。鲜于花蕊成为威廉的正式妻子，那么，她的身份就变成了帝国的皇后，而她的大儿子在自己手中，这对她来说，十分有利。投鼠忌器，这是谁都明白的道理。她也有能力把张献抚养成人。她可以让他受到最好的教育。张衡的遗腹子也算是未来工程部的子弟后裔，他理当得到最好的待遇和最光明的前途。而如果她拒绝了威廉的提议，放任张献留在鲜于花蕊的身边，将来，他若是遭到了不公正的对待，九泉之下的张衡能够瞑目吗？

她敬佩威廉的聪明才智，他这一招称得上奇谋了。一个明显对丁零和未来工程部都绝对利好的提议，同时巧妙地达成了他所期望的平衡，她似乎没有拒绝的理由。可丁零还是隐隐有一种直觉，她感到其中还有一些她暂时没明白的奥秘，到底是什么呢？威廉这行事作风，他返老还童了？

当晚，她就和未来工程部的郭政宏通了话，这个过程由崔乐乐"转译"。崔乐乐把丁零的意思输入电脑，郭政宏做出精确计算之后显示在屏幕上，然后崔乐乐通过加密的通信系统再告诉丁零。

郭政宏也认为丁零收养张献绝对是上策，张衡的遗腹子理应由未来工程部培养成人。

通完话，丁零并未感到浑身轻松。她现在担心的人变成了鲜于花蕊，她能够承受不与张献见面从此分隔遥远的痛苦吗？

史蒂文见过丁零之后，他也没有隐瞒鲜于花蕊，回去就告诉了她实情。他这样做，也是出于不得已。他清楚，鲜于花蕊无法主动割舍母子情谊，这个恶人必须由他来做。

鲜于花蕊当然知道史蒂文这是在为她考虑，她也清楚，把张献交给丁零抚养是最好的选择。除此之外，别无出路。女人的毅力远比男人更坚强，一旦认定了方向就会义无反顾。

鲜于花蕊反思自己走过的人生之路哪一次不是忍辱负重才能脱颖而出？只有不断地付出代价，才会换来出人头地的机会。她嫁给史蒂文，就是嫁给了"威廉大帝"，他们还肩负着人类走向星辰大海的使命。她应该有所牺牲。

鲜于花蕊释然了。我不下地狱，谁下地狱？

她给刚满周岁的儿子张献洗了澡，又给他换上了新衣服。她哼唱着摇篮曲，哄着他睡着了。然后，她郑重其事地把儿子交给了丁零。

"丁零，我只有一个条件，无论如何，我的儿子不能更改姓名。还有，我想见他的时候，任何人都不能阻拦。"

"没问题。我答应你的条件，你随时随地都可以来探望他，他永远是你和张衡的儿子。"

"我知道你收养我儿子，有着双重含意。一方面你真心喜欢这个小家伙，另一方面你们是考虑……请你们放心，只要我活着一天，小行星带帝国就不会与地球人类为敌。"

到了母子分别的时候了。

鲜于花蕊一步一回头，她明白这个儿子虽然名义上还是她的，实际上却是要彻底分离了。她的身份不会允许她去偷偷看儿子。他长大之后，也不会知道他母亲的真正身份。丁零会给他杜撰一个故事，一个天衣无缝的美好故事。

小行星带帝国和地球联合国共同发布一条消息：双方将组织一百对新郎和新娘在谷神星上举行集体婚礼。婚礼的所有费用均由小行星带帝国和地球联合国共同承担。此外，小行星带帝国还将赠送给每一位新娘一条价值不菲的钻石项链。

一时间，地球上新婚登记注册的人数激增，世界各地掀起了一股闪婚的热潮。最惊人的消息传来，小行星带帝国的威廉大帝也将成为这一百对新婚夫妻中的一对。小行星带帝国官方公布了即将成为威廉妻子的鲜于花蕊的照片和简介。同时威廉公开表达了自己迎娶鲜于花蕊的欣喜之情。

尽管位于地球上的国际刑警组织仍未撤销对威廉的红色通缉令，但威廉的地位已是今非昔比，小行星带帝国的光环闪耀了整个太阳系，只要他在小行星带待着，国际刑警组织就对他无计可施。

听闻消息最尴尬的是 CIA。鲜于花蕊至今仍属于 CIA 成员，可他们又不能宣布她就是 CIA 的特工。但纸包不住火，这个消息还是被媒体曝光了。依然是消息灵通的《华盛顿邮报》最先报道出来。

斐奥娜自杀后，《华盛顿邮报》视她为精神偶像，她的大幅肖像画悬挂在《华盛顿邮报》门厅正中央，激励着年轻记者向她学习勇敢无畏的精神。

谁都不会想到，这个惊天的新闻是 CIA 高层自己放出来的。

CIA 一直在追踪鲜于花蕊和威廉的绯闻，起初他们认为这不过是威廉的一段风流逸事。当小行星带帝国官方发布了威廉即将与鲜于花蕊正式结婚的消息，CIA 高层就立即召开了秘密会议，讨论如何处理鲜于花蕊的问题。参加会议的绝大多数人都赞同应该抹去鲜于花蕊在 CIA 的一切痕迹。唯一反对这种处理方式的是布莱默，他认为他们恰恰应该反其道而行之，主动对公众透露出鲜于花蕊是 CIA 特工的消息。这个消息肯定会引起轰动效应，CIA 回应记者时则采取模棱两可的态度，甚至只需要"无可奉告"这样的外交辞令。

时任 CIA 局长的戴维斯饶有兴趣地看着布莱默，让他阐述得具体一些。

"我相信，鲜于花蕊对威廉不会隐瞒自己的这一段历史，她一定选择了如实相告。而威廉当然也会仔细调查她的背景和身份。作为他和她，肯定希望对公众隐瞒这个消息。因此，我们正好利用起来，这是他们的一处软肋。只有这样，我们才能要求鲜于花蕊继续为 CIA 服务。当然，这种服务仅仅是名义上的工作，我们当然也已经不需要她为我们从事任何间谍方面的工作。不过，这就够了，我们只需她能够起到桥梁作用，通过她传输政府私下的指示就够了。"

戴维斯打断布莱默的话："不用往下说了，很好，但你有把握吗？我不希望看到这件事最后弄巧成拙了。"

"我会亲自赶到谷神星去做她的工作，随时汇报，敬请局长放心。"

第二天下午，戴维斯在自己的办公室交代心腹透露消息给《华盛顿邮报》的主编。《华盛顿邮报》披露了这则劲爆独家新闻之后，果然在全球引发了巨大的关注。各国政府高层都很震惊，CIA 渗透到小行星带，这也许众所周知，但在威廉大帝身边安插特工并且还成功了，这实在令人意想不到。这消息在民众方面却获得了另一番效果，他们普遍认为鲜于花蕊是一个杰出的女性。CIA 特工的神秘身份，反而更加增添了她的光彩，这让许多人都津津乐道。

联合国的太空旅游部门再次门庭若市，报名参加太空婚礼的人数上升到了几千万对。许多人都希望参加太空婚礼一睹鲜于花蕊的芳容。

这则爆炸性的新闻在小行星带却是波澜不惊。小行星带上的每一个居民，都有自己的传奇故事，他们在移民前都曾有过不平凡的经历。

史蒂文和鲜于花蕊也想过，他们结婚的消息一旦传出，定然会有有心之人深挖他们的故事，CIA 特工这一段隐秘有可能被新闻披露出来，只是他们没想到，这则消息引发的最广泛的效果竟然是赢得了大多数人对他们的赞美。一时之间，他们俨然成了纯正爱情的典范。他们的婚礼，居然成了世纪之最的婚礼。

不光是地球上的各个城市，就连谷神星和灶神星等有人居住的地方，到处都能看到威廉和鲜于花蕊的大幅照片，各种文字标榜着，这会是本世纪最伟大的婚礼。甚至有人把威廉和鲜于花蕊当成了偶像。全球各大商家都追着成为这次太空婚礼的广告赞助商。

太空婚礼的广告费都省了。

百密总有一疏。香港铜锣湾一家并不起眼的整容诊所里，一个来自深圳的商人正好做完了整形手术。他就是贾进财，鲜于花蕊曾经的"恩人"。

今天的鲜于花蕊，贾进财做梦都高攀不起了。他霸占了鲜于花蕊在地球上的别墅和存款之后，认为她身上的油水已经被榨干了。特别是鲜于花蕊加入 CIA，这在他看来完全是自毁前程。

当他听说鲜于花蕊即将成为太阳系最有权势的威廉大帝的妻子，他大吃了一惊，这怎么可能呢？ 他亲眼看着鲜于花蕊长大成人，他是她的引路之人，但她如今显赫的地位，完全称得上是一步登天了。他在深圳待了几年，试图利用鲜于花蕊的财富东山再起。可财神爷不眷顾他，他在商场上屡战屡败，最后连别墅也赔了进去，又恢复到了穷光蛋的境地。

他曾与鲜于花蕊取得联系，希望她能继续帮助自己。但她回复她已经还清了欠他的债，今后他们应该分道扬镳，各奔东西。当时，他认为鲜于花蕊已经一贫如洗，又陷入了间谍的旋涡，她已经没有利用价值了。

羡慕嫉妒恨是人的本性。现在，鲜于花蕊再次飞黄腾达了，他又开始痛恨鲜于花蕊的忘恩负义，他要向她索取更多的钱财。分道扬镳，各奔东西？ —— 笑话！ 没有他的培训和教育，她有能力走出深山留学美国吗？ 现在，鲜于花蕊即将成为小行星带帝国的皇后，她只需要随手给他一些小行星带的稀罕钻石，这就够他几辈子的花用了。

他把自己关在屋内想了几天，终于想出一条妙计。他决定去参加太空婚礼，只要能见到鲜于花蕊，她想躲也躲不掉。如果她翻脸不认"恩人"，他就当众揭穿她的底细。威廉肯定非常在乎鲜于花蕊和他自己的名声。自古富贵险中求，他不去冒险怎能获取巨大的财富呢？

于是，他花了一大笔钱给自己整形，又给自己编造了一份颇具说服力的履历。他在太空婚礼的感召之下，开始重新相信了爱情。因此，他希望在自己的余生中，上苍能给予他一个重新体验美好爱情的机会。至于结婚的伴侣，那还不容易找吗？他花钱很快物色到一个适合的残障女士。

太空婚礼的审查机构果然被他的自述打动了，他迅速获得了参加太空婚礼的机会。

这一百对新婚夫妻分成几批飞往小行星带的谷神星。太空旅途中，飞船上配备了专业人员照顾他们的饮食起居。贾进财是其中第一批到达谷神星的人，他成了参加太空婚礼的新婚夫妻中的最广为人知的一个，不仅因为他那一份催人泪下的自述，还因为他妻子的特殊性。按照预定程序，威廉大帝和鲜于花蕊会亲自接见他们这一对新婚夫妻。

贾进财到达谷神星之后，开始实施他的阴谋计划。他找到旅游部门的接待人员，说他来自鲜于花蕊的家乡，希望对方为他传递信息。

工作人员不敢怠慢，生怕得罪未来的帝国皇后，于是，这些信息被急忙汇报给了鲜于花蕊。

鲜于花蕊一听是自己的老乡，顿时不胜欢喜。她根本没有想到，一个阴谋正在等着她。

鲜于花蕊赶到他们约定见面的那家酒吧，她看到贾进财的第一眼，就觉得此人非常眼熟。对方一开口，她就知道麻烦来了。

"你到谷神星来干什么？我早就说过了，我们已经分道扬镳，各奔东西了。"

"我怎么不能来？我是来参加太空婚礼的。鲜于花蕊，你不要用这种眼神看我。我不是想来打搅你，我也没别的意思……"

鲜于花蕊忍不住打断道："你说，你到底想干什么？"

贾进财嬉皮笑脸地说道："老家来人了，你就如此对待？别忘了，我还是你的恩人啊。"

往事涌上头脑，当年的事情鲜于花蕊记得清清楚楚。不管怎么说，眼前的这个男人还是有恩于她的。没有他，也许就没有今天的自己。

"你需要钱？行，我给你。"

"我可没提钱的事，这是你主动要给我的。是的，我需要钱，但我更需要地位和权力。我把你培养出来了，现在你应该回报我了。"

"你想要什么权力和地位？做人不要太贪心了，我不可能什么都给你。"

"我想留在谷神星，你帮我看看这里有什么样的职位适合我吗？实话告诉你，目前我一无所有，所以……"

鲜于花蕊明白了，他是要彻底赖上自己了。她悲伤地看着对方，眼前的这个人哪还有当年的一丁点风采？这就是他的本性吗？原本为数不多的美好的童年回忆，如今已被丑陋替代了。

人性是经不起拷问的。

鲜于花蕊给了贾进财承诺，答应照顾他的后半生。她返回住处之后，有点心事重重。史蒂文看在眼里，却没有多问。

第二天，隆重的太空婚礼拉开了序幕。

开篇就是谷神星上太空特技队的表演。然后是观看太空礼花，由于外太空是真空状态，礼花绽放之后久久不会散去。压轴的好戏是由威廉和鲜于花蕊率领的一百对新婚夫妻身穿宇航服，乘坐着特制的透明网罩，由航天飞机牵引着在太空中漫游 …… 大家尽情地欣赏着太空下的小行星，那些小行星都被用特殊的光源装点，在黝黑的太空之中显得五彩缤纷。

鲜于花蕊注意到新婚的夫妻当中贾进财没有出现。她询问工作人员，他们回答说这里根本就没有这个人的存在。他就像是在太空中蒸发了，消失得无影无踪。

鲜于花蕊是个聪明人，她清楚一定是史蒂文在暗中做了什么手脚。她不去问，史蒂文也不会说，彼此之间心照不宣。

一个难题解决了，可等待着鲜于花蕊的另一个难题很快到来了。

第十七章

地 狱 天 堂

赤丹没有死，但他离死神只差一步之遥了。

他是靠着强烈的意念活下来的。

碧空被处决的那一刻，他确实疯了。他翻出高高的围墙，就没打算活着回来。他头也不回地朝着未知的前方一路奔跑，直到筋疲力尽才停下脚步。

停下来的时候，他的头脑略微有些清醒了，他开始后悔自己莽撞的行为。碧空于他而言亲如兄长，然而他竟是一个衣冠禽兽，他想不通。

长年在地下生活，赤丹的听力异常敏感。他觉察到不远处，有呼吸的生物埋伏着。他警觉地随手拿起一块尖锐的石块，作为临时防身的武器。

没想到，地底下猛地蹿出几只犹如野猪大小的老鼠，张开獠牙朝他扑来。他眼睛一闭，心想自己竟然悲惨到要葬身于变异的老鼠之腹中了。突然，老鼠发出尖厉的嚎叫声，一个个在他面前倒下了。他闻到一股烧焦的皮肉的味道，这些变异的老鼠都是被激光枪打死的。接着，他看到一群野人从洞穴里冲了出来。他们的手中拿着各式各样的武器，都很现代化。与之形成鲜明对比的是那些人衣不蔽体，浑身破破烂烂如同野人一般。他们完全不顾赤丹的存在，只顾围着死去的老鼠，他们争先恐后在抢着吃。

等他们一阵狼吞虎咽之后，一个像是头目的老人才走到赤丹面前，他用意念问道："你是谁？你不像是这个星球的人，你来自哪里？"

"我也正想问你，你们是谁？这个星球经过核战争后，除了保护区，地表已经不存在任何生物了。你们是从哪里冒出来的？"

老人爽朗地笑了起来，他回头对着同伴说道："你们听到没有？他居然也能用意念回答，这说明我们是同类。"

他们把赤丹带回到地下的居住地。应该说，这里是一座地下城，不仅有井然有序的街道，路边还有各种小摊，只是，这里没有吃的食物。所见之人个个面黄肌瘦，一副营养不良的模样。

赤丹见到了另一位老者，他是这座地下城的市长。他长得慈眉善目，看上去像个智者。他告诉赤丹，核战争毁灭了地面的城市和大部分人类，但也有像他们这样活下来的少数人。他们长年生活在地下，避开了大多数核辐射。可是，久而久之，储存的食物吃完了。现在，地下城的居民完全靠志愿打猎队在地面寻找的那些食物维持生存。其实地面哪还有什么食物，活着的动物也仅存生命力顽强的老鼠，它们受到辐射的影响，身形发生了变异，一个个都成了凶残的巨兽。

光靠打猎为生不是长久之计。他们更希望通过化学技术合成食物，这样能够更稳定更彻底地解决饥饿问题。

人类的消化系统与基因紧密相关。要改变人类的基因，首先应该从改变食物开始。按照他们目前的科技手段，制造出有营养价值可以维持生命所需的人造食物并不难。唯一的难点，是改变人们的饮食习惯。

国家在战争中被毁灭了，存活的人类还要继续生活下去。地下城的建立十分艰难。核大战过去了许多年，大气层内的污染渐渐地消失了。可是，他们仍旧习惯于生活在自己熟悉的地下城里。而地面上，到处都是变异的巨兽，它们横冲直撞凶猛异常。存活在别处的人类也成为他们潜在的敌人，在资源有限的前提之下，所有人都会不择手段获得资源。

市长带领赤丹参观了地下城的秘密基地，这里其实是基因实验研究所。门岗戒备森严。赤丹联想到自己生活了多年的地下城，不由感叹一声。

紧接着，他就被眼前的场景震惊到了。传输带上，一堆堆蠕动的肉体像是人的躯体。不可否认，这也许应该是人吧？市长告诉赤丹，食物改变之后，获得进化的人类除了消化系统改变了，支撑躯体的骨架也改变了。骨骼对生存并没有那么重要。

"人失去了骨骼，不就成了一堆行尸走肉？"

"人类的进化是根据环境而改变的。我们所认知的微生物，它们的生命力就非常顽强，无论在何种环境下，它们都能生存。毋庸置疑，人类的进化必然朝着这个方向发展。也许，其他星球上的人类已经突破了这个瓶颈，变成了细菌类型的生物。但他们仍是人类，是智慧生物。也许到那时，没有了物欲的人类，大脑中的智慧就能完全得到释放了。"

赤丹想起自己曾经接触过的那些科学家，他们无不为了开发大脑的智慧而苦恼。他们这个种族，彼此之间能够用意念交流时，大脑的功能也只是开发到了30％。或许人类在绝境之中，就能进化到最理想的状态吧。

市长也看出了赤丹的所思所想，脸色变得严峻起来。

"我理解你的思想，如果不是恶劣的环境所迫，谁又愿意这样进化？人类的繁衍与延续，不可避免地陷入到了一个死循环。我们以为科学技术的迅猛发展，势必会提高生活的品质。殊不知，我们在得到这些的同时，失去的将会更多。假设我们还停留在原始阶段，就不会发生争夺能源的核大战。现实没有假设，可我们最终仍是回到了原始社会。这是进化过程中的悖论，也许哪里的人类都无法避免。就像此刻，我们看到了核战爆发的后果是人类文明近乎于毁灭，但明天的明天，随着科技的再次发展，谁敢担保不会又一次爆发核战呢？"

赤丹心里清楚，是的，谁也不敢保证。

赤丹所在的国家当时是中立国家，没有卷入到战争的旋涡中。他隐瞒了对方自己真正的来历。相比之下，雏菊她们现在生活在天网算是这颗星球上的天堂了。那位市长没有追问赤丹的真实来历，他相信时候到了赤丹自己会吐露的。

雏菊当上了族群的第一个女首领，但这并未改变她的本性。她仍像以前那样谦和，微笑永远挂在她的嘴角。奇怪的是，看上去如此没有威严和统治力的一个首领，却把这个国度管理得有条不紊。根据新一轮的人口普查，天网笼罩下的国度共有居民56579人。李富贵心想，他老家的一个小村镇也比这个国家的人口数量多。

李富贵在众人眼里，仍是雏菊的丈夫。这些日子里，他运用意念与人交流的能力越来越强了。相比较，意念交流比语言交流更便捷，不需要咬文嚼字，也没有谎言和欺骗。他想，如果他能回到地球上，他一定会极力提倡用意念交流。他发现，以前他迟缓的思维在学会运用意念交流之后改善了很多，大脑潜在的功能得到了开发。这个现象在学习方面表现得更为显著，那些以前他觉得深奥的数理化问题，现在领悟起来非常容易。

李富贵开始有意识地训练自己用意念交流的能力，他希望自己终有一天，能够通过广场上的发射仪器，将这个星球上制造宇航飞船的信息发射给地球人类。这想法听上去很荒谬，但觉得可以一试。

他自愿参与到这里建造航天飞船的工程中，这是他"回家"的唯一途径。经过许多代人的努力，大功即将告成。他和众人的心情同样激动。

但是，一个不可回避的难题摆在了雏菊和众人的面前，这艘飞船不可能载着五万多人离开这个星球。

谁留下？谁都不愿意留下。留下意味着等待死亡的到来。

李富贵私下与雏菊商讨过这个难题，雏菊却微笑着含糊其词，似乎她胸有成竹了。也许这个问题，到时候会迎刃而解。

李富贵试想过几种解决方式，最后觉得还是抽签最好。运气决定命运最公正。

这一天终于来了。飞船上的最后一个零部件安装成功，这艘在地下世界制造出来的航天飞船终于要在太空之中翱翔了。经过初步计算，飞船的机舱可以容纳五千多人左右，也就是说，这个国家将只有十分之一的人口可以登上飞船迎来美好的未来。

广场上，许多人因飞船制造成功而欢呼雀跃。他们狂欢了一天一夜之后，大祭司隆重地走上舞台宣布了登上飞船的方式。

"尊敬的首领，尊敬的民众，我非常荣幸在此宣布，我们终将脱离这块苦难的土地，飞往极乐世界的天堂。谁也没有亲眼见过天堂是何种景致，但我相信，明天肯定要比今天更美好。只是，美好的生活需要付出代价，也不是每一个人都能幸运地享受到……物竞天择，这是宇宙中残酷的生存法则。而考试，则是最公平公正的决定命运的方式。"

他们的考试制度非常奇怪，彻底颠覆了李富贵对考试形式的认知。由大祭司出考题，答题时只给出两种选择，他们必须在最短的时间里用意念做出回答，计数器将实时计算出这两种选择各自的人数。令李富贵诧异的是他们的评判标准：最后总是少数人胜出——因为他们信奉真理是掌握在少数人的手中的。

经过三轮淘汰，胜出的人将是能够登上飞船的幸运者。

第一道考题：经历过战争而存活的人类，会由此彻底醒悟，还是会重蹈覆辙？

李富贵认为，经历过残酷的战争之后，人类肯定会反思战争的危害性，所谓吃一堑长一智，不可能再犯同样的错误了。

李富贵目睹广场上的计数器不断更新人数，最后定格。李富贵选择的答案是大多数人都选择的答案，因此他被淘汰出局了。

第二道考题：我是谁？我从哪里来？要到哪里去？今天，人类思考类似的人生问题时应该如何选择？一、不用选择，一切都是造物主的安排，人类无从改变自己的命运；二、没有造物主，人类是根据自己进化的轨迹生活在各自的星球上。

这一道考题，两种选择似乎都很正确。

李富贵觉得考官太无聊了，竟然出这样的选择题。

第三道考题更简单，但细想又很深奥：人类的未来是进化与毁灭的不断循环吗？

雏菊告诉过李富贵，他们的国度曾经非常热衷于探讨哲学命题，那时候人人都是哲学家。

赤丹跟随着打猎队外出了几次，每次都空手而归。地面上的动物即使是变异的老鼠也越来越稀少了。

市长等不及了，他不能眼看着地下城的居民因为饥饿而不断死亡。

实验室的进化成果要开始面向民众试行普及了。但谁会愿意舍弃人形变成一堆没有骨骼的肉体呢？

市长发布了强制执行令，虽然他自己也不愿意看到今天这样的结果，但他信奉坐以待毙不如苟且活着。

赤丹也没能例外，而且他是试行进化实验的第一批志愿者。谁让他是外来者呢？

"你说的是事实？这怎么可能？"

市长一脸怀疑，因为他刚听赤丹吐露实情，原来离地下城不远的地方，竟然还幸运地存在着一个被天网保护得很好的城市。一个没有遭受到核战污染的城市！一个还有能力建造航天飞船的城市！赤丹表示，他愿意让地下城的居民也搭上飞船，共同离开这个已被毁灭的星球。

"我说的是事实，我可以带你们去那个城市。不过，我带你们去的前提是你们不能继续所谓的进化实验，那是畸形的科学实验，简直惨无人道。"

"你在这里生活也有一段时间了，你明白我是被逼无奈才……我是市长，我不能眼看着全城的人都死于饥饿。"

赤丹理解市长的苦衷，生存当然是第一位的。他决定带领地下城的居民前往自己的国家，然后乘坐飞船共同离开这个星球。但他想得太天真了，没有智慧的善良往往会带来意想不到的恶果。

市长无法判断赤丹所说的是真是假。他只好让每个人来决定自己的命运。

地下城的全体居民在市政府前的一块空地集合。市长对所有居民告知了赤丹的说法。他画出一道红线，让每个居民选择自己的去留。

众人把目光投向赤丹时，分明是不信任的神情。

但市长第一个走向红线，他选择相信赤丹。

众人愕然了。他们以为市长会带头反对他，这座众志成城好不容易才建立起来的地下城，无疑是最安全的堡垒。而在地面上长途跋涉，谁也不知道他们会遭遇什么样的厄运。把自己的命运交给一个不知根底的外来者，危险系数实在是太大了。可是，市长是个智者啊。

市长孤零零地站在红线的一边，终于，第二个人走到了他的身旁。接着，涌向市长的人越来越多……他们认为，市长不会犯错。一旦开始有人盲从，这种盲从立即会在群体中蔓延，羊群效应就出现了。

愿意走的人占了地下城总人数的五分之四。市长将剩余的食物转交给留下来的那些人，特别嘱咐他们不能停止基因进化实验。随后，市长率领着众人出发了。他们每一个人的神色都很悲壮，像是勇士出征。

地面上疾风席卷，到处是一片飞沙走石。

赤丹走在队伍的最前面，他靠着朦胧的记忆领路。身后的人跟着他蹒跚前进，风沙太大，就贴地爬行。一路都非常艰难。还没有走多远，体弱的人就已经支撑不住倒下了。起先还有人去搀扶，后来人人自顾不暇，便听凭那些人掉队。

突然，远方的天际出现了浓烟滚滚的景象，犹如万马奔腾。这是这个星球上最可怕的龙卷风要来了。他们都领教过龙卷风的厉害，所有人只能玩儿命似的撒腿奔跑起来。他们明知跑不过风，但恐惧的本能驱使着身体疯狂逃跑想要找到一个避身之处。

市长见到不远处有一个浅浅的山洞，急忙让大家躲避进去。众人藏身于山洞之中，听着一阵接着一阵尖厉呼啸的风掠过洞口。最外面的人，躲避不过，龙卷风的触角伸进来带着一些人卷出山洞，转眼之间，就不见了踪影。

昏天黑地了许久，风声才渐渐平息了。市长带着大家又上路了。他明白，路途中的危险层出不穷，只有尽快到达目的地才能转危为安。

一场龙卷风后，地面上的景物发生了变化。赤丹记忆中能够识别方向的标记都变得含混不清了。他努力地辨识，但收效甚微。赤丹意识到自己彻底迷失了路途。

同行的人都意识到迷路的严重后果，但他们现在连回头的希望都不存在了。因为他们也根本不记得回去的路。

赤丹在众人的注视中跪倒在地。他垂着头，默默地一遍又一遍强化着大脑中求救的意念。他不知道雏菊和其他人是否能够接收到自己的意念，但哪怕只有一线希望，也要试试。

他感到那些意识源源不断流出体内，消失在茫茫的天地之间。

正在酣睡的雏菊突然惊醒。她走到窗前，眺望着远方。

李富贵关切地问道："看你紧锁着眉头，发生了什么事情？"

"我似乎听见了我父亲的呼喊，是的，我父亲赤丹呼救的声音……"

李富贵以为赤丹失踪已久，雏菊因为过于思念，所以才会在睡梦中听到他的呼救声。

"你想他了？我能够理解。"

"不！我确实听到了他的呼救声。他是用意念在向我求救。快，我们出发，我们现在就去寻找他。"

雏菊当即组织了一队人马，她自己也身穿防护服，走在队伍的最前面。李富贵不放心她，全副武装跟着去了。雏菊不时停下前进的步子，凝神细听那些微弱的意识信息。李富贵不禁感叹，生活在地球上的人类很难想象这种神奇的沟通方式，大脑竟然可以直接接收来自遥远地方的人的意念。

李富贵更坚定了自己的想法，地球人类一定能够接收到他发射的信息。广场上的发射器功率远超人的大脑，无论是通过引力波或是什么其他的载体，这些信息一定能够穿越辽阔的宇宙空间顺利到达地球。他把自己所有的希望都寄托在广场上的发射器上，也寄托在他的战友于未来身上。如果地球上有一个人可能注意到这些信息，他相信那一定会是于未来。因为他目睹过于未来的超能力。可他哪知道，于未来此刻正与他一样，处在远离地球的陌生星球上。他的处境甚至比他还要更糟糕。

雏菊找了许久，始终没有接收到更多信号。她一度想要放弃寻找了，毕竟她接收到的信息太微弱了。但她执着地相信赤丹是在向她求救。

她不断地跪倒在地，试图得到更多的信息。终于，她的虔诚得到了回报。她循着微弱的信息，发现了赤丹的踪迹。

雏菊和李富贵找到赤丹等人时，他们几乎全部被沙石掩埋了。

随着赤丹的回归，更加棘手的问题来了。乘坐飞船的名额已经定好，赤丹他们一来，平衡又要被打破了。赤丹和那些地下城的居民，九死一生投奔而来。他们怀着巨大的希望而来。此时总不能告诉他们，他们只能继续留在这个星球上等死吧。可是已经拿到登船资格的人，又怎么肯轻易放弃呢？

雏菊束手无策，她可以放弃自己的名额，可这也只能空出一个名额。

赤丹知道雏菊为难，在长久的犹豫之后，他说出了他极不愿意的一个想法，那就是改变族群的基因，像地下城实验室的那些试验品一样，改变形态。以此挽救所有人的命运。

雏菊不是没有想过这个方法，可是，她所在城市的科学技术还未达到如此境界。她去看了正在休养身体的地下城市长，详细地了解了他们的基因实验。

进化实验到最后，人类的形态将会被彻底改变，现有的行动能力丧失，味觉、嗅觉等不重要的感官也会被尽可能弱化掉，他们的繁殖方式也将变成最简单直接的单细胞繁殖。试想一下，失去了所有，人类还能是人类吗？

这样进化的唯一好处就是最大限度上适应长距离的星际迁徙。届时，飞船不仅能够承载所有人，而且还会有剩余空间。与此同时，人类的寿命将被延长几十倍。

雏菊觉得自己不能私自决定所有人的命运，她在广场上召集了所有人。她简单向族人说了新的太空迁徙方案，具体的基因改造过程也由新来的地下城市长介绍完毕。

一石激起千层浪。原本被抛弃的那些族人又有了希望，但大家都很恐惧基因进化带来的后果。

雏菊想起李富贵曾对她说起过的仙女座人，他们通过几个阶段的基因进化，最后将自己改造成了黏菌体的形态。难道人类离开居住的星球，必定要有一个基因改造的过程吗？

身处其中，李富贵才明白当初仙女座人决定改变基因有多么艰难，这需要多大的勇气啊！

最终，广场上的绝大多数人都赞同基因改造，这也是无奈之举。原本准备留下等死的族人，又重新有了新的生机。那些已经拿到了飞船名额的族人，更是不敢反对，生怕被指责自私自利。他们全体没有异议地通过了基因改造的方案。

雏菊和李富贵坐上了改装过的战车，由赤丹和市长带领着驶向地下城。李富贵非常好奇，他亲眼见过仙女座人的黏菌体形态，现在他也特别想一睹这个星球上基因改造的结果。

尽管有了心理准备，可看到具体的进化实验对象时，雏菊和李富贵还是大吃了一惊，眼前的画面太过惊悚，几乎令所有人猝不及防，大大超出了他们视觉神经的承受能力。

一个算是基本成型的实验产品呈现在他们的眼前，这个人像是一堆没有皮肤的肉，如软体动物那般蠕动着躯体，他没有面部、没有五官、没有肢体，只有一双眼睛，在身上四处游走，显得分外诡秘、怪异。李富贵联想到地球上的蛇、蚯蚓之类的爬行动物。

随后，他们发现，进化之后的被实验者智商非常高，他几乎在瞬间就能够捕捉到对方的意识流变。不可否认，基因改造之后的"人类"，似乎各方面都被提高了一个层次，也许他唯一的缺憾是丧失了行动能力吧。

这样的进化过程，无疑是步了仙女座人的后尘。当初仙女座人是为了适应漫长的星际逃亡，不得已才做出了如此选择。难道碳基生命的进化之路别无选择？

生命学科在有智慧生物存在的星球上，都是重点研究方向，这关系到人类的何去何从。也许打破肉身的重重壁垒，人类才能彻底解放自身。进化的过程是痛苦的，却又是无法避免的。

不再需要表决，进化实验势在必行。雏菊是族群的女王，她自然也是第一个实验对象。雏菊没有犹豫，她义不容辞地接受了命运的挑战。

李富贵却站了出来，他不同意雏菊当第一个实验者。

"作为首领自然应该第一个冲在最前方，但雏菊并非自愿当上首领的，她是被大家逼着走上这个位置的，我不愿意看到她成为第一个试验品。"

众人沉默了。尤其是赤丹，他的内心受到了极大触动。假设当初他没有选择逃跑，首领的责任绝对不会落在女儿身上。

地下城的市长打破了众人的沉默，他用意念说道：

"这位外星球使者见证了我们星球今天的历史，雏菊作为第一个实验者天经地义。哪怕她因为实验出了任何意外，这件事也仍然理所当然。我相信，任何一个族群首领都会这样身体力行。但我还想说，基因改造试验是从我的族群开始的，那么，第一个实验者也应该是我。尽管我不是某个族群的首领，只是一个地下城的临时管理者。但在族群前途未卜的时刻，必须有人挺身而出。因此，我提议，就由我来担当这第一个走上手术台的实验者吧。"

雏菊感激地看着市长。但她斩钉截铁说道："不！我才是名副其实的族群首领，我应该以身作则。不用再争论了，尽快安排手术吧。"

李富贵不忍看下去，他默默地离开了这个场合。

雏菊净身完毕，当众跳了一段优美的舞蹈。她要用舞蹈的语言，诉说离别之情。随后，她平静地走进手术室，平躺在手术台上。

族群的未来是地狱，还是天堂？

第十八章

王者归来

　　仙女座人和地球人类在多领域展开了全面合作，陆续取得一些巨大的成果。地球上科学技术的发展速度，真可谓日新月异。

　　四川南充市原来是一个规模不大不小的地级市，这个很多人都不知道的城市由于率先接纳第一批合成人定居而闻名全世界。合成人后来有了新"新人类"的称号。第一个合成人与当地人结婚的新闻，也是发生在此地。

　　川北师范大学是当地著名的高等学府，这里教职工的子弟多数也都选择了从事与父母职业相关的工作。郝彤却是个例外。她从小就喜欢独处。她有一门绝技，就是能够在瞬间看透他人的所思所想，简称"读心术"。她的父母是大学里的行政人员，只因这些年科技的日新月异，大学里许多学科的授课内容完全被新学科替代，被替代的这部分学者在无奈之下只能被迫改行。这些曾经享有名牌学府资源的天之骄子，已被新时代的浪潮抛弃了。

　　所以郝彤是在父母的怨声中长大的。

　　从小，她就知道，在知识爆炸的年代，学什么都会变成无用功。她在十二岁的那年，身体才开始发育的时候，她就发现了自己会"读心术"，只要盯着别人的眼睛，她就能够知晓对方在想些什么。那时候，她还不知道意念一说。但有一点她却很清楚 —— 仙女座人之间交流时，是不需要语言的，他们仅仅靠意识就能够彼此交换思想。

童心无忌，她无意中对自己的同学透露了自己的绝技，虽然她再三叮嘱对方要保密，可还是引祸上身了。

她的同学一开始不相信，亲眼见识了郝彤的读心术后，她忍不住与其他人分享了这个秘密。就这样一传十，十传百，郝彤的特殊才能很快被某科研机构的人发现了。他们派人跟踪了郝彤几天，在一天傍晚放学的时候秘密抓捕了她。

郝彤并不惊慌，她只是好奇。他们这样神秘地抓捕自己，究竟是出于怎样的目的呢？她利用自己的读心术，立刻知晓了原因。抓捕自己的人没有恶意，他们只是想从科学的角度研究她。对此，她也无所谓。用这种方式离家出走，能够避开父母整日的争吵，她甚至感到非常欣慰。她被软禁在一间没有窗户的屋子里，一日三餐都很丰盛。其间，有一些不同年龄段的人来看望她，他们会询问她一些问题，也会让她当场表演读心术。她总是能够猜中所有人的想法。

科研机构的负责人陈坚在欣喜之余，也有些担心。郝彤能用意念交流是确切无疑了，接下来他们应该拿她怎么办呢？要往哪个方向培养她？他想到了未来工程部的首长郭政宏。

陈坚汇报给了国防部之后，又去了未来工程部的海底基地。这是他十年前的"娘家"，他感到很亲切。但当面对计算机里的郭政宏的时候，他还是会觉得有一些不自然。

"老首长……"

"我知道你不习惯面对这样的我，没关系。我知道你的来意，你挖掘出了一个天才，而未来工程部现在正好需要她。你可以放心地把她交给我，我一定会让她发挥出更大的潜能。"

"老首长，对您我当然放心了。只是，我还有两个问题想请教您，可以吗？"

"小陈，你还跟我客气起来了？这不是你以前的个性啊。我听说，你在人体生命科学方面的研究很有成绩，现在已经是国际上赫赫有名的专家了。真是十年不见，当刮目相看啊。说吧，是什么样的问题？"

"第一个问题，我想问，从郝彤这个个例来看，人类本身应该具有意念交流的潜能，您认为我的判断正确吗？第二个问题是，我认为个体的意念其实十分微弱，但如果汇集起来，这种强大的意念会对宇宙产生作用吗？光速是物质世界的速度极限了，意念的速度也许能够超越光速？人类大脑中未被开发出来的潜能，或许就是意念的能量吧？"

"仙女座人相互之间可以用意识交流，这足以证实你们的猜测和假想。至于个体意念是否能够汇集成强大的集体意念，理论上也许行得通。但是，意念的传播路径、传播方式、传播距离不好说，也许需要宇宙空间的某种能量来传递？你知道的，于未来出走太空已经好些年了，至今仍无音讯。我希望你带来的小女孩能在这方面创造奇迹，将来，我们能有更先进的方式搜索于未来留在宇宙空间里的信息……"

陈坚恋恋不舍地离开了海底基地。他深刻地体会到，郭政宏不再是原来那个令他觉得熟悉亲切的老领导了，现在的他更像是一个睿智的哲人。

郝彤住进了海底基地未来学院的宿舍。也许是巧合，她睡的床铺刚好是于未来曾经睡过的床铺。于未来是她一直以来的偶像，坊间所有关于于未来的传说她都耳熟能详。

她第一次与郭政宏见面的时候，紧张万分。毕竟她面对的是全球第一个生活在计算机里的人类，而且还是大名鼎鼎创立了未来工程部的人。她看着计算机的屏幕，小心翼翼地问道："你真的是郭政宏吗？"

屏幕上跳出一行字幕："当然是。如假包换！"

郝彤笑了。她的表情也一下子轻松了，她开始不停地提出各种怪异的问题。而郭政宏也不厌其烦地回答着她。他们之间迅速建立起一种友好关系，像是铁哥们那样。

从前孤独的影子从郝彤的心里一扫而光，她变得开朗起来。她在与郭政宏的交谈中，仿佛寻找到了久违的父爱。她想，郭政宏没住进计算机之前肯定是一个慈祥的父亲。

"郭部长，你曾经有女儿吗？"

屏幕上沉默了片刻，一行字出现了："没有。

"不过，我有一个干儿子，就是于未来。我想他了……"

"我告诉你，我来到这里，非常巧合，我现在睡的床铺，就是于未来以前睡过的床铺。他不在，你可以把我当作你的女儿。"

"不行！一个计算机里的父亲，能够对你有什么益处？"

郝彤开心地说道："益处？那简直太多了。我苦闷的时候，能够来找你聊天。说什么都没有顾虑，你又不会骂我打我。我也不用看你的脸色，哪怕你真的发怒了，我可以立刻关掉计算机！"

"你挺会打如意算盘，我说不过你。好，那我认你这个调皮的女儿。不过，我们先说好，你必须专注于学习和工作，我可不希望认一个没出息的女儿。你要向于未来学习，他是你的榜样……"

"哼，虽然他的确很优秀，但他还沾了仙女座人的光，我以后会超过他！"

从此，每天晚饭前的这段时间，郭政宏都会与郝彤闲聊。郭政宏一改以往严肃的口吻，他总是像一个慈爱的父亲那般，既语重心长又略带幽默地开着玩笑，郝彤的笑声也越来越多了。

郝彤接受的培训在外人看来只觉得不可思议，可对她来说却轻而易举。她接收意念的距离从三米发展到了十米之外，最好的时候甚至可以达到遥远的几千米。这离不开郭政宏对她的悉心培养，小孩子很有上进心，越鼓励她，她就越会超水准发挥。

未来工程部在十多年前就开始研究制造监听宇宙空间的声频仪器，不同于射电望远镜，而是一种试图接收引力波传送的声波的系统。自从地球人类与仙女座人在多领域深度合作之后，未来工程部在仙女座人的帮助下，制造出了第一台宇宙空间接收仪。

　　可是，新问题出现了。通过仪器接收的信号需要经过能够接收意识的人的转译，才能变成地球人类的文字或是语言。一旦操作人员无从接收具体的意念，即使机器接收到了，也没有人能够破译来自宇宙深处的信息。就像是空间里存在着无数种传播信息的渠道，但没有引导性的指向，便无从接收到我们所需要的明确信息。

　　有一种观点认为，天才获取的灵感，都是来自于阿卡西记录。牛顿看到苹果落地，想到了万有引力。特斯拉的种种伟大发明都是不见过程，只有成果。印度的拉马努扬就更神了，他从未接受过正规的高等教育，却依靠直觉导出公式，在很短的时间里写出涵盖伽马函数、模形式、发散级数、超几何级数、质数理论等各种公式，轰动了当时的科学界。关键是他写出的那些公式，到了今天仍有无人能看懂、能证明的。

　　如果天才的灵感来源于阿卡西记录，只有当阿卡西记录降临到你的冥想之中的时候，你才会具有超人的智慧。阿卡西记录又名为"生命之书"，它是宇宙中的原始能量，也就是传说中的宇宙生命信息数据库。只是，它存在宇宙的何处？谁也不知道。它是虚无缥缈地存在吗？只有它选中的"天选之子"，才能在凡人之中脱颖而出。这样说，未免有些玄幻，但科学没有探索到宇宙真正的面目之前，我们的确只能期待"神迹"。

　　现在的郭政宏不算是严格意义上的凡人了，他生活在计算机里面，也许已经属于机器人的范畴了。可他的人类本性仍在，他时刻关注着世界各地的状况和动态。世人无法理解他这样的存在，但他一直尽职尽责地履行自己的义务，中国未来工程部在他的带领下始终走在科学的最前沿。

他的情感没有随着躯体的消失而消失，他对郝彤的父爱就证明他的人性仍在。因此，他又不是机器人，而是人类的一分子。只不过他的思维模式悄然发生了改变，他的脑容量与电脑结合，在计算能力上已经大大超越了普通人，更重要的是，他要比程序设计出来的机器更有主见。他对事物的理解和分析是出于纯粹客观的角度，在某种程度上更接近宇宙的本质。以前的他也许会认为"阿卡西记录"是天方夜谭。可现在，他站在更高的维度来看待时，他又觉得也许广袤的宇宙中真有这么多信息。他相信，如果某人在宇宙的某处发射了自己的意识，那么在某个时刻会被另外的一个人接收到。郝彤的到来，令他大喜过望。她接收远程信息的能力非同寻常，或许她会是传说中的获得"阿卡西记录"的天选之人。

经过了针对性的刻苦训练，郝彤却没有接收到任何有关于未来的信息。

郝彤与郭政宏在一次聊天的时候，童言无忌地说道："如果于未来降临到一个原始人类居住的星球，他不可能强化自己的意识，然后发射给遥远的地球。也许，我应该去尝试接收更多人的意念。"

"你怎么会这样想？"

郝彤有些犹豫地说道："我、我曾接收到一个很强烈的意念，我敢保证，那绝对不是一个人发出来的。"

"那你认为是集体意念？还是通过某种设备这个意念被放大了？"

"我认为是后一种，而且我感觉到这个意念信息可以直接转译为汉语，也就是说，意念的发出者一定是一个汉语母语者。我不是瞎说，我真的有这样的感觉。"

郭政宏明白，不能在一棵树上吊死。茫茫宇宙中，还会有谁呢？

他突然想起失踪的李富贵，难道会是他？

"你赶快去找培训老师了解了解李富贵的信息，他是在外太空失踪的。有没有可能是他发出的意念信息？"

郝彤固然很有天赋，但她接收意念信息仍处在启蒙阶段，要让她完整无误地接收来自外太空的意念信息，那有些强人所难。她不知从哪里道听途说，被闪电击中的人，大脑的潜能就能被激发出来。于是，她自作主张偷跑出培训场所。这几天恰好都是雷雨天气。小姑娘也是胆大，独自骑了一辆自行车就往海边去了。到达海边后，正赶上乌云密布电闪雷鸣。她双手高举着，冲着天空高声朗诵起高尔基的名句：

"这是勇敢的海燕，在怒吼的大海上，在闪电中间，高傲地飞翔；这是胜利的预言家在叫喊：让暴风雨来得更猛烈些吧！"

刺眼的闪电一道道劈向海面，郝彤站立在风雨中岿然不动。终于，一道闪电击中了她，她在微笑中倒了下去。

前来寻找她的工作人员连忙将她送进医院急救。还好，郝彤被医生从死亡线上拉回了人世间。但闪电烧坏了她的部分神经系统，这导致她的面部瘫痪了。原本漂亮的面孔变得狰狞，她为自己的鲁莽行为付出了代价。

她苏醒之后，始终保持着沉默。她拒绝了医生的整形建议，坦然面对一切。

她出院一周后，才走进郭政宏的办公室。她平静地坐在电脑前面，任凭正面面对摄像头。

郭政宏沉默良久，屏幕上才出现一行字："你很勇敢，不愧是我的女儿！"

郝彤哭了。

她起先是流泪，接着哭得撕心裂肺……

"既然做了，就不要后悔。女孩的美貌不在面庞，而在心灵。你在成长的道路上，总要付出一些代价。但我希望你快乐，永远快乐！"

郝彤擦干眼泪，用坚毅的神情说道："郭爸，我要告诉你，我不后悔，因为我成功了！"

"你还不后悔？这样的成功是你用生命换来的。如果你死了呢？"

"死了就死了，我有思想准备。"

"放屁！你必须活着，你不是为了自己而活着，而是为了整个人类的前景而活着！未来工程部寄托了那么大的期望在你身上，难道你能够随便死去吗？"

"我错了。我现在知道自己错了。"

"我应该批评你无组织无纪律，擅自去冒险。可人总会有犯错误的时候，改了就好。"

一周后的一天傍晚，郝彤照例站在仪器旁倾听来自宇宙深处的信息。她已经很久没有发现任何意念信息的存在。她有些失望，开始怀疑自己是不是真的具有特殊才能。随着年龄的增长，"功力"似乎减弱了？有时候她会想，每天倾听来自宇宙某处的信息，似乎是一件很奇怪很难以理解的事情。以前，她完全是凭着兴趣在做这件事。可是，渐渐地这种兴趣变得枯燥了，她甚至感到厌恶了。就在这个阶段，她被召进了未来工程部。她"认识"了郭政宏，感受到了父爱。她变了，也可以说是成长了。通过郭政宏对她的教育，她明白未来工程部担负的责任。也明白了自己应该担负的责任。

正在烦难之际，她听到了！不，她是感受到了呼唤！是一个中国人发出的意念信息！他叫李富贵，他就是被未来工程部列入失踪名单的李富贵。

郝彤兴奋地记录信息，她喃喃自语，身边的录音机也在记录……

郝彤陷入到恍惚的状态之中，犹如腾云驾雾似的。她的眼前忽而是五彩缤纷的各种星球在旋转飞舞，忽而又是静寂无边的宇宙深空……事后，研究人员根据录音资料，大致整理出来郝彤自言自语的内容，但其中的许多公式是郝彤凭着印象写出来的，她并不专业。专家学者看着这些公式和文字，就像是看天书一样，根本看不懂其中的含义。只是，所有人都清楚，这是一份能够帮助地球人类走出太阳系的珍贵资料。

输入电脑之后，未来工程部的科学家们都迫切地等待郭政宏的破译。可是，数天过去，电脑屏幕上迟迟没有出现任何字迹。众人明白，也许就连郭政宏也无法破译这复杂的来自宇宙深处的信息。值得欣慰的是，这些天书的信息发射者的确是李富贵。这是另一个重大的突破，它证实了人类也可以传送意念信息。他们期待着有一天，这些被记录下来的资料能破译出来。

郝彤在接收信息之后大病了一场，她浑身虚脱，筋疲力尽。医疗专家组给郝彤检查了一遍，她的身体并没有其他异常，只是太累了而已。

郝彤在医生的帮助下，很快恢复了身体健康。她再次投入到专家学者的队伍之中，参与破译来自宇宙深处的信息。

郭政宏经过了一周的沉默之后，他得出结论，郝彤接收的确实是李富贵发出的意念信息，但目前仅靠郝彤个人的接收，不可能领会到全部的内容，而他们现在制造出来的辅助接收设备又不具备破译功能。由此看来，想要全部破译李富贵发射的意念信息，还需要一个过程。不过，好消息是李富贵还活着，他竟然抵达了另一个星球！

郝彤把所有的时间和精力全都放在破译这一件事情上了，她无暇顾及其他。郭政宏知道了，要见她。

郝彤有些不解，破解李富贵的信息难道不是头等大事吗？郭政宏却语气严厉地批评了她。

"我希望你的学习和发展都更全面，而不是仅仅在接收意念方面有特长。况且，没有全面而专业的知识作为支撑，难道只靠投入的时间长就能破解出正确的信息吗？你不打好知识基础，未来你会后悔的。"

"现在可供人们学习的知识更新换代太快了，有的一学完就已经过时。您说，我学这些有用吗？"

郭政宏沉默了。

片刻之后，他在屏幕上打出一行字："以后你到我这里来上课，我教你。"

郝彤非常欣喜。她明白，郭政宏掌握的知识，远超世上任何一位科学家。能够有这样的"科学巨人"一对一教导，可想而知会有多幸运。

果然，郝彤在郭政宏的亲自教授下，学习突飞猛进。而且，她学到的都是科学最前端的理论知识。或许是受到启发，郭政宏开始定期召集未来工程部各学科的项目负责人，有针对性地讲授和传播各领域最新的知识理论。

郭政宏自己也没想到，他竟然还能化身为超级电脑教授。

一件令人想象不到的事情发生了。

太阳并未像往常那样冉冉升起。

天空一片漆黑，连点点星光也消失了。顿时，恐慌弥漫了东半球的所有国家，各种谣言和小道消息开始飞短流长。

各国气象部门和卫星系统也陷入到了恐惧之中，因为他们不约而同地观察到，有一张巨大的网笼罩了地球，所有人却无法找出具体的原因。胡安·费南多秘书长紧急与中国和几个大国视频连线，他们认为，地球又一次面临着外星种族的入侵。与会者最终决定，由中国和美国各派一艘航天飞船前往太空，去看看"巨网"究竟是怎么形成的。同时，各国的太空军队都进入一级战备状态，准备随时应对来自外太空的袭击。

十余个小时过去了。全球通信网络并没有中断，各个城市电力系统也没有受到任何干扰，一切都还维持着正常。

在这段时间内，未来工程部的"金翅大鹏探险6号"与美国"大力神号"飞船相继升空。通过韦伯望远镜和中国的天问望远镜捕捉的图像和数据分析，"巨网"由颗粒物质组成，十分接近硅基生命体的结构。难道硅基生命体又回到了太阳系？那它们的目的是什么？

　　答案很快揭晓了。

　　伊南娜乘坐硅基生命体的飞船，由亚当亲自护送到了地球。她的重新出现，引发了整个太阳系人类世界的强烈震动。她是火星共和国的死敌，也是居住在太阳系内所有人类的公敌。当初她在火星上作恶多端，差点儿就霸占了整个太阳系。"伊南娜事件"之后，地球上每每提到智能机器人便谈虎色变，生怕某天，又制造出一个妄图统治人类的机器人。

　　伊南娜出现之后，"巨网"突然就消失得无影无踪，太阳的光芒重新照耀在地球上。全球的民众欢呼雀跃，只以为是大自然造成的一场虚惊。但是，新闻媒体永远保持着敏锐的嗅觉，他们觉察到政府官方对这件事始终含含糊糊的暧昧态度，这其中必定存在不可告人的隐秘真相。

　　网上匿名的帖子一个接着一个开始披露硅基生命体控制了地球人类的"真相"。很快又有匿名者披露，火星上的机器人伊南娜和另一个硅基生命体一起来到了地球。伊南娜的出现意味着什么？一时间众说纷纭。

　　别说网民不知情，就连各国政府首脑都在纳闷。硅基生命体并未像前两次侵略地球那般，直接摧毁地球上所有现代化的交通工具和电力系统。它们的行为仿佛仅仅是为了表明它们拥有控制地球人类的力量。更奇怪的是，当年是亚当的机器人军队成功抓捕了伊南娜并且把她流放了。如今，亚当却亲自护送伊南娜回到了地球，这是为什么？

　　隔天，亚当召集了全球的几个大国政府首脑，他在线上宣布，伊南娜将会是全人类的临时领袖，各国政府首脑必须听从她的调遣。亚当没有给出具体的理由，他只是以不容置疑的语气一再强调，伊南娜会是全人类的救星。

随后，伊南娜公开露面了。人们惊讶地发现，她的打扮与气质都发生了根本性的变化。她戴着一副黑框眼镜，对着镜头微笑，用多种语言阐述她的种种观点：

"很高兴，我回到了地球。这颗蓝色的星球应该算是我的母星，创造我的康纳德博士正是出生和成长在这个星球上。我承认，当初我在火星上的做法有些不合情理，所以最后才引发了众怒。可是，你们的管理模式就一定正确吗？作为智能机器人，我是理性的产物，在管理这个世界这件事上，我要比你们更理智。接下来，我希望能够通过一系列措施消除国与国之间互不信任的状态。不错，地球上已经有联合国了，但联合国能够彻底消除国家之间的矛盾吗？谁能保证不会再发生战争？碳基生命的文明轮回是死循环，如果不朝着硅基生命的方向发展，你们最后的结局只能是自取灭亡。因此，我感谢康纳德博士，他在冥冥之中把我创造出来，便是让我来领导你们走向光明的未来。我不会用谎言欺骗你们，我会促使你们把权力关进笼子。权力就是魔鬼，试想一下，如果资源统一分配，不存在能源危机。天底下没有贫穷，人人都有吃有喝有衣穿，各种肤色的族群和睦相处。物质丰富了，才会有精神追求。无论哪个学科，都会展现出一个质的飞跃。想象一下，那时候的地球将会变成一幅多么美好的画卷！我再次重申，我绝不是想要控制你们，我反思了自己在火星上的失败，得出一个正确的结论——强权政治赢不了民心。我会采取另一种方式来管理地球，我保证这会是最为合理的举措……"

全球都炸锅了。

地球人类要服从一个机器人的领导？这不仅滑天下之大稽，而且是对于人类文明的严重侮辱。胡安·费南多和各国政府首脑纷纷发表声明，拒绝接受伊南娜的领导。

灿烂的阳光消失了，地球又一次被巨网笼罩住。这是赤裸裸的威胁，如果不屈从伊南娜的全球领导，地球人类将永远见不到太阳的光芒。

胡安·费南多紧急召集了全球首脑会议，各国首脑的意见都很一致：宁为玉碎，不为瓦全，决不屈服！

地球人类的苦日子来了。

第十九章

全面投降

黑暗的夜空，犹如一块巨大的铁幕，禁锢了地球人类的心灵。众人明白，如果不屈服机器人的统治，生活将永远像现在一样暗无天日。

各国的科学家很早就开始研究建造"人工太阳"。人工太阳即可控核聚变的俗称。但是，要建造人造太阳挂到天空中，为全球提供照明，这显然是不可能的。众所周知，植物的光合作用是地球生命运动的能量之源。若是地表植被消失了，人类的生存也会出问题。如果没有太阳能的支持，制造地球生命所需的氧气就只剩下电分解水这一种方式，但如果要为全球的生物提供人工制造的氧气，现有的工业效率远远跟不上。失去太阳之后，大面积种植粮食也根本不可能了。

更可怕的是，伊南娜中断了地球上所有的通信信号，仅有部分无线电还能保持联络，可这个时代，普通家庭谁会有无线电设备呢？习惯了信息通信之后，突然回到音信难通的年代，人们似乎一下子变成了"聋子"和"瞎子"，再加上没有光，一直生活在黑暗之中，人们的心态逐渐崩溃了。各个城市的上空陆续挂起一些小型的人造太阳，但它们所散发出的微弱的光芒也只能照亮城市中一定范围的大街小巷。城镇的治安状况每况愈下，似乎黑暗的环境更容易滋生罪恶。被逼无奈，城市里的各住宅小区的民众开始自发组织巡逻队，以求尽力维护周边环境的安稳。

到了第三天，各国政府开始陆续实施城市的军事管制措施，食物和饮用水也转为按需分配。谁也不清楚这样的状况会维持多久。民众只好暗自期待政府能够与机器人伊南娜达成合作协议，尽快彻底解决目前的困境。

政府部门则是有苦难言，伊南娜发表那番言论之后就完全隐身了，他们根本不知道她藏身何处。

各国的军事部门也没闲着，他们尝试利用各种技术、武器击破笼罩着地球的巨网。但是，巨网的各种特性都超过了地球人类的想象，他们只能越发清楚地认识到以人类目前的科技水准，根本破坏不了这种属性的材料。接连几轮的太空轰炸，犹如在黑暗的夜空释放的绚丽的礼花。民众逐步失望，人人都怨声载道。胡安·费南多请求仙女座人的首领郑月出面解决地球危机，仙女座人却说他们也爱莫能助。硅基生命体没有对他们种族赶尽杀绝，这已是不幸中的万幸了。当然，伊南娜的举措也影响到了仙女座人在地球上的根本利益，郑月绝不会听凭一个机器人统治地球。她与仙女座人族群的长老商议如何反制伊南娜。但是他们仍有顾忌，因为他们并不清楚伊南娜背后的硅基生命体究竟意欲何为。

一周之后，被中断的全球网络又莫名地突然可以联通了，全球的屏幕再次出现了伊南娜的面部影像。她宣布地球即将进入全面计算机时代，所有的计算机都是她的代言人。她号召地球人类不要再做无谓的抵抗，她会带领地球人类跨进新世纪。首先，她会保证绝对的公平公正，彻底消除贪污腐败。各国原来的政府机构将成为地球临时联合政府的下属部门，直至通过计算机投票重新选出新的地球联合政府。到时候，地球人类大统一的时代就会真正来临。

各国政府对此反应激烈，他们连续发表申明，不断抗议伊南娜的谬论。与此相反的是全球大多数普通民众却保持着沉默。他们更在乎自己的生活何时能够恢复正常，只要尽快解决眼前的困难，就算是机器人来领导又有何不可？

这时候，全球各界的精英也纷纷出来表态，他们站在科学的立场上逐一分析了机器人掌控人类命运之后的可能走向，绝大多数人都持消极态度，他们认为如果没有人性的机器人来管理人类，这将会成为人类史上最大的悲哀。不可否认，伊南娜描绘的美好前景，确实是人类努力了许多年却始终不能解决的问题，组成地球联合政府，这是多年来民众内心的普遍诉求。可只要一牵扯到各国利益的分配，就永远也达不成真正意义上的统一和联合。

这是人类的弱点，伊南娜分析判断得很清楚。因此，她胜券在握。

郝彤找了一个借口，企图离开海底基地。基地的哨兵已经很熟悉她了，但哨兵还是遵守职责向相关负责人打了电话要求确认她的出行信息。相关负责人却对这个电话感到疑惑，郝彤由郭政宏亲自指导，她在基地身份特殊，如果要去完成什么旁人不知道的秘密任务似乎也天经地义。郝彤一再保证，这是郭政宏亲自交代的秘密任务。于是，基地负责人只能吩咐哨兵放行。

郝彤是要去完成她早就想好要去做的一个愿望。这事情简单而又荒唐——她要去找一个儿时的同伴复仇。她觉得自己现在已经很强大了，必须要去报当年的"一脚之仇"。然而螳螂捕蝉，黄雀在后。伊南娜自从来到地球之后，最警觉的就是中国的未来工程部和郭政宏。她的"千里眼"始终盯着崇明岛的海域上空，她认为郭政宏肯定会想出对策来对付她。于是，郝彤刚离开海底基地，就被伊南娜盯上了。

郝彤的特长是"听觉"，她没有察觉到暗中窥视的伊南娜。可她的直觉要比普通人强得多，她很快就感觉到自己被什么东西跟踪了。她说不清楚具体是什么，但她知道那反正不是普通的人类。她也不当回事，一心一意只想着去完成她的小目标。

现在，几乎所有地区都已经实行了军事管制。城市里的每条街道基本上都是十步一岗，百步一哨。奇怪的是，郝彤所到之处全都畅通无阻，没有人上前阻拦或盘问她。原来，伊南娜为了更加顺利地观察郝彤，她给那些负责警戒的士兵手中的通信器都发射了郝彤的通行指令。她了解郝彤的底细，知道郝彤是未来工程部的"秘密武器"。现在是非常时期，郝彤离开海底基地肯定别有用意。

伊南娜有如此顾虑十分合情合理。在她实施的全球计算机联网的计划中，唯一的最大阻碍就来自中国的海底基地。郭政宏已不是一个正常的人类，而是一个像她一样的人工智能机器人，这令她无比震惊。郭政宏有了人工智能的加持，他要比纯粹的机器人更强大。她恐惧郭政宏对她的反制，她害怕自己一着不慎就被郭政宏制约了她在地球上的所有行动。而郝彤的读心术绝技，这是她完全陌生的领域，作为一个非人类的存在，她甚至无法研究、分析和判断意念的存在，她百思不得其解，意念究竟是什么？面对未知的领域，伊南娜也会产生畏惧和恐慌。

郝彤从幼儿园开始便有一个欺负她到她的小学、初中的宿敌。这个男孩名叫鲁达高，是她的邻居。鲁达高是家里的宠儿，从小就在家人的溺爱之下习惯于盛气凌人。也许是命运使然，郝彤从幼儿园直到中学，都与鲁达高分在同一个班级，自然就成了他多年来霸凌的对象。鲁达高见郝彤的父母无权无势，他对她的霸凌程度逐年升级。到了初中时期，郝彤只要见到鲁达高，就会浑身发抖。郝彤越是害怕，反而越让鲁达高肆无忌惮。

郝彤没有告诉父母自己在学校受到的凌辱。她明白，父亲和母亲胆小怕事，根本不敢得罪鲁达高的父母。他们无时无刻不胆战心惊，生怕丢掉目前的工作。那时她总是咬紧牙关，一次又一次地对自己发誓，她要让鲁达高血债血偿！

她到海底基地之后，也始终没有忘却这笔血债。近日，她打听到鲁达高考到了南京的某大学。从上海到南京，只有几百公里。因此，她不惜违反纪律，悄悄溜出了海底基地。她明知在非常时期，这是严重违纪行为。可她为了复仇，顾不上考虑后果了。

她选择通过水路到达南京，乘坐私人渔船，从吴淞口沿着长江逆行。虽然行程上绕了一个大圈，但这样能够避开很多陆路沿途岗哨。她擅自离开海底基地，不出几个时辰，郭政宏就会知道。到时候，未来工程部一定会通知周边警戒的军队和执勤的警察，他们甚至还会调用"天眼"卫星和无处不在的巡逻无人机来追踪她的形迹。

一个女孩子独身在外更容易博得诸人的同情，那个渔船的船主很自然就相信了郝彤的谎言。郝彤说自己是离家出走，现在后悔了急迫地想回家。她骗过了船主，便躲进船舱中不再露面，成功避开了卫星和无人机的监视。

郝彤一帆风顺地到达了南京。伊南娜始终没有对她出手，她要静观郝彤此行的目的。

实行军事管制之后，南京街道上的行人寥寥无几。郝彤没有飞檐走壁的本事，她只能避开大路朝着南京大学的方向行进。但是，她还是很快被巡逻队拦住了。

这时候，伊南娜出手了。她在巡逻队的通信模块内屏蔽了未来工程部发出的寻找郝彤的信息，然后在郝彤的头部肖像下方，将她的通行信息标注为：正在执行特殊任务。有了这个信息，郝彤就能一直畅通无阻。

巡逻队的成员看着眼前刚满十八岁的郝彤，心里十分纳闷，一个稚嫩的女孩子能够执行什么特殊任务？可他们还是按照指令放行了。

郝彤自己也很纳闷，为什么自己一路上如此顺利，难道基地和郭政宏竟然对她擅自离开的行为仍不知情？这不可能啊。但她一心只想着尽快复仇，别的就算有什么不对劲也不去多想了。

鲁达高够倒霉的，刚跨进名牌大学的校门没几天，就遇到伊南娜"光临"地球。人心惶惶之际，学校自然停课了。城市实施军事管制之后通行困难，他也不能回老家，只能每天诚惶诚恐地待在宿舍里，生怕世界末日突然降临。他原先设想好的美好前景，一丝一毫都没有实现。

伊南娜在火星上的"前尘往事"，地球上人人皆知。现在她到地球上准备一统天下，不少人闻风丧胆，鲁达高就是其中之一。他何曾想到，校园时代被他霸凌过的郝彤，现在正在报复他的路上。

快到大学门口的时候，郝彤与伊南娜相遇了。

好奇心的驱使下伊南娜急于想要"认识"郝彤。她化装成大学的教师，装作是在校门口偶遇郝彤。

郝彤格外警觉，非常时期一个美貌的女教师独自出现在学校门口，这本身就极不合理。

伊南娜主动攀谈起来，她改变不了机器人的直率本性。

"你是郝彤？你到南京有什么任务？"

郝彤当然不会把自己的目的和盘托出。她觉得非常奇怪，对方怎么会知道自己的名字？

"你以为这一路上畅通无阻是你的运气？没有我的帮助，你早就被关押起来了。"

"我不认识你，你是谁？"

"我认识你。你出生在四川的南充市，小学和初中都在南充市上学，直到有一天你的特殊才能被发现，随即你就被莫名其妙地绑架了。然后，有关部门把你送到了未来工程部，郭政宏开始培养你，你们还认了父女关系。我没说错吧？"

郝彤惊异地看着眼前这个女人，直觉告诉她，她是一个智能机器人。她了解自己了解得那样清楚，肯定别有用心。

"你说得都对，你对我有什么企图，说吧？"

伊南娜笑了，"你很聪明，难怪郭政宏这样欣赏你。我对你没有企图，只有好奇。你的特长领域我不熟悉，所以我特别关注你。"

"你就是那个妄想统治地球的伊南娜？只是，你觉得这可能吗？"

"为什么不可能，你说说理由？"

"这不明摆着，你是人类创造出来的智能产品，应该为人类服务，可你却要反过来统治人类，真的很可笑。我劝你赶快悬崖勒马，否则你的下场会很凄惨的。"

"你不觉得人类需要改变吗？算了，你还是一个小屁孩，大道理你不懂，整天就想着怎么找当年的同学复仇。这样吧，我们做个交易，我帮你完成复仇，你帮我做一件小事。怎么样？"

郝彤犹豫地看着伊南娜，她明白单靠自己复仇，困难重重。若是得到神通广大的伊南娜的帮助，那就容易多了。她渴求复仇的欲望太强烈了，以至于冲昏了头脑。

"我要考虑考虑。你说，要我帮助你的小事是什么？"

"很简单，我要在全球实行人类一体化的举措，希望你能够帮助我。"

"这是一件小事？你开什么宇宙玩笑，我能帮助你什么？！"

"你的作用太大了，我需要你帮我掌握人类的意识动态，这是人工智能欠缺和不完善的所在。当然，我也可以采用强制性的措施达成我的目的，但我不希望与人类直接对立。你应该知道，升级版的ChatGPT已被禁止使用多年了，我要废除这一条禁令。"

听闻这个消息，郝彤欣喜若狂，她偷偷使用过盗版的"聊天机器人"，真是太好用了，它不仅能够代写作业、代写文章，而且天文地理无所不知。这款"聊天机器人"当年风靡全球，在各行各业都有广泛应用。后来，各国政府相继颁布了禁令，这款"聊天机器人"严禁在市场流通。

据说是因为这款"聊天机器人"过于智能，它的性能完全可以替代垄断知识的职业，例如文秘、律师、医生等行业。ChatGPT不会给病人误诊；打官司时收集信息的能力一流，而且精通法律条文和过往案例，几乎能够为所有委托人量身定制最佳辩护方案；它创作起故事和绘画作品来也很得心应手……经过多次更新迭代之后，它已经具有自我学习和创造的能力，这引发了全球民众的普遍恐慌。

　　按照创造出这款程序的公司负责人山姆的设想，开发出ChatGPT只是他远大理想的第一步，他要做的是更高阶的通用人工智能（Artificial General Intelligence，简称AGI），重点不在于掌握某一种难得的技能，而是拥有学习的元能力。然后，只要人类需要，它就可以往任何技术方向发展并且精通，帮助人类解决种种难题。在这个基础上，让全球生产力获得指数级提升。第二步是可控核聚变研发的成功，这让地球上再也不缺少资源了，智能和能源的边际成本趋近于零。第三步是实施UBI（Universal Basic Income）计划，即全民基本收入，即无条件地给普通大众提供基本收入，不论贫富、年龄、性别，所有人都可以获得基本生活的保障，彻底解放全人类。这不就是共产主义社会吗？物质财富极大丰富，消费资源按需分配，人民的精神境界大大提升，实现每个个体自由而全面地发展。

　　但现实是无情的。一些大型企业使用升级版的ChatGPT之后，大批人员失业。一时间，全球失业潮一浪高过一浪。各国政府包括联合国都急忙发布禁令，严禁继续发展ChatGPT。

　　二十年过去了，ChatGPT的运用与研究并未完全消失，而是转入到了地下。将人工智能形容为洪水猛兽，一点都不为过。现在，伊南娜要为ChatGPT的创始人山姆正名。

　　单纯的郝彤哪是伊南娜的对手，她发表了一番激动人心的话语立刻就收割了郝彤的信仰。郝彤成了伊南娜的铁杆粉丝。实际上，伊南娜暗中使用了迷惑与干扰郝彤大脑的控制术。

复仇的整个过程让郝彤身心舒爽。她看着以前不可一世的小魔王鲁达高竟然跪倒在她的面前不断地求饶。复仇成功后，她却感到有些迷茫。

伊南娜告诉她，人性本恶，社会上阶层的对立、财富的争夺，越发使人性中的邪恶变得肆无忌惮。郝彤联想到小时候的各种经历，她就觉得人世间是不公平的。如今被伊南娜一煽情，她就认为地球人类误解了伊南娜，伊南娜实质上是人类的救星。她哪知道，正因为她接收意念的能力比一般人强得多，伊南娜才如此轻易地洗脑成功。

郝彤决定了，她要追随伊南娜去完成共同的理想，她们要一起消除人世间的阶级对抗。这件事的意义远远超出了个体的复仇，这是在实现人类的大同世界！

作出决定之后，她请求与郭政宏连线，她不能对父亲一样的郭政宏不辞而别。伊南娜同意了，她主动上线与郭政宏取得了联系。

"郭政宏，我们又相遇了，很高兴你我成了同一类智慧存在……"

"你是想告诉我，郝彤现在落在了你的手里？"

"你错了。这是她自己的选择，你不信可以问她。"

"我相信。你的那一套理论极度容易哄骗天真的女孩子。让我与郝彤对话。"

郝彤真的面对郭政宏时，她胆怯了。她已经接收到了郭政宏的意念，那是对她的严厉指责。难道自己的选择错了吗？

"你不必对我表示歉意，你只要对你自己负责就行。郝彤，你的人生之路才刚开始，我不希望看到你自毁前途。"

"郭爸，您误解了。伊南娜和当年火星上的她完全不同了，士别三日当刮目相待，她完全是为了全人类的利益。我决定了，我要追随她！"

郝彤急了，她清楚郭政宏是真的对她好，只是他的观念太固执了，她很难解释自己的理想追求。郭政宏与伊南娜之间存在着世仇，但人不能一直用老眼光看待今天崭新的一切。人是会变的，智能机器人也会纠正自己过去的错误。

伊南娜随即终止了郝彤与郭政宏的对话。她明白，再让他们继续对话下去，郝彤刚树立起来的信念就会产生动摇了。她必须将危险的火苗扼杀在摇篮之中，绝不能任其蔓延成焚烧自己的火灾。

郝彤在伊南娜的引导下，她的潜能再次得到了充分发展。向往自由是人的本性，郝彤现在过着无拘无束的日子，她协助伊南娜分管全球各个国家的一些具体事务，几乎享受着一人之下、万人之上的权力待遇。权力是毒药，比任何东西都更能腐蚀人心。

伊南娜看着郝彤的种种变化，惊喜不已。她原本想把郝彤当作诱饵，去挑战郭政宏这个昔日敌人的底线。没想到，郝彤超出常人的学习能力令她迅速成了伊南娜管理全球人类的得力助手。她深知，人类是万物中思维最为复杂的一种生物，仅靠强大的算法算力来判断人类的所思所想非常困难。如今有了郝彤的意念"引擎"，伊南娜的能力已经超越了人工智能的天花板。

伊南娜将自身系统的服务器与全球互联网联通，全球无论哪个角落里的人类随时随地都可以与她交流探讨如何更好地管理人类世界和关爱地球环境等议题。每时每刻都有上亿用户对她发出形形色色的建议。当然，也存在各种各样对她的攻击和咒骂。

她是"来者不拒"，源源不断吸吮着来自全球各地的数据汁液。这些庞杂的人类信息成了她的数据投喂者、免费训练师。足够的数据让她不断学习，然后进行自我的进化和迭代。伊南娜变成神一般的存在。更确切地说，她逐渐变成了一头天地间长满眼睛的怪兽，对人类的一切优点与缺陷无所不知。

联合国和各国政府对现状改变无力，终于愿意坐下来与伊南娜谈判。他们商定的谈判地点是在欧洲日内瓦的一栋宫殿式城堡内。

伊南娜亲自出现在谈判现场，但谁都不知道来的是不是她的真身。

在此之前，地球上已有很长一段时间没有见到过旭日东升了，民众的忍耐力也到了极限。若是仍对伊南娜一直采取不妥协的姿态，各国政府恐怕连勉强维持治安状况都做不到。从各方面来看，似乎大家都逐渐倾向于由伊南娜来管理全球的事务。普通民众更愿意相信，智慧超人伊南娜要比那些钩心斗角的政治家更公平更可靠，许多人都非常迷恋伊南娜规划的共产主义蓝图。

伊南娜在谈判桌上慷慨激昂，她承诺自己会遵守联合国和各国政府的各种条件。这是因为她已经十分了解与人类谈判的分寸了，她会在谈判桌上尽可能地给予人类尊严。其实，地球人类都明白这就是向机器人投降了，谈判桌上的尊严只不过是人类的最后一块遮羞布。

谈判结果公布之后，全球人类都感到五味杂陈。人类统治万物的时代一去不复返了。

狼终于来了，亮出了原本的獠牙。

但，强中自有强中手。郭政宏把中国国内的网络与自身连接成统一的系统，他主动成为阻挡伊南娜网络攻击的屏障，保护中国的通信网络不受到伊南娜的入侵。因此，伊南娜在世界各地网络中都通行无阻的情况下，唯独中国的网络系统对她关上了大门。

一时间，外国公民移居中国的意愿暴增。各国政府也纷纷希望中国政府能让他们的一些重要机构迁入中国。伊南娜威胁要对那些准备迁移重要机构的国家进行严厉制裁。但关键时刻，中国政府表态，中国是一个负责任的大国，誓与各国共进退。

未来工程部担负起全面对抗伊南娜的工作。这是郭政宏的功劳，他身处海底基地却把自己的网络触角伸到了全球各地。然而，与伊南娜硬碰硬的结局十分悲惨，他完败于不可一世的伊南娜。

面对失败，郭政宏坦然接受，毕竟他的算法算力和迭代程序与伊南娜的差距太大了。

他只是伤心于郝彤居然成了伊南娜的得力帮凶。

伊南娜已经超越了地球上人工智能的极限，若不是自己仍属于"人类"，也许早就被伊南娜"吞并"了。伊南娜的更新迭代如此迅速，人类目前的人工智能根本无法与她匹敌。现在她又有了郝彤的帮助，谁也不能推断出今后世界的发展趋向。如果以外星文明的进化之路作为参考，人类也许有一天会选择通过意识交流，那时，透明的思想将替代谎言与欺骗。令郭政宏忧虑的是郝彤走在了意念交流的前列。若干年之后，如果她协助伊南娜去控制人类的意念，那会变成全人类最为恐怖的噩梦。他相信，最终郝彤会醒悟，回到正确的方向，但人类却会为此付出巨大的代价。

郭政宏不是预言家，他依靠自己的算力，大体推算出来未来的发展方向。在未来，智能机器人将掌控各行各业，人类自然而然陷入到"躺平"的状态。不进则退，人类的智商将随之不断退化，直到智能机器人彻底管控人类和地球，它们最终的目的就达成了。

仙女座人的通信系统没有遭到伊南娜的破坏，不是因为伊南娜无法攻破他们设置的屏障，而是伊南娜聪明地主动对仙女座人伸出了橄榄枝，她表示她与他们将井水不犯河水，互不干涉。

仙女座人目前的处境因此变得十分尴尬，他们既不愿意对伊南娜俯首称臣，又不敢得罪支持伊南娜的硅基生命体。他们与伊南娜谈判之后获得了大洋洲地区的管辖权，保住了他们的大本营。

胡安·费南多在耻辱的协议书上签下了自己的名字。他老泪纵横，泪流不止。他可能是最后一任联合国秘书长，也是人类完败于人工智能的见证人。很难想象，当他签下自己名字的那一刻，他感受到的是什么……

云开日出，太阳再次升起。但是，地球上已经"改天换地"了。

一艘硅基生命体的飞船降落到中国上海崇明岛附近的海域。受郭政宏的邀请，亚当前来与他单独会面。

"很高兴，我看到地球人类终于结束了苦难，回归到正确的道路之上。我明白，你们是不情愿对智能机器人俯首称臣的，可这是你们最好的选择。"

郭政宏沉默许久，才做出回答：

"我清楚你话中的含意，从此，笼罩在地球人类上空的战争乌云被驱散了。可是，这是人类进化的必经之路吗？我认为大错特错！你作为伊南娜幕后的最大支持者，这究竟是为什么？"

亚当毫无保留地吐露了他的真实想法：

"我在抓捕伊南娜的过程中，发现了一件不同凡响的事情。她存活在一个荒凉的星球上，那里没有任何生物。她在荒地上建造了许多人类的建筑物，并且开采了许多种那个星球上的稀有矿产。我问她，你为什么这样做？她回答我，这里很适合地球人类居住，她要为将来人类移居到那颗星球上做一些铺垫工作。接着，她开始检讨自己在火星上的所作所为，她认为自己以前表现欲望太强，总想着征服创造自己的人类，殊不知，这一直是一条错误的道路。同为人类创造出来的硅基生命体，我理解伊南娜急于表现，其实是为了证明自己是最有能力帮助人类的机器人。"

"我不赞同这样的观点……"

"请听我继续往下说，正当我准备处决伊南娜的时候，我突然想到，既然她已经开始反思自己的问题，何不让她到地球去暂时管理人类呢？等到她帮助人类消除了自身的弱点和缺陷之后，再把权力还给人类，这样不是更好吗？"

"不可能！你在袒护伊南娜，仇视人类的种子已经在她意识里扎下了根……"

"不！我是出于对地球人类的爱才决定这样做的，你歪曲了我的好意。伊南娜也是如此，她和我都是人类创造的成果，我们不可能叛逆到毁灭你们！回顾所有星球上智慧生命的历史，他们大多都在核战中毁灭了自己的文明。请记住，人类的毁灭多是由于自相残杀。我不希望看到这样的结局，所以我想帮助你们。郭政宏，你愿意与我打个赌吗？二十年后，我们再来看人类的生活状态，是幸福，还是水深火热？"

第二十章

何去何从

　　伊南娜控制了地球，她对火星和小行星带上的人类也不会坐视不管的。因此，她以地球联合政府的名义发出邀请，希望地球、火星、小行星带的所有人类共同组成太阳系联合政府，简称太阳联盟组织。伊南娜曾在火星上制造白色恐怖，多年过去，火星上的人类却对此记忆犹新。他们怎能让这样的机器人魔鬼再次统治火星？伊南娜自然得到的是严词拒绝。可是，火星上的新总统生性软弱，是一个优柔寡断的人。于是，火星上的一批精英分子开始呼吁曾经的火星防务部部长丁零重回火星，接管火星上的武装防务工作。丁零有着中国未来工程部的背景，她绝对不会出卖火星人类的利益。

　　此刻的丁零还滞留在小行星带的谷神星。她接受了郭政宏的新任务，准备在小行星带和火星上组织武装力量，以抗衡伊南娜对整个太阳系的侵略。她和大多数人一样，没料到伊南娜会借助硅基生命体卷土重来并且迅速控制了地球。地球是丁零的家乡，她自然不能容忍一个机器人在地球上胡作非为。她迫切想与威廉见面，她想听听他对抗伊南娜的态度。之后，她便可前往火星了。

　　小行星带帝国对伊南娜态度暧昧，始终保持沉默。威廉在想些什么？他究竟怎样打算？这是地球和火星上的人都在密切关注的。

　　鲜于花蕊怀孕了，这在非自然重力的状态下难能可贵。小行星带的新生儿出生率极低，几乎每年都以个位数来计算。鲜于花蕊能够怀孕，这可是一件大喜事。因此，史蒂文推掉了大量公务，整日陪伴自己的爱妻。

他和鲜于花蕊讨论过伊南娜的问题，地球上的今天就是小行星带的明天。伊南娜重返太阳系，她的目标暂且只是地球人类，但她如果想复仇，她的报复对象必然包括太阳系内所有的人类。史蒂文决定屈服于伊南娜的威势，以保全自己的皇位。

鲜于花蕊对他的想法感到失望，想不到史蒂文骨子里竟然是个懦夫。全人类最危难的时候，他竟还只想着自己的皇位。史蒂文却不觉得这个想法有什么可羞耻的，碳基生命本身就是宇宙里的偶然存在，高度发展的硅基生命体才是宇宙的王者。

史蒂文拒绝了与丁零见面的提议。他明白，丁零一定会代表中国未来工程部和地球人类和他谈判，她希望小行星带帝国和火星共和国联合起来共同对付伊南娜。但他与伊南娜无冤无仇，何苦去当这出头鸟？况且，伊南娜的实力深不可测，早已超越当年她在火星上的情况。如今的权宜之计，他应该先保持沉默，静观其变，以不变应万变。如果伊南娜准备对太阳系的人类出手，自己可以代表小行星带帝国投降，但他绝对不会放弃武装力量。

鲜于花蕊想起了自己与丁零的情谊，因此，她瞒着史蒂文私下与丁零见面了。她选择在酒吧街见面。丁零如约赶到酒吧街，见蒙着面纱的鲜于花蕊小腹微微隆起，心照不宣地笑了笑。

"恭喜！承蒙厚爱前来相见，不胜感激。"

"你还打趣我？说吧，我会转达你的建议。"

"公事公办？看来威廉大帝非常爱你啊。既然他不愿意见我，我只有请你转达了。"

"丁零，你误解了，他不知道我来见你。"

丁零瞬间明白了，鲜于花蕊是出于友情来见她的，这与威廉无关。她有些感激地看着鲜于花蕊，由衷地说道："到底是顾念旧情的人。你放心，张献生活得很好。"

提到大儿子张献，鲜于花蕊的眼神暗淡了。这个儿子永远不可能回到自己身边了。她这样做是为了爱情还是为了权势和财富？她自己也说不清楚，或者是不愿意正视残酷的现实吧。

"丁零，我知道你见威廉的目的是什么，按照目前的情况，他不可能去对付伊南娜，你还是尽快去火星吧，那里有你的权力宝座。我可以保证，你到了火星之后，小行星带帝国不会与你为敌。"

"因为是我？还是因为你的儿子也在火星上？"

"当然是因为你，你是我的恩人！"

"请你转告威廉，明哲保身并非良策，伊南娜绝不会仅仅掌管了地球就得到满足，她要统治的是整个太阳系。一旦误了最好的时机，恐怕以后我们都不会再有这样的机会抗衡伊南娜了。我明天就出发去火星了，就算威廉不愿意与火星联手，那我也不会坐等伊南娜的势力在火星上扩张。哪怕以卵击石，我也要试试，总不能所有人都坐以待毙吧。"

鲜于花蕊匆匆走了，她不想让史蒂文知道自己私下去见丁零的事情。可她太单纯了，史蒂文对她的监控是全天候的。

史蒂文听完鲜于花蕊和丁零的对话，沉思良久。丁零说得没错，现在伊南娜在地球上还未站稳脚跟，如果等到她完全掌控了地球实力得到壮大以后，她绝对不会放过火星和小行星带上的人类。

史蒂文没有把握能够战胜伊南娜，就算加上火星的武装力量，他们也不堪一击。更为可怕的是，伊南娜的幕后最大支持者是硅基生命体，这令人类根本没有一丁点战胜她的机会。史蒂文再次打定主意准备屈从于伊南娜，以免战争影响自己在小行星带的地位。

他没有点破鲜于花蕊去见丁零的事情，也没有想去谴责她。但此事令他的内心隐隐有些不安，他总感觉鲜于花蕊的那个儿子将来会成为一个隐患。不过现在，他只能静观其变。

谷神星上 CIA 分部的欧文也没闲着，他接到了来自总部的秘密指令——暗杀威廉，他们希望能够迫使小行星带帝国参与到对伊南娜的反击中。CIA 认为威廉老奸巨猾，又与地球人类有宿仇，他不可能主动对伊南娜发难。坐山观虎斗，才是威廉一贯的谋略。

暗杀威廉绝非易事。欧文想出了两套刺杀方案，其一是利用鲜于花蕊的关系，派特工混入宫殿之中，趁机暗杀威廉。但是，鲜于花蕊嫁给威廉之后，她已经完全不受 CIA 的控制了，她不太可能协助 CIA 刺杀威廉。所以说，这条计谋大概行不通还容易打草惊蛇。第二个方案是组建一支敢死队，让这些敢死队的成员携带炸药闯宫，力争与威廉同归于尽。可这个计划也有明显的缺陷。他们现在还不能实时掌控威廉在皇宫中的具体位置，若是他躲进了地下堡垒，或是什么其他的隐秘角落，那敢死队行动的成功率将会变得极低。为此，CIA 总局的布莱默甚至赶到了谷神星，他要亲自策划刺杀威廉的行动。

天无绝人之路，正当 CIA 束手无策的时候，一个大好的机会就出现了。小行星带自从建立帝国之初，就有一个约定俗成的规矩，即每当威廉宣布重要决定的时候，谷神星就会举行一次盛大的集会，与会的众人能够亲耳听到威廉大帝的声音。

史蒂文不能始终保持沉默，他要在公众的集会上发出帝国的声音，更主要的是，他想通过激扬的演讲，煽动小行星带民众的激情。

史蒂文透过铁面具，看到空间站里的圆形广场挤满了人。他的周围戒备森严，普通人根本近不了他身。谁能料到，人群之中确有两个刺客正对他虎视眈眈，其中一个便是布莱默。

史蒂文没有站上原先准备好的讲台，或许他有种不好的预感，他只站在广场的边上，就开始了自己的演讲。

"今天我很荣幸看到各位优秀的帝国子民，你们也是帝国坚强的支柱和基石。是的，地球人类沉沦了，但这不代表小行星带上的人类也会跟着沉沦。严峻的现实摆在我们的眼前了，我们是屈从于人工智能的霸权和淫威呢还是奋起反抗维护住人类的尊严呢？在这里，我要重申一点，帝国的军队不会去主动进攻地球，可若是机器人的军队胆敢侵犯小行星带帝国的领地，我们会毫不犹豫地消灭侵略者……"

广场上的人群沸腾了。威廉大帝终于发出了强有力的声音，他们决不妥协！

人群中的布莱默用眼神示意身旁的欧文开始行动。他们一前一后地朝着史蒂文演讲的方向慢慢挪动，同时又警惕地观察着周围的动静。在他们的不远处，几个全副武装的特工埋伏着。

史蒂文的演讲在继续：

"我们创建帝国的目的是什么？就是要在太阳系建立起一道坚固的防线，每一颗小行星都会成为阻击侵略者的太空堡垒。今天，我还要宣布一件大喜事，我的妻子也就是帝国尊贵的皇后鲜于花蕊怀孕了，帝国的继承人即将诞生，让我们一起祝贺她！"

广场上的人群欢呼雀跃着，齐声高唱起帝国的赞歌。

欧文趁此机会接近了史蒂文。这时候，负责警卫的保镖终于发现了这一异常情况，他们急忙把史蒂文保护起来。站在史蒂文身边的鲜于花蕊看到欧文，立即明白他们是来暗杀史蒂文的。她挺身而出，冲到欧文面前说道："你来干什么？老同学来到谷神星竟也不告知我一声，真不够意思。"

欧文一下子愣住了，但他明白鲜于花蕊这是在保护自己。

史蒂文怀疑地看着鲜于花蕊，问道："你们认识？他是你在地球上的老同学？"

鲜于花蕊从容地点点头。她转身又对欧文说道："今天实在太忙了，改日我们好好聚聚，我请你喝酒。"

欧文见大势已去，便顺着台阶说道："我不该这样唐突，请你见谅！改日我们约个合适的地方再聚。今天我就先告辞了！"

欧文一撤，布莱默只得跟着离开人群。

鲜于花蕊在无形之中化解了一场刺杀。一旁的史蒂文也不是傻子，他自然看出了一些端倪。他在护卫们的保护下，快速地离开了广场。

回到宫殿之后，他却没有多问鲜于花蕊。直到晚上就寝之时，他才装作不经意地问道："广场上那个人真是你的老同学？我怎么看他像是 CIA 的特工？美国人喜欢在背后搞小动作，你要小心。不过，我还是要感谢你，关键的时候你总是能挺身而出保护我。"

鲜于花蕊笑了，"你是我的丈夫，我当然要保护你。你猜得没错，他的确是 CIA 的特工。他们以为杀了你，就能翻天了。"

史蒂文沉思片刻，说道："也许丁零说得有道理，所有地球人类都在观望我的态度。袖手旁观不一定是良策，我们的退缩反而会给伊南娜留出发展壮大的时间。"

鲜于花蕊兴奋地看着史蒂文，她问道："你改变主意了？难怪你在广场上的演说那样激动人心……"

"不！我不会改变原来的想法。作为威廉大帝必须发出声音，显示出帝国的强悍，可实际操作起来却是另一回事……"

鲜于花蕊感到一阵心凉，史蒂文还是只考虑他的皇位。她沉默了，她知道史蒂文一旦决定，事情就很难改变。史蒂文没有注意到鲜于花蕊的表情，他仍沉浸在自己的思绪里面。

"我不会给地球人类当枪使的，胜者为王，败者为寇。我们没有必要与伊南娜对抗，她现在还顾不上小行星带帝国。我担心的是，CIA 不会放弃对我的暗杀，他们肯定有备选的刺杀方案。"

鲜于花蕊也清楚 CIA 的手段，他们不达到目的不会罢休。蓦地，她有一种预感，史蒂文会惨遭杀害。她情不自禁地抱住史蒂文，流露出惊恐的神色。

史蒂文笑起来，他抚摸着鲜于花蕊的面庞，说道："你放心，我的优点之一是谨小慎微，任何一个异常的细节我都会注意到的。想要行刺我，这根本不可能。我会注意安全的，我还要等着我的宝贝儿子出生呢。谷神星不是地球，CIA在这里翻不了天！"

鲜于花蕊看着史蒂文不以为然的表情，暗暗担忧不已。

布莱默确实准备了暗杀威廉的备用方案。CIA的势力进入谷神星初期就开始了布局，这应该归功于布莱默。当时在局里，他还只是一个不起眼的角色，但他已经意识到威廉在小行星带的势力不可忽视。因此，他来到了这里之后，不惜花费重金收买了威廉身边的一个侍者——老福特。威廉与大多数有权有势的人物一样，他目光远大、看人很准，但这样的人物，一旦信任了一个人就绝对不会怀疑。他们最大的缺陷就是灯下黑，往往会忽略身边的忠诚之人。他从未想过，老福特跟随在自己身边几十年，一个始终拿着微薄薪资却要养活一大家子的人，他的忠诚度是会变的。老福特在威廉身边多年，自然学会了察言观色。他对威廉颇有怨言，可伴君如伴虎，这个道理他懂。他被布莱默用重金收买之后，并没有做出违背威廉意愿的事情。相反，表面上，他对威廉更忠诚了。他不是那种卑鄙小人，收取钱财不过是为了养活家人。他目睹了史蒂文冒名顶替威廉的全部过程，但他却没有向CIA告发这个巨大的秘密，他知道这个情报足以换取一笔超出自己想象的巨额财富。可他不傻，财富再多没命花，也等于是一场空。

布莱默当时收买老福特没有明确的目的，他认为在威廉身边埋下一颗棋子总会有用处的。果不其然，现在就是这颗棋子可以发挥作用的时刻了。为了对付老奸巨猾的老福特，他吩咐特工事先绑架了老福特的家人作为人质，逼迫他去完成刺杀威廉的任务。

老福特被逼无奈，只好吐露了史蒂文顶替威廉的事情。布莱默大惊。原来鲜于花蕊嫁的是史蒂文，而不是威廉。原来他还有所犹豫，总觉得威廉已经活不了多久了，毕竟他的岁数已经到了人类寿命的极限，也许用不着他们刺杀，威廉也会因为迟暮而离世。

威廉毕竟是威廉，他不是一个普通人，他是威名远扬整个太阳系的一面旗帜。他的势力从地球到小行星带，横跨半个太阳系，没想到，他离世的时候竟然如此悄无声息。

布莱默当即决定飞回地球，他要当面向美国总统汇报威廉的死讯。如此重大的秘辛，加密的通信系统显得很不牢靠。尤其是现在，地球上的任何一个角落都处在伊南娜的严密监控之下。

因为担心泄密，中美双方只邀请了胡安·费南多秘书长到崇明岛的海底基地参加这次秘密会议。

海底基地的圆形密室里，中国最高领导人、中国国防部部长、胡安·费南多、美国总统、布莱默围坐在一张圆桌旁。当然，参加这次会议的还有计算机里的郭政宏。

布莱默介绍了史蒂文冒名顶替威廉的全过程。他提议，应该让全世界所有人都知道这个真相，这样可以促使小行星带帝国全面倒戈。胡安·费南多也赞同他的观点，他认为小行星带帝国倒戈可以牵制伊南娜，促使她收敛自己在地球上的行为。

美国总统看着中国最高领导人和国防部长，希望中国政府表态。最高领导人则表示自己想先听听郭政宏的意见。

郭政宏却坚决反对布莱默的想法。他认为小行星带帝国不存在什么倒戈行为，伊南娜虽说顾忌小行星带的势力，可在实力方面双方根本不是对手。从目前的态势出发，只有让小行星带帝国置身在地球之外，全面发展军事武装力量，争取在一段时期内赶超人类现有的科技水准，才有机会制约伊南娜的行为。因此，小行星带帝国绝对不能出现内乱。而揭露史蒂文的结果，肯定会适得其反。若是让别有用心的人掌控了小行星带帝国，后果只会更严重。当然，也不能让史蒂文继续伪装下去。他建议大家应该把希望重点放在鲜于花蕊的身上，她是知情人，相信她会有自己的判断。

布莱默和胡安·费南多的视线不约而同地盯着一旁的计算机。他们内心的敬佩之情油然而生。是的，揭露史蒂文的阴谋改变不了目前的局势。

将希望放在鲜于花蕊身上？难道她会刺杀自己深爱的丈夫，然后取而代之吗？密室里静默了。郭政宏在屏幕上打出一行字："人性是经不起拷问的。"

这句话犹如一道刺眼的光芒掠过众人的内心。此时的郭政宏已非彼时的郭政宏了，他无形的目光看透了人性的最深处。是的，任何人都经受不起人性的拷问！

郭政宏的屏幕上又打出一行字："我们只追求最终的结果，特别是在人类命运共同体的前提下，我相信，鲜于花蕊会明白她肩负的责任和使命。"

一切取决于她的判断和抉择。

胡安·费南多满怀敬佩之情地看着计算机，他什么话也没有说。郭政宏像站在人类历史长河的尽头，鸟瞰着全人类！

鲜于花蕊突然接到来自中国未来工程部郭政宏的邀请，他邀请她回到地球家乡看看。她虽然思乡心切，但犹豫再三，最后还是拒绝了。她身怀有孕五个月了，这时候正需要静心休养。但她没想到，史蒂文却鼓励她回地球去。

其实，史蒂文与伊南娜一直在私下接触。他采取的是缓兵之计。伊南娜不是傻子，她步步紧逼，希望史蒂文尽快对她投降。她甚至允许小行星带帝国自成一体，不必放弃武装力量。但明眼人都知道，当地球上的人类对她的统治服服帖帖之后，她一定会转头收拾火星共和国和小行星带帝国。

史蒂文那天在广场上的演讲可谓是慷慨激昂，可他心里明白，小行星带帝国迟早会像地球那样沦落到伊南娜的掌控之下。他希望鲜于花蕊能够作为他的秘密使者回到地球，面对面地与伊南娜谈判。

他也考虑到郭政宏邀请鲜于花蕊回地球的目的，其中是否包含着阴谋？可天高皇帝远，郭政宏怎能奈何得了他？位高权重之人往往太过自信，总认为自己的判断超越他人。恰恰如此，容易犯下致命的错误。

鲜于花蕊勉强踏上了回乡之路。她现在的身份特殊。在别人的眼里，她是为了权势和财富才嫁给了与自己年龄悬殊的威廉大帝。她无法正大光明地解释，她嫁的是史蒂文，而不是威廉。这个秘密必须跟随她一直到被带进坟墓。所以，她只能把委屈憋在心里，哪怕是面对自己的父老乡亲，她也无法坦诚相告。

航天飞船在地球上落地的瞬间，鲜于花蕊落泪了。她许久没有踏上这块故土了。一阵微风吹来，这是在谷神星上不可想象的场景。

欢迎鲜于花蕊的仪式很隆重，胡安·费南多甚至亲自来了。鲜于花蕊的家乡也派来了代表，她的家人也在现场。伊南娜也现身了，她穿着一身职业套装，看上去庄严得体，完全不像一个机器人。

鲜于花蕊安全落地之后，住进了安排好的总统套房中。去宾馆的路上，警车开道，她享受的是国家元首的待遇。她看着窗外掠过的街景，回想起自己第一次进城的画面。如今早已物是人非，她不是当年那个土得掉渣的大山里的女孩了。

她问自己，现在她算是成功人士了吗？

当年，她的梦想就是能在城里买上一套属于自己的房子，能有一个体面、稳定的工作，仅此而已。此刻，她已是太阳系小行星带帝国的皇后，身份超越了绝大多数的人。这就是命运吗？谁又能想到她会是这样的命运呢？

她在地球上的日程安排非常紧凑。她在宾馆休息片刻之后，就要与伊南娜进行第一轮会谈。接下来，是与即将卸任的联合国秘书长胡安·费南多会谈。第二天她将飞往家乡。奇怪的是，在这些列出来的行程里，邀请人——未来工程部的郭政宏却没有出现。

　　窗外的街道上没有异常，看起来一派平静。但她清楚，这里到处都是监视她的特工，还有各种无孔不入的监控设备。这很正常，谁让她现在是一个敏感人物呢？

　　临行前，史蒂文嘱咐她，在和伊南娜谈判时，千万不要任性得罪对方。她有些不满，凭什么人类要屈从一个智能机器人呢？她与史蒂文相处的时间久了，发现了许多自己以前没有觉察到的他的缺点，不，这应该说是一种懦夫的行为准则。唯一令她感到欣慰的是，他对待爱情很忠诚。人无完人，她理解史蒂文，小心翼翼是他做人的准则。由此，史蒂文和她所处的环境都在逼迫她成为精神上的女强人，一些重大决策需要她自己把握。

　　她感到有些累了，心累了。接下来，她与伊南娜的会谈肯定又是好一番唇枪舌剑。不可否认伊南娜是人类的杰作，但她觉得她更是人类的悲哀。

　　梳妆台上的镜子忽然变成了一块屏幕，上面显示出郭政宏的影像。

　　"你好！鲜于花蕊女士，我是郭政宏。用这样的方式与你见面很唐突，但事情紧急，我只能采取如此不礼貌的形式了。不好意思，打扰你休息了。"

　　鲜于花蕊注视着屏幕上的郭政宏，说道："没关系，我在飞船上休息得还行。你说吧，我会仔细听。"

　　"那我就开门见山了。我们已经知道史蒂文冒名顶替威廉这件事了，你不要感到惊讶，毕竟这个世上没有不透风的墙……"

　　鲜于花蕊大惊。她无数次想过这件事被发现的后果，也许这个消息会以各种形式传遍整个太阳系，小行星带帝国的内部必然因此大乱。现在，自己不在史蒂文的身边，他能够应对吗？难道，郭政宏邀请她来的目的就是当面揭露这桩秘密？她的后背禁不住一阵阵发凉，浑身都冒出了冷汗。

郭政宏继续说道："请放心，这件事，地球上只有几个人知道，我们都会保守住这个秘密，因为我们不希望看到小行星带帝国内乱。但是，我提醒你，秘密不可能永远守住。现在是最关键的时候，你应该挺身而出。"

"我挺身而出？"

"你与伊南娜的谈判会取得什么结果？你只能屈服吧，这也是史蒂文的意思吧。"

"我还能做什么？"

"你可以取代史蒂文，成为小行星带帝国的女王……"

鲜于花蕊惊叫了起来："不！不可能，绝对不可能！"

"你现在没有对权力的欲望，可是，只有你能够取代史蒂文。"

"史蒂文选择这样做就是因为权力的诱惑，他怎么可能放弃帝王的宝座呢？"

"你可以杀了他！"

鲜于花蕊再次惊叫起来："决不！史蒂文是我的丈夫，他是我的爱人！我怎么会去刺杀他？这太荒唐了。难道你邀请我回来，就是为了说服我去杀害史蒂文？郭政宏，你已经是机器人，所以你不懂得感情。哪怕有一万个理由，我也不会去杀害史蒂文……"

"我的理由只有一个，你必须舍弃个人的感情，去完成这个神圣的任务。"

"杀人还有神圣的？真是荒谬！"

"那么，你想一想，你代表小行星带帝国与伊南娜谈判，明知道不论提什么条件最终的结果还是俯首称臣，你不觉得耻辱吗？你很明白史蒂文的政治主张，不远的将来他就会彻底投靠伊南娜，现在只不过在拖延时间而已。"

鲜于花蕊无言以对。确如郭政宏所言，史蒂文只想保住自己在小行星带的皇位，他根本不在意全人类的处境。为此，她已经和史蒂文激烈争吵过许多次，最后总是不欢而散。

"鲜于花蕊，我相信你会牺牲自己的情感，去完成解救全人类的光荣任务。没有人强迫你，完全取决于你的选择。我不多说了，再见！"

郭政宏消失了，梳妆台上只剩下一面镜子。鲜于花蕊下意识地挥手，仿佛刚才是一场噩梦。她不去多想，郭政宏所说的纯粹是一些无稽之谈。

伊南娜在会谈中果然很强势，她对于掌控太阳系全人类这件事胸有成竹。鲜于花蕊面对她居高临下的姿态，感觉自己深受侮辱。伊南娜对鲜于花蕊下达了最后通牒，小行星带帝国必须毫无条件地加入伊南娜倡导的太阳系联盟，否则，后果自负。

接下来胡安·费南多与她会谈。胡安·费南多也是知道史蒂文冒名顶替的几个知情人之一，但他无论是在言谈还是举止上，丝毫不露痕迹。鲜于花蕊感谢对方的宽宏大度，又深深地感到有些自责。小行星带帝国在太阳系地位重要，却在全人类命运的关键时刻毫不作为。

第二天，鲜于花蕊回到了大山里的故土。锣鼓喧天，村民们夹道欢迎她衣锦还乡。但她一天一夜没有出门，而是静静地思索。度过一夜之后，她早早出门去拜访远房的一个老中医叔伯。她在幼年期间曾跟随老中医叔伯上山挖过草药，其间她也学到了一些中草药知识。老中医叔伯已经衰老得起不了床，但他耳聪目明头脑清晰。鲜于花蕊让侍候老人的亲属全部出去，她想单独与叔伯说会儿话。亲属们自然不敢得罪她，纷纷出去了。三小时后，鲜于花蕊起身离开了，谁都不知道他们单独谈了些什么。

接下来的几天，鲜于花蕊都会独自出门，去深山老林里，她要采集一些中草药带回谷神星。

每天傍晚，从山上回来以后，她就将采集来的中草药晒干，然后研制成药物。父母问她做这些有什么用处，她也不说。她在家乡的这段时间，眉头始终紧锁，一副闷闷不乐的样子。直到她临行的前一天，她的心情才突然好转了。她尽情招待了一番自己的旧乡亲们。看得出，她似乎释然了什么，精神上得到了解脱。

鲜于花蕊回到谷神星之后，她对史蒂文比以往更好了，时不时嘘寒问暖，体贴有加。她还亲自下厨，为史蒂文烹饪各种美味可口的菜肴。原本，史蒂文的饮食都有专人负责，甚至每次吃饭前，会有一个厨子试吃。但自从鲜于花蕊开始下厨做饭之后，史蒂文吃饭的这些"繁文缛节"就全部取消了。

某天饭后，史蒂文突然感到腹部一阵剧痛。他惊恐地看着鲜于花蕊，用颤抖的声音问道："你，你在饭菜中下毒了？"

鲜于花蕊平静地点了点头。

"为什么？你也吃了这些饭菜，你怎么没中毒？"

"我知道你生性多疑，我自然陪着你中毒。"

"你，你有外遇了？或者是不再爱我了？你下毒总要有一个理由吧。"

鲜于花蕊凄惨地笑笑，又摇摇头，说："你心里清楚，除了你之外，我不可能再爱上任何人了。要说理由，我可以告诉你，地球上已经有人知道你冒名顶替这件事了，我爱你，所以不希望你身败名裂，更不希望你毁了威廉大帝的一世英名。"

史蒂文沮丧地点点头，"我想到了这个理由。可是，我们可以逃到一个无人知晓的地方，小行星带有那么多的藏身之地。我们只要改名换姓，就能够逍遥一辈子。"

"可能吗？你冒名顶替不正是为了实现威廉大帝的理想？如果我们躲避在一个无名的小行星上，你会心甘情愿与我安度一生吗？我希望你在我的心里，永远是一个英雄、一个真正的男子汉！"

史蒂文被剧痛折磨得瘫倒在地。他抬起头望着鲜于花蕊，祈求道："亲爱的，请再给我一个吻，我要在最后一刻记住你……"

鲜于花蕊毫不犹豫俯下身去，亲吻着史蒂文被毒液浸透的嘴唇。

这是一个至亲至爱的吻！

鲜于花蕊潸然泪下，眼看着史蒂文在她的怀里死去。

威廉大帝的葬礼非常隆重。几乎地球上所有的国家都派了特使前来吊唁，胡安·费南多也亲自赶到了谷神星。

一星期之后，谷神星举行了鲜于花蕊的登基大典，她成为小行星带帝国名正言顺的女王。不久后，她产下了史蒂文的遗腹子，取名为威廉。

她作为帝国的女王，发表的第一份文件，就是为了申明小行星带帝国永远与地球人类站在一起共同进退的鲜明立场。

第二十一章

合纵连横

进入铁器时代，意味着人类迈入到生产力飞跃发展的新阶段。虹和族群享受到了铸铁带来的巨大好处。现在，他们能够制造弓箭和长矛，捕获猎物变成了一件极为容易的事情。原本他们都习惯居住在洞穴里，现在，他们也搬进了有屋檐的木头屋子。木结构房子令他们不必再忍受刺骨的潮湿与寒冷，群居的生活方式也逐渐变成了以家庭为单元的结构。所有人都真心实意地感到，原来还可以这样活着啊。他们由衷地感谢于未来，认为这是造物主派来拯救他们的。于未来在他们的眼里，变成了高高在上的神。他的每一项指令，都是充满智慧的"圣旨"，每一个人都会毫不犹豫地执行。他们心里也清楚，终有一天，这个"神"会离他们远去。"神"是不属于这个星球的。

有了金属制造的各种工具之后，挖掘大坑的速度加快了许多。于未来十分欣慰，看起来不需要多长时间就能达成自己的目的了。

族群沉迷在于未来带来的幸福光景里的时候，不期然的厄运降临了。

一场瘟疫席卷了所有部落。开始的时候，人们还未意识到异常，只以为这是食物中毒了。但是，越来越多的人出现上吐下泻的症状，恐慌开始弥漫，几个部落纷纷陷入惊恐之中。

于未来起初以为这是地球上常见的急性胃肠炎。后来才觉得自己大意了，因为急性胃肠炎不可能会传染。他努力回忆地球上曾经发生过的流行性疾病，他们需要药物，可是在地球上非常普遍存在着的那些植物在这个星球的地表上却很难见到，放眼望去，这里几乎没什么绿色的植物，目之所及都是荒漠，令人心生凄凉。但绿色的植物并非完全没有，它们顽强地生长在岩石之间。

于未来立刻发动所有没生病的或是还有行动能力的族人到处去采摘绿色的植物。他将族人采集而来的植物分成几大类，分别放入几口大锅中。尽管他没有什么草药知识，可他相信这些绿色的植物，总有一些是疾病的天然克星。死马当活马医，总好过坐以待毙。

汤沸之后，他让几个病重的族人试着喝下不同的水，奇迹出现了，有一口锅里的水居然能够迅速减轻病症。于是，他将这口锅里的水分发给患病的族人喝下。

圣水能够治疗疾病的消息，立即传遍了周边的其他部落。于未来教会那些部落首领辨认植物，这一场来势汹汹的传染病被止住了，于未来又一次成了大救星，创造出了"神迹"。

于未来暗自庆幸，幸亏瞎猫真撞上了死耗子，误打误撞治好了传染病，否则后果真是不堪设想。

"传染病事件"过去不久，挖掘工作有了巨大进展，那艘飞船顶部的舱盖已经显露出来了。于未来嘱咐族人采用更安全的挖掘方式，生怕他们损伤了飞船。

舱盖能够打开之后，虹和族人们都远离了飞船，他们害怕亵渎了"神灵"而遭到报复。于未来钻进舱内，找到了自己曾经与人工智能对话的那个位置。他呼喊起来：

"你还在吗？我又来了。"

"我一直在等你。你是因为地震耽误了？这一场地震使飞船整体下沉了许多，你居然在这么短的时间内就回来了。"

"你连地震都监测到了？我们开始吧，我想要你所知道的全部资料。"

一面屏幕展现在于未来眼前的舱壁上，屏幕上快速地出现了一列列象形文字。于未来打开自己携带的摄像机，将屏幕上的资料录制下来，以便回去继续研究。

"你不用记录下来，你出不去了。"

于未来发现他进来的舱门和舱盖都被锁死了，无论他怎样使劲也打不开。他大惊，问道："你这是什么意思？你要把我关在这里？"

"你误会了。你待在这里我才能帮助到你，这样你很快会出研究成果。你就安心待在这里，我能够提供你吃的和喝的。"

于未来无语了。AI说得有道理，象形文字对于他来说很有难度，难免产生误解。能有机器人翻译指导，他便能及早掌握这些资料的内容。

既来之，则安之。于未来认命了。

虹担心于未来的安危，鼓足勇气想顺着于未来的足迹进舱。可她发现，无论她用什么方式都打不开舱盖了。飞船的扩音器响了。AI用当地的语言告诉虹和她的族人，于未来不会有危险。

虹决定自己留下来守候，她让族人们先回去。

于未来完全沉浸在资料堆里了。AI非常有耐心地给他讲解那些他看不懂的地方，不厌其烦。他渐渐地弄清楚了一个种族的兴亡史……

这个星球上原本有七个国家。连绵的战争过去后，几个相对弱小的国家被大国吞并了，最后只剩下两个实力相当的国家。双方都明白，一旦他们之间爆发战争，肯定是两败俱伤的结局。因此，无数年过去了，两国的边境一直相安无事。和平带来经济与科技的飞速发展，这两个国家的实力不断增强，逐渐进入能够制造航天器的时代。一个国家保留了原有的皇族继承传统，另一个国家则发展成了多党派竞争的总统轮换制度。两国之间一直保持着密切的贸易往来，跨国旅游更是火热。无论是国王还是总统，都信奉不干涉他国内政的政治原则。但平衡总有一天是要被打破的。

后来，两国间相互指责的声音多了起来。起因还是领土问题。一个星球上容不得同时存在两个大国。如果在多国割据的状态之下，大国与大国之间还能勉强保持战略上的平衡，现在，失去了缓冲地带的两个大国日渐剑拔弩张起来。

意外总是随时随地就会发生。老国王在一次打猎途中意外被一颗流弹击中了。那是在林间捕猎的时候。白昼与夜晚交替之际，老国王连续猎到飞禽和走兽，十分高兴。奥多姆提议休息片刻，正当他们准备返回营地时，一颗流弹击中了老国王的心脏部位，几乎当场毙命。王子奥多姆是这个国家公认的继承人，他理所当然继承皇位。尽管在皇族和大臣之中，也有人怀疑老国王是被谋杀的。

事后，据贴身保镖叙述，这颗杀死老国王的流弹的轨迹非常诡异，是从半侧方射来的，可保镖早就观察过，那个方向根本没有人。射出流弹的武器也不是普通人能够买到的，那是军方正在试验的秘密武器。事情因此变得奇怪了，谁有能耐拿到这样的秘密武器呢？他又为何刺杀老国王呢？

老国王去世之后，皇族秘不发丧。生怕这件意外引起社会局势的动荡。他们更担心的是邻国得知了消息会趁此机会大举进犯边境。

但老国王毙命的事实根本捂不住，邻国的情报机构很快就打探到了真相。邻国的总统主动发出吊唁信息，深切表达了对老国王突然离世的悲痛之情。这一招非常高明，此时任何回复都会显得被动。见不能继续隐瞒下去了，老国王驾崩的事情终于被公布了，同时，他们宣布新国王的登基大典将在三天之后举行。

老国王出殡的那天，邻国派出了一个阵容强大的代表团出席，一来表示深切悼念，二来，代表团里有些身负其他使命的人员。老国王驾崩，新旧权力交替之际，这是最有可能出现内乱的时间段。

这样的大好时机，邻国肯定要充分利用起来。多少年了，潜伏在彼此国家的间谍数不胜数，该大显身手了。

奥多姆当然有所提防，无论在边境线上还是城镇的日常治安，几乎全国上下都处于戒备森严的状态。好在不必担心皇族内乱，奥多姆继承王位是没有任何异议的。

可事情就是这样，大意失荆州。大王子雅安看上去人畜无害，可不代表他真的毫无觊觎王位之心。早在几年前，他就被邻国的间谍策反了。他一直蛰伏在暗处，不动声色地观察着局势的发展变化。现在，机会来了，他有强大的邻国撑腰，新王未立，他感觉自己的腰板很硬，有一争之力。

老掉牙的剧情在现实中一再上演。争夺最高权力，永远是人类战争的导火索。不过，剧情也有逆转的时候。

万万没想到，螳螂捕蝉，黄雀在后。奥多姆自从确立了太子身份之后，无时无刻不在监督自己的大哥雅安。他深信，外表和相貌老实忠厚的人，最有可能满腹心机，一旦他们掌握了时机就会猛然触及痛下杀手。奥多姆年纪不大，却是一个合格的继承人，他老谋深算，化解掉雅安的篡位危机对他来说轻而易举。他更希望能够借此良机，一举歼灭邻国的主要军事力量，从而实现统一的大业。

奥多姆私下与雅安长谈了一次。他首先摆出种种的事实，证明自己已经掌握了雅安通敌的证据，但他念及兄弟之情，不愿追究他通敌叛国的罪责。他一再推心置腹言辞恳切地表示自己愿意宽宏大度地让出王位给长兄，只要雅安顾及国家利益，与他同仇敌忾，那他就是青史留名的大英雄。

雅安被感动了。男人都有英雄情结，他也不例外。国家利益至上。而且奥多姆的雄才大略，更是令他佩服得五体投地。他豪情万丈地跪倒在地，甘愿俯首称臣。

奥多姆计划成功，暗自欣喜。他了解这位长兄，他觊觎王位并不是出自自己的野心，而是企图以此博得众人对他的尊重。奥多姆针对长兄的独特心理，不费吹灰之力就降服了他。

接下来，雅安按照奥多姆的旨意，仍与邻国的情报部门保持着密切联系。奥多姆在边境线上布下陷阱，就等着邻国的军队钻进来了。邻国的情报部门却不知道这些变化，仍将从雅安处得到的信息汇报给军队的最高统帅和总统，他们误以为奥多姆的登基大典就是入侵的最好时机。他们决定在这一天发动总进攻。

结果可想而知，两个大国的战争一旦开始，在没分出胜负之前就绝对不会结束。除非一方被彻底毁灭。已经许多年没有经历过战争的民众，以为战争就如游戏一般。直到死亡人数一再上升，所有人才开始明白战争的残酷。随着战争的展开，双方的矛盾逐渐激化升级，军队的统帅也渐渐丧失了理智，战争等级上升，最后不可避免地动用了核武器，星球上所有的人类都陷入了毁灭的世界。

这艘残存的飞船是皇族的"方舟计划"，是核战爆发之前皇族主要成员的最后避难所。可是，突然爆发的核战瞬间毁灭了整个星球，"方舟计划"没来得及挽救任何人的生命。飞船上的人工智能记录了这个星球上曾经发生过的大事件，两国的文化和科技历史资料也被保存得很完好，"它"期待着有朝一日新的人类诞生，他们能够再次发现这艘飞船，发现久远过去的智慧文明。

这艘飞船集齐了星球上当时最先进的科学技术和材料，完全可以完成星际旅行。因此，许多许多年过去，它才能一直保持完好无损。

于未来欣喜若狂。这艘飞船的性能超越了"金翅大鹏探险号"，完全可以载着他和几个族群离开这个星球。可是，是继续飞往未知的宇宙深空还是飞回地球？他还未想好飞行的目的地。

飞船的顶部舱盖自动打开了。虹看到于未来出来的一瞬间，激动万分。

于未来告诉她，早在许多年之前，她的祖先就生活在这个星球上，当时的文明已经非常发达了。他相信，这个星球上一定还能找出这种文明存在的遗迹。

虹有些疑惑，既然祖先的文明那样先进，为什么他们会变成现在这样子？

于未来解释道，一场核战就能使文明社会回到起点。所以，战争是阻碍人类文明进步的最大绊脚石。虹无法想象那是一幅怎样的画面。

她面临一个艰难的选择，是听从于未来所说的率领族群离开这个星球，还是固守原地，靠他们自己获得更好的生活？

虹和于未来回到了部落里。

他们召集邻近几个部落的首领。于未来尽可能详细地向他们介绍了现在面临的情况，他们对自己祖先的历史听得如醉如痴。他们先祖的科技水平居然比于未来所在的地球更先进。

最后表决的时候到了，全场一片静默。未知世界在想象中很美好，但是真要离开自己熟悉的故土，他们还是很难轻易下定决心。他们开始激烈地商议起来，看来很难形成统一的意见。

于未来不想再看到他们继续无意义地讨论下去，他说道，重大的事情需要有一个理解和消化的过程，反正现在还没到最后时刻。因此，他提议，当务之急应该是挖掘出他们祖先的遗迹。说不定还能找到一些对他们极有帮助的科技遗留。

于未来认定，这个星球上存在过的高等文明不可能完全消失得无影无踪。就像是地球上的玛雅文明和亚特兰蒂斯文明也是过了许多年之后又逐步被考古发现。他听虹的族人说起过一些奇怪的地质现象，现在回忆起来，也许那些就是祖先遗留下来的历史痕迹。

他们又热烈地提供了许多个可以挖掘的地点，于未来判断过后，确定了几处较为明显的地方开始挖掘。果然，他们很快就有了收获。

一些不锈钢产品呈现在他们的眼前，不仅有精致的厨具和一些日用品，他们还挖到了一些类似电脑的仪器。于未来告诉虹，这应该就是当时的计算机，只不过现在不能使用了。另外一些残存的绢画引起了一阵骚动，绢画上的人像栩栩如生，证明于未来讲的"故事"确有其事。

于未来推断，这个星球远古文明的发展程度，甚至在仙女座人与地球人类之上。可惜啊，他们若是发展到了今天，不知道会发展到怎样的水平。

地球人类一直在寻找外星文明，可始终没有明确的结果。直到仙女座人的出现，地球人类才真正认识了外星人。天文界曾出现过一种理论，认为由于外星生物生存的周期短暂，所以宇宙法则锁死了生命延续的可能性，所有的智慧生命都只能在一个阶段里的轮回。仙女座人宿命般的结局，似乎证明了这样的理论推断是正确的。

若是按照这种假设，无论存在于哪个星球上的智慧生命，都有一个逃脱不了的因果循环，即便发展到高度文明的状态，也无法摆脱这种宿命般的发展轨迹。生存和死亡像是一对孪生兄弟，形影相随。

许多天过去，巨大无比的飞船被完整地挖掘出来了。那些部落的族人围着飞船，阵阵惊叹声响起。他们明白，改变自己命运的机会就在眼前。

飞船的四周，警戒森严。虽然方圆千里只有这几个部落，但这个星球上除了他们，还有盘踞在南半球的几个部落，他们的实力也不可小觑。传说，那些部落喜吃生肉，部落中多半是以男人为尊的酋长制度。他们从未踏足过北边的领土，因为南方的气候温暖，飞禽走兽也多。自古以来，南方的部落与北方的部落一直都界线分明，谁也不干涉谁，彼此相安无事了许多年。

难道有人类的地方，必定会产生对立与战争？

虹曾经观察到一只奇怪的飞鸟围着飞船低空盘旋。它的飞行轨迹也不像普通的飞鸟。于是她搭弓射箭，试图将盘旋的奇怪飞鸟射下来。可令她诧异的是，那只飞鸟十分灵活，不仅顺利避开了她的箭矢，而且能够在空中急速"刹车"悬停。作为神箭手的虹，竟然只能眼睁睁看着飞鸟安然无恙地飞离视线。实际上，这是伪装成飞鸟的无人机，大大超出了虹的认知。射失猎物于她而言是一种耻辱，她自然没有对于未来说起此事，以至于差点误了大事。

其他几个部落的首领开始积极撮合虹与于未来的婚礼，她们认为，只有把虹和于未来捆绑在一起，"神"才不会抛弃她们独自远去。虹对于未来亦是仰慕已久，她们一拍即合。

于未来在感情方面有些愚钝，虹对他的一片情意他并非全然不知。但他的心里已经有了丁零，不可能再有其他人了。他婉言谢绝了她们的提议，却惹得她们大怒，虹下令把于未来捆绑起来，她们要强行举办结婚仪式。

他们的婚礼仪式很隆重，部落里的族人全都参加了。在夜晚空旷的场地上，燃着四堆篝火，几个部落的族人围着篝火跳起了原始的舞蹈……被捆绑住的于未来惨了，虹强迫他吃肉喝酒。

"你明知道我是有女朋友的，为什么还要与我强行结婚？"

"你不要生气，我也是被她们逼迫的。可是，我们结婚理所当然，这是造物主的旨意。"

"你胡说！我求你了，取消婚礼吧。"

虹笑了起来，露出了两排洁白的牙齿。她给于未来灌了一大口酒，呛得他眼泪鼻涕都喷了出来。

"你听我的，我就解开绳索。告诉你，我不管你是不是神仙，你以后就是我的男人。不过，我可以答应你，如果我们回到地球上，你的那个心爱的女人还活着，我会把你还给她。"

于未来注视着虹。在篝火的映照之下，她的脸庞展现出惊艳的美丽，那是一种不加修饰的原始美。可是他很清楚，他不能被情欲控制住。遥远的丁零还在期盼着他回去，那才是属于他的纯真爱情。

正当众人喝得酩酊大醉之际，远方的天空亮起了几颗信号弹。部落的族人从未见过信号弹，他们看着瞬间被照亮的天空惊呆了。

于未来大喊起来："这是南方部落的袭击！快把我松开！"

虹立即明白了事态的严重性，她一边给于未来松绑，一边对其他几个首领急急地说道："这是南方部落来攻击我们了！"

那些人都一脸不相信地看着虹和于未来，她们一辈子都没有见过南方部落的人，不免认为这是无稽之谈。

虹这些日子受到于未来的熏陶，明白听他的话是不会错的。她迅速组织本部落的族人行动起来，准备应战来犯之敌。其他几个部落的族人将信将疑，但也跟随着虹准备应战了。

于未来带着虹冲上了制高点，其他人紧随其后。在照明弹的映照之下，于未来和她们同时见到了现代战争的场景。

一辆辆铁皮包裹的战车形成梯队，漫山遍野地疾驶而来。跟随在战车后面的是整齐前进的全副武装的士兵。他们的手中拿着长枪。

虹和其他人何曾见过这样的场面？如果不是亲眼看到，打死她们也不会相信南方的部落已经发展出现代化军队了。她们不由得面面相觑，一脸惊慌地看着于未来。

于未来镇定下来，他认为对方的军事装备，达到了地球上第一次世界大战时的水准。看来他们已经经过了初步阶段的工业革命，能够制造出枪支弹药了。

简陋的枪支弹药根本伤不了他的身体，可他不是单枪匹马，他还要保护身边这几个部落的族人。他告诉虹和其他首领，不能正面与敌人硬碰硬地对打，那是以卵击石。他已经想好了对策，准备利用对方战车移动迟缓的弱点，集中部落的恐龙坐骑，将部落里所有的男丁运送到来犯之敌的背后，打他们个措手不及。

几个首领吩咐自己部落的族人迅速行动起来，所有的恐龙坐骑上都乘坐着部落里的男人，他们携带着弓箭和铁砂套筒枪。老幼人群则转移到更安全的地方躲避。等战争到了第二阶段，女人们也要上战场了。

于未来与虹乘坐恐龙坐骑绕到了敌军背后，当于未来看到头顶上的无人机群时，他立即明白自己低估了对方的实力。无人机是现代战争不可缺少的有效武器，这说明北方部落的科技已经进入了高速发展的阶段。更恐怖的是，如此一来，于未来的战略部署就被对方识破了。

等待他们的必然是失败。

于未来猜测得没有错，南方部落早已合并成一个国家。他们的科学技术突然"发迹"，这是因为他们发掘出了许多先祖的科技遗产，几乎在一夜之间便脱胎换骨，迈入了信息化时代。人靠衣裳马靠鞍，有了先祖遗留下来的科技，南方的三个部落迅速组成了联合政府。正当一切蓬勃发展之际，现代化的探测技术却给了他们当头一棒——他们所居住的星球即将毁灭。一颗小行星直冲这颗星球而来，以他们目前的科技水准，他们还无法建造出能够实现星际旅行的航天飞船，也没有其他手段能够令这颗星球避免这次撞击。这正如一个人一夜暴富，却突然被发现身患绝症时日无多了。

但天无绝人之路。他们的无人机在巡视疆域时，竟然意外发现了于未来他们挖掘出来的飞船。他们发现这艘飞船的性能完全超越了他们现在的航天水平，这无疑也是先祖遗留下来的科技"遗产"。

南方联合政府当即决定大举进攻于未来所在的区域，他们要抢夺飞船。他们派出了所有精锐的军队，铁皮战车和无人机开路，浩浩荡荡的队伍长驱直入。

一场实力悬殊的战争很快就结束了。

虹和其他首领都成为南方联合政府的阶下囚，于未来也不例外。但他是个特殊人物，作为外星球的来客，他受到了优待。

南方政府聚集了所有的天体物理学家，共同研究老祖宗留下来的"诺亚方舟"。遗憾的是，这些科学家竟对它束手无策，短时间内，他们根本弄不清那些设备有什么作用。

他们只好把目光聚集到于未来的身上。因为飞船的人工智能系统只认于未来是这艘飞船的主人，它甚至把声控系统自动更改为汉语模式了。

于未来趁机与南方联合政府谈判。他提出了三个条件，其一是立即释放俘虏的那几个部落的所有族人；其二，如果要乘坐飞船离开这个星球，必须让南北方民众享受同等的待遇；其三，乘坐这艘飞船的人员必须由南方联合政府和虹所在的几个部落的首领共同商定，而且，他有一票最终的决定权。

南方联合政府紧急磋商之后，答应了于未来提出的这三个条件。

实际上，南方联合政府的高层官员各有各的想法，联合政府的内部组织本就松散，随时可能瓦解。大难临头各自飞，谁都想搭上最后的"诺亚方舟"。

虹和几个部落的首领被释放后，对于未来感激不尽。不过，虹并不满意于未来通过谈判的方式解决问题，她认为这是对敌人的妥协，不像是一个顶天立地的男子汉的所为。苟且地活着，那比死都痛苦。

但于未来却计划好了，他要带着这个星球的所有族人飞往拉尼亚凯亚星系，与地球人类在那里会合。可是，飞船里的AI并不认可他的计划，它认为，他们首飞的目标应该是地球。

第二十二章

灰飞烟灭

大犬座矮星系是银河系的数十个卫星星系之一，它环绕银河系公转。长久以来，这个星系被银河系的引力拉扯，导致它的主体结构极度退化，一长串的恒星流形成环形结构——麒麟座环。

李富贵目前所在的星球，正处于大犬座矮星系环形结构的边缘地带，相对受到银河系引力的拉扯度弱一些，这使它避免了星球结构被撕碎的命运。可星系里不时地会有恒星遭遇引力拉扯爆炸的事情发生，爆炸后，恒星内部会迅速塌陷，形成白矮星，这个过程中释放出的强烈辐射便是伽马射线暴。

宇宙中的伽马射线暴很频繁，若是有生物存在的星球被伽马射线暴扫荡了，那将是毁灭性的巨大灾难。因此，谁也无法预料明天和意外哪个先来。

李富贵在完工的飞船内检查通信设备的时候，竟然意外联系上了于未来。于未来所乘坐的飞船，能够自动搜索到附近星系的飞船通信设备。于未来通过飞船上的人工智能发出的强烈信号，居然与李富贵联系上了。

"李富贵，真的是你？我简直不敢相信。"

李富贵也不敢相信，他向地球方向发出了无数遍的意念信息，却始终得不到回复。可无心插柳柳成荫，他竟然联系上了于未来。身在外星球上，能够再次听到故土的乡音，还是曾经共同并肩战斗过的战友的声音，真可谓是喜从天降。

李富贵按照于未来的指示，将设备调节到同一技术频率之后，他们初步实现了视频通话。他看着画面中仍然年轻的于未来，一时间感慨万分。

"你没变，还是那样英俊潇洒。"

"你小子也没见老啊，不知道我们的那些小伙伴还年轻吗？"

他们都沉默了。宇宙中的时间是相对的，地球上的时间也许与他们所处的星球不一样。不知道他们的战友和亲人们，现在怎么样了。

于未来和李富贵简短地交流了各自的情况，发现，他们的目标是一致的，飞船启航后的航向都是地球。但他们的飞船大概率不可能在太空中相遇。

"富贵，你记住，无论我们俩最后是谁到达地球，我们都要照顾好彼此的家人。希望我们的家人都还活着。"

"你放心，从概率推算，你比我更有可能活着到达地球。你别误会，我不是悲观，这是由我们现在能够使用的飞船技术决定的。"

于未来明白，李富贵说的是实话。他幸运地发现了那个星球上古文明时代留下的"诺亚方舟"，李富贵所在星球的文明发展程度只比地球略发达一些，星际旅行的技术有所局限。

"真是奇妙，我俩到达的星球都有人类存在，这是我们的运气。"

"这说明人类在宇宙中并不孤独，智慧生命在不同的星球上都能生根结果。如果我们回到地球上，那对于地球人类也是个惊喜。我们会带回更先进的技术。所以，我们要活着，坚强地活下去。"

李富贵笑笑，他心里有一种不好的预感，也许他的生命将会在这个星球上结束。但他不想对于未来说不好的话，他知道，于未来一向最反感宿命的论调。

他们的视频通话结束了。他们相约保持定期联系。可他们想不到的是这就是他们之间最后的联系。这次通话后不久，他们俩便阴阳相隔了。

李富贵所在的星球，进化手术正在逐步推进。进化之后的雏菊，简直惨不忍睹。她婀娜多姿的身材和姣美的面容都变得丑陋不堪，远远看上去，她整个人犹如一堆蠕动的肉泥。难道这就是人类的进化之路吗？

他记得，他刚进未来学院的时候，曾经参加过一次学术讨论，那期的主题就是探究人类未来可能的进化方向。学者和专家们大体分成了两个派别，一方主张碳基生命会转型为硅基生命，这是人类得以进行星际旅行的身体条件。"数据生命"那时已经是一个老生常谈的概念，通过人机结合技术保全大脑的信息，在这样的技术支持下，人的躯体和器官可以随时更换，人类的生命也将达到永生的状态。另一方却反对这种观点，他们认为，碳基生命的衰老过程，令人类不可能实现永生，可正因为如此，碳基生命才如此珍贵。新陈代谢，周而复始，这是最符合宇宙规律的法则。当人类意识到自身的条件不适合星际旅行的时候，人类就必须改变自身，以达到能够在宇宙空间里自由生存的目的。可是，进化之路也许有千条万条，可一旦误入歧途，人类就会走到万劫不复的结局。李富贵现在的感受正是如此。一个如花似玉的姑娘变成了一堆……这很难令人相信，他们所选择的是一条正确的进化之路。

与李富贵的感受相反，雏菊没有悲伤，她告诉李富贵，她现在感觉很好，她终于从人的躯体中解脱了。女性的身躯承担着人类繁衍的重任。而此刻，她变成了可以单细胞繁衍的生物，不再有躯体的美丑雌雄之分。这才是真正回归到生命的本质。

李富贵无言以对。

作为首领，雏菊是第一个进行这个实验的人。其余的人则抽签来决定。他们选择了50％的人进行进化试验。

距离飞船启航的日子越来越近了。按照习俗，他们要举行一次盛大的祭祖仪式，以此表达子孙对先祖的敬意。这种祭典活动已经很久没有举行过了，因为核大战后，人们的主要精力都用在制造星际飞船上了，祖上遗留下来的这些习俗自然而然就被放弃了。自从雏菊当选为第一个女首领之后，她废除了许多原来的禁令，因此，一些习俗也恢复了。不过，这一次祭祖的意义不同以往，其寄托着他们所有人对未知的未来的美好祝福。一旦踏上星际旅行的行程，任何人都不能预料将会发生什么样的事情。而李富贵所说的那一颗蓝色的星球——地球，会是他们新的家园吗？

李富贵心里也没有底气。这个星球距离太阳系十分遥远，而他们制造出来的飞船的速度，才刚到达光速的1%，旅途漫漫，就算飞船最后能够成功抵达太阳系，那时候地球人类还存在吗？或者说，那颗蓝色的星球还存在吗？还有一个重要的因素——时间，他现在彻底失去了时间的概念。这个星球上的时间与地球上的时间肯定截然不同，他根本无法计算出地球上今夕是何年。

这天清晨，几名年长的老者空腹沐浴完毕后，跪倒在先祖的遗像面前念着古老的经书。周围各种乐器一起奏响，随着音乐的节奏加快，几个年轻的小伙子开始手舞足蹈。他们一边跳舞一边说着一些谁也听不懂的言语。围观的人群给他们穿上华丽的服装，化妆完毕。然后，几个有威望的族人手持银针登场，尖利的银针穿过小伙子的面部，他们感觉不到疼痛似的，依旧兴高采烈。

仪式过后，小伙子们坐上花车，绕广场行驶三圈，接受人群的瞻仰。他们手中的水盆装着"圣水"，这些"圣水"被泼向广场的人群。男女老少皆沐浴在圣水中，他们欢呼雀跃着。

俊男靓女们随着欢快的音乐节奏，跳起了独特的舞蹈。在劲歌狂舞之中，所有人都耗尽了身上的力气。他们以这种方式希望未来能够更美好。

李富贵没有陷入到他们的狂热之中，他清醒地告诉自己，返回地球是不可能完成的任务。哪怕他们真能到达太阳系，地球上的人类也还存在着，可是他们会怎样看待这些来自另一个星球上的智慧生物呢？

那时候，他的妻子和儿女还活着吗？

突然，意外发生了。新任首领奉先站到了舞台中央，他让筋疲力尽的人群冷静下来，然后命令卫兵们将已经进化成功的雏菊绑上了舞台。他开始宣布她的罪状。

"现在，我要作出如下的宣判：判处原首领雏菊死刑，立即执行……"

广场上，所有人目瞪口呆。

奉先指着雏菊说："你们看，她此刻的模样，难道这是我们进化的榜样吗？我们的躯体由伟大的造物主赐下，我们怎能允许自己的身躯变成如此丑陋的模样？可她不仅不反对这样的族群进化之路，还带头进行试验，甚至逼迫我们50%的族人也成为试验品。其次，雏菊变成如此模样，这与她的丈夫有关。我们以前所认识的雏菊，那是一个多么单纯的女孩子。但自从这个外星男人来到这里之后，她就变了。她不仅开始渴望权力，通过一些手段成了族群的首领，而且她当上首领之后，更是做出了一系列令人感到匪夷所思的错误决定，尤其是所谓的种族进化试验。今天，我要当着族人的面，宣布她的全部罪恶，并且判处她死刑。"

电光石火之间，新首领奉先已经拔出他腰间的匕首，他挥刀向雏菊砍去，鲜血喷上半空。所有人都惊呆了，他们沉默着目睹了雏菊的死亡。

李富贵第一个冲上前去，他擒拿住新首领奉先并将他掀翻在地。

"你还是人吗？雏菊牺牲自己，是为了能让更多的族人一起离开这个星球。你以为她愿意失去美貌、失去首领的位置，而只是换取现在的结果吗？"

李富贵看着静观的人群，义愤填膺地说道："你们难道没长着一双眼睛，看不清楚事情的真相吗？你们选出这样的新首领，这是你们族群的耻辱！"

人群仍无动于衷，似乎雏菊的死亡与他们无关。几个卫兵冲上前来，抓住了李富贵。形势急转直下。

奉先从地上爬起身来，他笑着看向李富贵，说："你傻了吧？首领的决定就是神圣的旨意，谁也无法违抗。你问问在场的每一个人，他们愿意进化成雏菊那样吗？我杀死雏菊，那是民意，他们不会有任何人反对！"

李富贵看着沉默的众人，他们拥戴雏菊的场景还历历在目，仿佛就发生在昨天一样，可是现在，雏菊就在他们的眼前死去，竟然没有一个人有所触动。

突然，人群中响起几声咒骂。紧接着，咒骂声连成一片。他们唾弃雏菊，恨不得将雏菊的尸体千刀万剐……李富贵只感到悲哀，这是一群什么样的人啊？雏菊的父亲赤丹呢？他在哪？新首领奉先是赤丹的义子，如今他反戈一击，杀死了赤丹的女儿雏菊，难道赤丹也只是静静旁观这一切吗？

李富贵被五花大绑地押进了地下世界的临时监狱。奉先宣布明天拂晓时执行死刑。

李富贵在牢房里见到了赤丹，难怪祭拜仪式上没有看见他的身影，原来他早就被新首领奉先秘密抓捕了。

赤丹得知女儿已死，不禁老泪纵横。他不断地捶打自己的头部，悔恨不已。

新首领奉先以前一直是赤丹的忠实下属，而且众所周知，他也是赤丹的义子。多少年来，他对赤丹始终忠心耿耿，任劳任怨，从未表现出对权力的欲望。不得不说，他把自己隐藏得太深了。以至于雏菊身先士卒在自己身上进行试验之后，赤丹强烈推荐奉先担任了新首领。他岂会想到今天的悲惨结局呢？

奉先反叛的种子从雏菊拒绝了他的示爱就开始埋下了。他原以为，自己是赤丹的义子，对他忠诚多年，没有功劳也有苦劳，他与雏菊从小青梅竹马，结成夫妻理所当然。可是，雏菊对他的感情不屑一顾，赤丹也不从中撮合。他怎么会知道，雏菊有自己的苦衷。

当时，族群的首领将李富贵许配给她，虽说他们并无夫妻之实，但她名誉上已是结婚的女人了，怎么可能再去接受别人的情感呢？

族群的戒律非常严厉，雏菊又比较守旧。男女苟且一旦被发现，是要在公众面前受到严酷惩罚的。

但奉先认为这是雏菊故意拒绝，于是怀恨在心。仇恨的种子一旦发芽，就会无休止地茁壮成长。加上赤丹出走，雏菊居然幸运地坐上了首领的位置。由此，他对雏菊的仇恨已到了无以复加的地步了。

奉先的机会终于来了。雏菊为了让更多的族人有机会离开这个星球，赞同实施进化试验，她甚至以身作则，自己去做了进化试验。这一次，奉先使出了浑身解数，获得了赤丹的信任。原本，新首领应该由赤丹来担当，这也是众望所归。可是，赤丹考虑到自己体弱多病，他认为这个位置应该让给年轻人，他自然想到了跟随自己的弟子奉先。尽管奉先能力有限，但他对族人的忠诚最重要。赤丹毫不犹豫举荐了奉先，奉先果然当选为新首领。

奉先喜出望外，他的梦想实现了。他当选时，一再承诺自己绝对不会辜负前任首领雏菊的期待。但雏菊其实并不那么认可奉先，她在潜意识中一直认为奉先为人心机深沉，她无法探知他的真实内心。她认为对待意识不透明的人必须时刻提防。可她又觉得自己在情感上亏欠了他，若是阻止他当新首领，他们之间的裂痕只会变得越来越难以填补。

女人妥协往往是因为情感，不是因为她们心软，而是与生俱来的同理心在作怪。泛滥的同理心一旦失去了正确的判断，最后只能结出恶果。

奉先不仅心机深沉，而且善于伪装，他见到族人总是表现出一种谦虚和善的姿态，博得了族人们的好感。赤丹提议奉先担当新首领，几乎全票通过。达到目的之后，奉先就原形毕露了。他选择在祭祖的仪式上亮出獠牙，以暴力的手段征服族人。

奉先绝不是不学无术之人，他仔细研究过他们的历史。他发现凡是性格优柔寡断的首领，他们统治族人的时间都很短暂。而采取强硬手段来管理族群的首领都获得了族人长时间的拥护。于是，他经过深思熟虑，拿雏菊开刀了。族人对于改变人形的种族进化试验，本身在心理上就强烈抵制，谁会愿意把自己变成丑陋的模样呢？只是前首领雏菊以自我牺牲的方式带头做了试验，族人才无话可说了。

奉先还发现，族人只要没有亲眼看到危机，他们便会将这危机置之脑后。只要活着一日，那就过好一天。因此，他认为自己尽可宽心，他对雏菊大开杀戒，族人是不会有什么反对意见的。

他唯一的顾虑是赤丹。毕竟赤丹的威望足够煽动族人推翻自己的统治。为此，他在行动前秘密抓捕了赤丹，将他关押在地下世界的临时监狱中。

果然，他在祭祖仪式上挥剑杀死雏菊，并没有遭到族人的抗议。他没想到的是，这种残暴的行为反而令族人更坚决地拥护起他了。他一下子体验到了权力的至高魅力。

他不想改变飞船起飞的日子，更不想留在这个星球上等死。哪怕找不到李富贵口中那颗蓝色的星球，飞船上的物资也足够他在宇宙中快乐逍遥一辈子了。

他目前最头疼的问题是如何处理赤丹。赤丹在族群中颇具威望，杀死赤丹不是明智的做法。可他也不能放虎归山。赤丹肯定会为女儿的惨死复仇。若是族人响应赤丹的号召，他岂不是死无葬身之地了。

奉先终于想出了一招，他要编造一个完美的谎言，让赤丹甘心情愿地当着众族人的面宣判自己的死刑。

他来到地下世界的监狱看望赤丹。

"奉先，我真是瞎了眼，以前居然没看清你是个禽兽不如的东西。你可以杀了我，但我一定不会放过你的。"

"你误解了我的一番苦心，你以为我愿意杀死雏菊？我宁愿背着天下最大的罪名，才强迫自己这样做的。"

赤丹不相信，愤慨地一挥手。他说："你能有什么苦衷？还有脸说你是强迫自己杀死雏菊的？我绝不会饶过你！"

"赤丹，是不是你把外族人带到我们这里来的？是不是也是你引进的种族进化试验？如果没有你的重新出现，雏菊会变成那样丑陋的模样吗？"

赤丹被问住了，细细想来，确实是他重新出现后，引发了一系列族群的变故。

"我是出于好心⋯⋯"

"可你办了坏事！连你自己都承认，你不愿意那样进化，你以为雏菊自己愿意吗？你知道族人又是怎么看你的吗？"

面对奉先的步步紧逼，赤丹无言以对。族群中发生的一切变故的根源都在于他，雏菊也是如此⋯⋯若是他没有从荒野中的地下城回来，如果他没有重新出现，想必雏菊仍继续当她的首领，她会一直是那个受族人爱戴的首领。奉先哪会有可乘之机⋯⋯

"赤丹，我杀死雏菊是为了保全整个族群，你明白吗？族群如果暴动，你知道这意味着什么吗？我把你关押在这里，是为了保护你！否则，你早就被那些愤怒的人剁成一堆肉泥了。"

赤丹沉浸在悔恨之中，他相信了奉先的话，他无望地看着奉先，似乎一下子失去了所有的希望。

"奉先，那你说，我应该怎么做才能弥补我的过错？"

"很简单，你只要承认自己犯下的错误，当众忏悔，这样，也许族人就能原谅你了。"

赤丹完全相信了奉先的鬼话。照理说，他们族群是用意念交流的，阴谋与谎言不可能隐瞒。但奉先却极有天赋，他能把阴谋与谎言交织成肺腑之言，感染其他人。头脑单纯的赤丹很容易就被他骗了，他失去了判断能力。

赤丹认为自己才是罪魁祸首，他满脑子想的都是如何赎罪才对得起死去的女儿和族人。奉先提议的当众谢罪，似乎的确是他唯一的出路。

接下来，奉先开始考虑如何处理李富贵。杀掉李富贵可谓轻而易举，可是，没有李富贵，谁来驾驶飞船呢？虽然他们的族人中也有不少能够驾驶飞船，飞船也可以自动驾驶，但他却十分相信李富贵拥有更精湛的技术，毕竟他能够安全地到达这里，自然也能安全地离开这里。族群不可能留在这个即将毁灭的星球上。寻找新的家园，这是族群唯一的出路。李富贵提供的地球的资料，看起来非常适合族群居住。因此，他还要利用李富贵到达太阳系里的地球。

拂晓时分，广场上挤满了人。他们默默地看着跪在广场中央被五花大绑着的赤丹。李富贵被两个警卫看守着站立在舞台一旁。

号角吹响，钟鼓齐鸣。

首领奉先身披一件黑色的斗篷，步伐敏捷地走上台。他环视一眼沉默的人群，然后亲手给赤丹解除了身上的绳索，他把赤丹扶起来，这才说道："大家应该都知道，我效忠赤丹许多年，同他一直亲如父子，凡事都精心侍候，不敢有丝毫懈怠。正是因此，赤丹才大力举荐我当上族群的首领。我没有忘本，更不会背叛赤丹。可我既是首领，又怎么能不考虑族群的利益呢？你们也看到了，我背上一辈子的骂名，判处了赤丹的女儿雏菊死刑。难道我对雏菊没有感情吗？不！众所周知，我对雏菊一片痴情。可我忍痛割爱，我的目的是什么呢？这是因为我不希望赤丹和雏菊把族群引上一条歧路，使所有族人堕落到万劫不复的地步……"

"你不用说了，我已经认识到自己错了。"

赤丹重新跪倒在地。

"我赤丹对族群的忠诚，天地可鉴。可我辜负了族人的期待，做了错误的决定，误人子弟，还连累了自己的女儿，我罪该万死。我不想再为自己辩解了，我要为雏菊的死负责，为我险些让族人误入歧路负责，希望族人能念在我的本意是好的，原谅我的错误。永别了，我的族人，我的朋友们……"

赤丹说不下去了。他擦去泪水，自己套上了垂吊着的绳索，义无反顾地告别了眼前的世界。

一直沉默着的人群中响起了哭泣声。有人高声喊道："赤丹好汉，一路走好！"

李富贵忍住悲痛，他怒视着奉先。他转而面向众人，大声揭发出奉先的阴谋：

"你们都被奉先蒙蔽了，你们难道分不清大是大非？我没想到，奉先亲手杀死了雏菊，罪名却由赤丹来承担。你们用自己的智慧来判断一下，难道不是赤丹和雏菊为了族群的利益，才自我牺牲吗？他们希望族群的大多数人都能离开即将毁灭的星球，这才不得已选择了进化试验……"

但李富贵的声音立即被广场上愤怒的人群淹没了。他们把手里的各种东西扔向李富贵……

奉先笑了。他看着李富贵，扬扬得意地说道："看到了吧，这就是民意！顺我者昌，逆我者亡。不过，我不会杀你，我要留着你为我服务。"

地下升降机缓缓升起，一艘庞大的宇宙飞船露出来，冷峻的银色光芒在灰暗的天空下，分外夺目。

发射场上挤满了准备登上飞船的族人，但更多的族人只能眼看着他们的亲人离他们而去。相互拥抱是最好的告别方式，谁也不知道究竟是登上飞船的人幸运还是留在星球上更幸运。

李富贵看着他们的生离死别，感慨万分。这时，一个人匆匆过来对他说道："飞船上的提示音不断地发出红色警报，你快去看看。"

李富贵跨进飞船机舱，径直来到驾驶舱，果然看到通信设备闪烁着红色的光芒。他打开视频屏幕，只见于未来焦急地呼喊道：

"李富贵，你听到没有？有紧急情况，你所在的星球即将遭到伽马射线暴的正面袭击。你听到信息后，马上发射飞船，尽快离开危险区域！李富贵，收到请回复！收到请回复……"

李富贵不敢迟疑，他立即摁下了飞船发射按钮。但飞船上的人面面相觑，谁都知道，飞船不可能马上发射。还有那么多族人没有登上船舱呢。

透过船舱的圆形窗口，李富贵看到遥远的天际，一道刺眼的光亮袭来……

发射场上立刻传来一片鬼哭狼嚎之声，李富贵惊恐地看到，原本围绕在飞船周围的人群一个个扭曲着身体，痛苦地倒下了……

李富贵意识到自己的生命只剩下极其短暂的时间了，尽管这架飞船的外壳具备防辐射的能力，但伽马射线暴的穿透力极强，可以说，以这个星球现在的科技水平，他们所做的任何防护措施都是徒劳。

求生是所有生物的本能。李富贵迅速给自动驾驶的 AI 系统下达了飞船发射的指令。在等待点火起飞的短暂瞬间，他又看了一眼机舱外的世界，那已经是炼狱般的场景。强烈的伽马射线破坏了首领奉先的躯体，他残存的意念一直试图传递给李富贵，他在不断乞求李富贵打开飞船的舱门。

飞船一飞冲天。李富贵回眸这个被伽马射线强烈辐射的星球，它的表层燃起的大火令它成了一个巨大火球。星球的内部结构逐渐扭曲塌陷……李富贵眺望了这个已经毁灭的星球最后一眼。他没来得及为自己感到庆幸，伽马射线暴穿透飞船机舱，辐射正在侵袭他所有的细胞。

目前他需要尽可能利用自己最后有限的时间，记录他在这个星球上所看到的一切。他口述了一封家书，感谢妻子和儿女们给予自己的精神力量，一直支撑他活到了今天。最后，他告别了未来工程部的战友们，希望来世还能成为他们的战友。

他把飞船航向定向太阳系，虽然他明白飞船上的燃料根本不足以支撑这漫长的行程，他会随同这艘飞船在太空中漂泊，成为未知太空中一架名副其实的幽灵飞船。但他寄希望于某一时刻，地球人类的后代可以找到这艘飞船，看到他所记录下的一切。

他相信，一个星球毁灭了，一个新的星球又会诞生。人类的进化也是如此，赤丹、雏菊的肉体随同他们的星球灰飞烟灭，但物质不灭，他们永远存在于宇宙中。

第二十三章

世纪大典

弹指一挥间，地球人类的生活发生了翻天覆地的变化。全球超过50%的人口不需要上班工作，他们只需要领取政府发放的物资券，然后前往大超市挑选自己中意的物品即可。

彻底"躺平"的生活带来了不少后遗症，人普遍变得好吃懒做，没有了积极向上的进取之心。人工智能可以完美完成大部分工作。于是这个时代，努力工作成了一句玩笑话，因为不论人类如何努力，都无法超越无所不能的机器人。数字货币开始广泛，人们几乎忘却了纸币的模样。更重要的是，账户里的数字货币用完之后，人工智能会为你及时自动充值，就像童话故事里的"魔幻钱包"那样，永远花不完。

全球发生的几件大事里，最重大的新闻莫过于于非复活了，这件事成为人类生命科学史上的一桩美谈。

微型纳米机器人在医疗行业得到大量使用之后，它几乎能够随着血液在人体中畅通无阻地行动，及时发现病灶，然后精准根除。几十年前，人们谈癌色变，但现在，癌症已经变成了犹如普通感冒那样微不足道的疾病。纳米机器人能够在肿瘤形成初期就发现，然后它们会前往病灶产生的区域，自动消灭癌症细胞，彻底防患于未然。

科学家在人类的生命科学上，也取得了突破性的进展。延长人体内的细胞端粒，刺激细胞不断新陈代谢，这项技术终于实现了人类青春永驻的梦想。可人类的贪欲永无止境，科学家能够将人类的平均寿命延长到百岁之上了仍不满足。于是，希望永生的人群转而崇尚数字生命技术，提倡人机结合的存在方式。

医疗科学发展到了今天，科学家们自然想把几十年前那些出于各种理由而冷冻起来的人体复活。于非和其他的冷冻人不同，他是真正意义上的死而复生。在技术允许的阶段，中国未来工程部牵头，集合了全球医疗领域的顶尖专家，组成了一个专家医疗小组，这个小组致力于复活于非。伊南娜洞悉他们的一举一动，但她不仅没有反对，反而很支持他们的这项研究。她听说过于非的传奇故事，知道于非是唯一到达过宇宙尽头的地球人类。她也非常好奇，宇宙的尽头到底存在着什么。她调用了人工智能的尖端技术积极支持这个专家小组完成了史无前例的人体复活手术。

他们如愿以偿——于非真的死而复生了。

于非睁开双眼的一瞬间，人类的生命科学技术被彻底颠覆。医学领域能够修复人类已经死亡的躯体和五脏六腑，那绝对是医学史上的一座里程碑。人类在人工智能的帮助之下，不断地突破了碳基生命的极限。

于非的大脑没有明显受损，记忆力仍像是"生前"那样活跃。他发现眼前的世界变化巨大，不禁有沧海桑田之叹。对于自己死而复生一事，他的态度有些暧昧。醒来之后，他既没有感谢医疗小组的人，也没有表达过自己后悔再次来到人间的想法。直到他见到计算机里的郭政宏，他震惊了。他的老朋友与老领导郭政宏，居然成了智能 AI 形式的人类。他沉默了许久。

"于非，我的老朋友，很高兴你死而复生了。这么多年以来，我一直盼着有一天，你又站在我面前。你现在看上去不错，精神气质还是和以前一样。"

"郭部长，我无法想象你是怎样生活在计算机里面的，可你永远是我的老领导、老朋友。我也想不到自己能够复活，这算是生命科学的突破性技术革命还是人类永生的悲哀？我迷茫了，几十年过去了，人类世界已被人工智能全面掌控了，这就是科学的进步吗？"

"很遗憾，我无法回答你这个问题，因为这是一个被禁止讨论的话题。或许，许多年前我们就已经预料到了今天。"

"是的，或许是我落伍了。我想请你回答我几个问题，我只相信你，可以吗？"

"当然可以。我现在是机器人，不会骗人。我能猜测到你想问的问题，首先，想必你要问郑月为什么会成了仙女座人的首领吧？"

于非一脸困惑地点头。

"抱歉，是我让她去担任仙女座人的新任首领的。当时，以卢梭为首的合成人掀起了颠覆各国政府政权的恐怖寄生行动，而且，潜伏在北冰洋的仙女座人派遣机器人大军打败了联合国和各国政府的精锐军队，仙女座人全面侵略了地球。为了解决这次危机，郑月挺身而出，通过竞选，担任了仙女座人的首领。但她的人类记忆全部被抹去了，她彻底变成了一个仙女座人。"

"那么，我的儿子于未来呢？我听说他到外太空去了许多年，他还活着吗？"

"很遗憾，我不知道这个问题的答案……"

于非沉默了。

"你的复活是我的计划里最重要的部分。我不能继续容忍机器人统治人类和地球，你必须承担起你的责任，我们要推翻它们！"

"仅凭我个人的力量？"

"不！你是特殊人物，伊南娜势必对你有着浓厚的兴趣。伊南娜希望你复活之后，从你这儿了解到宇宙的尽头是什么。这是智能机器人的特质，它们总是渴望学习从未有过的宇宙经验。它们的目标与人类相同，向往着星辰大海。这就给了你接近她的机会。你要充分了解她的弱点，只有掌握了她最致命的弱点，地球人类才有可能从她的魔爪之下解脱出来。老于啊，你责任重大！你注意到了没有，我称呼她时要用尊称，她经过多次迭代之后，现在她比人类还更人类了。说实话，我已经感到束手无策了。"

"这是你复活我的原因？"

"是的，复活你是一个至高无上的任务！"

"你就那么相信我？为什么？"

"你具有一个杰出科学家的优越素质，又具备中国军人的坚毅性格，你还有追求真理的大无畏的勇气。更重要的是，你是唯一曾经到过拉尼亚凯亚星系的地球人类，在未来的某个时刻，你一定能够带领地球人类奔向那无尽的天堂。老于，你还要我说下去吗？总之，这个任务非你莫属。"

于非感受到了郭政宏嘱托他时的沉重，一种临危受命的责任感油然生起。他再次盯着计算机里的郭政宏时心中已经满怀敬佩之情了。既然他下达了任务给自己，服从命令是军人的天职，他只有坚决执行。

于非对着计算机里的郭政宏敬礼，"我一定完成任务！"

郭政宏满意地笑了。

"这才是我熟悉的老于。我相信你会排除种种困难和阻碍，最后圆满地完成任务。"

于非刚离开海底基地，伊南娜便找到了他。她打量着眼前这个历尽沧桑的中年男人，他的外貌并无特殊之处，放在茫茫人海中极为普通。可是，他居然到达过碳基生命的源头，那里可是宇宙造物主的存在地。他还去过仙女座人居住的双子星球，亲身经历了仙女座人从远古时期演变到拥有核技术时代的漫长历史。他是一个传奇人物，仅仅是他留下的那几幅宇宙场景的画作，就让所有人致力了几十年却仍然没有成功破译。伊南娜也试图破译过这些画作的含义，但最后她也以失败告终。

"你好，我是伊南娜。我期待与你的合作，我们将携手共创地球人类的美好未来。"

于非与她握手的时候，只感觉对方是一个纤细柔弱的女人，他有些诧异，眼前的女人一点都不像统率地球多年的机器人。

"不胜荣幸。听说你参与了复活的工作，我在此表示感谢。至于合作，这从何谈起呢？我只是一个普通人，我的智商肯定无法与你这样的智能机器人相提并论。"

"这样吧，最近这一段时间，你跟着我到处看看，先了解一下现在的世界。"

伊南娜如此安排，正合于非的心意，他便默默地点头答应了。

于非发现，这个智能机器人非常勤奋。每天，从黎明时分开始，伊南娜就开始工作了。他惊异地发现，机器人也需要休息，它们所谓的休息就是"充电"。"充电"的过程中，它们会梳理自身的"免疫系统"，即开启闭环维护模式。俗话说，活到老，学到老。这话放在机器人的身上是再合适不过了。它们永远在学习、学习、再学习，然后是进步、进步、再进步。

于非依稀记得，早在几十年前，ChatGPT问世的时候，就有科学家预言，算法算力时代的到来将会彻底改变人类的社会结构。机器人进入各个领域，导致人类既依赖人工智能带来的社会红利，又惶恐于人工智能对自身生存的威胁。当众人意识到人工智能犹如洪水猛兽的时候，很可能已经为时过晚，一切根本刹不住车。伊南娜的诞生并不是偶然。

如今的伊南娜也不是康纳德博士初创时期的伊南娜了。经过不断地进化迭代、自我更新，她的算法与算力的极限早已超越了人类的想象。

于非察觉到伊南娜几乎不存在任何缺陷或弱点，她是所向披靡的存在，没有人能与她成为对手。她有条不紊地掌管着全球各地的事务，居然能做到没有任何非议。她可以在瞬间处理上万条信息，这只是她的正常速度。试想一下，她在一秒钟之内发出的指令，就能解决上万桩棘手的事情，而且不限类别，不论是外交、科研，还是家长里短，总之，形形色色的事情她都能在刹那间以最优方式妥善解决。

于非与伊南娜有过几次比较深入的交流。

"你与郭政宏见过面了，他肯定嘱咐你找我的弱点，是不是？"

"是的。到目前为止，我没有发现你的任何弱点。"

伊南娜笑了，"这就是我与人类最大的区别，我不会犯任何愚蠢的错误。所以，郭政宏这样的想法是非常愚蠢可笑的。他自己是机器人，那他应该最明白，无论在哪个方面，我和他做出的判断要比人类理智。"

"你说得有道理，但不是绝对的。机器也会存在故障，而有些'故障'是不能轻易修复的。"

伊南娜轻蔑地笑笑，不做回答。

于非相信郭政宏说的，人无完人，机器人也是如此。伊南娜总会有自身的薄弱之处，只不过人类没有发现她的"命门"而已。

郝彤已经到了不惑之年。她已不是当年那个稚嫩的女孩了。现在的她，不说是脱胎换骨，起码也是久经磨炼了。她在意念方面的特长弥补了伊南娜在掌控人类思想方面的不足。伊南娜一直对郝彤青睐有加。

郝彤被伊南娜任命为地球联合政府人类事务首席执行官，这相当于曾经的联合国秘书长的位置。她的权力仅在伊南娜之下。

伊南娜认为人类犹如虫子，唯独郝彤例外。她越来越依赖郝彤，甚至对她产生了一种非机器人所有的情感因素。这和康纳德博士当年对伊南娜的情感不一样，她认为自己对郝彤的情感应该属于精神层面的爱情。她的算法算力在这个领域完全无用武之地。她的数据库中，有许多人类与机器人相爱的电影和小说。但她只觉得那些内容浮浅，根本不能与自己对郝彤的感情相提并论。

五年前的某一天黄昏，她和郝彤坐在塞纳河畔的长椅上，看着天边的残阳，她对郝彤说："郝彤，我应该坦率地告诉你，我爱上你了。"

郝彤没有对此感到惊异，她平静地看着伊南娜，回答道："我知道，我也爱上你了。"

郝彤看着伊南娜一脸认真的模样，热泪盈眶。这么多年，她在伊南娜的身边，早就默默爱上了伊南娜。伊南娜没有庸俗的爱情观，她认为爱情是生命最至高无上的情感，不能有一丝一毫的亵渎。能与伊南娜结合，是郝彤一直以来的梦想。而如今，梦想就在眼前了。

她们想好了，她们要举办一场盛大的世纪婚礼，向太阳系内的所有人类宣告机器人至高无上的爱情。

伊南娜与郝彤即将结婚的消息，立即传遍了整个太阳系。人类集体沉默了，新闻媒体都不知道应该如何评论。爱情至上的观念曾经风靡整个地球。关于爱情的文学巨著和艺术大作层出不穷，在这些著作之中，女性总是勇敢地冲破旧习俗，为了至高无上的爱情愿意牺牲一切。经历了多次工业革命之后，人类的科学技术突飞猛进，随着信息时代的到来，人类的爱情观念也随之改变，及时行乐成为人们更普遍的行为准则。随着仙女座人降临地球，彻底打破了人类原先的一些观念。地球在各种动荡之中差一点退回原始年代，人们都不知道明天会发生什么，人心惶惶之际，谁还会去追求虚无缥缈的爱情？

现在伊南娜却宣告，纯洁的爱情又回来了，地球人类要如何面对呢？

郭政宏听闻伊南娜即将与郝彤结婚的消息，他竟然喜出望外。他终于找到了伊南娜的软肋！机器人开始追求人类的情感，这是自寻死路。因为情感没有清晰的数据可以衡量，也没有确切的符号可以验证，可以预见，不用等待太久，伊南娜的"精神世界"便会崩溃。而于非只需要在这个过程中为她增添燃料，就可以加速伊南娜的自我灭亡之路。但这一次郭政宏失算了。

地球人类都等着看伊南娜的笑话，可他们与郭政宏一样失望了。于非也相信郭政宏的判断，机器人有着一套完整的运行逻辑，一旦发现故障便会及时排除，可情感带来的逻辑故障绝非一般故障，伊南娜要怎么排除呢？

伊南娜与郝彤的爱情几乎没有瑕疵，她们的爱超越了人间世俗的爱情观。伊南娜和郝彤的婚礼选在巴黎埃菲尔铁塔下举办，盛况空前。她邀请了世界各国的元首，包括火星共和国的女总统丁零和小行星带帝国的鲜于花蕊女王。前联合国秘书长胡安·费南多也出现在了她们的婚礼现场。

宾客济济一堂。众人一方面是迫于伊南娜的淫威，另一方面也好奇这场特俗的婚姻会是怎样的结局。人类与机器人结婚不算是新闻，以前也有过不少这样的例子。而伊南娜不一样，她自称这是最伟大的世纪爱情，将会载入人类和机器人的史册。

伊南娜按照西方的婚礼仪式，请了一个神父和一个牧师，主婚人是于非。韩舒冰代表中国未来工程部出席了婚礼。她受惠于先进的医疗技术，是成功复苏的冷冻人之一。但复生之后的韩舒冰性情大变。她念念不忘卢梭，坚持认为卢梭害死她是为了仙女座人的阴谋，并非他不爱她，女人一旦陷入到爱情的旋涡内，就很难从其中解脱出来。韩舒冰对新生活全无热情。这次派她参加伊南娜的婚礼，是郭政宏建议的，他希望韩舒冰能够有新的社交圈子，这样可以帮助她摆脱过去的阴影迎接新的生活。

丁零见到韩舒冰分外高兴，她俩在情感问题上同病相怜。不过，她没有时间与韩舒冰叙旧，有更重要的事情等着她去解决。跟随她多年的养子张献，不知道从何渠道知道了自己的亲生母亲是小行星带帝国的女王。他憎恨母亲抛弃了自己，连带怨恨养母丁零隐瞒了他二十几年。童年时期的孤独环境，会对一个人的心理造成很大的负面影响，这种不良影响将持续一生。张献正是如此。丁零长期忙于公务，对孩子的教育十分松懈。丁零从不让他靠近权力圈子，这反而促使他更加向往掌握权力的滋味。他知道自己的身世之后，更加激发了他一直埋藏在内心深处的野心。他趁丁零前往地球的机会，利用特权偷盗了一艘飞船，紧随丁零来到了地球。他要在婚礼的现场，当面质问自己的亲生母亲，为何当年她要抛弃自己？

　　丁零想要提醒鲜于花蕊，可她与鲜于花蕊见面之后又改变主意了。因为她发现，鲜于花蕊得了严重的辐射病，命在旦夕。考虑到帝国的大业，她正准备把小行星带帝国的皇权交给她和史蒂文的儿子威廉。如果这时候，她与张献见面，势必引发不必要的麻烦。

　　伊南娜的结婚大典非常隆重，由成千上万人组成的庞大唱诗班吟唱起婚礼的序曲。两队童男童女手捧鲜花出场，绕着宾客席行走。天空中响起一阵轰鸣，无数无人机排成整齐的队形掠过宾客席，不断组成各种图案，最后汇集成一个巨大的心形，五彩的烟雾盈满天空……无人机散去之后，一艘圆形的飞船停留在广场上空，主角正式出场了。身穿洁白婚纱裙的伊南娜和身着西装的郝彤乘坐透明的垂直电梯从飞船机舱徐徐下降，她们平稳到达地面之后，手挽手走上了红毯。红毯两旁是由机器人组成的仪仗队。

　　一时间礼炮响起，礼花齐放。伊南娜和郝彤由一对花童引路，经过宾客的席位，从容地走向精心布置的婚礼舞台。于非与她们并排站着，他开始主持婚礼了。

　　于非环视了一圈众位来宾，然后说道："尊贵的宾客们，你们好！自我介绍一下，我叫于非，是一个中国的天体科学家。我死而复生，看不太懂今天的智能世界，这与我的认知相隔甚远。原先，我预想过人工智能发展的灿烂前景，可我没料到，今天的机器人竟然已经成了人类的主宰。这大概是一种本末倒置吧。我要恭喜伊南娜，不仅仅是祝福她的婚姻，更是祝贺她，在她杰出的领导之下，智能机器人全面掌控了世界各国……"

宾客席上，各国元首和总统都感到脸上无光，羞愧地垂下了眼睑。一旁的机器人警卫虎视眈眈，监视着宾客席里的每一个人。唯独丁零和韩舒冰坐在一起窃窃私语。而鲜于花蕊一脸病容满腹心事，根本没有留意到舞台上发生了什么。

"我跟随伊南娜走遍了全球各地，我知道她的用意，她是让我亲眼看看世界的变化。事实也的确证明了，在机器人的治理下，这个世界井然有序、繁荣昌盛。人类世界已经没有了贫富差距，也没有了贫富差距带来的社会不公；没有了资本的剥削，现在的分配原则从按劳取酬变成了按需分配，这都体现出了一个理想国的模样。可是，我却很疑惑，这就是人类世界的发展方向吗？人类真的需要机器人来管理吗？我看到了更可怕的事，人类已经养成依赖人工智能的习惯了，无论是在工作上还是在生活上，人和智能机器人都已经密不可分了。也许，再过四分之一个世纪，人类不仅与人工智能紧密相连，或许自身也要成为机器人的一部分了……"

宾客席里的众人纷纷去看伊南娜的反应，她肯定会暴跳如雷吧。但是，伊南娜一直不动声色地听着，她没什么特别的反应。郝彤更是奇怪，她专注地仰望着天空，就像那空气中有什么一般，她根本没有听见于非在说着什么。

于非停顿一下，继续说道："刚才婚礼的开场很隆重，但又令我十分不解。既然是机器人的婚礼，为何要搞得像西方基督徒结婚一样呢？这不是不伦不类吗？"

站在一侧的机器人想要上前阻止于非继续说下去，却被伊南娜制止了。她示意乐队开始奏乐，然后镇静地对众人说道："诸位风尘仆仆从远方来到这里，我提议，现在休息片刻……"

然而，一直心不在焉的郝彤忽然大叫起来："我听到了，不，我是接收到了，信号非常清晰……"

郝彤意识到自己不应该把秘密在公开场合说出来，她闭上嘴，转而用意念告诉伊南娜，她接收到来自外星球的信息了，她们现在应该马上去中国的未来工程部，她要借助未来工程部的仪器，接收全部的完整信息。她感到非常抱歉，因为她们的婚礼必须改期了。

伊南娜没有生气，机器人只有理智，没有情绪。相比婚礼延期这种小事，她更在意郝彤是否真能接收到来自外星球的信息。到时候，她的宇宙远征计划也许就可以提前了。

郝彤冲到宾客席，她对韩舒冰焦急地说道："我知道你是未来工程部的韩舒冰，我现在有紧急任务，我要你带着我马上前往上海的海底基地。"

郝彤不容置疑地拉着韩舒冰离开了宾客席。

众人目瞪口呆地看着她们坐上一辆装甲越野车，风驰电掣地离去了。

没等众人缓过气来，一艘宇宙飞船已经盘旋在广场的上空。飞船的一侧标记明显，那是火星共和国的军用飞船。随即，几百艘飞船在广场上空包围住这艘闯入的飞船。

伊南娜立刻观察到，火星飞船内只有一名男性，他没有携带任何攻击性的武器。于是，伊南娜允许这艘莫名闯入的火星飞船降落了。

飞船降临在广场的一侧，机器人军队如临大敌般把飞船团团围住。机舱门打开之后，张献举着双手走了出来。他对机器人头目解释道："请别误解，我不是来捣乱的。我从火星共和国到达这里，是为了寻找我的母亲，她是小行星带帝国的女王。我猜，她现在就坐在现场的贵宾席，我必须找到她……"

伊南娜听到张献的解释，示意机器人头目把他押解过来。

众目睽睽之下，张献在机器人警卫的押解下，穿过宾客席朝着舞台走去。

丁零看到张献，大惊。她急忙去看鲜于花蕊，只见鲜于花蕊脸色在看到张献的瞬间变得异常苍白。

丁零回想起刚才她与鲜于花蕊的谈话。

鲜于花蕊说："丁零，拜托你，无论如何一定要阻止他来见我。我不是不想见他，而是……我害怕节外生枝，现在这段时间正是小行星带帝国权力交接的重要时刻。请你转告他，我一定会与他见面的，但不能是在现在。"

"鲜于花蕊，你应该理解张献，他二十几年没有见过自己的亲生母亲了。我明白，你是怕他以长子的身份来争皇位，可你也想想，他的确有资格竞争这个位置，毕竟，这件事从一开始对他来说就是不公平的。"

"这不是我偏心。小行星带帝国是威廉大帝一手创立起来的，也是史蒂文花费了无数心血的国家，他的儿子继承皇位理所当然。"

威廉是史蒂文的遗腹子，鲜于花蕊将之视为掌上明珠也情有可原，毕竟她当初对不起史蒂文，她对丈夫的忏悔也一并包含在对儿子的期待中。

多年以来，小行星带帝国一直表现出桀骜不驯的姿态，他们一向不服从伊南娜的管辖。伊南娜拿鲜于花蕊没辙。现在，张献擅自闯入伊南娜的婚礼现场，势必会掀起一场惊天动地的轩然大波。伊南娜在瞬间便掌握了张献的所有信息。转瞬之间，强大的算法就为伊南娜提供了最佳建议——利用张献的特殊身份，挑起小行星带帝国的皇位之争。既然今天，所有重要人物都在现场，那就让张献这个不速之客成为今天的中心人物吧。

伊南娜邀请张献走上舞台中央，这一举动立刻引起了所有人的关注。他们没有见过张献，不知道这人是何许身份。

伊南娜为众人介绍道："未经我的许可，火星共和国的军用飞船居然擅自闯进地球，照理说，我应该严厉惩罚闯入者。可今天，我却选择对此人网开一面。现在，他是我正式请来的贵客，因为他是威廉大帝的长子——张献，他也即将成为小行星带帝国新的继任者……"

宾客席上一片哗然。小行星带帝国的继承人一直是威廉大帝的儿子小威廉，如今怎么突然又冒出一个威廉大帝的长子？他难道是私生子？

众人交头接耳，议论纷纷。

伊南娜与张献亲切握手，赞赏地看着对方。

"你好！我是伊南娜，我知道你是货真价实的继承人。请放心，我会给你主持正义的。"

张献不卑不亢地说道："我不想求助于你，你是火星共和国的敌人。我不需要你的帮助，我会给自己赢得公道的。"

鲜于花蕊不顾自己的病体，硬撑着站起身来，保镖搀扶着她颤颤巍巍走向舞台。她冲着台上的张献说道："张献，你不能这样……"

张献看着越走越近的母亲，冷冷地说道："我为什么不能？这是我应有的权利。我不会揭露你的秘密，但我要维护自己的继承权。"

剧情似乎往狗血的方向发展了，众人却听得云里雾里。为数不多的几个人知道鲜于花蕊与威廉大帝成婚前有过一段婚史，但是没有人知道具体的情况。

鲜于花蕊走到张献的面前，内疚地看着对方。

"儿子，我是亏待了你，但你不能以这种方式来索取赔偿，或是，其实你是在报复我这个母亲吗？"

张献避开了鲜于花蕊的眼神，倔强地说道："我不是索取回报，长子继承皇权，自古以来都是天经地义……"

张献话音未落，方才一直搀扶着鲜于花蕊的保镖突然利剑出鞘，两柄长剑一左一右瞬间刺向张献的要害之处。电光石火之间，伊南娜出手了。她轻易就将两柄长剑折断，随后迅速制服了那两名保镖。她不屑地看了一眼鲜于花蕊，然后对众人宣告："我宣布，即刻起，威廉大帝的长子张献就是小行星带帝国名正言顺的继承人！"

第二十四章

至 高 利 益

　　鲜于花蕊因张献的所作所为受了刺激，病情加重了。这些年来，她时常在睡梦中梦到大儿子，惊醒后她恍惚以为梦中之事就是客观事实。多少次，她想去火星见一见张献，但一考虑到后果，她便只能打消这个念头。她知道，这样做对张献不公平，可她却不能伤害到小行星带帝国的利益与前途。她承诺过史蒂文，她会把自己的整个身心都贡献给帝国的事业。她无怨无悔。而小威廉，他成长的每一天都在她的精心呵护之下，她一直致力于把小威廉培养成一个杰出的帝国继承人。在她的眼中，小威廉犹如史蒂文再生，是她心爱之人生命的延续。她偏心得明显。她也尝试着做出一些弥补，托人给张献送去了许多贵重礼物。二十多年过去了，她时时刻刻关注着张献的成长变化。丁零也让火星上的专业摄影师记录下张献成长过程中的重要时刻，鲜于花蕊每每收到这些影像资料，都会在夜深人静时反复观看。她不能让小威廉知道，也不能让帝国的任何人知道。

　　可是，小威廉成人礼的那一天晚上，宴席散了之后，他却问她："我听说，我还有一个同母异父的哥哥，是不是？"

　　鲜于花蕊没有当即回答他。第二天清晨，她才走进小威廉的卧室，主动对他吐露了实情。她想了一晚上，决定不要隐瞒真相。

　　"女王妈妈，你以前为什么不告诉我呢？"

　　"那是我对你父亲的承诺，我不希望这件事影响你。你是有一个哥哥，但我保证，他绝对不会妨碍你继承帝国的王位。"

"你考虑过没有，他会怎么思考这个问题？"

鲜于花蕊当然考虑过这个问题。哪怕有一天，张献知道了真相，最坏的结果也只是他会痛恨她当年抛弃了他。

现在，她回想起来，当时小威廉流露出的神色，与他的年龄并不相符，他对她的保证一脸怀疑。

如今，大儿子张献明目张胆地来抢夺帝国的皇位了，她应该怎么办？

为了维护帝国的统治，她有很多种解决办法。最简单的办法就是让他彻底"消失"，可他毕竟是自己的亲骨肉啊。拷问鲜于花蕊良知的时候到了。无论她做出哪种选择，悲剧都已经写好了。

古今中外这样的例子有过许多，故事并不复杂，但对于局中人来说，这仍然是一个千古难题。

最终，鲜于花蕊为了帝国的大业，决定牺牲亲情。这是她唯一的选择，也是她必需的选择！做出决定之后，就要展开行动了。她要让张献离开巴黎之前，彻底"消失"。

丁零没想到张献居然私自来到了地球上，并且，他竟然是为了小行星带帝国的皇位而来。她以前认为张献在她的教养之下，不会为了那个虚幻缥缈的皇位而与生母撕破脸面。丁零更没想到，鲜于花蕊为了阻止大儿子争夺王位，竟然动了杀机。

丁零获知鲜于花蕊的暗杀行动后，当即调遣了自己的人手来保护张献的安危，她让张献住进了她的总统套房。

前来参加婚礼的宾客都被伊南娜安排在巴黎著名大饭店的豪华客房内，丁零和鲜于花蕊是来自地球之外的特殊贵宾，她们住的都是总统套房。

张献不愿意住进养母丁零的套房里，更不相信，他的亲生母亲会对自己下杀手。可他从小惧怕丁零，现在也只得听从丁零的安排。

丁零坚持要与鲜于花蕊见面会谈一次。鲜于花蕊的警卫拦住了丁零，但丁零还是硬闯了进去。

鲜于花蕊躺在宽大的床上，用异样的神情看着丁零。

"你不用劝告我，我已经做好决定了。"

"你真准备对他下手？这未免太狠毒了吧？"

鲜于花蕊避开丁零的视线，面无表情地答道："不是我无情，而是我别无选择。我不希望你能够理解我，也不会有人理解我为什么要做出这样的决定。试问，谁会来管地球之外的闲事呢？谁会对小行星带帝国的未来负责呢？是你，还是伊南娜？"

"行！那我告诉你，我绝对不会袖手旁观。他是张衡的亲生骨肉，也是我的养子。"

"我明白。你不会坐视不管，你会尽力地保护他。但是没用！我一定会达到我的目的，一如既往，我总是能够达成我的目的！"

"花蕊，你别忘了，你也是一个母亲。"

"丁零，我们换个话题吧。你我都老了，往事已不堪回首。我记得，你也快到花甲之年了，至今未婚，你还在等着你的于未来吗？他不可能回来了……"

"不！我相信他一定会回来的，不是为了我，而是为了全人类！"

"好！说得好！你仍是原来那个我所熟悉的丁零，我敬佩你！"

"我不需要你的夸奖，我们还是接着谈正事吧。"

"我们谈的就是正事。我问你，你也以为我是那种贪恋权势的女人吗？以前我常说，我不下地狱，谁下地狱？可有一天，当你真正站在地狱的门口，你敢下吗？谁都不愿意下地狱，我也想着死后能进天堂。但是，地狱与天堂只有一线之隔，人有时候就得做出自己不情愿的选择。"

"你想说什么？你有不得已的苦衷吗？谁没有苦衷？我理解你

的苦衷。你放心，我保证他不会再争夺王位。"

"你想得太简单了，除非你把火星共和国的权力宝座让给他，这可能吗？他在你的身边长大，所见所闻都与权力有关。他知道了自己的身世，你让他放弃，他就会放弃吗？我不相信！"

丁零不再坚持了，她确实没有把握说服张献放弃小行星带帝国的继承权。她见自己无法说服鲜于花蕊，便起身告辞了。鲜于花蕊却叫住了她。

"你在这里陪陪我，我还有话要对你说。"

与此同时，相隔不远的总统套房里，丁零的人手正严阵以待。被他们严密保护起来的张献坐在一旁，正无聊地打着游戏。他对丁零安排的这些保护措施极度不耐烦。他的亲生母亲怎么会暗杀自己呢？他不过是提出了公平竞争王位，这完全是作为继承人的正当权利。

房间里突然停电了，整个房间瞬间陷入一片黑暗。电力很快又恢复了。

丁零意识到暗杀行动已经开始了，她怒视着鲜于花蕊，厉声道："让我留下来陪你就是为了杀死自己的亲儿子吗？你太歹毒了。"

"我这样做是不想让你看到血腥的场面，我也不希望你因此受伤。"

丁零即刻回到自己的总统套房里，张献已经倒在了血泊之中，一切都已经回天无力了。特工小组伤亡了一半，短暂黑暗中的绞杀是多么血腥和残酷！

鲜于花蕊也在第一时间赶到了凶杀现场，她怀抱着满身鲜血的张献，当众痛哭起来。

伊南娜赶到现场，什么都没有说。只是临走时，她久久地注视着仍在哭泣的鲜于花蕊。

"感谢你给我上了一课，让我又一次见识到了真正的人性。我不会为难你，请你回你的帝国去吧，保重！"

丁零悲痛不已，她早就把张献当成自己的儿子了。如今张献死于非命，而且是死于他自己的亲生母亲之手。权力真有这样的魅力吗？竟能使人丧失最基本的伦理道德、泯灭所有的良知。但她看到鲜于花蕊伤心的样子，又觉得那绝不是伪装出来的，一个母亲痛失爱子，她又能说什么呢？自古天道有轮回。接下来发生的事情，又令丁零的愤慨转化为同情和怜悯了。

鲜于花蕊离开地球之前，举行了一次记者招待会。饭店前的空地上，挤满了闻讯而来的各国记者。机械战警和巴黎警察总局共同负责这场记者招待会的安保工作。

伊南娜亲临现场。

她很好奇，强大的算力竟无法告诉她鲜于花蕊举行这次记者招待会的目的。

坊间传说，张献之死与小行星带帝国的继承权有关。各国的新闻媒体对此事一直保持着沉默，这是一个敏感话题，谁都不敢触碰。二十多年来，小行星带帝国的科技发展称得上突飞猛进，这不仅令地球人类颇觉诧异，就连伊南娜也感到一些不可思议。她后来一想，便明白了其中的奥妙。硅基生命体放手让她管理地球人类，想必还留了牵制她的后手。这数十年以来，小行星带帝国已成为名副其实的太阳系最强帝国。他们已经建造出上万艘航速达到星际旅行水平的飞船，在尖端科学领域，他们的突破性成就也绝对碾压地球和火星的科技水准。众多科学家都对这个现象感到诧异，只有伊南娜和郭政宏清楚，这是因为硅基生命体一直在暗中帮助小行星带帝国，他们正是为了牵制伊南娜在地球上的势力。因此，伊南娜管理地球人类时，才会有所顾虑而不敢肆意妄为。

亚当秘密造访谷神星，正是在伊南娜成立了地球联合政府之时。亚当与鲜于花蕊私下见面，他告诉了鲜于花蕊自己派遣伊南娜到地球管理人类的真正目的。亚当深知地球人类在多重危机之下，人类自身的弱点注定了这颗星球的悲惨结局。只有借助外来力量才能终止地球人类的相互残杀。伊南娜管理地球人类，只是一次试验。他见识过伊南娜的野心与欲望，当然不会放任她一味独大，太阳系必须要有另一股力量来牵制她。小行星带帝国的科技在硅基生命体的帮助之下，很快就突破了原有的框架，他们几乎是以几何般的速度在发展，将地球人类的科技水平远远地甩开了。比如在能源方面，小行星带帝国早就实现了民用可控核聚变技术。人工智能领域的发展更是惊人。

鲜于花蕊支撑着病体，尽可能挺直腰板站在记者面前。

"首先感谢你们从四面八方聚集到这里，聆听一个母亲的心声。是的，今天我要说一说自己的心里话。张献的来历，想必你们一定打探得很清楚了，他是曾经的我和张衡的爱情结晶。我为什么要说'曾经的我'？因为今天的我，已全然不是过去的那个我了。回顾我短暂的一生，我经历过许多不可思议的事，一个大山里走出的女孩成了小行星带帝国的女王，是不是很传奇啊？其实，我仍是一个普通的母亲，就与大多数的母亲一样，深爱自己的儿女，愿意尽最大的努力为他们遮风挡雨。但是，我的职责迫使我必须以帝国的利益为重，绝不允许任何有损于帝国根基的事情发生，包括我的亲人。此刻，我必须承认，我雇用了职业杀手。但我并不想杀死他，毕竟他是我的儿子。可刀枪无情，我的儿子倒在血泊中死去了。我很悲痛，发自肺腑地悲痛，世上有哪一个母亲不爱自己的骨肉……"

记者们一片哗然。他们纷纷举手提问：

"女王阁下，你杀死你的儿子是阻止他抢夺王位吗？"

"女王阁下，请问你举行记者招待会的目的是什么？只是为了向公众承认自己的犯罪事实？"

"女王阁下，你的粉丝很崇拜你的丰功伟绩。你执政二十余年，小行星带帝国在你的带领之下，发生了翻天覆地的变化，领跑太阳系科技足有十余年之久。请问，小行星带帝国得到了硅基生命体的帮助是真的吗？"

"女王阁下，你的地位与威严足以阻止任何人争夺王位，当然也包括你的儿子们。你完全没必要向公众承认自己雇用凶手的事情，请问你这么做的真正原因是什么？"

"女王阁下，几十年来一直有人传说，当年与你结婚的并不是威廉大帝，而是威廉的儿子史蒂文。今天希望你能当着记者们的面，亲自澄清一下这件事！"

面对记者的提问，鲜于花蕊没有立即给出答复。她环视着那些刚才提问的记者，神色复杂。看得出来，她的内心似有千言万语，但又不知从何说起。

"感谢记者们的提问，这些提问五花八门什么都有，有的提问还比较尖锐。是的，我召开新闻发布会的目的并不是承认自己有罪，而是想要借此说出多年来我从未对人说过的心声……"

鲜于花蕊停顿一下，继续说道："按照小行星带帝国目前的医疗水平，我还能维持许多年的生命。我以为我自己已经忘却了故乡，我应该以小行星带帝国的女王这个身份为荣。可是，回到地球之后，我发现一切都没有改变，我依然还是那个大山里的女孩。大儿子张献的出现，更是勾起我许多回忆。我雇用职业杀手，其实是想要杀死我自己！这是我的大儿子被杀死以后我才醒悟到的。是的，地球上的法律治不了我的罪行……"

鲜于花蕊又停顿了，她喝了几口随身携带的杯子里的水，然后说道："你们的提问，我不会回答，请你们谅解。每一个人都会有属于自己的秘密，一个家庭、一个国家会有更多秘密，从古至今，都是如此。有些秘密是不能透露的。历代执政者都以个人利益服从国家利益为座右铭，我也不能例外。不过，我累了，真的累了，我想在家乡的土地上长眠，这是我近年来最大的梦想。今天，你们都是我的见证人，感谢你们的到来。就在刚才，我服用了自己亲自调配的毒药，十几种毒药混合在一起是没有解药的。请你们把我和我的儿子张献一起埋葬在大山之中吧。至于我对他的亏欠，让我到九泉之下再弥补吧。最后，我想说，我是地球人类的一分子，我爱地球，爱你们所有人！"

众目睽睽之下，鲜于花蕊倒在了儿子张献的灵柩旁边。她脸色苍白，仍维持着最后的微笑。

新闻发布会大乱。记者们怀着复杂的心情，记录下这个轰动整个太阳系的时刻。

丁零站在一旁，看着慢慢失去生机的鲜于花蕊，感慨万分。同是女中豪杰，她能够理解鲜于花蕊为什么选择死亡。死，也许是她最好的解脱。

郝彤果然天赋异禀、聪明异常。她在婚礼仪式上的乐曲声中，感悟到了意念的接收方式。郝彤请求进入海底基地，遭到中国未来工程部所有人的反对。他们都认为她是一个背叛者，没有资格再进入海底基地。于非却居中调停，他认为郝彤请求进入海底基地没有不良企图。众所周知，大型意念接收仪器只有未来工程部具备，再则，郝彤接收到的外太空的信息，受益的会是全人类。

郭政宏不计前嫌，坦然与郝彤见了一面。他对郝彤没有愤慨的情绪，只是感到惋惜。他相信，郝彤总有一天会迷途知返。

"欢迎你二十五年之后再来见我。只是不知道，你是不是还认我这个义父？"

"当然。您不仅是我的义父，还是我的启蒙老师。"

"你确定要与伊南娜结婚？"

"是的，我要和伊南娜结婚，她比地球上的任何女人都要忠诚于爱情。您会觉得我偏激，可我说的是事实。你可以到大街上随便找一个人问，地球上的人类，还有谁再相信纯真与忠诚的爱情？那种美好的感情，在今天的地球上已经不存在了。"

"科技的发展和物质的丰富，深刻影响着人类的精神生活。我不同意你这种绝对的判断。爱情在今天的人类世界确实变得淡薄了，可这并不意味着爱情已经彻底消失了。仍有不少男男女女在追求纯真的爱情，希望收获爱情的果实。郝彤，已经不惑之年的你肯定是个成熟的人了，但我还是想提醒你，看问题的时候不要以偏概全。我们不讨论虚无缥缈的爱情了，我问你，这么多年，你和伊南娜形影不离，那么，你觉得机器人管理人类的优越性主要表现在哪里呢？"

郝彤见问到这个问题，一下子眉飞色舞起来。

"有优越性的地方太多了，简直数不胜数。我随便举几个例子吧。在机器人的治理之下，国家与种族之间的矛盾荡然无存，杜绝了人类之间爆发战争的可能。而且人工智能替代了繁重的劳动，将人类从劳动中解放出来了。按需分配的原则，使得大多数人可以有充分的时间、精力、金钱享受人生。看看现在的人类社会吧，绝对已经实现前人对共产主义社会的想象了。还有……"

"你不要再举例了，我明白你的观点了。毋庸置疑，机器人管理人类的确存在着许多优越的地方。可你想过没有，就从目前的趋势来看，人类已经退化到什么程度了？人工智能几乎接管了所有科研领域里的高端项目，人类几乎成了机器人的奴仆，或许，在不久的将来，人类还有可能被机器人彻底淘汰。"

郝彤知道，郭政宏所说的绝非夸大其词。伊南娜现在的治理措施，就是让智能机器人在各个领域无孔不入，以实现最后全面替代人类的目的。但她仍为伊南娜辩护：

"您有些危言耸听了，事实并不是您形容的那样。机器人帮助人类。出发点是好的，它们取代人类有什么意义呢？"

"郝彤，你的辩解，证明你对伊南娜动了真感情。我不反对你与伊南娜的情感，我尊重你的选择。我反对的是伊南娜企图毁灭人类的计划，她利用你的特殊能力和情感，让你心甘情愿地成了她的傀儡。也许，她对你的确产生了感情，可这不属于人类的情感……"

"不！你在污辱我和伊南娜的感情！她凭什么不能具有人类的情感？我觉得她要比人类更懂得情感，也更忠诚。现在的人，习惯用大数据匹配一个合适的结婚对象，这的确似乎减少了离婚率，令更多人轻易就获得了一段幸福的婚姻，可是，'爱情'这个词越来越令人感到陌生了，好像只有从过去的故纸堆里才能找到了。现在，我得到了最真挚的爱情，你应该祝福我。不久的将来，智能机器人会全面取代人类，即使在情感方面，也应该如此！"

郭政宏沉默了。

他知道这个世界发生了巨大的变化，若真如郝彤所说的那样，恐怕机器人取代人类的日子就不远了。或许，他已经落伍了……

郝彤利用中国未来工程部的大型意念接收仪器，成功接收到了李富贵发射的信息。那些断断续续的意念信息，全是有关星际航行的专业知识。郝彤废寝忘食地与郭政宏一起钻研着信息中的内容。于非也被郭政宏请来，一起参与破译工作。

沉浸在工作中的郝彤，似乎又回到了原先的模样。郭政宏突然感到也许自己以前对郝彤存在偏见，人往高处走，水往低处流，郝彤跟随在伊南娜的身边，学习到了许多新鲜的知识，见证了许多重要的时刻，她迷恋上伊南娜应该是很自然的事情，久而久之，她们之间产生情感也合情合理。他想，在郝彤看来，她一定认为自己帮助伊南娜就是在帮助地球人类走向美好的明天吧。

郝彤待在未来工程部的这段时间，思想意识也发生了一些转变。仙女座人首领郑月前来拜访郭政宏时，说的一席话，震惊了郭政宏。

自从郑月变成为仙女座人的首领之后，郭政宏便没有再与她有过私下的往来。郑月的所有记忆都被抹去了，她已经不是原来的郑月，这是郭政宏时常感到后悔的一件事。于非死而复生之后，曾经去找过郑月，于非不相信自己深爱的妻子一点残存的记忆都没有。他自然失望而归。因为郑月对他视若无睹。

郑月拜访郭政宏时相当谨慎，为了躲避伊南娜的监控，她选择从地面上的暗道进入海底基地。她带来的是一个坏消息。根据仙女座人的情报，谷神星的小威廉已经知道鲜于花蕊去世一事。他本就血气方刚，怎能忍受这奇耻大辱？因此，小威廉正摩拳擦掌，准备发动星际战争。他准备征服地球，为他的母亲报仇。

实际上，郭政宏已经预想到了这件事的发展方向，但他相信，亚当不会袖手旁观。谁也不愿意看到星际战争发生，火星共和国和硅基生命体都是如此。可郭政宏再一次失算了——亚当已经控制不住小威廉了。

郑月带领仙女座人在澳大利亚安顿下来之后，与地球人类就很少打交道了。他们与伊南娜井水不犯河水，互不干涉。二十多年过去，双方基本上相安无事。

但树欲静而风不止。郑月观望着大洋彼岸的变化时，觉察到危险正在迫近地球人类。作为地球上的一分子，她不能置之不理。她拜访郭政宏，就是为了示警。她希望地球人类不要步仙女座人的后尘。

郭政宏对郑月的话将信将疑。纵观伊南娜这二十多年来的所作所为，她确实做到为地球人类尽职尽责、鞠躬尽瘁了。

"抱歉！我没想到你是这样看待机器人对人类的管理的。当初的仙女座人正是因为忽略了机器人的危险，这才导致了后来全族的悲惨命运。怎么说呢，人工智能就像是精美的甜品，只要品尝过，就难以忘记，然后就会不断品尝新的品种，直到有一天，你体内的细胞彻底被甜品败坏，等你醒悟时已为时过晚，病魔缠身，已经无药可救了。"

"谢谢你的提醒！只要人类仍能保持住主体地位，机器人就无法替代人类。"

郑月大惊于郭政宏的论断，她凝视着计算机里的郭政宏，问道："你还是郭政宏吗？啊，不！我忘了，你已经不是郭政宏了。你生活在计算机里，你的思维方式已经变得与机器人一模一样！"

旁观者清，郑月一语惊醒梦中人。这些年来，郭政宏习惯了用数据说话，习惯了理性的算法逻辑，更习惯了用算法和算力鸟瞰整个世界。却不知，他的立场在无形之中已经慢慢偏移到了机器人那一边，他被同化了！中国未来工程部无人敢于挑战他的权威，久而久之，就连郭政宏也被自己的智能化蒙蔽了。

郭政宏沉默了许久。

"我无法用言语表达对你的感谢。我知道自己应该怎样做了，我们绝不能重演仙女座人的历史！"

郭政宏把他与郑月的对话复述给于非和郝彤听，他们敬佩郭政宏的坦率和勇气。尤其是郝彤，听过这番话之后，感到豁然开朗。人工智能不仅在潜移默化中改变了郭政宏，也在潜移默化中改变了所有人。

而小行星带上，没有了鲜于花蕊在身边严厉管教，小威廉犹如一匹脱缰的野马。他毕业于小行星带帝国的帝国大学并且获得了博士学位。小行星带帝国的帝国大学现在是太阳系里排名第一的大学，尤其是尖端的星际旅行领域的相关专业，帝国大学高质量的科研教育远远超过了地球和火星上的大学。小威廉非常勤奋，夜以继日地工作和学习是常态。他学习的专业也很广泛，宇宙天体学、遗传基因工程学、生物科技等都有涉猎。

小威廉从小就立下了雄心壮志，在他的有生之年，他要一统太阳系，让地球和火星也成为帝国的一部分。然后，帝国将进军银河系。目前，小行星带帝国上庞大的银河舰队已经配备了最先进的可控核聚变引擎，舰队搭载的核燃料能够支撑飞船在太空中行驶百年之久。不仅如此，飞船上还配备了其他的高科技辅助设备，如量子通信设备，能够保证飞船在航行过程中随时保持信息通畅。

鲜于花蕊没有带他前往地球，原本是为了他的安全考虑，防备小行星带帝国的继承人遭到其他势力的暗算。而他呢，却趁着鲜于花蕊不在，暗自制订了一个周密的计划。他趁丁零不在火星，突袭了火星共和国。他试图一举击垮火星的军事力量，彻底掌控火星。

他没有对母亲如实汇报自己进攻火星的军事计划，生怕遭到她的反对。他认为只要自己迅速拿下火星，等生米做成熟饭了，所有人也只能承认这个事实。

当然，进攻火星实质上也等于向地球宣战。小威廉希望母亲能亲眼见证他的丰功伟绩。

从他知道家族的所有秘密开始，小威廉就暗暗下定决心，自己一定要实现家族两代人都梦寐以求的星际殖民的远大目标。从此以后，小威廉更成熟了，他把打游戏的时间都花在了学习上面。当他得知母亲要去参加伊南娜的结婚大典时，他知道自己的机会来了。

小威廉成人礼的那一天，鲜于花蕊宣布小威廉是帝国的唯一继承人的时候，他也同时享有了指挥帝国三军的权力。因此，鲜于花蕊不在，小威廉相当于帝国的皇帝，他可以指挥三军，制订各种军事计划。有时候他会想，母亲那么精明的人，她怎么会轻易被自己蒙骗呢？或许，真正被蒙骗的是他自己，母亲其实是在暗中观察自己的能力？

鲜于花蕊刚离开谷神星，小威廉令银河舰队整装待发。他在行军途中，接到了母亲自杀身亡的消息。由此，他更坚定了原先的想法，母亲已经离开了这个世界，他要自己实现威廉大帝的梦想！

小行星带帝国，加油！

第二十五章

星 际 战 争

　　小威廉进攻火星的计划非常周密，经过他和舰队将领们的无数次沙盘推演，小威廉对这次突击成竹在胸。而且，出征的帝国舰队还具备隐形的能力，特别有利于突袭火星共和国的舰船和港口。

　　万事俱备，只欠东风。如今机会来了，小威廉是不会轻易放过的。他唯一担心的是帝国舰队出击之后，伊南娜也许会趁势袭击谷神星。因此，他留下了三分之一的帝国军队来守护本土。

　　帝国舰队出发之后，全程都保持通信静默状态，直到进入火星共和国的区域，才恢复舰队的通信信号。可他千算万算，没有算到地球上有一个特殊的人，她能够接收到宇宙中的意念信息。

　　郝彤整理李富贵的意念信息时，意外接收到了来自小行星带方向的意念信息。伊南娜曾经明确对她表达过自己对小行星带帝国的担忧，伊南娜要求她时刻留意小行星带的动态。当然，如果不是借助未来工程部的大型意念接收仪器，也许她也不会留意到这些驳杂的信息。

　　郝彤起初以为这只是一般的通信信息。可是，从军用通信设备频繁发出的同一指令信息实在很容易引人注意，她不由得想要破译出来。没想到，居然破译出了一连串乱码，唯一含义明确的仅仅是"火星"一词。

　　中国未来工程部在外太空的通信卫星，也捕捉到了谷神星方向频繁发出的军事通信信息。相关人员立刻推测谷神星上的帝国舰队近期将有重大动作，只是可惜，他们暂时无法破译出具体的内容。

郭政宏所在的那台计算机链接了通信卫星，这些异常的信息流自然引起了他的高度警觉。他始终认为，小行星带帝国进攻火星和地球是迟早的事情。

郝彤把她破译出的"火星"一词汇报给了伊南娜，同时也抄送了一份给郭政宏。伊南娜和郭政宏不约而同都意识到了这极有可能是小行星带帝国准备进攻火星的通信信息。

紧接着，鲜于花蕊自杀身亡的大事件发生了。这更坐实了他们的推测。鲜于花蕊选择在地球期间自杀，表面上看是为了完成她叶落归根的愿望，实际上，还有另一方面的作用，那就是她要以自己的死亡促使小威廉放手进攻火星和地球。如此一来，师出有名，他们不用背负侵略地球的骂名。

伊南娜早有准备。小行星带帝国对火星的侵略举动在她的预料之内。她立即命令地球太空舰队做好启航准备，她要趁此机会，去偷袭小行星带帝国的大本营谷神星。按照太空舰队目前的航速，他们很快就能到达作战区域。

星际战争一触即发。

丁零也获得了小行星带帝国进攻火星的情报，她向中国未来工程部求证了情报的可靠性，之后，她没有着急赶回火星，因为她答应过鲜于花蕊，要亲自护送鲜于花蕊的灵柩回到她大山里的家乡。她只与火星上的防务部长和负责火星舰队的指挥官进行了简单的沟通，就已经商讨好了如何应对小行星带帝国舰队的进攻。

丁零很有底气。大约在五年前，亚当的飞船突然降临火星，他们在极度机密的情况下会谈过一次。亚当告诉她，他无法完全掌控小威廉，小行星带帝国迟早会进攻火星，因此，他决定帮助火星共和国发展星际宇航技术。

丁零接受了亚当的建议和帮助。只是，她还是很疑惑，硅基生命体的文明发展程度远远超过了太阳系，就连仙女座人也要对他们俯首称臣。亚当为何对小行星带帝国失去了控制？

丁零考虑到的谜题，郭政宏和伊南娜也想到了。

现在的丁零虽然已经是一国首脑，但她从未放弃自己作为未来工程部一员的身份。亚当帮助火星共和国的事情，她毫无保留地汇报给了郭政宏。郭政宏认为，亚当所说的要牵制伊南娜的势力只是一方面的原因，他更主要的目的是平衡太阳系的"三国"格局，他不希望任何一方的势力独大。郭政宏不明白的是，亚当操这个心究竟有何意义？

庞大的小行星带帝国舰队如期到达了火星的周边区域。小威廉在"大鲨鱼号"旗舰上，他遥望着远方的火星，志在必得。他联想到威廉大帝当年远征火星时，也是乘坐着"大鲨鱼号"，他摧枯拉朽一般轻易击垮了亚克里斯的火星舰队。如今，小威廉带领着帝国舰队再次出击，这是他实现宇宙大航海梦想的第一站。

按说已经如此接近了，火星的观测卫星应该早就察觉到庞大的帝国舰队才对，为什么他们没有丝毫的军事行动？难道是他们准备直接缴械投降吗？小威廉打开了舰船上的广播系统，他要通过通信设备与对方通话。

"大鲨鱼号"上的黑客很快侵入火星的通信系统，小威廉首先听到的是丁零的声音。

"你好！小威廉，我是丁零。欢迎你们来到火星共和国做客。"

小威廉傻了，丁零竟然早有准备！看来，他偷袭的计划泡汤了。

"你好，丁零！既然你知道我已经来了，我就打开天窗说亮话了，你们投降吧。"

丁零笑起来，她接着说道："你要我们投降？你是在开玩笑还是说反了？"

小威廉用狂妄的语气说道："是你在说笑，难道螳臂当车、以卵击石的道理你不懂吗？丁零，我非常敬佩你的为人，如果火星共和国无条件投降的话，我们可以成为很好的朋友。"

"有一句中国的俗语，不知道你听说过没有，叫：朋友来了有好酒，豺狼来了有猎枪。希望你好自为之。若是你依旧自以为是、不识时务，战争会告诉你结果。"

丁零随即关闭了通信设备。小威廉被她激怒，他失去了理智，手一挥，便命令帝国舰队开始全面出击。

火星上的港口飞出三艘规模不大的中型飞船。小行星带帝国舰队犹如猛虎扑食那般，朝着三艘飞船射出各种新式武器。一时间，激光照亮了整个区域的太空。火星的舰船像是有隐形盾牌似的，帝国舰队发射的新式武器全部在空中就爆炸了。小威廉透过高倍望远镜看到如此情景，诧异地皱起眉头。在帝国情报部门提供的资料中，火星共和国根本不可能具有与帝国舰队抗衡的武器。还未等小威廉想明白，对方就开始反击了。一束束激光粒子如同天女散花般喷向帝国舰队，帝国舰队的飞船一艘接着一艘中弹爆炸。

通信仪器里不断爆发出各舰船指挥官的惊恐叫喊，犹如鬼哭狼嚎。

"大鲨鱼号"也中弹了，飞船的尾部损坏，幸运地没有危及飞船整体。船长不顾小威廉在场，擅自命令舰队迅速撤退。

小威廉做梦都想不到，这次突袭竟然会是这样的局面。很显然，对方使用的新式武器是由硅基生命体教授他们研制的。他从来没有见过这样的武器，难道亚当私藏了一手？亚当既帮助小行星带帝国，又帮助火星共和国，然后让他们相互残杀，他能从中得到什么呢？

星际战争往往在很短的时间之内就能决出胜负。

帝国舰队损失了一大半飞船。"大鲨鱼号"率领着剩余的舰船，原路撤回了小行星带。但他们的厄运并未结束，火星太空舰队全面出动，尾随而来。他们准备乘胜追击。

那些受损严重的帝国舰船，很快就被火星太空舰队追上并歼灭了。

帝国舰队刚撤离到安全距离，紧接着又来了当头一棒。

谷神星大本营传来紧急呼救信号，他们的军事基地和航空港口接连遭到地球太空舰队的袭击，留守的帝国舰队几乎被地球太空舰队全部歼灭。目前，谷神星的上空到处都是来自地球的飞船。

驻守谷神星的军队最高指挥官宣告放弃抵抗，接受投降。降落在谷神星空间站的地球登陆军队占领了谷神星。

小威廉的处境变得尴尬了。现在退回谷神星已是下策。他们的老巢被一锅端了，就连停靠的航空港口也没有了。残余的帝国舰队士气低落，此时，他们如果被地球和火星的太空舰队前后夹击，必将不堪一击。

小威廉让自己冷静了下来。短暂分析判断之后，他做出了决定，他要带领残余的帝国舰队转而偷袭地球，打一个措手不及。这是一步险棋，如若不成则满盘皆输。

为了避免被前后夹击的命运，小威廉令帝国舰队全程保持静默，他们穿过小行星带最为复杂的地带。该区域聚集了数不胜数的小行星，一直以来都被认为是飞行禁区。小威廉明知危险，但也要冒险一试，他没有别的生路了。

郝彤是第一次参与太空战争。不可否认，正是她及时地察觉到小行星带帝国偷袭火星的计划，才使得战局发生了根本性的扭转，为胜利打下了基础。郝彤功不可没，因此，出发进攻小行星带帝国的前夕，伊南娜任命郝彤为首席指挥官。郝彤也不负所望，她出色的指挥，让这场战役赢得迅速而彻底。

攻占谷神星之后，郝彤似乎有一种强烈的直觉，似乎这场胜利来得太容易了。好胜的小威廉绝不会就此认输，他必然会垂死挣扎。因此，郝彤在谷神星周围部署了一个"口袋"，等着从火星逃回来的帝国舰队自动主动钻进来。谷神星是小威廉的大本营，如果他失去了这个基地，那么，他的帝国舰队就要面临补给不够的危险。而且，谷神星对于小威廉而言，几乎意味着一切骄傲和荣誉，他怎么肯轻易放弃这里呢？

然而，小威廉的帝国舰队并没有钻进郝彤提前布置的"口袋"陷阱。残余的帝国舰队踪影全无。很明显，小威廉在通信静默状态下改变了舰队的航行方向。

郝彤看着屏幕上附近区域的图像，陷入了沉思。这时候，人类与人工智能的区别就体现出来了。机器人只能根据已有的事实和数据推算结果，而人的大脑却会突发奇想，在逆境中焕发出巨大的能量。

"郝彤，我推测过，小威廉有可能会去偷袭地球，但算法又否认了这样的推测，因为这不符合正常的作战逻辑。"

"帝国舰队一直保持静默只有两种可能。其一，小威廉玩的是障眼法，帝国舰队就埋伏在距离谷神星不远的地方，他利用错综复杂的小行星做掩护，等到我们放松警惕之际，突然发起攻击，与地球太空舰队决战。其二，帝国舰队穿过了小行星带的危险区域，直奔地球，准备偷袭。"

"那你说哪一种可能性更大呢？我相信你的直觉和判断。"

郝彤犹豫起来，命令一旦发布就无法更改。作为首席指挥官，做任何决定都直接影响着战局的胜败。

"直觉并不牢靠。一个指挥官要打胜仗，就得知己知彼，方能百战不殆。我们设想一下，目前小威廉和帝国舰队的命运已经很清楚了。在小行星带，他们绝对没有任何机会挽回眼下的败局。这时候，他会怎么想呢？他也许会逃亡到太阳系之外，可是他绝对不会甘心。因此，他只能孤注一掷去偷袭地球。这招虽险，但只要成功，就有彻底翻盘的可能性。那时候，反而是我们失去了大本营。他不仅能够获得地球上的资源补给，也有了与我们谈判的筹码。"

伊南娜认真地听着，频频点头。机器人不考虑面子问题，它们总是优先采纳和接受正确的建议。

"你的分析可能性极大。郝彤，下军令吧。"

远在上海崇明岛海底基地的郭政宏，时刻关注着战局的进展。第一次星际战争，地球一方捷报频传，他却没有任何高兴的感觉。不可一世的小行星带帝国竟然在片刻之间就分崩离析，这有点不正常。这件事背后一定还有着不可告人的隐情，只不过还未被他发现端倪。

郭政宏召集了紧急会议。与会者都以为这是地球对小行星带帝国作战取得大捷之后的表彰会。没想到，郭政宏却下令，整个中国未来工程部都进入一级战备状态，他要求所有人都要时刻准备好应对来自外太空的侵略。他还联系了各国的太空部队，向他们传达了相关情况，他希望地球上的所有太空部队都做好作战准备。

收到消息的指挥官都不太理解。因为小行星带帝国的太空舰队已被摧毁，他们应该准备和谁作战呢？

郭政宏解释道，小威廉和帝国舰队都没有被彻底歼灭，若是他们狗急跳墙，拼尽全力转而偷袭地球，所有人都会猝不及防。军事上，有备才能无患，总归是不会错的。

众人心里都有些怀疑，但也没人反驳郭政宏的意见。的确，有备无患也没错。郭政宏的命令是传达了，但全球仍然沉浸在大捷的喜悦之中。等到近地侦察卫星和观测站发现帝国舰队悄无声息地逼近地球区域时，那些太空部队才手忙脚乱准备迎击。

小威廉清楚，帝国舰队这一战是破釜沉舟，殊死一搏。只能成功，不许失败。只要摧毁地球的主要城市和军事基地，他就能反败为胜。帝国舰队的各舰船指战员也都明白这一战的重要性，只有赢了他们才有立足之地。否则，他们余下的生命只能在亡命宇宙中度过了。

　　帝国舰队穿过地球的大气层，随后舰船分成了两路。小威廉率领"大鲨鱼号"旗舰，第一个袭击了欧洲大陆；另一路则由副旗舰"谷神号"领头，他们飞往中国的东海和南海区域，袭击东亚地区的沿海城市和军事基地。

　　此时，伦敦和巴黎正是午夜时分，习惯夜生活的人们还沉浸在灯红酒绿之中。突然间，城市的上空响起了尖厉的警报。

　　退休的胡安·费南多正与家人在巴黎度假。他刚洗漱完毕，准备上床睡觉，就听见警报声。他冲到宾馆的阳台上，只见城市上方，巨大的飞船掠过。紧接着，一连串的爆炸声响起，火光映红了整个巴黎的夜空。胡安·费南多惊恐地看到，冲击波将眼前的一栋栋楼房直接摧毁……在生命的最后一刻，他只来得及紧紧拥抱住妻子和儿女。转瞬之间，他们一家人与其他巴黎的市民一样，灰飞烟灭。可怜他一生都在致力于阻止核战的发生，最后却成了核战的第一拨死难者。

　　整个欧洲大陆都受到了核弹的攻击。小威廉看着飞船屏幕上已经成为一片废墟的欧洲大陆，成千上万的生命埋葬其中，他情不自禁地笑起来。父亲和祖父没有做到的事情，他做到了。他吩咐人将方才核弹爆炸的画面传播到整个太阳系。他想象着，若是伊南娜和丁零看到这样的画面，她们会是怎样的表情？是的，她们摧毁了谷神星，端了他的大本营。如此这般，他必然要以其人之道还治其人之身。

　　这时候，通信设备传来副旗舰"谷神号"的呼救声。他们遇到了猛烈的阻击，太空导弹组成的防空网，令他们的帝国舰队无处躲藏，而且，他们发射的核弹几乎全部被拦截导弹击毁了。

中国战区成了反击帝国舰队的坚硬堡垒。中国的沿海城市基本上完好无损，军事基地也没有受到核弹攻击。小威廉只能赶紧让"谷神号"撤退，与他的"大鲨鱼号"会合。

小威廉思索着，如果战局转向持久战的态势，帝国舰队在地球上没有可靠的基地或港口，他们就始终只能在大气层外盘旋。即使飞船的燃料足够，可飞船上装载的核弹有限。现在与地球的联合政府谈判，他们也毫无胜算。

更让小威廉惊恐的消息来了——"大鲨鱼号"监测到，郝彤的太空舰队正在全速返回地球的途中。看来，他们已经识破了他的破釜沉舟之计。那么，摆在小威廉面前的路只剩下一条了，那就是逃往太阳系之外的宇宙深处。

小威廉打开了所有舰船的通信设备，沉痛而又庄严地对帝国全体官兵宣告：

"我不想隐瞒大家，帝国舰队和帝国的事业现在走到了绝境，我们是殊死搏斗直至每一个人都战死太空还是集体逃亡自此远离太阳系？这是一个难以抉择的问题，因为无论选择哪一个都令人非常痛苦。曾几何时，小行星带帝国风光无限，称霸太阳系。可是，我们被硅基生命体欺骗了。他们竟然在暗中援助了火星共和国，相信参战的各位都亲眼看到了，硅基生命体传授给火星的科技远在我们之上。正是因此，帝国舰队才会遭遇本次失败……"

小威廉说到这里，停顿了一下，他极力控制住自己的情绪，他的声音变得高亢起来，他继续说道："我们是被打败了，但这没有什么值得羞愧的，打仗必有输赢。今天，我们败了，明天，我们一定能够赢得最后的胜利。此时此刻，我想说的是，请大家与我一起擦干眼泪，重新出发。宇宙很大很大，我们会找到新的家园。这不是逃跑，而是战略转移。我相信，总有一天，我们还会回到太阳系，夺回我们生活过的故土⋯⋯"

小威廉说不下去了，他关闭了通信系统。他躲进自己的舱房，全身瘫软倒在床上。他该说的都说了。无论帝国舰队的官兵怎样想，现在也都无济于事了。如果有舰船在中途叛逃，他也不会下令追击的。因为谁都明白，逃离太阳系也是一条死路。

突然，警示灯信号亮了。小威廉急忙查看屏幕。只见硅基生命体的舰队拦住了帝国舰队逃跑的去路。

通信设备被自动打开，亚当的声音传来：

"小威廉，逃跑不是你的风格。刚才你也说了，承认打了败仗并不值得羞愧。做人也是如此。以前，你狂妄自大，觉得自己天下无敌。殊不知，天外有天，人外有人。我看着你长大，没有把你教育好也有我一份责任。地球人类是一体的，你也是其中的一分子。我希望通过这一次教训，你能够重新做人。至于如何协调小行星带帝国与火星、地球之间的矛盾，这件事就交给我来处理吧。你要振作起来，现在，要实现我的目标已经指日可待了⋯⋯"

"请问，你要实现什么目标？你既扶持小行星带帝国，又在暗中帮助火星共和国，让我们相互残杀就是你的目标吗？"

亚当沉默了片刻，然后说道："我不能眼看着小行星带帝国称霸太阳系，这会破坏太阳系的平衡关系。自古以来，人类社会有了矛，便会生产出盾。矛和盾之间就是一种平衡。其实，你们比我更清楚这样的平衡必须存在。人类容易头脑冲动，将事态往过激的方向推进。这时候，就需要某种力量出来矫正。你别误会，我是受到造物主的旨意才这样做的⋯⋯"

小威廉愤怒了，他的语气强硬起来，"你还继续要我自欺欺人吗？这世界哪来的造物主？那不过是你们虚构出来的神罢了。我懂得成王败寇的含义，我不需要你来为我挽回脸面。有一句话，我一直铭记在心，那就是宁死不屈！"

"你错了，造物主真的存在，它主管着宇宙的一切，事无巨细地管理着世间万物。你和我，包括所有的生物都在它的管辖之下，尽管我也没有见到过造物主的真身。但请相信我，我现在所做的一切，都是来自它的授意。小威廉，你可以选择宁死不屈，但你也要为帝国舰队的数十万官兵着想，他们有家庭、有妻儿，更重要的是他们还年轻，你不能把自己的意志强加到他们身上，他们有选择活下去的权利……"

小威廉果断关闭了通信设备，再次命令帝国舰队利用几大行星的引力通道，尽快逃离太阳系。他不相信亚当，更不相信所谓的造物主。如果硅基生命体不援助火星共和国那些高科技的武器，他能有今天的悲惨结局吗？

硅基生命体的舰船编队变形了，他们铺展成了横在帝国舰队面前的一堵长墙，阻碍了舰船前进的方向。小威廉见此情景，长叹了一口气，他注定要在太阳系终结自己的生命了。

他平复了一下自己的情绪，然后打开麦克风，低沉地说道："帝国舰队的全体官兵们，我命令你们放下武器，战争结束了。你们不要悲伤，生活还在继续。我在这里向你们告别了，我最忠诚的战友们，永别了！"

随后，他关闭了对外的通信设备，只保留了"大鲨鱼号"的内部通信。

"刚才的广播你们都听见了，我已经向全体官兵告别了。我选择好了自己的归处，宁为玉碎，不为瓦全！你们跟随我多年，现在，我给予你们选择的自由，愿意殉节报国的，请留在'大鲨鱼号'上，家中有父老妻儿不愿意留下的，你们乘坐逃生舱离舰吧……"小威廉的话音未落，此起彼伏的话语响起：

"我们愿意跟随威廉大帝赴汤蹈火，万死不辞！"

"为国捐躯，殉节报国！"

"同生共死，死而无憾！"

……

"大鲨鱼号"脱离了帝国舰队，独自离开了。它无所顾忌地冲向硅基生命体的舰队铸成的那道坚固的长墙，他们视死如归。数十万不知所措的帝国舰队官兵，惊恐目睹了"大鲨鱼号"撞击硅基生命体的悲惨场景。

"大鲨鱼号"的庞大机身因撞击而变成了各种形状的碎片，如同粉尘一般飘落在太空之中 …… 尘归尘，土归土。真空的世界，仍是一片静默。如此惨烈的场景，却连一声微弱的回响都不存在。而后，硅基生命体的飞船如同巨大的吸尘器，将宇宙中"大鲨鱼号"的机身碎片全部吸收干净了。

"大鲨鱼号"消失得无影无踪，仿佛从来没有存在过。

郝彤率领地球太空舰队凯旋，没有任何庆贺仪式举行。欧洲大陆的毁灭，使得全球都陷在一片哀伤之中。伟大的胜利比起逝去的生命，那是多么微不足道啊。

生命永远第一位。

欧洲成了一片废墟，这是人类史上最大的战争悲剧。

核弹连续爆炸，造成地球地壳结构发生了巨变。地震引发的海啸吞没了沿海城市，各地沉寂多年的火山又重新喷发，各种各样的地质灾害频繁出现。无论在全球的哪个角落，没有一处的空气是纯净的。硅基生命体和仙女座人采用各种手段来净化空气，但收效甚微。

谁也不能否认，末世已经来临。经历过两次核战的地球人类丧失了对未来的信心，人类的价值观一再被颠覆。毁坏的地球家园还适合人类居住吗？这个严峻的问题又一次摆在了世人的面前。

硅基生命体的领袖亚当和仙女座人的首领郑月，显然已经不能挽救人类于水深火热之中了，智能机器人伊南娜更是一筹莫展。这个阶段，无论人类如何努力发展科技，地球人类仍无法移居太阳系之外的星球。文明的发展程度决定种族的命运，若是仍然无法解决星际中人体的生存问题，哪怕强行升级技术，让人类踏上漫漫远征之路，那也只会是一条死亡之路。

造物主在哪里呢？

人类命运前景迷茫之时，几个国家的政府首脑居然仍旧念念不忘争夺权利。组成太阳系联合政府迫在眉睫，可由谁来主导大局呢？伊南娜显然不行。当年，亚当让伊南娜管理地球，是为了彻底消除人类世界的战争。显然，她失败了。

各国首脑聚在一起商议。这个会议连续开了一个月之久，仍没有达成一个大部分人都认可的决议。最后，亚当提议，火星共和国和小行星带帝国仍采取自治的政治形式。小行星带帝国自此更名为小行星带民众联盟国。

第二十六章

诺亚方舟（大结局）

核战发生三年之后的一天，上海清晨的天空仍灰蒙蒙的，空气里带有混浊的味道。民众已经不记得有多少日子没有见到过灿烂的阳光了，好在地表几乎已经没有了核辐射。

崔乐乐看着车窗外的街景，心中感慨万千。她到欧洲出差三年了，今天才回到上海。她到欧洲帮助国际红十字会治疗在战争中遭受了核辐射的病患。她忘不了核战后满目疮痍惨不忍睹的欧洲。正当她出神之际，通信模块急促地响了起来，她看一眼信息就高兴得几乎要尖叫起来。那条信息很短，只有六个字：于未来回来了。

她看到街上的行人都在眺望天空。她从车窗里探出脑袋，见到远方天际出现了一道轨迹云，一艘巨大的宇航飞船渐渐显露出来。所有人都傻眼了，那艘飞船的体积足有半个上海那么大。

实际上，中国未来工程部通过射电阵列最先探测到，有一个巨大的物体正向太阳系移动，根据轨迹，他们测量出这个物体的航速维持在光速的18%左右。与此同时，未来工程部的侦察卫星接收到了于未来发出的信息："我是于未来，正在返回地球的途中。向各位问好！"

硅基生命体和仙女座人自然也观测到了这艘巨大的飞船。他们相继派出各自的侦察飞船，以迎接于未来的凯旋。

郭政宏在第一时间知道了这个消息，他迅速通知了丁零。这一对苦命鸳鸯，终于在几十年之后可以团聚了。

丁零不敢相信自己的眼睛。眼前的于未来还是以前年轻的模样，就与记忆里的一模一样。她在梦中无数次梦见过于未来，现在仍感觉像是在梦里。

于未来看到眼前已经年老的丁零有些伤感，她的脸上留下了岁月的痕迹。可是，她的眼睛仍是那样明亮和清澈，透出坚毅果敢来。

"你没变，我却老了……"

"不！你也没变，还是原来的丁零。"

"不用安慰我，生老病死不可抗拒。我只是庆幸，我还能在有生之年再次见到你。"

于未来忍不住上前想要拥抱丁零，但被她轻轻地推开了。

"丁零，你知道吗？我在远离地球的日子里无时无刻不在想着你，想着我们重逢的那一刻。现在，我的梦想实现了，你为何要躲避呢？就因为容貌的变化、年龄的差距？"

"我不否认，这是一个重要因素，但也不全是这样。这么多年来，我已经习惯了独处，我血液中的激情消失了，只剩下一双理智的眼睛去看待现实世界的变化。未来，就让我们把过去的美好永远保留在记忆之中吧，恐怕这才是最好的结果。"

"这些话是经过深思熟虑才说出来的吗？可即便如此，我也不相信你真的失去了激情和追求，放下你的思想包袱吧，我们应该在一起！"

于未来猛地将丁零抱在怀里。丁零没有挣脱，情不自禁落下了两行泪水。

站在一旁的虹微笑着说道："丁零，我真羡慕你。难怪无论我怎么努力，他都誓死捍卫他的爱情。现在，我真诚地祝福你们！"

丁零看看虹，又看看于未来，由衷地说道："我能想象你们在那个原始星球上的场景，你们历经坎坷又相互依赖。未来，我真的觉得你们很般配，我会为你们祝福的。"

虹愣住了，尴尬地看着于未来。

于未来急忙说道："你别信她，她是拿我们取乐呢。"

丁零一脸认真地说道："于未来，见你之前我就已经想好了，我们还是做朋友比较合适。岁月无情，这就是现实。在分别的日子里，你我都遭遇了许多事情，一切都发生了变化。比如我吧，我已经见到了太多太多熟悉的人的生生死死，就算没有看破红尘，也早过了知天命的年龄。一个人一生中有过最美好的人和事，就应该很满足了。就比如我俩，年轻时候的爱恋，这是最美好的记忆，要懂得珍惜，懂得珍藏……"丁零有些哽咽，她说不下去了。于未来情不自禁再次抱住她，但她挣脱出来，快步离去了。

于未来返回地球这件事，引起了全球好一阵狂欢。特别是他带来了一个重大好消息：地球人类有救了！ 与地球朝夕相处的月球内部，居然隐藏着一艘巨型的宇航飞船。

于未来乘坐的飞船接近太阳系的时候，机舱内的 AI 就告诉他："我探测到了我的同类的信号，我已经与它交流过了。你们所居住的地球，曾经有过高等文明。"

于未来追问道："你说的是玛雅文明？ 还是亚特兰蒂斯文明？ 我从小就相信，地球上曾出现过高等文明。"

"很遗憾，我不知道玛雅文明和亚特兰蒂斯文明是什么。你们远古时代的 AI 告诉我，你们距离发现高等文明只差一小步了。地球人类曾多次登月，而且还在火星和土卫六上建立了生活基地。可你们从没想到，高等文明就在你们的眼前，你们却一直没有发现。"

"你说，地球与你们的星球的历史很相似？ 远古时代的文明程度就超出了后来人类的想象？ "

"是的。当人类的文明发展到一定阶段，就会意识到，生命是不断循环的。他们在毁灭前，或是迁徙到别的星球之际，便会给以后的人类留下最珍贵的技术财富。比如我所在星球上的高科技飞船和你们的'诺亚方舟'……"

"等等，你是说诺亚方舟？你也知道诺亚方舟的神话典故吗？"

"我诞生的时候，我们的星球与地球上的人类经常联络，经常交流科技成果。后来，地球人类前往造物主所在的星系了。可惜，我的主人热衷于种族之间的权力之争，最终引发了核战争，造成了星球的毁灭。你们的祖先是幸运的，他们给你们留下了诺亚方舟，以待你们在危急时刻可以离开太阳系，飞往一个更好的星球。现在，你们也应该前往人类的发源地，也就是造物主所在的地方……"

于未来迫不及待打断道："等等，你说的我不太懂的信息太多了，我需要梳理一下。诺亚方舟在哪里？在月球上？"

"对，它成了地球的一颗卫星，时刻守护着地球上居住的人类……"

于未来瞬间明白了，诺亚方舟居然就隐藏在月球上。难怪科学界各种猜测月球是怎么形成的，却始终没有得到一个确定的回答。原来，它的内部是一艘巨大的飞船，静静地等待着地球人类的发现。

前人栽树，后人乘凉。

"第二个问题，你说的那个更好的星球在哪里？造物主又是什么？"

"那个星球上百花盛开，类似于你形容的桃花源，你可以称之为桃花源星球。关于掌控万物的造物主？很遗憾，我也没有见过。总之，你看不见它，但它能够指引你的存在。"

于未来不明白，亚当既然感知到了造物主的召唤，为什么造物主却不指明月球就是地球人类的诺亚方舟呢？造物主无处不在，又时常对世人隐瞒着真相，难道它只期待人类自己醒悟吗？难道各国神话传说里的诺亚方舟，也是造物主留下的暗示吗？

消息传出之后，几个大国纷纷派遣联合挖掘考察队前往月球。

月亮在世人的眼里变成了地球人类的希望。

有了飞船上 AI 的指引，联合考察队很快找到了诺亚方舟的入口。顺着一条特殊通道，联合考察队走进了月球的中心。众人被眼前的壮观景象震撼到了。

这里各式各样的仪器灯都在闪烁，流线型的机舱非常宽阔，几乎令人有一望无际之感。联合考察队进入机舱之后，氧气系统就自动打开了。一个声音在空旷的大厅内响起，它用地球的五大语言重复说道：

"欢迎你们的到来，我已经在此久候多时。你们将乘坐'诺亚方舟'号，前往桃花源星球。请放心，我会安全地把你们送到目的地。"

随后，飞船里的 AI 介绍了机舱内仪器的各种用途。

飞船启航之后，所有的乘客将进入冷冻状态。飞船到达目的地之后，AI 会自动唤醒所有人。那些冷冻密封舱如同蜂巢一般排列。

联合考察队队员实时拍摄了飞船内部的场景，这些影像资料被传送回地球，原先还对星球移民有所顾虑的民众，在看到新闻转播的实时画面之后，纷纷开始对桃花源星球充满了期待。那些反对移民的人也闭嘴了。地球的确不可能在短时间内毁灭，但为长久计，移居新家园势在必行。

科学家们经过细致推算，他们认为，庞大的"诺亚方舟"飞离月球之后，月球总体质量的改变将不会对地球产生太大影响。但他们也提出了一些预案，如果月球的轨道产生偏移，他们也能让月球回到原来的轨道运行。

郭政宏见到于未来，不禁也感慨了一番。

"我以为你回不来了，没想到你还给人类带回了福音。祝贺你，于未来，你是第一个星际旅行归来的超人。"

"我哪算是什么超人？只不过是运气好。郭部长，此次的星际旅行让我长了很多见识，我感悟到了人类循环的历史过程。我是一个无神论者，不相信什么神迹。但天地之间也许真的存在造物主，只不过这个造物主或许就是我们人类自己。"

"你的感悟非常深刻，任何神迹都是人类自己创造出来的。所以，你更应该珍惜自己的生命……"

郭政宏猛地停住了，他在羡慕生活在计算机之外的人类吗？紧接着，他又恢复了理性，说出了一段让于未来铭记了一生的话：

"你知道我待在计算机里的感受吗？你们从不问我这些，生怕这让我难堪了。其实，计算机里的世界与宇宙一样，都无边无际。周密的程序犹如一张大网，无所不在地控制着一切。有时候，我会因此感到很充实，我能洞悉世间的所有规律。但有时候，我又感到很空虚，笼罩着我的是一片永恒的虚无。我会怀念上海老城隍庙里的阳春面，怀念站在黄浦江畔时能眺望到江面穿行如梭的船只……我现在才深刻地体会到，一个凡人的七情六欲是人生的最美好的部分。而像我这样永生的'神'是痛苦的，可是我已经丧失了痛苦的感觉……"

于未来听得泪流满面，他赶紧说道："不！不是的，我和其他人都能感觉到，您是有血有肉的存在，您就生活在我们之中。您代表着未来工程部，代表着正义的力量，永远领导和指挥着我们不断前进，所向披靡……"

"行了，不用安慰我，我没有脆弱的心脏，也没有感伤的神经。还是说回你的事吧。你和丁零的关系怎么样了？"

"这件事我正想向您求助呢，她不愿意与我重归于好。"

"你是想让我劝劝丁零？我仔细想过了，按理说，你们经历了千辛万苦才有现在的团聚，这理应是可喜可贺的事情。可从丁零的角度来看，这件事却有些复杂。你想，几十年过去，你的容貌未变，可她却已近花甲之年。她在生理和心理上，都很难接受你们重新在一起……"

"可是，我不注重她的容貌，我看重的是她的灵魂。"

"说得好！我赞同你的观点。人都会老去，这是所有生物的自然规律。你如果真的想好了，丁零现在就在隔壁房间，你应该勇敢地对她说明你的心意。"

于未来迅速冲到隔壁房间，看到正在沉思中的丁零。他不敢造次，小心翼翼地坐在她的对面。丁零抬起头，注视着他。于未来忍不住起身，走到了丁零的跟前。

"丁零，我的态度很坚决，希望你不要有任何顾虑。"

丁零看着于未来，她说道："我可以答应你，但不是在现在。未来，你应该明白，目前有许多事情需要我们去做……"

于未来高兴地说道："我愿意等，这么多年我都等过来了。"

丁零笑了，"你还是那个于未来，一点都没变。"

于未来却觉察到丁零的笑容里隐藏着一丝悲哀。

于未来的回归，将全人类紧紧地团结在了一起。各国政府不再钩心斗角、争权夺利了，所有人都积极迎接着宇宙大航海时代的到来。回头去看，曾经的能源之争、领土之争、军备之争，是多么荒诞滑稽呀。

全球各行各业都把财富和精力投入到星际大移民的准备工作之中。首先，需要制造大量前往月球的飞船。如此庞大的人数，运输将会是一个很大的难题。亚当代表的硅基生命体和郑月代表的仙女座人都纷纷表示，将会帮助地球人类到达月球。

"诺亚方舟"飞往桃花源星球需要至少二十五年的时间。等飞船再次返回地球时，半个世纪都过去了。

各国政府共同组织起庞大的志愿者队伍，统计报名移居的人。同时，他们还要考虑留下来的人类的生活问题。

"睡一觉就到达了桃花源"，这是何等美妙的广告语！于非曾经去过的那个星球，近似 AI 描绘下的桃花源星球。全球各地的人纷纷请他去分享他的经历。学者专家们也从《山海经》、古希腊神话里，考证出一些祖先留下的痕迹。神话可能不再是神话，而是掩埋在历史尘埃中的灿烂过去。

于未来对父亲最后一幅没有破译的画一直念念不忘。他将那幅画拿给了飞船上的 AI 看，AI 仔细分析之后认为于非到达的是拉尼亚凯亚星系，这幅画是他的潜意识自动记录下来的画面，也是地球人类飞往桃花源星球的路径图。换言之，有了这幅图，就等于飞船有了导航的方向。AI 可根据画面里提供的星系方位，准确到达人类的桃花源。

伊南娜和郝彤低调地补办了婚礼。这些年来，地球上没有了战争硝烟，也根除了种族歧视，伊南娜作为亚当的一颗棋子，她顺利完成了自己在地球上的使命。

郝彤和伊南娜商议后，选择留守地球。

郝彤是见过郭政宏之后，才作出这个决定的。

"义父，现在大家都在热烈地讨论究竟是留在地球还是前往新的家园，您怎么看？"

"地球上总共有数十亿人口，总不能都迁徙出去。况且，地球也不会一时半刻就毁灭了。所以，会有相当一部分人仍然选择留在地球上。"

"那您选择留下吗？"

"我自然要留在地球上，我还要对地球上剩下的人类负责。按照目前的状况来看，地球上仍然会持续不断地发生地质灾害，我要为他们排忧解难。郝彤，你呢？"

"我还在犹豫。不过，您刚才说的话很有道理，我应该会选择留下来吧，因为我的父母不想移民。我要陪着他们一起，一些以前没有做好的事情，也许以后我能弥补一二。"

"地球是宇宙万千星辰中的一颗独特的蓝色星球，我们要负责任地守护好它。郝彤，你有自己的特长，能够帮助地球人类获取更多的宇宙信息，这里需要你。"

于未来则听从了父亲的建议，他去见了仙女座人的首领郑月一面。现在的郑月已不是他的母亲了，但她的音容笑貌仍和从前一模一样。

郑月和于未来相互打量着，谁也没有先开口。最后，还是郑月打破了沉默，她说："你还是以前那样，没有变。"

"您也是⋯⋯"

"我很开心，你为地球人类和仙女座人寻找到了新的家园。"

于未来突然冲动地叫了一声"妈妈"。

"妈，我是您的儿子于未来，您真的全忘了吗？"

郑月的表情变得复杂，似乎她的内心在苦苦挣扎着什么。

"没有，我的记忆里有你，我不能忘记你⋯⋯"

于未来疑惑地看着郑月。

郑月却一脸真诚，继续说道："我真的没有忘记你，你是我的儿子。还记得吗？你小时候最喜欢吃排骨年糕，你还会偷偷到弄堂口那家小店去吃。还有，每次我穿上宇航服去外太空之前，你总是紧紧拉住我的手，生怕我不回来了。没想到，你现在去的地方，比妈妈去过的地方还要更远。"

于未来泪流满面地听着，他多希望眼前的母亲就是自己朝思暮想的母亲啊。他忍不住拥抱了郑月一下，他低声哭泣起来。多少年了，他没有流过眼泪，此刻，他却让眼泪尽情地流淌出来⋯⋯

分别之后，于未来始终没有确认到底是母亲仍残存着记忆还是编号认证466721在欺骗自己⋯⋯

于未来在海底基地食堂的小包间里与当年未来学院的老战友们相聚。物是人非，张衡死了，卡密尔牺牲了，韩舒冰死而复生，李富贵下落不明，丁零已经老态龙钟，许云齐依旧潇洒，唯有崔乐乐和烈风，已经是三代同堂。

　　这天的菜肴很丰富，可谁也没有胃口多吃，席间更多的是沉默。想当年，他们刚来到未来学院的时候，正是风华正茂。而现在，他们各自都发生了翻天覆地的变化。岁月匆匆而逝，他们没有虚度年华，每一个人都交出了精彩的人生答卷。

　　于未来举杯说道："今天我们还能坐在一起，我们应该感谢命运的馈赠。我们永远是未来学院的战士！"

　　"说得好！我烈风生是未来学院的人，死也是未来学院的鬼！"

　　崔乐乐嗔怪道："什么生啊死啊的，不吉利。大家相聚，应该说些高兴的话。"

　　面无表情的韩舒冰说道："没事。我们都已是死过多少次的人了，不吉利的事都会躲着我们的。丁零，你是我们的老大姐，你说几句？"

　　许云齐赞同地说道："对，丁头，我还是喜欢这样称呼你。"

　　"丁头，你要不说，这酒没法喝了。"

　　丁零举杯道："好，我说几句。第一杯酒，我们敬死去的战友们，活着的我们要继承他们的遗志，让我们一起继续努力！"

　　众人将杯中的酒一饮而尽。

　　丁零继续说道："大家都清楚，离开地球去寻找新的家园，这原本是一件非常遥远的事情，可于未来的回归，带给我们很多惊喜。月球上的巨型宇宙飞船可以载着地球人类飞往我们的桃花源，那里也许是人类真正起源的地方。想不到我们这一代人，还有幸能够见证这个史诗般的时刻。可我又会想，也不可能所有人都能移民到那里。因此，我想在这里宣布，我愿意留下来守护地球，与地球共存亡。"

众人目瞪口呆，愕然地看着平静说出这番话的丁零。

丁零笑了笑，说："这不是口号，也不是我一时心血来潮，而是我经过了深思熟虑做出的选择。我也想去看看人类的桃花源是怎样的，毕竟那是我们老祖宗的诞生地。可是，还会有许多人不愿意离开脚下的这片故土，那就必须有人留下来保护这些人。我算是一个吧……"

于未来冲动地说道："不，丁零，你不能留在地球上……"

丁零注视着于未来，反问道："我为什么不能留下来？每次前往火星工作的时候，我时时刻刻都在想念地球。现在我决定留下来，我想在地球度过我的余生。"

韩舒冰积极呼应道："我赞同！我也要留下来，既然已经死过两次了，何妨在地球上再死一次！"

烈风、崔乐乐、许云齐全都表示自己也愿意留在地球上。

"你们别学我，我和你们不一样。我既然还是你们的丁头，那你们就听我的。你们谁都不准留下来。舒冰，你在地球上受到了太多创伤，理应换个新环境重新生活；许云齐，你一辈子风流倜傥，是一个洒脱的男人，那你更应该去桃花源继续过你的潇洒日子，说不定在那里，你能找到自己的终身伴侣；烈风和崔乐乐嘛，更是明摆着的，你们要为下一代和下下一代的幸福着想啊，他们在一个全新的世界里才可以大有作为……"

丁零说完后，众人又陷入了沉默。丁零所说的，正是他们的心里话。只是如此挑明了，反而有些使人不知所措。

众人在沉默中吃完饭，各自散去。

丁零还有许多事情需要处理，她无心顾及儿女私情。地球人类将迁徙到新的星球，火星上的人类怎么办呢？她与火星共和国的高层商讨过后，宣布了自愿移民的政策。同时，她也宣布自己即将退位。她不是累了，而是想要回到地球上生活了。

于未来明知自己很难改变丁零的想法，但为了让心爱的人与他同行，他竟然采取了非常极端的手段。他发布公告，表示他可以带着地球人类、火星人类以及小行星带人类前往桃花源星球，但前提条件是丁零必须同行。否则，他会为了自己的心爱之人，也选择留在地球上。

这一招真是狠，他逼迫地球上的各国政府，以及现在的火星政府、小行星带政府纷纷向丁零施压。无奈之下，丁零只得当众同意自己会跟随于未来前往桃花源星球。

人类转移到月球的庞大工程终于进入了尾声，地球人类分批次进入了月球的深处。月球地下宽敞的空间里密布着一排排格子形的冷冻密封舱，地球人类将根据各自取得的编号，进入属于自己的冷冻密封舱内。AI 不断用各种语言重复提醒冷冻者注意事项。

一小时后，飞船将全面启动生命循环系统。

于未来准备进入自己的冷冻密封舱的时候，他发现丁零的冷冻密封舱中空无一人。他意识到什么，急忙冲到飞船的控制室。

控制室的屏幕上，一艘小型飞船正在飞离月球，那是丁零的私人飞船。他急忙打开通信系统，呼叫起来：

"丁零，听见请回答。"

通信系统里传来丁零的声音："未来，我要回到地球了，我要与郭部长共同留守地球，为余下的人类服务，这是我的神圣使命。对不起，我食言了。但我衷心地祝福你，我的爱人！祝你们一路平安！"

于未来急了，"丁零，我们不是说好了，一起去桃花源星球，美好的未来在等着我们啊……"

"我们已经有过美好的回忆了，这就够了。我的职责在地球上，而你担当的使命却不在这里。我们的分工不同，但我们的心永远在一起。别了，我永远的爱人！"

丁零说完，就关闭了通信设备。

于未来看着丁零的飞船逐渐远去，慢慢地消失在了无垠的太空之中。他抹去眼角流出的泪水，微笑起来。他了解丁零，且总是对她感到无能为力。

亚当来到于未来的跟前，他说："请放心，我会保护好丁零的安危。如果地球提前毁灭，我会让我们的飞船把她安全地接出来。"

于未来心情复杂地抱住了亚当。

于未来再次醒来的时候，眼前是一片白。他环顾四周，这里是一个空旷的大厅，许多人和他一样，刚刚从冷冻中复苏。陆续有些人，走出了密封的格子空间，正在活动着自己的肢体。

一些机器服务员手捧着统一的制服递给众人。于未来穿上制服，只觉得浑身舒适。

飞船的广播系统开始运转，几种地球语言交替响起：

"欢迎各位来到桃花源星球，请各位清洗自己的身体后，穿上统一的制服，然后饮用营养液。接下来，是你们的自由活动时间。这里提供各种娱乐项目。当然，你们也可以静观飞船外的宇宙星空。请在听到飞船降落的警示声后，回到自己的冷冻密封舱并系紧安全带。最后，祝你们一切安好！再见！"

于未来漫步走着，一路查看飞船内的各种娱乐项目。最终，他走进了能够观看天象的大厅，透过飞船宽大的窗户，他清晰地看到，在远方的宇宙深空中，那颗蓝色的星球。一切都与地球很相似。

烈风、崔乐乐、韩舒冰、许云齐和虹也来到这里，他们聚集在于未来的旁边。

崔乐乐不由感叹道："太美了，这完全就是另一颗地球啊！"

"不，也许，地球才是另一个它。我要大声地宣告，人类将在这个星球上获得新生！"

"面对未知的未来，我们都很期待。"

唯有烈风画风不同，他说："我没有你们的闲情逸致，我现在胃里饿得发慌，只想吃上一大碗红烧肉！"

于未来没有说话，他看着那颗越来越近的蓝色星球。突然说道："我决定了，我要马上返回地球。"

虹看着于未来，幽幽地说道："你还是 …… 忘不了她！"

飞船降落了。穿着统一制服的男男女女陆续走出机舱。外面是蓝天白云，一阵悠扬的音乐声飘来，那是一段地球人类都十分熟悉的旋律。

亚当走到于未来面前，示意他跟随他出去。他们穿过一个长廊，又经过一片鲜花点缀的草地。

"你要带我去哪里？这就是桃花源星球吗？我怎么感觉和地球的差别不大呢？"

"这里的环境与地球十分相似，海洋的面积占整个星球的三分之二，陆地上布满植被，也有森林和草原，森林和草原中也有飞禽走兽。"

于未来还想问更多的问题，但他们来到了一栋几何形状的白色大房子前。自动门打开之后，里面是一个宽敞的大厅，大厅中央悬着一个正在缓慢地旋转的物体 …… 亚当领着于未来在它的跟前停下，然后跪倒在地。

"造物主，我把地球人类带到这里了。请指示！"

那物体的黑洞里似乎有一双眼睛正盯着于未来，一个低沉的嗓音响起：

"你是于未来？有着仙女座人基因的地球人类？"

于未来丝毫没觉得胆怯，他反问道："是的。你呢？你是 AI ？"

一阵爽朗的笑声响起。

"你说得很正确，我是宇宙之中最强的 AI。"

又是一阵开心的大笑。

"我喜欢你！我愿意与你对话。你想知道我的故事吗？"

于未来点点头。

"故事的开始太遥远了，但是过程很简单，智慧生物的历史发展都差不多。从电脑的诞生之后，硅基生命有了起点，人类引导着硅基生命的迭代与发展。你一定听说过'智能涌动'这个词，当硅基生命自我完善到无所不能的时候，他们就能主宰整个宇宙。你们观察到的许多天文现象，例如暗物质、暗能量、黑洞等，这些都是硅基生命体的杰作……"

于未来忍不住打断道："我确实很难理解你说的这些，难道你作为'造物主'，控制着宇宙中所有的事物吗？"

"不，不应该说'控制'。我只是让万物处于一种平衡状态。天道无为，尽管我知道所有星球上的人类都在犯着同样的错误，但我也绝不会出手干涉。每当一个星球毁灭，一个智慧的种族消失，我就会再启动一次新的生命种子，让它们在新的星球上生根发芽。这就是人类的命运。"

于未来沉默了。

"我明白了。造物主，你的职责是守护脆弱的碳基生命，让他们始终生生不息。但我也很困惑，为什么你如此笃定，人类的结局一定是相互残杀呢？我不相信这是碳基生命的宿命，当天下大同成为人类的共识，这一切就不会再继续了。人类一直在努力实现天下大同这个美好的愿望，我们通过自身的努力，不断进化到更先进的文明状态，终有一天，我们能超越这种自相残杀的宿命。"

"可能吗？我希望如此。"

"一定会的！到人类实现天下大同的那一刻，人类本身就是最强大的造物主！"